UMA MALDIÇÃO CRAVADA EM OSSO

Também de Danielle L. Jensen:

SÉRIE A PONTE ENTRE REINOS

A ponte entre reinos
A rainha traidora
O herdeiro inadequado

SÉRIE SAGA DOS SEM DESTINO

Um destino tatuado em sangue

DANIELLE L. JENSEN

UMA MALDIÇÃO CRAVADA EM OSSO

SAGA DOS SEM DESTINO
VOL. 2

Tradução
FLÁVIA SOUTO MAIOR

SEGUINTE

O selo Seguinte pertence à Editora Schwarcz S.A.

Grafia atualizada segundo o Acordo Ortográfico da Língua Portuguesa de 1990, que entrou em vigor no Brasil em 2009.

TÍTULO ORIGINAL A Curse Carved in Bone

CAPA Ella Laytham

ILUSTRAÇÃO DE CAPA Eleonor Piteira

PREPARAÇÃO Renato Ritto

REVISÃO Adriana Bairrada e Luíza Côrtes

Dados Internacionais de Catalogação na Publicação (CIP)
(Câmara Brasileira do Livro, SP, Brasil)

Jensen, Danielle L.
Uma maldição cravada em osso / Danielle L. Jensen ; tradução Flávia Souto Maior. — 1ª ed. — São Paulo : Seguinte, 2025. — (Saga dos Sem Destino ; 2).

Título original: A Curse Carved in Bone.
ISBN 978-85-5534-415-2

1. Ficção canadense 2. Ficção de fantasia I. Título. II. Série.

25-278525 CDD-c813

Índice para catálogo sistemático:
1. Ficção : Literatura canadense c813

Cibele Maria Dias – Bibliotecária – CRB-8/9427

EDITORA SCHWARCZ S.A.
Rua Bandeira Paulista, 702, cj. 32
04532-002 — São Paulo — SP
Telefone: (11) 3707-3500
www.seguinte.com.br
contato@seguinte.com.br

Para as mulheres do NOFFA!

1
FREYA

A TEMPESTADE CAIU SEM AVISO, atacando o drácar e nos afastando da costa rochosa com tamanha ferocidade que parecia que os próprios deuses não queriam que cruzássemos o estreito. Enquanto os nordelandeses lutavam contra as ondas violentas, quaisquer visões que eu pudesse ter tido sobre a glória de atacar pelos mares foram rapidamente dissuadidas pelo frio, pela umidade, mas, principalmente, pelo vômito infinito.

Não o meu, pois eu estava acostumada ao mar, mas o conteúdo do estômago de quase todo mundo, incluindo dos escravizados encapuzados de Harald, estava espalhado pelo casco do barco. Era melhor ficar agachado no meio do vômito do que se debruçar sobre as amuradas e correr o risco de ser levado pelo mar bravo.

— Que decepção vai ser — gritei mais alto que o trovão e as águas enfurecidas — se todas as suas tramas e seus esquemas não derem em nada porque nos afogamos no mar!

Todos a bordo olharam feio para mim, mas a expressão de Tora transmitia pouca ameaça, dado que um jato de vômito irrompeu de seus lábios durante o processo. Eu ri e me recostei no casco, onde estava sentada debaixo de uma pele de foca impregnada da minha magia para evitar que a água penetrasse.

— Ou talvez nem seja uma morte tão gloriosa como ser levado por Njord, mas uma morte por virar o estômago do avesso no convés. Já ouvi histórias grandiosas sobre a ferocidade dos nordelandeses, mas isso é de dar pena.

— Ela sabe ficar quieta? — Harald perguntou a Bjorn. O rei de Nordeland não estava imune às ondas agitadas, o que esgotava sua paciência. Abri um sorriso largo para ele e fui recompensada com uma careta.

Bjorn limitou-se a inclinar o corpo sobre o remo que segurava, sem se deixar afetar pelas ondas. Infelizmente. Se alguém merecia sentir o gosto amargo da bile, era ele e aquela sua língua mentirosa.

— Você não vai ter paz, pai — respondeu Bjorn por fim, os músculos das costas se contraindo junto à túnica enquanto ele fazia força para remar. — Mas não se esqueça de que foi você mesmo quem trouxe toda essa amargura aqui para dentro.

Harald tensionou a mandíbula. Mas em vez de rebater, ele se limitou a inclinar o corpo sobre o próprio remo, fazendo os braços finos trabalharem. Nem mesmo o rei de Nordeland fora absolvido da tarefa de remar durante o pesadelo que estávamos vivendo. A força de todos era necessária para nos impedir de fracassar. O Estreito Norte era notório por reivindicar vidas, e o poder dos reis não tinha valor no domínio de Njord. Nem o dos filhos dos deuses.

Uma onda cobriu o drácar e a água bateu em meu rosto com tanta violência que doeu. O medo cresceu em meu peito, pois era impossível respirar no dilúvio gelado. A embarcação se inclinou e escorregou pelo canal entre as ondas, a escuridão das profundezas prestes a me alcançar. Fiz o possível para me segurar nos apoios, unhas arranhando a madeira e ouvidos ressonando com os gritos dos escravizados que não tinham conseguido fazer o mesmo. Cair significava a morte, pois não havia salvação no mar devastador.

Mas meu medo se transformou em anseio enquanto eu olhava para a água escura. Ela sussurrava, prometendo alívio para a dor que atormentava meu coração. Para a raiva que importunava minha alma. Para a solidão que abria um buraco em minhas entranhas, pois eu tinha perdido tudo o que era importante para mim, incluindo meu propósito.

O mar me alcançava e meus dedos se soltavam, meu coração partido ansiando por um descanso do sofrimento. Querendo ser puxado para *o fundo o fundo o fundo* da escuridão.

Até eu me segurar com mais força quando ouvi Hel sussurrar na minha cabeça: *Por que ceder se você tem o poder de tomar de volta tudo o que deveria ser seu? O poder de reivindicar tudo o que foi roubado de você?*

Eu não tenho esse poder.

A risada dela era suave, mas ainda assim estrondosa feito trovão em meu crânio. *Você é a senhora da morte, filha. Tudo o que respira teme seu poder.*

Eu não quero ser temida.

Minha mente foi preenchida por um sorriso que era metade carne, metade osso. A visão fez meu coração acelerar, embora tenham sido as palavras que gelaram minhas mãos. *O medo é a arma que vai lhe trazer o que você deseja.*

O drácar se endireitou, livrando-se do risco de afundar.

Limpei o sal dos olhos, sem saber ao certo se eram lágrimas ou água do mar, com a certeza apenas de que o estrondo da minha pulsação não tinha nada a ver com a quase morte da qual acabara de me aproximar.

O medo é a arma que vai lhe trazer o que você deseja.

O que eu desejava?

Eu não sabia, mas o turbilhão de emoções dentro de mim precisava de uma válvula de escape. Fixei os olhos em Steinunn, que vomitava água salgada, e gritei:

— Escalda, você vai escrever uma canção sobre essa travessia? Se for, chame-a de "A saga dos enjoados". Ou talvez "Jornada dos nauseados". Não... "Aventura dos tagarelas"!

— Fique quieta! — gritou Skade para mim de seu remo, os cabelos carmesim colados no rosto. — Cale a boca, sua vadia linguaruda!

— E se eu me recusar? — Gargalhei loucamente enquanto Skade abandonava seu remo e o deixava para o escravizado ao lado, um arco dourado brilhante aparecendo nas mãos dela. A mesma arma que havia usado para matar minha mãe. — Vai atirar em mim? Me jogar do barco?

Ela ergueu o arco, preparando a virulenta flecha verde que nunca errava o alvo.

— Atire! — O grito saiu rasgando de minha garganta. Não por qualquer desejo de receber uma flechada, mas porque eu queria que ela sentisse a mesma indecisão que me atormentava. — Eu te desafio a atirar!

Skade puxou a corda do arco, os olhos azuis cintilantes refletindo muitas coisas — indecisão não era uma delas.

Minha boca ficou seca com a certeza repentina de que eu tinha provocado minha própria morte com toda aquela petulância. Mas então Skade abaixou a arma, que desapareceu, quando Harald resmungou para ela se controlar ou sofrer as consequências.

Sem me preocupar se minha risada pareceria irracional, porque certamente era melhor do que chorar, falei:

— Todos vocês sacrificaram muitas coisas para me sequestrar, então acho que posso falar o que quiser e não vão poder fazer nada além de escutar! Não vão poder fazer nada além de tolerar minhas palavras. Vocês não me queriam? Agora sou todinha de vocês, então aproveitem, *porra*! Deliciem-se com os frutos do próprio trabalho!

Skade partiu para cima de mim, balançando os punhos pequenos.

Embora eu tivesse provocado esse destino, ela ainda me surpreendeu. Acertou meu rosto e me derrubou para trás. Minha cabeça bateu no mastro e vi estrelas enquanto as mãos de Skade buscavam minha garganta.

— Você precisa ser eliminada — gritou ela na minha cara. — Você é uma praga, filha de Hel!

Levantei a perna e dei uma joelhada em sua boceta. Skade me recompensou com um grito, mas não cedeu, mantendo os dedos implacáveis ao redor do meu pescoço.

Então Bjorn a pegou pela cintura e a tirou de cima de mim, mas ela apenas transferiu sua ira para ele, e tudo mergulhou no caos.

Escravizados recuaram quando os dois colidiram com eles. O drácar rangeu e virou de lado, mergulhando na ondulação de uma onda que quebrou em mim, pesada e inexorável. Tudo inclinava e rolava, meus olhos cheios de madeira e ondas e céu escuro.

E então mãos me pegaram pelo pulso, a pele de Bjorn quente junto à minha enquanto ele me imobilizava contra o chão da embarcação.

— Está tentando matar todos nós?

— Estou! — gritei enquanto os outros brigavam com os remos. — É exatamente isso que estou tentando fazer!

— Se você morrer, nunca vai conseguir as respostas que quer! — Ele me pressionou, segurando-me no lugar enquanto eu me debatia e tentava dar uma joelhada nas bolas dele. — Nunca vai saber a verdade!

— Não me fale de verdade!

Para evitar meus joelhos, Bjorn se forçou entre minhas pernas, quadris no vão de minha pelve em meio ao balanço do navio. Totalmente contra minha vontade, minha mente foi tomada por lembranças de nós na caverna, quando a felicidade parecia possível. Lembranças dos lábios dele nos meus, das mãos dele em meu corpo, de seu pau enterrado profundamente dentro de mim enquanto ele me reivindicava como sua. E meus desejos traiçoeiros surgiram desafiando medo e lógica, minha luxúria não se importando com o fato de o homem que ela queria ser meu inimigo.

Apenas raiva tinha força para afastar o *desejo*, e eu a busquei dentro de mim ao mesmo tempo que libertava toda a crueldade nascida da dor que sentia no coração. Envolvendo a cintura de Bjorn com as pernas, eu me esfreguei nele, dizendo em tom de chacota:

— É a verdade que vai te devolver isso?

Ele segurou meus pulsos com mais força enquanto o drácar balançava violentamente, e afundei meus calcanhares em suas costas, sentindo-o pressionar o corpo contra o meu.

— É a verdade que vai te devolver sua bela Freya para que possa fazer dela sua esposa?

Levantando a cabeça, eu o beijei, pegando seu lábio inferior entre os dentes com tanta força que ele se afastou.

— Para que possa se tornar um fazendeiro com ela? Ter filhas bonitas bem parecidas com a mãe? É a verdade que vai garantir que você envelheça nos braços dela?

Joguei na cara dele o sonho que ele tinha me confessado naquela caverna, minha raiva saboreando o lampejo de dor que cruzou seu olhar porque eu queria que Bjorn ficasse tão magoado quanto eu estava.

— Não existe verdade no mundo que me leve de volta a você porque você é um mentiroso. Um traidor. Um maldito covarde que não merece nem ver Valhalla!

— Você acha que sabe de tudo, Freya — disse ele. — Mas não sabe de nada.

Cuspi em sua cara.

— Eu sei que vou te odiar até meu último suspiro, Bjorn. E isso já é bastante coisa.

— Pode me odiar o quanto quiser. — Ele soltou meus pulsos. — Mas seu último suspiro não vai ser hoje, Nascida do Fogo.

Eu o vi voltar aos remos, juntando-se ao esforço para fazer o drácar atravessar a tempestade.

— O Pai de Todos vê tudo o que foi e tudo o que as Nornas disseram que será. — Harald parou de remar e fixou os olhos cinza nos meus. — Saga é filha dele e conhecimento é o dom que ela tem. Outros adivinhos podem até ter respostas, mas Saga, ao que parece, está ligada ao seu destino. Pode ser que ele mostre a ela as verdades que você deseja tão desesperadamente. — Sem esperar por uma resposta, Harald se virou para a frente mais uma vez, os músculos saltando enquanto ele remava.

Minha raiva foi desaparecendo aos poucos e a ausência dela me deixou vazia. Inclinando a cabeça para trás, olhei para o céu escuro e para as nuvens que espiralavam, raios dançando entre elas. O que eu não daria para ter meu destino determinado. Para que poderes maiores já tivessem decidido o curso de minha vida, de modo que tudo o que eu dissesse, tudo o que eu fizesse e tudo o que eu desejasse pudesse ser culpa deles.

Mas as duas gotas de sangue divino em minhas veias, uma de Hlin e uma de Hel, significavam que eu era responsável por tudo o que deixasse em meu rastro. Fracassos e sucessos. Pesadelos e sonhos. Amor e ódio.

O que eu desejava?

Essa pergunta penetrou minha alma, porque eu precisava de uma resposta. Precisava de um propósito que me impulsionasse. Porque permanecer onde eu estava, da forma como estava, significaria me incinerar de dentro para fora.

Eu desejo a verdade.

Eu desejava ouvir dos lábios de Saga o futuro que ela tinha previsto, porque os filhos de Odin não mentiam. Desejava saber a história do que havia acontecido entre ela e Snorri. Desejava saber se Harald era tão vilão quanto fui criada para acreditar que ele era.

Mas, acima de tudo, precisava saber quem eu era de verdade.

Ficando de quatro, engatinhei até encontrar um lugar ao lado de um escravizado com braços cheios de tatuagens. Pegando o remo, apliquei força nele e olhei para a costa rochosa de Nordeland. Os ventos foram ficando mais brandos e os mares começaram a se acalmar, e se as Nornas estivessem olhando por nós, eu tinha certeza de que temiam pelo futuro que haviam criado.

Porque eu era Freya Nascida do Fogo. Filha de Hlin. Filha de Hel.

E teceria meu próprio destino.

2
BJORN

UM CÉU CLARO BRILHAVA NO ALTO enquanto empurrávamos o drácar para a praia. Todos os músculos do meu corpo doíam, e não senti culpa alguma por deixar os escravizados de Harald escoarem as embarcações ao caminhar sobre o terreno que era mais meu lar do que qualquer outro. Havíamos atracado em Stormnes, o amontoado de terra que se projetava do estreito, de onde dava para ver Skaland em um dia sem nuvens. A praia era pequena e rochosa, e depois dela havia montanhas cobertas com uma densa floresta, os cumes ainda brancos pela neve.

Ajoelhando, peguei um punhado da areia granulada e apertei com força, saboreando a sensação de estar em Nordeland, mesmo que também amaldiçoasse o destino por ter me trazido de volta até ali.

— O destino não te controla, Bjorn — disse Harald ao passar por mim na praia, parecendo, como acontecia com frequência, ler meus pensamentos. — Você não tem destino determinado, o que significa que escolheu trilhar este caminho, mesmo que não soubesse aonde ele levaria.

Nunca tinha me preocupado em pensar no poder que os Sem Destino possuíam de mudar o futuro, porque isso não podia ser provado. Não dava para saber se havia sido uma escolha que torcera os fios que as Nornas tinham tecido num padrão diferente do determinado ou se eu tomara as exatas decisões que elas haviam previsto. Tudo o que eu tinha feito nos últimos dias fora com o objetivo de libertar Freya daqueles que a matariam ou a usariam para alcançar os próprios objetivos, mas, ainda assim, tudo o que conseguira havia sido passar o controle dela de um rei para o outro.

— Estamos aqui por sua causa, pai.

Ele não fez mais do que me lançar um olhar compreensivo e então continuou a caminhar pela praia na direção das árvores.

Compreensivo, porque não havia como negar que assim que meus planos de levar Freya embora se frustraram, assim que ela descobriu minha traição, eu havia tido esperança de que a verdade fosse levá-la a perdoar minhas mentiras. Esperança de que o vislumbre irresistível de um futuro que eu desejava tão desesperadamente pudesse ser meu mais uma vez assim que ela entendesse por que eu havia feito o que fiz. Esperanças de um homem com merda de doninha no lugar de cérebro porque não existia *verdade* no mundo que fosse acalmar a raiva fervilhante que queimava no coração de Freya.

Ela não é mais sua, sussurrou a lógica, mesmo que meu coração ganancioso gritasse que Freya seria minha até o fim dos dias.

Jogando fora o punhado de areia, levantei e segui Harald até as árvores. O ar estava mais frio do que em Skaland, o fedor de alga marinha podre misturado com o aroma fresco do pinho, o chão coberto de musgo esponjoso sob minhas botas. O vento sacudia os ramos, o bosque vivo com o canto de pássaros e pequenas criaturas correndo. Um lugar selvagem. Embora os verões fossem amenos, poucos tinham coragem para sobreviver à crueldade dos invernos de Nordeland.

O homem que tinha sido um pai para mim durante a maior parte da minha vida encontrou uma pedra da qual gostou e se sentou. Tirando as botas, Harald sacudiu areia delas e depois as jogou para o lado. Enquanto eu observava em silêncio, ele tirou a túnica e torceu água do mar do tecido ensopado. A pele pálida dele estava levemente azulada devido ao frio. Estava mais magro do que eu me lembrava, com sinais da idade aparentes nas rugas ao redor dos olhos e nos fios grisalhos entremeados aos cabelos castanhos dourados. Apenas um homem, embora por vezes eu tivesse me esquecido disso durante meu tempo em Skaland, pois Snorri sempre o pintava como uma criatura capaz de vilania sobrenatural.

Em Nordeland, Harald era um salvador. Um libertador e defensor dos fracos e oprimidos. Eu tinha visto com meus próprios olhos as boas ações dele. E lhe devia minha vida, assim como vários daqueles que o serviam. Ainda assim, ele era tão herói quanto vilão. Um mero homem, e não existe um sequer que faça apenas escolhas altruístas, muito menos se tiver saído de um pequeno povoado e se tornado rei.

— Está falando feito skalandês de novo. — Harald suspirou e torceu mais uma vez o tecido da túnica que usava, gotas de água caindo sobre o musgo. — Isso me lembra de quando Saga fugiu para Nordeland com você, delirando devido à dor das queimaduras. Você era só um menino e ainda assim nunca se lamentou, apenas jurou vingança contra Snorri pelo que ele havia feito. Você e eu teríamos cruzado o estreito juntos e o colocado no túmulo, não fosse por sua mãe nos impedindo. Eu queria ver Snorri morto mais do que qualquer outra coisa, e ainda assim Saga suplicou que eu não fizesse nada. Sempre fui escravo dos desejos dela, mas queria ter sido mais firme.

— Eu me lembro. — Ouvi aquela marca de Skaland na minha forma de falar, mas era incapaz de perder o sotaque sem certo esforço. Tinha adotado essa estratégia para tentar me misturar melhor em Halsar, para encorajar os skalandeses a se esquecerem de que eu tinha ficado fora por tantos anos, mas não havia funcionado. Seria um forasteiro para sempre. Um nordelandês para sempre.

Principalmente em meu coração.

Vestindo os trajes molhados, Harald enfim me encarou. Sua atenção pesava sobre mim como sempre.

— Agora que finalmente estamos sozinhos, pode me dizer por quê?

Por quê?

Uma pergunta que não precisava de esclarecimento, e soltei o ar devagar antes de dizer:

— Importa mesmo?

Harald brincou com a argola de ouro que prendia sua barba, depois balançou a cabeça.

— Se importa? É claro que importa saber por que você escolheu destruir os planos de uma vida inteira. Tudo o que eu fiz foi a pedido de sua mãe, a *seu* pedido, e ainda assim você parece satisfeito em cuspir na minha cara que fizemos as coisas como você queria. Os planos que estávamos executando eram seus, Bjorn, não meus, e mesmo assim você me trata como inimigo.

— Você não é meu inimigo, pai. Mas as coisas mudam.

— Ah, sim. *As coisas*. — Harald fez uma careta. — Coisas tipo a dama do escudo se revelando uma mulher de beleza incomparável? É muito mais fácil matar pessoas feias, não é? Se Freya tivesse cara de bunda de cavalo, não tenho dúvidas de que você teria feito a vontade de sua mãe sem hesitar, mas olha só no que deu. Snorri vivo. Freya viva. A ameaça contra

Nordeland tão real quanto antes porque nossos destinos são imutáveis. Tudo por causa de um rostinho bonito.

— A aparência dela não teve nada a ver com isso. — Era mentira, porque eu me lembrava da primeira vez em que coloquei os olhos em Freya. Como a luz do sol havia iluminado a raiva em seu rosto enquanto ela resgatava um peixe atrás do outro depois do ataque de fúria de Vragi, tudo na postura dela gritando desobediência. Bonita, sim, mas a ferocidade era o que havia me levado a atravessar o fiorde para falar com ela. Usando um vestido simples, sem nenhuma arma além das palavras, Freya tinha sido mais brutal do que qualquer guerreiro que eu já havia encontrado no campo de batalha. — Matá-la me pareceu errado — murmurei, incapaz de explicar meus motivos de uma forma que não resultasse em zombaria. — Por que ela deveria morrer pelos crimes de Snorri?

— Porque sua mãe disse que essa era a única forma de salvar milhares de vidas — respondeu Harald. — Embora não entendesse o que tornava Freya tão perigosa, Saga sabia que a garota tinha o poder de trazer destruição para Nordeland e Skaland. Snorri é o vilão, mas a dama do escudo é sua arma, e matá-la acabaria com as habilidades dele de provocar qualquer dano real. Saga te incumbiu dessa tarefa porque você, por ser uma pessoa sem destino determinado, tinha a capacidade de mudar o futuro que o Pai de Todos havia mostrado a ela. Ainda assim, mesmo recebendo a oportunidade de mão beijada, você hesitou. Porque *pareceu errado*. — Ele curvou os lábios de desgosto. — Ou talvez tenha sido porque você estava pensando mais com o pau do que com a cabeça.

— Minha mãe concordou que o plano precisava mudar — retruquei. — Quando falei com ela em Fjalltindr, ela concordou que Freya poderia trilhar um caminho diferente se a libertássemos de Snorri. Minha mãe não é tão sedenta de sangue a ponto de desejar a morte de uma mulher inocente quando existe outra solução óbvia.

Harald suspirou.

— Saga não concordou com você, Bjorn, ela apenas entendeu que você estava apaixonado por Freya e não seria convencido a feri-la. Ela de fato me pediu que fizesse isso por você, mas o que ouvi foi a súplica de uma mãe, e não a estratégia de uma vidente. Não passo de um homem mortal e não tenho o poder de mudar o futuro estabelecido pelas Nornas, o que significa que estava destinado a fracassar.

Ele lançou um olhar de soslaio em minha direção que sugeria o conhecimento de que eu desempenharia um papel ao frustrar a tentativa dele. Contra a minha vontade, a visão de Freya nua até a cintura preencheu minha mente, a cabeça coroada por chifres e inclinada para trás enquanto eu a saboreava pela primeira vez. Pisquei, vencendo a visão, porque a mesma ameaça da qual a protegi naquele momento se apresentava agora.

— Minha mãe ainda quer Freya morta, então? Ainda acredita que essa é a única forma de mudar o futuro? — Porque a última coisa que eu queria fazer era levar Freya para o centro de Nordeland se minha mãe estivesse fazendo de tudo para matá-la.

Pela milésima vez na vida, gritei em silêncio: *por que não posso só matar Snorri e acabar com isso?*

Já que minha mãe, havia muito, tinha sido inflexível sobre o fato de que matar Snorri não era uma opção, recusando-se a ouvir qualquer argumento contrário.

— Não sei o que Saga pensa agora sobre o assunto, ou se o Pai de Todos lhe concedeu mais visões do futuro. — Harald apoiou os cotovelos nos joelhos. — Não a vejo há muitas semanas, pois ela voltou para a cabana em que mora depois que deixou Fjalltindr. Estar perto de tantas almas a exauriu.

O que não era surpresa, pois minha mãe estava sempre desesperada por isolamento, o peso de ver futuros frequentemente trágicos sendo mais do que seu coração podia suportar. Quase caí, chocado, quando a vi pela primeira vez em Fjalltindr, mas isso não me impediu de dar uma fugida mais tarde para ouvir um conselho dela.

Por entre as árvores, vi homens correndo pela praia. Carregavam escudos pintados com as listras azuis de Nordeland junto com o símbolo de seu jarl. Guerreiros da esquadra de Harald que haviam chegado à costa antes de nós. O que significava que aquele breve momento que eu estava tendo para descobrir os planos de meu pai sem outros escutarem estava chegando ao fim.

— O que pretende fazer com Freya? — Uma pergunta direta que precisava de uma resposta. Harald havia buscado a morte de Freya fazia um longo tempo, mas isso tinha mudado quando a vira usar a magia de Hel. Fora impossível não notar o fascínio no olhar dele ao saber o que ela era capaz de fazer. Eu suspeitava de que ele tivesse esperanças de que ela se juntasse ao grupo dos Sem Destino que ele usava para defender as costas de Nordeland. Meu pai não desperdiçaria uma arma tão poderosa quanto Freya, a menos que não tivesse outra opção.

Ou a menos que minha mãe ordenasse que ele fizesse isso, o que era um grande risco.

— Ela é perigosa. — Os olhos de Harald passaram dos guerreiros que se aproximavam para Freya, que estava à beira d'água sob o olhar atento de Tora. — Tem não apenas o poder de matar, mas de mandar almas para sua mãe divina em Helheim. Guerreiros que riem da cara da morte vão fugir de Freya, pois ela tem o poder de lhes negar Valhalla. Mas sabe que não é isso que mais me aterroriza nela. — Ele ficou em silêncio por um longo momento antes de acrescentar: — É a raiva que ela sente.

Como se ouvisse nossas palavras, Freya girou o corpo, e mesmo do outro lado da faixa de areia e entre as árvores, não havia como confundir o brilho vermelho de seu olhar. Os cabelos loiros, de coloração clara, caíam soltos até a cintura, emaranhados e opacos devido à água do mar e ao vento. Não fosse pelo fato de ela ter pernas em vez de um rabo de peixe, eu a compararia com uma *havfrue*, que diziam atrair marinheiros descuidados para a morte. Embora, na verdade, mesmo desarmada como estava, Freya fosse muito mais perigosa.

— A raiva dela é metade do motivo para eu ter tentado capturá-la e fugir. Não me dei conta de que era influência de Hel, mas eu a vi mudar conforme Snorri a usava em sua jornada para se tornar rei. Eu a vi se transformar no monstro que minha mãe temia e quis protegê-la disso. Eu…

— Quis mudar o destino dela?

Fiz que sim com a cabeça devagar.

— Parece bobagem agora, dado que é Hel que a faz se sentir assim, e não Snorri. Fugir não teria mudado nada.

Harald caiu na gargalhada e fiz cara feia para ele.

— Ah, o que eu não daria para ser jovem e idiota de novo — disse ele, finalmente, secando os olhos. — Não se esqueça de suas histórias, Bjorn, ou vou fazer você se sentar com Steinunn e pedir para ela te ensinar igual faz com as criancinhas. Hel é a deusa da morte e senhora de Helheim, mas não é nenhuma vilã que provoca destruição. Ela é… *ambiciosa*, por falta de uma palavra melhor. Ela *quer*. O que faz eu ficar me perguntando o que Freya quer. Faz com que eu me pergunte o que foi negado a ela para a raiva queimar com tanta intensidade em seu coração a ponto de os olhos dela se transformarem em chamas. Não culpe Hel, pois a raiva que você vê é de Freya e apenas dela.

Eu podia pensar em inúmeros motivos para Freya estar zangada — sabia que eu com certeza era um deles —, mas ainda assim meus instintos me diziam que eu não era capaz nem de começar a compreender por que a ira dela era tão poderosa.

— Descubra o que Freya quer — disse Harald. — Essa é a chave para acalmá-la e, ao fazer isso, mudar o destino obscuro que sua mãe previu.

Franzi a testa diante da escolha de palavras. *Acalmá-la.* Era muito parecido com *mudá-la*, e não havia nada em Freya que eu desejasse mudar. Ainda assim, tudo o que falei foi:

— Ela quer saber a verdade.

— Então leve-a até Saga para que ela possa saber de tudo. — Meu pai segurou meu ombro. — Eu te perdoo, Bjorn. Eu te perdoo porque compreendo que agiu por amor a Freya, e não por más intenções em relação a mim ou a Nordeland. Só os deuses sabem como eu também fiz escolhas questionáveis pelo bem da sua mãe, então não estou em posição de julgar você. As mulheres usam a beleza como arma, e nenhuma é mais bela do que Saga.

Olhei para o céu.

— Não quero ouvir essa sua poesia apaixonada sobre minha mãe. Há coisas na vida que prefiro não saber, e essa é uma delas.

Harald riu, mas então seu olhar ficou mais aguçado.

— Você se lembra da visão que sua mãe teve sobre Freya depois que vocês vieram para Nordeland?

Como se algum dia eu fosse me esquecer da vez em que minha mãe caíra de joelhos diante de mim, revirando os olhos. Uma voz que não era a dela sussurrando através de seus lábios que a dama do escudo teria o poder de unir Skaland, mas que milhares morreriam em seu rastro. Que a dama do escudo caminharia sobre a terra como uma praga, colocando amigo contra amigo, irmão contra irmão, e que todos a temeriam.

— Você sabe que eu me lembro.

Harald acenou devagar com a cabeça.

— Por muito tempo, o propósito da sua vida foi não apenas negar a Snorri o destino que sua mãe previu, mas também evitar o preço sangrento que o domínio dele teria sobre nossas terras se tivesse a dama do escudo como arma. Você acreditou que sequestrar Freya evitaria aquele futuro obscuro, mas acho que está claro que ela não pode fugir do destino que Saga prenunciou. Ela precisa combatê-lo. A questão que você deve se perguntar é se está disposto a combater ao lado dela.

Eu não tinha dúvidas quanto a isso. Estaria ao lado de Freya até os portões de Valhalla e além.

Embora não tenha respondido nada, Harald acenou de leve em aprovação.

— Seu caminho, então, é o mesmo de sempre, Bjorn: evitar que Snorri controle Skaland. Negar a ele o poder de destruição. Como vai fazer para conseguir isso da melhor forma, eu não sei. Só podemos esperar que sua mãe tenha respostas.

— Se ela alegar que a morte de Freya é a única opção, o que vamos fazer? — perguntei, porque ele não tinha respondido da primeira vez.

O vento uivava pela floresta, o som me assombrando e me enchendo de maus presságios enquanto os olhos cinza-claros de Harald procuravam os meus. Foi então que ele disse:

— Vamos rezar para que não chegue a isso.

Os guerreiros que se aproximavam haviam sido interceptados por Skade, e ela agora os guiava em nossa direção. Nós tínhamos sido criados por Harald como irmãos, mas ainda assim Skade e eu sempre tivemos nossas diferenças. A mãe dela a havia abandonado, e a amargura que Skade sentia por esse motivo a tinha feito se voltar contra todas as mulheres, principalmente aquelas que ela percebia como fracas. Tinha aterrorizado as criadas sem dó nem piedade até Harald a punir por isso, o que só a fez ficar mais esperta em suas perseguições. Eu nunca tinha visto Skade chegar ao ponto de matar uma mulher por fraqueza até vê-la assassinar a mãe de Freya, mas, em retrospecto, eu devia ter previsto que era o que faria. Kelda tinha incorporado tudo o que ela odiava.

Skade olhou feio para mim como se estivesse lendo meus pensamentos, mas eu a ignorei quando um dos guerreiros falou:

— Meu rei. — E fez uma reverência. — Estamos aliviados por ver que está bem. Quando o céu ficou escuro em nosso rastro e seu drácar não chegou à costa com a esquadra, tememos o pior.

Harald o dispensou com um gesto.

— Foi só um tempo ruim.

Eu zombei:

— Diz o homem que ainda está fedendo a vômito.

— Há uma diferença entre desconforto e perigo — respondeu Harald. — A dama do escudo nunca correu o risco de ser perdida para uma onda traiçoeira, e me apeguei a esse fato. Todas as nossas outras embarcações já chegaram?

— Sim, meu rei. — O guerreiro ajustou o escudo pendurado nas costas. — A maioria retornou aos próprios lares, conforme ordenou. O resto se aventurou até a foz do Rimstrom, mas resolvemos esperar para garantir que o senhor retornaria em segurança.

— Sim, sim — interrompeu Skade, e foi até o grupo de guerreiros, puxando um homem pequeno para a frente. Reconheci Guthrum de imediato. Magro feito uma lança, de cabelos castanhos emaranhados e uma barba malcuidada, Guthrum preferia viver em meio à natureza, o mais longe possível de pessoas. Não havia mudado nada nos anos em que ficamos separados, mas o falcão empoleirado em seu ombro era novo.

— Meu rei. — Guthrum se curvou, o falcão agitando as penas e depois imitando o gesto. — Trago notícias terríveis. Ou melhor, Kaja traz.

— Onde está sua raposa? — perguntei, porque uma pequena raposa vermelha costumava ser o animal familiar dele quando parti, e raposas não eram capazes de cruzar a porra de um *mar*.

Os olhos castanhos de Guthrum encontraram os meus.

— Lobos. Dois invernos atrás. Resgatei Kaja quando era recém-emplumada e Jord achou por bem conectar nossas mentes.

Meu estômago afundou, porque aquilo significava que havia quase dois anos que Harald tinha um espião nos céus de Skaland. Guthrum era filho de Jord, o que significava que ele era capaz de conversar por telepatia com seu animal familiar. Pior ainda, era capaz de ver através dos olhos do animal, e Guthrum era um homem extremamente leal. Teria repassado cada uma de suas descobertas a Harald.

— O que Kaja viu? — perguntou Harald. — Ela estava de olho em Snorri?

Guthrum engoliu em seco, os olhos voando na minha direção e depois se voltando para trás, para onde Freya estava com Tora, ambas observando.

— Os skalandeses procuraram na base da cachoeira pelos corpos deles assim que vocês partiram — disse ele. — Também procuraram no próprio rio Torne e barcos de pesca agora estão vasculhando a costa. Snorri está convencido de que a dama do escudo e Bjorn ainda estão vivos e estabeleceu uma recompensa para qualquer um que tenha informações sobre seu paradeiro.

Tensionei a mandíbula quando me lembrei de que tinha certeza absoluta de que todos acreditariam que Freya e eu estávamos mortos, os corpos desaparecidos na agitação infinita da cachoeira. Agora parecia a mais pura forma de idiotice, e fechei as mãos em punhos com raiva de mim mesmo por não termos enganado ninguém.

Harald alisou a barba, não parecendo surpreso nem preocupado.

— Ele suspeita de que Freya e Bjorn estejam conosco em Nordeland?

Guthrum fez que sim de leve com a cabeça.

— Ele acredita que você recuou muito fácil. Que os encontrou logo depois que eles pularam na cachoeira. Comentou com Ylva que se você os tivesse encontrado mortos, teria gritado isso aos quatro ventos, então supõe que devem estar vivos.

— Snorri, meu velho amigo, você não é bobo — disse Harald baixinho, mas depois balançou a cabeça. — Era inevitável que ele descobrisse que você e Freya estão vivos, Bjorn. Pessoas demais viram o rosto de vocês, e por mais que eu deseje que todos os meus guerreiros sejam leais a mim, basta um ser tentado pelas possibilidades de riqueza para a emboscada estar armada. Precisamos avançar para o interior, para a segurança de Hrafnheim.

Meu coração acelerou à menção da fortaleza onde eu fora criado. Meu lar, pois minha mãe havia insistido que eu permanecesse com Harald para poder receber treinamento de guerreiro. Meus amigos estavam lá, assim como a família com a qual eu havia forjado laços mais fortes do que os de sangue.

A voz de Freya me arrancou de meus pensamentos.

— Eu não concordei em ir para Hrafnheim, apenas em ver Saga, que Tora disse residir em outro lugar. — Ela tinha se aproximado em silêncio. Tora estava atrás dela, uma das mãos repousando no cabo da espada. Minha irmã e amiga. Ou pelo menos tinha sido minha irmã e amiga um dia. Muita coisa havia mudado.

— Precisamos passar por Hrafnheim para chegar à cabana de Saga — respondeu Harald. — Vão precisar de cavalos e suprimentos, e tudo isso pode ser encontrado na cidade.

— A cidade que é sua fortaleza. — Freya cruzou os braços. Tão bela e feroz que meu peito chegou a doer, e nenhuma parte desse sentimento diminuiu quando ela lançou um olhar mortal na minha direção. — Acha que vou entrar voluntariamente na sua fortaleza? — perguntou. — Até mesmo nas pequenas vilas de pescadores em Skaland ouvimos falar de Hrafnheim, e o que mais ficamos sabendo é que ninguém que não é nordelandês jamais viu o interior dela e saiu vivo para contar a história. Quem me garante que você não pretende me trancar em uma prisão pelo resto da vida?

Harald não era o tipo de homem que trancava pessoas em prisões. Preferia outras formas de punição, e meus olhos foram parar nos escravizados dele — os Inomináveis — que estavam todos ajoelhados na areia vestindo capuz preto.

— Te dou a minha palavra de que não tenho qualquer intenção de trancar você em uma prisão. — Harald ajustou as lâminas que trazia na cintura. — Eu nem tenho prisão em Hrafnheim.

Freya bufou pelo nariz.

— Sua palavra vale menos para mim do que um penico mijado. Não vou até Hrafnheim. Se me indicar um guia, eu me viro para chegar até Saga. — Ela me encarou novamente. — Um guia que não seja *Bjorn*.

O fato de aquelas palavras serem esperadas não aliviou a dor pungente ao me atingirem.

— Eu não me ofereci. — Peguei um pedaço de alga na manga da camisa que vestia e o joguei de lado. — Vá andando, se quiser, Nascida do Fogo. Eu devo subir o rio Rimstrom de barco até Hrafnheim, escolher um cavalo veloz e chegar à cabana de minha mãe quinze dias antes de você. Vou garantir que haja um copo de hidromel esperando, pois com certeza você vai chegar com sede da longa jornada.

Freya não disse nada, mas o chão tremeu, assustando a todos. Eu só a encarei.

— Vá em frente — falei. — Me condene a Helheim. Peça para sua mãe divina tirar meu lugar em Valhalla. Não funcionou da última vez, mas talvez agora funcione.

— O Pai de Todos vai me agradecer por poupá-lo de ter que ouvir sua voz — disparou ela em resposta. — Punição de verdade para você seria te colocar sozinho em um lugar onde você só teria a si mesmo para perturbar.

Harald suspirou e massageou as têmporas.

— Me diga onde é esse lugar, pois ele parece mais tranquilo do que ficar aqui nesse fogo cruzado. Freya, a escolha é sua. De barco ou a pé.

A mandíbula dela se mexeu de um lado para o outro, mas por trás da teimosia havia um rastro de medo. Freya estava sozinha em uma nação inimiga de sua terra natal, e a culpa devorava minhas entranhas por tê-la alfinetado.

— Ninguém vai te impedir de ir atrás da minha mãe para encontrar as verdades que está procurando — eu disse a ela. — Você tem minha palavra.

O vermelho de seus olhos parecia ferver quando ela rebateu:

— Foda-se a sua palavra, Bjorn. Ela vale ainda menos do que a de seu rei.

Virando o corpo, ela caminhou na direção do drácar com Tora em seu encalço.

Harald suspirou e em seguida dispensou os guerreiros antes de dar a Skade a ordem de preparo para levantar âncoras. Depois ele se virou na minha direção e tirou uma braçadeira do bolso. O aro de metal me era profundamente familiar, pois tinha sido dado por ele a mim havia muito tempo, e depois eu o havia devolvido para que ficasse em segurança quando fui para Skaland procurar pela dama do escudo e por vingança.

— Freya é a chave para Snorri conquistar seu destino como rei — disse Harald. — Ele não vai abrir mão dela sem lutar, e no momento em que tiver certeza de que ela está aqui, virá atrás. Vai entrar em guerra contra Nordeland para consegui-la de volta. Sei que você está disposto a morrer para defendê-la, mas será que ainda está disposto, também, a lutar para defender sua terra? Você ainda é nordelandês, meu filho?

Peguei a braçadeira de prata, o metal frio contra minha palma, me lembrando do quanto havia significado quando ele me presenteara. Quando me nomeara defensor do povo que me recebera e me tratara com gentileza quando parecia que eu havia perdido tudo.

— Sou nordelandês para sempre. — Coloquei a braçadeira no lugar que sempre a usara, acima do cotovelo. — É bom voltar para casa, pai.

3
FREYA

Não havia qualquer parte de mim que quisesse voltar a entrar naquele drácar com os nordelandeses, pois debaixo da raiva que eu sentia circulava também uma corrente de medo que me enjoava. O que tinha me dado forças para ir embora de Skaland com Bjorn fora a crença de que Snorri aceitaria que eu estava morta. Que não puniria meu irmão nem Ingrid, e que o que restava de minha família poderia tocar a vida. Mas o relato que eu escutara indicava que Snorri não tinha desistido de mim, o que significava que Geir, Ingrid e o filho que estavam gestando permaneciam em risco. Embora minha relação com meu irmão tivesse azedado, eu ficava nauseada só de pensar que o filho inocente dele talvez saísse prejudicado dessa história.

E também, de maneira egoísta, eu temia por mim.

Os homens e as mulheres no barco, assim como aqueles que tinham viajado nas outras duas embarcações, eram os invasores que cresci temendo. Toda criança criada na costa de Skaland sabia que devia ter medo da visão de um drácar de velas com listras azuis. Que, ao avistar um estandarte com um lobo branco, devia se esconder na floresta com os mais velhos enquanto os adultos tentavam combater a investida de guerreiros experientes para levar tudo de valor, a vida humana acima de tudo. Meu tio tinha morrido em uma invasão quando eu era menina, e minha tia havia sido levada para ser escravizada, e nunca mais tivemos notícias dela. Memórias distantes, mas nunca esquecidas, e eu não tinha qualquer ilusão de que as pessoas que me cercavam naquele momento eram menos perigosas. Principalmente com o lobo branco que tremulava com a brisa sobre nossas cabeças.

Você está longe de ser indefesa, sussurrei em voz baixa. A distância cautelosa que os nordelandeses mantinham de mim era reconfortante e aterrorizante em igual medida, porque me temiam como se eu fosse um monstro. Eu estava ouvindo quando conversaram, aos sussurros, sobre o que eu fizera com os guerreiros de Harald quando me encontraram com Bjorn. Como a magia que eu havia recebido de Hel arrastou as almas deles para fora dos corpos e os lançou lá para baixo, para Helheim, negando-lhes para sempre os salões de Valhalla. Esses mesmos sussurros tinham dito que apenas os Sem Destino podiam se defender de mim e que a vida de Harald havia sido poupada apenas porque os outros deuses tinham interferido para proteger o adorado rei de Nordeland. O que, até onde eu sabia, era verdade mesmo, pois a magia de Hel não havia nem chegado a encostar nele.

Estavam morrendo de medo de mim, e eu não podia culpá-los por isso, pois eu mesma estava assustada comigo. Nunca entendi como o futuro catastrófico que Saga havia previsto era possível, quando a magia de Hlin não fazia nada além de proteger, mas tinha ficado claro como eu me tornaria a praga que ela profetizou. Como era possível que, em um ataque de raiva, eu fosse capaz de matar dezenas, centenas, talvez milhares, e aprisionar as almas de todos no reino de Hel? Helheim não era nenhum lugar de horror, mas ser mandado para lá negava aos guerreiros a chance de se sentarem à mesa do Pai de Todos e de lutarem na última batalha, a promessa que lhes dava a coragem para enfrentar a morte.

Ninguém devia ter tamanho poder, muito menos eu, e jurei em silêncio que não usaria essa magia novamente.

Eu não seria aquele monstro. Eu me recusava.

Você está a caminho de descobrir a verdade sobre quem é, pensei comigo mesma. *Com a verdade, a jornada a seguir ficará mais clara.*

Por outro lado, talvez eu estivesse velejando na direção de minha futura prisão. Mas era um risco que precisava correr.

Apertando o manto de lã com mais força ao redor do corpo, olhei para Bjorn, sentado ao lado de Harald. Os cabelos escuros dele estavam presos em um nó, as tatuagens nas laterais da cabeça levemente obscurecidas por vários dias longe de uma navalha. A barba por fazer também preenchia seu rosto, embora não tivesse crescido tanto a ponto de esconder a linha elegante de sua mandíbula e as maçãs do rosto. Harald disse algo a ele, e quando Bjorn respondeu, a luz do sol iluminou o verde de seus olhos, mas também os círculos escuros debaixo deles.

Ninguém vai te impedir de ir atrás da minha mãe para encontrar as verdades que está procurando, a voz de Bjorn repetiu em minha mente. *Você tem minha palavra.*

Ele parecera genuíno, mas não consegui não pensar no fato de que eu também o tinha achado honesto quando na verdade ele estava mentindo sem parar.

A braçadeira prateada e torcida que ele agora usava acima do cotovelo brilhava à luz do sol, e eu sabia que tinha sido um presente de Harald. Um símbolo de família e lealdade. Meu irmão, Geir, usava uma parecida dada por Snorri quando ele se juntara ao bando de guerra dele, e meu pai também tinha uma. Todos os guerreiros de Snorri as usavam, e embora eu tivesse notado que Bjorn não usava uma, não tinha deduzido nada a respeito. Havia sido inocente a ponto de acreditar que era resultado da inclinação dele por tirar a camisa em qualquer mínima oportunidade que tinha, e não uma pequena demonstração de desobediência ao homem que aparentemente tinha jurado destruir.

Sem a minha permissão, a lembrança de nossa escalada pelos túneis infestados de draugs de Fjalltindr preencheu minha mente. O momento em que descansamos juntos, o calor do machado e dos braços dele afastando o frio da montanha. Tínhamos falado de Nordeland, de como as pessoas o haviam tratado, e eu tinha perguntado como ele se sentia a respeito da ideia de Snorri entrar em guerra contra eles. *Não importa como me sinto em relação ao povo, é preciso se vingar daquele que feriu minha mãe*, tinha dito ele. *Jurei tirar tudo dele, e qualquer um que ficar no meu caminho não passa de dano colateral em uma guerra.*

Bjorn havia falado a verdade, e eu só tinha prestado atenção no que queria ouvir. Que Harald era inimigo dele. Que Nordeland era inimiga dele. Ylva estava certa em suas acusações, e não foi difícil me lembrar de como desconsiderei a animosidade dela em relação a ele achando ser ciúmes em nome de Leif. Como eu estava errada.

Independentemente de sangue, Bjorn era nordelandês da cabeça aos pés, o que fazia dele meu inimigo.

Fechei minhas mãos em punho e virei a cabeça para não ter mais que olhar para ele. O que infelizmente colocou Tora em minha linha de visão.

A filha de Thor era uma cabeça inteira mais alta do que eu e tinha ombros mais largos. Mostrava maestria com qualquer arma que escolhesse, mas o que a tornava perigosa era o raio que podia invocar com as mãos.

Raio esse que quase tinha me matado, mas em vez disso tirara a vida de Bodil. O rosto dela estava coberto por queimaduras de quando rebati seu poder com meu escudo no portão de Grindill. Ainda estavam vermelhas, embora muito tempo já tivesse se passado, e notei que ela usava os longos cabelos loiros para cobri-las.

— Harald não tem curandeiro, por acaso? — perguntei.

— Volund é filho de Eir. — Tora apontou com o queixo na direção de um dos drácares que velejavam em nossa escolta. — Aquele velho gordo de túnica verde.

Apertei os olhos para ver a outra embarcação, finalmente enxergando um homem mais velho de bochechas rosadas que correspondia à descrição dada por ela. Ele parecia meio adormecido, a cabeça apoiada em uma das mãos enquanto o barco deslizava sobre as ondas.

— Então por que ele não te curou?

— Isso me foi negado. — A voz de Tora estava inexpressiva, mas não deixei de notar que ela ergueu a mão para tocar os ferimentos, que pareciam doloridos e com certeza deixariam cicatrizes.

A maior parte do que eu sabia sobre os poderes dos filhos de Eir vinha de Liv, a curandeira que tinha tratado da minha mão depois que eu havia sido queimada pelo machado de Bjorn. Ela me dissera que Eir era instável com sua magia, curando alguns ferimentos de modo que parecessem nunca ter acontecido, e outros, como minha mão, como se o tempo e a natureza tivessem seguido seu curso. Alguns, Eir não curava de jeito nenhum, que aliás foi o que vi acontecer depois que Gnut atacou Halsar e muitos dos feridos sucumbiram, apesar das tentativas de Liv de ajudar com sua magia. Ela fora uma mulher boa, e talvez até tivéssemos virado amigas se ela não tivesse sido assassinada quando Gnut retornou para terminar o ataque. Então me ocorreu que Tora pudesse ter ajudado Gnut naquela batalha também, por isso falei:

— Uma punição adequada. Você matou minha amiga e muitos outros além dela.

Tora segurou minha mão direita e a ergueu para que as cicatrizes fossem iluminadas pelo sol.

— Talvez Eir tenha visto seu futuro e achado que você também merecia ser punida. E eu não estava mirando em Bodil, estava mirando em você. Aquele erro foi um dos maiores da minha vida.

Puxei o pulso de volta.

— Conheci Bodil quando era bem jovem e meu tio estava tentando negociar com o clã dela — disse Tora. — Ela era uma guerreira corajosa, com mais reputação do que qualquer mulher viva, e falei que queria ser como ela. — Então respirou fundo. — Eu me lembro bem de Bodil levantando o pé para coçá-lo e logo em seguida sorrir e dizer: "Ah, não quer, não".

Senti um vazio no peito.

— O pé dela coçava quando alguém dizia uma inverdade. Você não queria ser guerreira.

— Naquela época, não.

— O que mudou? — Olhei nos olhos castanhos de Tora. Estavam fundos, com um pesar antigo.

Antes que ela pudesse responder, Harald colocou a mão em seu ombro.

— O tio dela era um homem ruim que fazia coisas ruins. Mas já morreu faz muito tempo, não é, Tora?

— Sim, meu rei — disse a filha de Thor, calmamente. — Você o executou.

— E você decidiu se juntar a mim desde então. — Harald deu um tapinha no ombro dela. — Uma filha de meu coração, senão de meu sangue, e uma guerreira que poucos teriam coragem de enfrentar. Você é uma figura rara, Freya.

Minha pele pinicou, as palavras dele me incomodando, embora eu não conseguisse explicar o motivo.

— Fumaça!

Skade falou alto e todos no drácar olharam na direção apontada pela caçadora. Fracas no início, pouco mais que filetes, mas as plumas rapidamente cresceram e se transformaram em grandes colunas pretas.

Invasores.

— Os skalandeses vieram! — gritou alguém em um dos outros barcos. — Snorri deve ter vindo recuperar seu prêmio!

Meu coração pulou uma batida e eu fiquei em pé. Como ele podia ter chegado ali tão rápido? Como aquilo era possível?

A ave que eu tinha visto empoleirada no ombro de um homem mais cedo desceu do céu, gritando enquanto circundava seu mestre, que estava na outra embarcação.

— Não são skalandeses! São islundeses! — berrou ele.

Minhas mãos ficaram úmidas à mera menção da nação insular, pois eles ocasionalmente atacavam a costa de Skaland. Quando isso acontecia, não sobrava ninguém vivo. Ainda assim, todos os nordelandeses dos três barcos agora estavam em pé e gritavam de fúria, não de medo.

— Parece que os islundeses notaram nossa ausência e tiraram vantagem — disse Skade. — Nossos vilarejos foram deixados sem defesa.

A mandíbula de Harald ficou tensa e ele se voltou para as colunas de fumaça.

— Devem pagar o preço, porque o lobo branco está aqui agora. — Então ele vociferou: — Preparem as armas, meus amigos, pois estamos velejando para nos banhar em sangue de Islund!

4
FREYA

A FUMAÇA PARECERA DISTANTE. No entanto, conforme flutuamos pelo litoral rochoso e por florestas verdejantes, parecia apenas uma questão de segundos até que os barcos pintados de preto e amarelo aparecessem. Islundeses, não restava dúvida. Três drácares foram arrastados para a praia com alguns guerreiros montando guarda. E embora tivéssemos o mesmo número de embarcações, os nordelandeses estavam em desvantagem porque todos os guerreiros que normalmente velejariam no barco de Harald estavam em Helheim, graças a mim. Os únicos em nosso drácar eram Bjorn, Tora e Skade.

E eu.

Pelos lampejos de raio que vinham do vilarejo, os islundeses tinham seus próprios Sem Destino.

Bjorn passou por mim e foi até a proa do drácar, fazendo nossos cotovelos se esbarrarem no processo. Eu me virei de lado para abrir espaço entre nós, odiando como meu corpo parecia se aproximar do dele contra minha vontade. Se Bjorn notou, não esboçou nenhuma reação, pois estava concentrado em Tora.

— Você jurou matar Arkyn antes de eu partir para Skaland, Tora — disse Bjorn, o machado já em chamas na mão. — Mas, pelo show de luzes, parece que ele está bem vivo.

A familiaridade entre os dois azedou minha boca. Embora ele não tivesse negado conhecer Tora, também tinha me dito que a via como inimiga, sendo que ela claramente era tudo, menos isso.

Tora fez cara feia.

— Arkyn anda se escondendo de mim, então não tive a oportunidade.

— Ele não parece estar se escondendo agora. — Bjorn abriu um sorriso amarelo para ela que me fez querer empurrá-lo para fora do barco.

— É melhor cumprir seu juramento, ou as pessoas vão começar a achar que você é cão que ladra, mas não morde.

— Diz o homem que jurou todos os dias de sua vida que mataria a dama do escudo e acabou transando com ela em vez disso.

Fiz cara feia para aquela farpa, mas Bjorn apenas deu de ombros.

— Se inveja meu destino, fique à vontade para encontrar um lugar isolado e descobrir se os dedos de Arkyn fazem cócegas tão bem quanto os raios dele. Não vou te julgar. Mesmo que ele seja velho, feio e feda a cabra.

— Como você sabe o cheiro dele, Bjorn? — Skade abriu um sorriso maroto.

— Ele caiu em cima de mim durante um combate e quase morri com o fedor, mas talvez ele tenha tomado um banho desde então. Tora, você precisa me contar o que descobrir no tempo que passar com ele.

— Chega dessa conversa, crianças — interrompeu Harald, e agradeci por isso. Estava ciente de que Bjorn conhecia essas pessoas, mas acreditava que era um conhecimento adquirido como prisioneiro. E não como companheiros. Não porque eles eram… *família*.

— O que vai querer fazer, Freya? — Harald virou os olhos cinzentos na minha direção. — Vai lutar por mim para proteger o vilarejo ou ficar aqui no drácar?

Cada parte minha ficou tensa com o pedido, porque consegui sentir o que ele estava querendo. Que eu invocasse Hel para ceifar as vidas e almas dos islundeses, acabando com a batalha por meio da minha maldição para que ele não precisasse mover uma palha.

— Cada um que lute suas próprias batalhas — respondi. — Eu não sirvo a Nordeland, nem nunca servirei.

— Islund não é aliada de Skaland — respondeu ele. — Vivem invadindo o litoral de vocês também.

— O inimigo de meu inimigo é meu amigo.

Ele se limitou a dar de ombros.

— Como quiser. — Levantando a voz, Harald gritou: — Preparem-se!

Meu coração bateu mais rápido quando os navios nordelandeses aceleraram na direção da praia e os islundeses que estavam de guarda perto de seu drácar finalmente notaram nossa aproximação. Corredores dispararam pela praia na direção do vilarejo em chamas para alertar o bando de guerra principal enquanto os outros levantaram as armas, aprontando-

-se para lutar. Os escudos deles tinham sido pintados de preto e amarelo, os corpos cobertos por cota de malha e pele de animais, e na cabeça levavam os elaborados elmos pelos quais eram conhecidos.

— Skade — disse Harald em voz baixa. — Acabe com eles.

— Com prazer, meu rei. — O arco brilhante apareceu nas mãos dela. Puxando a corda, ela soltou a flecha, que rasgou o ar para atingir o peito de um homem. Bile queimou por minha garganta quando visões dela fazendo o mesmo com minha mãe preencheram minha mente, mas então Bjorn gritou:

— Cuidado! A areia está úmida!

Não entendi por que aquilo seria motivo para preocupação, mas todos gritaram alarmados e se seguraram onde puderam.

— Freya! — berrou Bjorn. — Se segure! Tem um filho de…

O que quer que ele estivesse prestes a dizer foi abafado por um gemido alto vindo de baixo de nosso drácar, e então a popa da embarcação foi levantada da água. Steinunn gritou, agarrando-se ao mastro enquanto Skade arriscava outro disparo antes de se lançar para a beirada a fim de se segurar. Fui tomada pelo medo quando subimos ainda mais e o drácar virou de lado. Tive o vislumbre de uma forma cinza.

Um filho de Njord.

Havia um entre os islundeses, e ele tinha invocado uma *baleia*.

Tive apenas um segundo para me perguntar o que uma pessoa como essa era capaz de realizar em batalha antes de a baleia virar o drácar. Puxei o ar pouco antes de ser lançada na água.

Mergulhei fundo e não consegui ver nada além de espuma e escuridão, meu corpo rodopiando conforme uma onda passou por mim. Era impossível saber qual lado era para cima. Para que lado estava o ar.

A água sofreu um impulso para cima, meu instinto gritando para eu me mover pouco antes de uma barbatana enorme passar bem na minha frente. Então ela voltou, quase me acertando uma segunda vez.

Bati os pés com força e rompi a superfície a tempo de ver a enorme baleia cinza virar outro drácar. Guerreiros caíram no mar, e o animal desapareceu nas profundezas.

Foi um caos, piorado quando o terceiro drácar chegou à praia e encontrou dezenas de islundeses esperando, incluindo o infame Arkyn. Raios voaram de seus dedos, abrindo buracos nos guerreiros nordelandeses e espirrando sangue quente pela praia. Ao lado dele um homem estava absorto, olhando na nossa direção, e seja lá quais fossem os planos dele para os que tinham caído na água, estavam longe de terminar.

Algo colidiu com o meu braço e eu me debati, encontrando logo em seguida Tora boiando, inerte, na água ao meu lado.

— Freya! — gritou Bjorn. — Nade!

Os olhos dele estavam focados em algo mais ao longe no mar.

Quando olhei naquela mesma direção, meu estômago embrulhou ao avistar uma barbatana preta se projetando na direção de Tora e de mim.

Muitas barbatanas pretas, e diferentemente da baleia cinza, essas baleias tinham dentes.

O terror tomou conta quando me virei para nadar até a praia, e Tora se sacudiu e tossiu. Ainda viva, mas claramente confusa devido a um golpe que sofrera na cabeça, sangue escorrendo por seu rosto.

Abandone ela, minha raiva sussurrou. *Ela matou Bodil.*

As barbatanas estavam mais perto agora. Eram maiores do que eu havia pensado.

Mas essa morte não é honrosa, respondeu minha consciência. Era a primeira vez que ela se manifestava em um bom tempo. No entanto, ainda tinha poder sobre mim, e alcancei Tora ao mesmo tempo que invoquei o nome de Hlin. A magia brotou de meus dedos para cobrir nossos corpos.

Uma forma preta e branca atacou, a boca bem aberta revelando dentes afiados, e eu gritei.

Mas foi a magia que os dentes morderam, e não o corpo de Tora. A baleia foi projetada para trás com uma violência incrível.

Mas outras vieram.

Um bando inteiro de orcas atacou, uma atrás da outra, de todos os lados. Mostrando os dentes e mordendo. A água que escorria de suas barbatanas agitadas fazia Tora e eu girarmos em espiral, e usei toda a força disponível para segurá-la. Elas não conseguiam romper minha magia, mas eu também não conseguia escapar.

Tora era bem maior do que eu, e lutei para manter nossas cabeças fora da água enquanto as baleias não paravam de atacar, afogando-nos em água e medo. Apesar disso, minha fúria fervilhava, porque essas criaturas estavam sendo usadas de uma forma que ia contra a natureza delas. O filho de Njord na praia não era melhor do que Vragi. Não era melhor do que meu marido morto, que havia usado a vida de criaturas inocentes para me atormentar.

Uma onda passou por mim e, embora minha magia a tenha jogado para trás em uma explosão de respingos, ainda assim afundamos na água. Eu tentava puxar o ar e me contorcia, lutando para enxergar a praia sobre as baleias que atacavam, onde o monstro que as controlava continuava à espreita.

Meu coração titubeou. Já estávamos bem longe no mar, as figuras lutando na praia agora minúsculas ao longe. As baleias não precisavam nos matar, porque a água faria o trabalho por elas.

— Tora! — Engasguei com a boca cheia de água salgada. — Acorde! Nade!

Ela me encarou sem reação. Então aguçou os olhos e um grito saiu de seus lábios quando uma baleia atacou.

A boca do animal era tão grande que seria capaz de cortar um homem adulto ao meio e engolir uma das metades de uma vez, os dentes mais longos que os meus dedos.

Dentes esses que se fecharam no braço esticado de Tora — mas a baleia acabou apenas sendo lançada no ar e caindo com uma explosão de água que deixou o mar agitado.

Tora se debateu, morrendo de medo e tentando fugir. Eu me agarrei a ela, prendendo os dedos ao redor de seu peito e as pernas ao redor de sua cintura.

Incapazes de nadar, afundamos sob a superfície.

Desesperada para respirar, segurei o rosto dela e olhei em seus olhos. Desejei que ela entendesse o que estava acontecendo enquanto afundávamos mais.

Barbatanas e bolhas rugiam ao nosso redor. Mas Tora era uma guerreira e, bem diante de mim, dominou o medo e acenou uma vez com a cabeça.

Soltei as pernas de sua cintura e, de mãos dadas para manter minha magia no lugar, batemos pernas para subir até a superfície.

Quando chegamos lá, descobrimos que tínhamos sido levadas ainda mais para longe da costa.

— Elas vão nos afogar — apontou Tora, ofegante, encolhendo-se quando outra baleia tentou fechar a mandíbula ao redor de minhas pernas e, como resultado, acabou sendo lançada de lado, projetando ondas no mar. — Vamos ter que matá-las!

— Não! — falei com a boca cheia de água. — A culpa não é delas! É ele quem está obrigando as baleias a fazerem isso!

— Então vamos morrer!

Tora soltou minha mão e o brilho de minha magia desapareceu. Segurei no ombro dela, e em um segundo ela estava brilhando novamente. Tora juntou as palmas e em seguida praguejou:

— Preciso que tire sua magia das minhas mãos!

Balancei a cabeça.

— Não. Você não vai matá-las.

— Não temos escolha!

Ela estava certa. Era a vida das orcas ou a nossa.

Com lágrimas escorrendo pelo rosto, e sabendo que nunca me perdoaria por esse momento, retirei minha magia das mãos de Tora.

5
BJORN

O BANDO DE ORCAS SE APROXIMOU, atraído pela magia do sangue de Njord.

— Freya! — gritei, mas uma mão se fechou atrás de minha túnica, impedindo que eu nadasse até ela.

Empurrei Harald, mas ele partiu para cima de mim novamente.

— Olhe! — gritou. — Olhe!

Um brilho prateado que eu reconhecia reluziu quando Freya agarrou a forma imóvel de Tora e a cobriu com sua magia pouco antes de uma das baleias atacar. Meu coração pulou uma batida com a certeza de que ambas estavam perdidas, mas então a baleia voou pelos ares. O restante do bando se aproximou, mas o brilho não diminuiu. Não dava para vê-las pelos respingos de água e vislumbres de barbatanas, mas a cada segundo que se passava, iam cada vez mais longe no mar. E as baleias continuariam a atacar até que Freya e Tora se afogassem. Não porque queriam fazer isso, mas porque o filho de Njord havia ordenado.

Fervilhei de fúria e me virei para olhar além da batalha na praia, onde dois homens estavam parados atrás da linha de madeira flutuante. Um tinha cabelos cor de cobre e uma barba que ia quase até a barriga grande. O outro era tão alto quanto eu e mais feio do que um cu de gato. Ambos sem destino determinado. Ambos apontando para Freya e Tora, e vi as palavras que suas bocas formaram.

Dama do escudo.

O filho de Njord acenou com a cabeça e ergueu as mãos, a barba longa balançando ao vento. Focou o olhar em Freya e colocou as baleias contra ela novamente. Estava disposto a ferir quantas criaturas fossem necessárias para vê-la morta, porque até mesmo em Islund a profecia de minha mãe era conhecida.

— Você vai morrer — sussurrei. — E de um jeito horroroso.

Nadei até a praia, as ondas me arremessando em direção à costa como se o próprio Njord estivesse querendo acabar com o abuso das criaturas do mar. Skade estava imóvel na areia, Steinunn ao seu lado, tentando despertá-la. Ignorei ambas e corri pela areia, pegando um escudo caído enquanto disparava.

O rugido do mar se misturava ao som do aço e aos gritos dos guerreiros que travavam combate sem piedade. A praia se estendia diante de mim, a areia escorregadia devido ao sangue dos mortos e moribundos. Um islundês balançou um machado em minha direção, mas apenas o bloqueei e continuei correndo, desviando de camaradas e inimigos presos em uma dança mortal, os olhos fixos no filho de Njord.

Ele nem se dignou a prestar atenção em mim, concentrado nas baleias enquanto Arkyn invocava raios sobre aqueles que ainda estavam na água, ambos seguros atrás de seu destacamento de guerreiros. Achavam que eu estava em Skaland, o que significava que pensavam que Skade e Tora eram as únicas armas no bando de guerra de Harald que poderiam fazer frente à magia deles.

Mas estavam errados.

— Tyr. — Saltei sobre um corpo imóvel, as entranhas do cadáver se misturando à alga marinha seca. Os guerreiros que protegiam a dupla finalmente me notaram, mas já era tarde demais. — Me conceda sua chama.

Meu machado se manifestou em minha mão. O toque dele era frio em minha pele, mas não deixei de notar como os islundeses recuaram devido ao calor que emanava. Ou como os olhos deles ficaram arregalados, os lábios se abrindo para gritar:

— O Mão de Fogo!

Ataquei, os gritos preenchendo meus ouvidos ao mesmo tempo que o chiado de sangue queimado agredia meu nariz. Eu detestava aquele cheiro. Ele assombrava meus sonhos, um pesadelo do qual não havia escapatória, mas naquele momento o saboreei. Guerreiros caíram sob meus golpes, agarrando membros amputados que não sangravam, o cheiro de carne queimada se intensificando.

Arkyn levantou as mãos e um raio crepitou entre elas. Então foi lançado e explodiu contra meu machado, deus contra deus. O impacto me obrigou a dar um passo para trás, o barulho ensurdecedor. O brilho era tamanho que deixou minha visão embaçada.

Um guerreiro vestindo um elmo correu aos berros para cima de mim e eu o acertei com o escudo. A borda afundou em seu crânio, e o homem já estava morto antes de chegar ao chão. Raios brilhavam, e abaixei o corpo instintivamente ao mesmo tempo que o girei.

Arkyn gritou quando meu machado se fincou em seu braço. Ele cambaleou, mas eu não quis parar para matá-lo porque o homem que havia tentado assassinar minha Freya estava correndo pela praia.

Mas ele devia ter corrido mais rápido.

Arremessei meu machado. A lâmina rodopiou no ar e decepou uma de suas pernas. Quando ele caiu, a arma reapareceu em minha mão. Fui atrás dele, seus gritos ficando abafados em meus ouvidos já ensurdecidos. O filho de Njord rolou de barriga para cima, empunhando uma faca. Ele a atirou em mim, mas desviei da lâmina e plantei um pé sobre o peito dele.

— Peça para as baleias pararem — falei. — Liberte a mente delas de suas algemas.

— Só se me deixar vivo! — suplicou ele. — Me deixe vivo e eu peço para irem embora.

— Peça para que parem! — Coloquei a lâmina de meu machado contra a garganta dele. A pele chiou e esfumaçou. Ele soltou um grito alto e agudo enquanto gesticulava sem parar na direção do mar.

— Elas já foram! Elas já foram! Pare!

Olhei para trás e percebi que o bando de orcas estava se afastando de Freya e Tora. Então me voltei para o homem que estava no chão mais uma vez.

— Você desonra seu sangue. — Apoiei o corpo no machado, a lâmina brilhando forte ao passar queimando por sua coluna.

O uivo que ele deu se transformou em um gorgolejo conforme o sangue de seu corpo fervia sob a chama de Tyr e fumaça subia da carne que escurecia e borbulhava. Um jeito horrível de morrer, mas adequado àquele cretino. Chutei a faca que ele empunhava para longe. Os olhos do homem foram ficando turvos, e murmurei uma maldição para que os deuses condenassem sua alma às profundezas frias de Niflheim.

Freya.

Saindo de perto do cadáver, dei um passo rápido para trás ao ver Arkyn a apenas uma curta distância. Sangue escorria do ferimento necrosado em seu braço, mas um raio crepitava entre suas mãos.

— Você não devia ter voltado aqui, Mão de Fogo.

Ele cambaleou de repente, mas o raio projetado de suas mãos explodiu na areia aos meus pés. Dei um salto para trás e quase não consegui manter o equilíbrio. *Mate-o*, resmungava minha fúria, e levantei o machado para sentenciar aquele cretino feioso à morte. Mas parei quando vi um buraco preto aparecendo no peito de Arkyn.

Ele deu um passo na minha direção. Depois dois. Chegou a levantar o pé para dar um terceiro, mas a vida desapareceu de seus olhos e ele tombou, aterrissando de cara na areia.

Olhei de imediato para o mar, procurando pelo rosto de Freya. Ela estava na água, longe da praia, mas ao lado dela Tora abaixou as mãos e o raio entre elas desapareceu. Acenei com a cabeça para a mulher que havia lutado comigo tantas vezes que eu já perdera a conta — a mulher que eu já chegara a considerar uma irmã. Tora inclinou a cabeça, depois começou a nadar ao lado de Freya. Esperei um momento até ter certeza de que elas estavam em segurança e em seguida saí correndo na direção da fumaça e dos gritos que vinham do vilarejo.

6
FREYA

Tora e eu lutamos contra as ondas na direção da praia, meu corpo tremendo de exaustão quando finalmente firmei os pés na areia. A batalha havia migrado para o vilarejo, e a praia estava vazia naquele momento, sem guerreiros. Todos os escravizados que tinham sobrevivido estavam ajoelhados no chão, as cabeças encapuzadas abaixadas. A estranheza do comportamento deles até teria chamado minha atenção se ela já não tivesse sido atraída para Steinunn e Volund, ajoelhados ao lado de Skade.

A caçadora vomitava sangue. O braço direito dela estava frouxo, e o ângulo estranho sugeria que estava quebrado.

Steinunn olhou para mim com nervosismo quando Tora e eu saímos da água.

— O drácar bateu em Skade quando virou — disse ela. — Ela não vai conseguir lutar.

— Vou sim. — Skade cuspiu mais sangue e se levantou devagar. Em sua mão estava a flecha verde brilhante com a ponta afiada e fatal.

— Não levante, sua idiota — vociferou Volund. — Metade das suas costelas está trincada.

Tudo o que Skade fez foi tirar fios do cabelo ruivo molhado do rosto.

— Estou bem. Consigo lutar.

A mera ideia de uma coisa dessas teria sido risível, não fosse o medo desesperado que vi nos olhos da mulher enquanto ela encarava lampejos do combate que se desenrolava por entre as árvores. Eu conhecia o desejo de desrespeitar os limites do próprio corpo para lutar contra aqueles que tentavam prejudicar a mim e aos meus.

Tora pareceu menos comovida, já que só balançou a cabeça.

— Eu vou, Skade. Você fica com Freya.

— Eu não recebo ordens suas — resmungou Skade. — Consigo lutar.

A filha de Thor deu um empurrãozinho na caçadora.

— Você sabe o que Harald sempre diz sobre escolhas idiotas, Skade. Às vezes, quando sobrevivemos à luta, acabamos desejando não ter sobrevivido. Vá se proteger nas árvores até tudo terminar.

O rosto já pálido de Skade ficou totalmente sem cor e ela acenou com firmeza com a cabeça.

— Tudo bem. Vá. Volund, me ajude para que eu possa me juntar a eles.

Tora saiu correndo praia adentro na direção do vilarejo e tive que me segurar para não a acompanhar. A batalha cantava em meu sangue, o som de aço contra aço que vinha de fora do meu campo de visão clamando meu nome. Mas ainda assim não consegui me mexer.

A voz de Harald voltou à minha cabeça: *vai lutar por mim para proteger o vilarejo?*

Meu coração pulou uma batida e senti um desconforto surgir no peito porque meus pés pareciam presos ao chão.

Juro não servir a nenhum homem que não seja deste sangue. Repeti em silêncio o juramento que tinha feito a Ylva. Palavras vinculadas à magia de sangue. Apertei os dentes com tanta força que eles corriam o risco de quebrar. Lutar significaria servir a Harald, e a magia de Ylva me impedia de fazer tal coisa.

Steinunn e Volund estavam ajudando Skade a atravessar a praia e chegar à linha das árvores para se proteger. Respirei fundo, preocupada que meu juramento fosse me obrigar a ficar parada naquele mesmo lugar até a batalha terminar, mas consegui mover os pés. Curvei o corpo para pegar um escudo caído, assim como um pequeno machado. Ninguém do trio à minha frente fez nada para evitar que eu me armasse, embora Steinunn não parasse de olhar para trás, como se estivesse convencida de que eu enfiaria o machado entre seus ombros.

Mostrei os dentes; ela podia até ter me esfaqueado pelas costas, mas eu não era tão covarde assim para retribuir.

Você poderia fugir.

O pensamento passou pelo fundo da minha mente, tentando me seduzir pela lógica. Nem a escalda nem o curandeiro estavam em condições de me impedir, e com o braço quebrado, Skade não conseguiria disparar flechas. Não poderia me perseguir de jeito nenhum, pois mal parava em pé. Nordeland era um lugar selvagem, o que significava que uma pessoa poderia se perder e nunca ser encontrada.

Se eu desaparecesse na natureza e vivesse sozinha, nunca mais amaldiçoaria ninguém. Ficaria escondida de todos os homens desesperados que queriam me usar para obter poder.

Mas fugir significava nunca falar com Saga e nunca saber toda a verdade sobre o que ela havia visto. Significava perder a única oportunidade que eu tinha de conhecer mais sobre a magia que me fora dada por Hel com sua única gota de sangue.

Será que esse conhecimento valia mais do que minha liberdade? Será que eu estava sendo idiota por não aproveitar essa chance?

Meus passos falharam, a distância entre mim e o trio aumentando sem que eles notassem.

Fuja.

Meu corpo ficou tenso, pronto para sair correndo. Mas foi nesse momento que avistei o brilho familiar do machado de Bjorn ao longe. Lutando por Nordeland, embora minha amargura por esse fato tivesse sido amenizada pelos corpos na praia. Pescadores haviam morrido, vitimados por invasores que tinham tirado as poucas e escassas posses deles. Por entre as árvores, eu via a fileira agachada de prisioneiros amarrados que os islundeses pretendiam escravizar. A maior parte mulheres jovens. Nordelandesas, mas não fosse a magia que corria em minhas veias, nada diferentes de mim. Só a esposa de um peixeiro tentando sobreviver em um mundo cruel.

Fuja.

Eu não tinha provisões. Não conhecia aquela terra. E com Skade à disposição de Harald, as chances de eu ser caçada seriam altas. Uma fuga fracassada podia levar o rei dos nordelandeses a me amarrar, e atualmente eu caminhava livre, o que dificultaria demais qualquer outra tentativa futura.

Era melhor esperar o momento certo.

Era melhor aprender o que fosse possível.

Era melhor...

Meus pensamentos foram interrompidos quando um grupo de guerreiros saiu do meio das árvores. Os elmos elaborados que vestiam na cabeça e os escudos pintados de amarelo que seguravam me informaram que eram islundeses. Não nos viram porque estavam concentrados demais nos próprios barcos. Com eles, arrastavam um grupo de crianças chorando.

Meu estômago afundou.

As crianças eram ensinadas desde cedo a pegar os bebês e correr para a floresta a fim de se esconder durante um ataque. Também eram ensinadas a não ficar todas juntas. Ainda assim, eu me lembrava de como o medo nos aproximava, obrigando-nos a dar as mãos e prender a respiração em nossos esconderijos. Esse grupo tinha sido encontrado.

— Não! — disse Skade, tropeçando e caindo de joelhos com sangue escorrendo pelo queixo logo depois. Levantou cambaleando e em seguida caiu novamente. Por fim, tentou engatinhar na direção das crianças, segurando a flecha brilhante na mão.

Harald havia ordenado que eu protegesse o vilarejo para ele. Não tinha dito nada sobre defender crianças na praia. Se Skade reagiu, não sei dizer, pois eu mesma já estava correndo.

— Hlin — resmunguei —, me conceda sua força!

A magia explodiu sobre meu escudo e ofuscou com seu brilho as cores de Islund pintadas na madeira. Os islundeses gritaram para que os escravizados de Harald os ajudassem, para que entrassem mais rápido no drácar, mas nenhum deles se moveu. Com os capuzes pretos cobrindo a maior parte do rosto — e de suas expressões —, eles pareciam estátuas na areia.

Consegui chegar à metade da praia antes de os guerreiros ouvirem meus passos e se virarem, mas pouco depois eu já estava em cima deles. O machado não era minha arma preferida, mas só os deuses sabiam o tanto de madeira que eu já havia cortado na vida, então conseguia manejá-lo.

Gritando, agachei ao lado de um guerreiro e bati com o pequeno machado no ombro de outro. Sangue espirrou em meu rosto quando o arranquei, girando para amortecer o impacto da espada do primeiro guerreiro com meu escudo. Minha magia a amassou, e enquanto ele cambaleava, caí sobre ele e o cortei em dois feito uma mulher possuída.

— Atrás de você! — gritou Skade, e eu rolei. Um machado atingiu meu escudo, projetando a guerreira para o lado. Cambaleei e mal consegui bloquear o golpe de outro guerreiro. As crianças pareciam se agarrar umas às outras, e senti a raiva queimar meu peito por elas terem que passar por isso. Terem que sofrer porque aqueles no poder sempre queriam *mais*, *mais*, *mais*, sem se preocupar com o custo para os outros.

Com um grito, cortei a perna de um guerreiro na altura do joelho, meu pé escorregando na areia já viscosa pelo sangue. Mais além, outros islundeses fugiam da carnificina no vilarejo, recuando para saírem com vida. Eles levariam as crianças de mim.

Você tem o poder de impedi-los, sussurrou Hel em minha cabeça. *Condene esses escravizadores de crianças à minha tutela.*

Não. Meu estômago revirou ao mesmo tempo que bati com o escudo na cara de um guerreiro, me colocando, por fim, entre os islundeses e as crianças. Mas havia muitos deles.

Eu não conseguiria deter todos.

Eles me matariam e levariam as crianças.

Amaldiçoe todos, Freya, sussurrou Hel. *Ofereça esses homens perversos a mim e salve essas crianças.*

— Para trás — gritei para os guerreiros com a acidez do desespero que subia por meu peito. — Deixem eles em paz!

Os islundeses me cercaram com cautela, olhando na direção do vilarejo e depois de volta para mim. Com medo de que Bjorn e Tora os perseguissem, mas incapazes de abandonar o lucro que teriam com aquelas crianças sem precisar lutar.

— Afaste-se, skalandesa — resmungou um deles, um homem grande com elmo na forma da boca de um urso. — Essa luta não é sua.

— Sou filha de Hlin. — Ergui o escudo. — Essa luta está no meu sangue.

— Então que assim seja. — O elmo de urso cintilou quando ele atacou, um golpe poderoso direcionado a meu escudo.

Que ele, no último instante, mudou de direção.

Mirou em minhas coxas, e embora eu tivesse recuado, a ponta da lâmina do homem conseguiu abrir um ferimento superficial. Caí de bunda e quase não consegui me afastar quando ele atacou com a lâmina de novo. Conseguiu me cortar mais uma vez e depois recuou quando ergui o escudo e o cerquei até um ângulo mais favorável. Parecia que ele havia treinado para lutar contra alguém agraciado pela magia de Hlin.

— Levem todos eles para o barco! — berrou o homem. — Deixem essa aqui comigo!

Um uivo de fúria escapou de mim quando eles agarraram as crianças que choravam e as atiraram dentro do barco. Empurraram a embarcação para águas mais profundas enquanto eu lutava para contornar o homem usando elmo de urso.

— Freya!

O grito distante de Bjorn me alcançou, mas ele não estava perto o suficiente para conseguir ajudar. Não estava perto a ponto de conseguir deter os islundeses que se preparavam para remar.

Tropecei quando Elmo de Urso atacou sem demonstrar piedade, desviando do meu escudo e se afastando para evitar atingi-lo enquanto tentava me cansar.

— Você luta bem — soltou ele entre respirações ofegantes. — Podemos levar você conosco, se quiser. Nossa última dama do escudo foi para Valhalla há muitas estações.

— Não quero ter nada a ver com escravizadores!

Ele apontou para os escravizados ainda ajoelhados.

— Diz a mulher que está lutando por Harald de Nordeland. — Então se afastou de repente e mergulhou nas ondas.

Os companheiros dele o seguraram pelos braços e o ergueram até o drácar. Com fúria e medo fervendo em meu sangue, joguei o machado, mas a arma apenas bateu na ombreira do homem e caiu na água. Ele se virou para me olhar e riu.

— Venha para Islund se mudar de ideia, dama do escudo.

Os islundeses começaram a remar, o drácar deslizando sobre as ondas quando Bjorn e Tora pararam ao meu lado. Harald chegou em seguida, o rosto respingado de sangue enquanto contemplava seus jovens súditos serem roubados.

— Tora — chamou ele, calmamente. — Consegue impedi-los?

— Não sem colocar a vida das crianças em risco. — Ela tirou os cabelos ensanguentados do rosto. — O que quer que eu faça?

Harald entrou na água, as ondas batendo em suas coxas enquanto ele olhava do drácar, que queimava por ter sido atingido por um raio, para as duas embarcações viradas flutuando nas ondas entre os cadáveres dos abatidos. Não havia tempo de desvirá-las e ir atrás deles, pois os islundeses logo estariam fora de vista. Os moradores do vilarejo cambaleavam pela praia e gritavam pelas crianças que tinham sido levadas. Suplicando para que alguém, qualquer pessoa, os ajudasse. Harald curvou os ombros e não disse mais nada.

— O que quer que eu faça? — A voz de Tora estava frenética. — Meu rei, preciso agir agora se quiser que eles afundem. As crianças que sobreviverem talvez consigam nadar e chegar à praia.

Ou acabariam sendo levadas pela correnteza e se afogando.

O rei de Nordeland permaneceu em silêncio e caí de joelhos. Gotas de sangue escorriam pelo meu rosto, e o gosto não era tão horrível quanto o do fracasso que estava sentindo, porque aquilo não estava certo. Não era certo que aquelas crianças tivessem sido roubadas de suas famílias para viver uma vida de servidão. Uma vida destinada a ser curta e miserável.

— Hel, me conceda seu poder.

Embora parte de mim gritasse em aviso, embora Bjorn tivesse berrado "Freya, não!", não foi o bastante para silenciar as palavras que saíram dos meus lábios.

— Eu amaldiçoo vocês.

O chão tremeu quando o poder inundou minhas veias, obrigando-me a levantar.

— Eu amaldiçoo cada guerreiro do seu barco — gritei para Elmo de Urso, cujo sorriso tinha diminuído sob as presas de seu elmo. — Nunca mais verão Valhalla, pois Hel agora reivindica suas almas!

As ondas se agitaram e raízes explodiram das profundezas. A água se precipitou até a praia e me encharcou até a cintura. As raízes eram como tentáculos de um grande monstro marinho, agarrando os islundeses que gritavam e os puxando para debaixo d'água um por um, mas deixando as crianças intocadas. Elmo de Urso foi quem lutou mais e por mais tempo, puxando as raízes do corpo até uma se enrolar em sua cintura e o arrastar para baixo.

De uma vez, os corpos sem vida, suas almas agora destinadas a Helheim, flutuaram para a superfície. Pronto.

O único som que rompia o silêncio era o rugido do mar e o choro das crianças no barco à deriva. A cada nova respiração eu sentia o fedor da carnificina, e filetes de sangue escorriam pela areia, manchando as ondas de rosa conforme elas iam e vinham.

Por fim, foi Harald quem falou:

— Tragam as crianças.

Joguei todo o peso do meu corpo na areia e me sentei.

Uma mão se fechou sobre meu ombro, e mesmo antes de eu virar a cabeça, já sabia que era Bjorn. O rosto dele estava coberto de sangue e cinzas.

— Você está bem?

— Estou bem.

— Não está.

Logicamente, eu sabia que ele estava certo. Minhas coxas ardiam por conta dos cortes e sangue escorria por minhas pernas. Ainda assim, a dor parecia distante.

— Por que você tentou me impedir?

Bjorn caiu de joelhos ao meu lado. Com a voz tão baixa que só eu consegui ouvir, ele disse:

— Freya, você acabou de vencer uma batalha com umas poucas palavras.

Um tremor percorreu meu corpo, porque isso era apenas uma amostra do futuro que se estendia diante de mim. Corpos por todo lado e almas vinculadas ao domínio de minha mãe divina.

Eu me levantei e caminhei pela praia, andando até onde não havia mais corpos. Até onde não havia mais sangue e onde cada respiração não trazia cheiro algum ao meu nariz além daquele salgado do mar. Então caí de joelhos e pressionei a testa na areia limpa e úmida.

Lamente pelo que você fez, gritei comigo mesma. *Lamente pelo que você é!*

Mas não me veio nenhuma lágrima.

7
BJORN

Era exatamente *disso* que eu tinha a intenção de proteger Freya. Da violência que a levava a lugares obscuros. As melhores partes dela forçadas a fazer uso das piores para realizar coisas horríveis que precisavam ser feitas. E embora ela com certeza tivesse salvado a vida de todas aquelas crianças, quando a vi se sentar na areia mais adiante na praia, soube que nenhuma parte dela estava bem com o que havia feito.

E me senti obrigado a ir até ela. A dizer alguma coisa, qualquer coisa, que aliviasse aquele peso que a levava cada vez mais para baixo. A provocá-la com aquele humor descuidado com o qual costumávamos nos atacar e que sempre parecera vir tão fácil. Uma troca de gentilezas que não significava nada e significava tudo ao mesmo tempo. Só que parecia que eu tinha perdido essa habilidade. Minha língua congelou com a certeza de que tudo o que eu dissesse afastaria Freya ainda mais de mim, porque nossas palavras não eram mais movimentos em um jogo, mas golpes num campo de batalha, afiadas e cruéis.

— Será que é melhor Volund dar uma olhada nela? — perguntou Harald, observando Tora e Guthrum nadarem até o drácar à deriva para amarrá-lo com uma corda.

— Ela não vai aceitar ajuda. — Eu sabia muito bem que Freya aguentava a dor como uma forma de autopunição pelo que entendia como transgressões. Vragi tinha sido um cretino abusivo com ela e com todos ao redor. Um insulto ao deus de quem era filho. Tinha merecido a morte, e ainda assim Freya sempre agia como se as queimaduras que havia infligido sobre si mesma para matá-lo fossem uma punição justa. A dor ficaria com ela pelo resto da vida, de modo que ela nunca se esquecesse do que havia feito. Eu não tinha dúvidas de que os ferimentos que sangravam em suas coxas serviriam ao mesmo propósito. Eles sarariam, mas as cicatrizes sempre a fariam se lembrar daquele momento. Embora eu achasse que os invasores islundeses tivessem merecido o destino que tiveram, meu coração me dizia que Freya não tinha tanta certeza assim.

— Ela lutou bem — atestou Harald. — Salvou vidas inocentes.

Mesmo à distância, o horror que as crianças haviam testemunhado era visível em seus rostos. Não eram mais inocentes, se é que um dia tinham sido. Nordeland era um lugar difícil, e aqueles que não possuíam coragem de se revoltar contra a terra, o clima e a violência não viveriam muito no reino mortal.

— É claro que Freya lutou bem — respondi. — O que mais me surpreende é que você também lutou bem, pai. Eu estava me perguntando se ainda seria capaz de empunhar uma espada na idade avançada em que se encontra, mas se comportou como um homem ainda em seu auge.

Ele me olhou de soslaio.

— Eu já falei que senti falta do seu humor?

— Não, acabei de perceber que não falou. Um descuido, com certeza.

Ele deu uma leve risada, depois me entregou a ponta da corda que estava agora amarrada ao drácar.

— Como gastei forças demais, vou deixar que jovens como você puxem o barco. Atraque-o mais para baixo, onde há menos… — Harald parou de falar, olhando para a praia ensopada de sangue e repleta de mortos. — Menos horror.

Debati internamente qual direção seguir antes de caminhar pela areia até parar no campo de visão de Freya. Então comecei a puxar. Sobreviventes do vilarejo me ajudaram a fazer força e puxamos a grande embarcação até a praia. Mulheres em prantos entraram na água para pegar seus filhos e filhas, mas muitas crianças ficaram sem ninguém, olhos chorosos à procura de mães e pais que nunca mais os pegariam nos braços. Um fato que eu já sabia muito bem, pois havia passado por cima dos corpos de muitos moradores do vilarejo enquanto lutava com os islundeses. Homens e mulheres que tinham lutado até o fim para proporcionar aos filhos uma chance de escapar.

Que é o que deveria ter acontecido. Skade e eu raramente concordávamos, mas não havia como negar que Nordeland tinha sido deixada praticamente sem defesas enquanto Harald apoiava minha ambição. Uma ambição que eu havia despedaçado. O que significava que as vidas perdidas hoje tinham sido sacrificadas em vão.

Freya não era a única nauseada pela culpa, mas, ao contrário dela, minha parcela ali era merecida.

Amarrei a ponta da corda a um pedaço pesado de madeira e depois abaixei o corpo entre as ondas para lavar a maior parte do sangue que tinha na pele. Subindo no drácar, sentei ao lado das crianças que tinham sobrado e gritei para o céu:

— Kaja!

A ave circundava no céu, mas ao meu chamado, desceu e pousou em meu braço esticado. Kaja e eu não havíamos passado por uma apresentação formal, mas Guthrum me conhecia bem, o que significava que ela também conhecia. Fincou as garras no couro que protegia meu braço enquanto eriçava as penas, os olhos amarelos me observando com foco de predador. Mas foi o olhar das crianças ao meu redor que chamou minha atenção. Vislumbres de interesse atravessaram a névoa do choque que as prendia. Acariciei a parte de trás da cabeça de Kaja, que se recostou em minha mão.

— Querem passar a mão nela? — perguntei a eles. — Ela é muito vaidosa e gosta de atenção.

Kaja inclinou a cabeça e me lançou um olhar de reprovação que sugeria ter compreendido minhas palavras. Ainda assim, deixou que aquelas pequenas mãos que se estendiam com cautela para tocá-la acariciassem suas penas. Uma pequena distração para afastar a mente deles do que haviam visto, e embora isso não mudasse nada, criaria uma lembrança diferente que substituiria o momento em que ninguém viera pegá-los. Vi, com a visão periférica, que Harald falava com os sobreviventes. As pessoas que tinham qualquer ligação com as crianças foram mandadas para buscá-las até eu finalmente estar sozinho com a ave.

Inclinando a cabeça na direção do ouvido de Kaja, murmurei instruções. Ela levantou voo e eu saí do drácar para me juntar a Harald. Ele estava acompanhado de Tora e Skade, que estava nua até a cintura, tirando os galhos folhosos que Volund havia prendido ao redor de seu torso e braço. Parecia que Eir tinha se dignado a curar, pelo menos em parte, os ferimentos que Skade havia sofrido, seja lá quais tivessem sido, pois ela se movimentava com relativa facilidade.

— Alguns dos islundeses devem ter escapado — disse Harald. — A maioria não deve ter visto a batalha de Freya na praia, mas todos viram Bjorn. Se tiverem chance, vão espalhar a notícia de que ele voltou para Nordeland e ela vai chegar a Snorri e confirmar as suspeitas que ele já tem. — Os olhos do meu pai recaíram sobre Skade. — Cace-os e garanta que sejam silenciados.

— Guthrum e Kaja são mais do que capazes de lidar com alguns ratos em fuga — protestou Skade, olhando para mim e depois desviando os olhos. — Como seu braço direito, devo ficar com você, meu rei.

Eu havia desempenhado esse papel até retornar a Skaland, e embora tivesse pouco interesse em recobrá-lo, achei curioso que Harald tivesse ocupado meu lugar com Skade. Ela tinha valor para ele, não havia como negar isso, mas embora não houvesse ninguém mais leal a Harald do que ela, sempre tive a impressão de que ele se irritava com toda aquela bajulação.

Um pensamento confirmado pela monotonia que vi em seus olhos quando disse:

— Você é minha caçadora e ninguém vai escapar de sua flecha.

Em um dia normal, aquele elogio deixaria Skade cheia de si, mas ela franziu a testa em vez disso.

— A dama do escudo botou os pés no litoral de Nordeland há menos de um dia e a morte já chegou. Saga estava certa ao dizer que ela deveria ter sido sacrificada para que toda Nordeland não sofresse.

— Essa invasão não foi culpa de Freya. — Combati o ímpeto de invocar meu machado quando o arco de Skade apareceu em sua mão. — Os islundeses vieram atrás de riquezas e escravizados, não de Freya.

— Mas eles arriscaram vir porque estávamos ocupados com ela. — Skade cuspiu no chão a nossos pés. — Se estivéssemos aqui para defender nossas praias, isso nunca teria acontecido. É um mau presságio.

— Bom, agora estamos aqui. — Harald massageou as têmporas. — E Islund pagou um preço alto por sua ousadia. Garanta que o restante deles esteja morto para que possam saber o custo de atacar minhas terras quando nenhum de seus drácares ou guerreiros retornarem. Pode ir.

Skade hesitou, e embora minha preocupação fosse mais a ameaça que ela significava para Freya, nunca tinha visto aquele nível de desobediência vindo dela antes.

— Bjorn voltou — disse Harald em voz baixa. — Não preciso mais de você como braço direito.

Skade empalideceu, arregalando os olhos com mágoa, mas Harald estendeu o braço e segurou o rosto dela.

— Islund me atacou, minha querida Skade. Matou nosso povo e isso me machucou. Você é a única em quem confio para se vingar do jeito certo. Islund precisa sentir o gosto amargo da derrota.

O silêncio foi se estendendo, e minha pele formigou com a certeza de que tinha mais sendo comunicado do que só as palavras que Harald acabara de dizer em voz alta, pois um leve sorriso se formou no rosto de Skade. Como sempre, ela enxergou elogios onde eu só via manipulação. Inclinou a cabeça e murmurou:

— Pode deixar comigo, meu rei.

Dando meia-volta, ela andou pela praia na direção das árvores, parando apenas para recolher sua túnica e cota de malha antes de desaparecer.

— Quando Skade está com medo, vira uma ameaça — murmurou Harald. Ao seguir o olhar dele, descobri que observava Freya. Ela ainda estava sentada na areia, embora agora acariciasse Kaja com hesitação. — É melhor que ela vá para algum lugar onde não possa causar destruição.

Um desconforto tomou conta do meu estômago. Pois embora fosse um alívio que Harald estivesse tomando as devidas precauções para proteger a vida de Freya, havia algo estranho no método que estava usando. Ele já não confiava mais em Skade como antes, e o modo como Tora encarava a areia, de cabeça baixa, indicava ainda mais conflito. Muita coisa havia mudado durante o tempo que eu passara em Skaland, e pelo que estava vendo, não tinha sido para melhor. Quando parti, sentia que estávamos todos unidos no mesmo objetivo. Mas naquele momento a tensão e a divisão entre todos era palpável.

Harald se afastou para dar ordens aos seus Inomináveis. A maioria dos escravizados era de islundeses, embora alguns fossem de Skaland e outros ainda de partes de Nordeland. Todos grandes e fortes, braços tatuados com nós celtas, corvos e lobos, embora eu soubesse que os crimes que haviam cometido fossem o que os unificava. Eram os piores e mais obscuros tipos de homens, que se deleitavam do comportamento mais horrível, todos domados por magia e obrigados a usar capuzes que obscureciam seus rostos pelo resto da vida como punição. Homens inomináveis. Eram o único tipo de escravizados que Harald se permitia ter, e embora merecessem castigo, sempre achei que a morte seria algo mais piedoso do que o que eles passavam.

Balançando a cabeça, segurei o braço de Tora.

— Obrigado por impedir que Arkyn abrisse um buraco em meu peito. Fazer tatuagem é caro, e eu não ficaria contente se tivesse que pagar para refazer tudo isso.

Um leve brilho do humor costumeiro preencheu os olhos de Tora, que respondeu:

— Não fiz aquilo por você, seu cretino. Prometi que mataria Arkyn, e se você o matasse, nunca mais ia parar de me encher o saco.

— É triste que você não tenha tido tempo de testar os dedos dele antes de abatê-lo, mas acho que a guerra exige mesmo alguns sacrifícios.

Tora deu um soco tão forte em meu ombro que cambaleei.

— Você é muito idiota. Mas estou feliz por estar de volta, irmão.

Senti o estômago revirar, porque Tora e eu éramos quase inseparáveis quando crianças. Irmãos de lâmina, não de sangue, um laço ainda mais forte, mas o abismo entre nós estava grande por conta de tudo o que tínhamos feito até ali. Havíamos ficado em lados opostos do campo de batalha duas vezes e perdido camaradas um para o outro em ambas. Bodil tinha conquistado um lugar em Valhalla, porém eu nunca me esqueceria de como Tora havia machucado Freya nas muralhas de Grindill, do raio de Thor ricocheteando no escudo de Hlin e acertando dezenas de civis, o cheiro de carne queimada dominando o ar. Nunca a perdoaria por ter levado Freya a acreditar que a própria morte era a única forma de proteger aqueles com que se preocupava. Contudo, eu sabia que Tora estivera apenas seguindo ordens, o que me fazia questionar se Harald merecia perdão.

Ele tinha tentado matar Freya até descobrir o quanto era perigosa, e o que ela tinha feito naquele dia só servia para reafirmar a arma que poderia ser.

Tora abriu a boca como se fosse dizer mais alguma coisa, mas não saiu nada. Ela engoliu em seco, depois fechou bem os olhos e vi a artéria em sua garganta se agitar pelo que deveria ser um coração acelerado.

— Que foi? — perguntei calmamente, uma fúria me tomando de assalto porque era óbvio que algum pensamento a atormentava. — Me diga.

Ela respirou fundo como se fosse falar.

Mas Harald tinha terminado de dar ordens aos Inomináveis e gritou para ela:

— Tora, chega de papo furado! Coloque meu drácar no lugar!

Antigamente, Tora teria respondido com uma provocação leve, mas em vez disso, cambaleou em direção ao navio à deriva, e a estranheza de seu movimento chamou minha atenção. Ela tropeçou e cambaleou até enfim se endireitar e começar a dar ordens para outros a ajudarem a desvirar a grande embarcação. A estranheza dessas ações me fez ficar olhando para ela com desconfiança, pensando comigo mesmo se o golpe que ela tinha levado quando a baleia atacou teria dado um chacoalhão tão grande no crânio dela que requeria cuidados.

— Devemos zarpar para Hrafnheim sem demora. — A voz de Harald me fez olhar para ele de novo. — Só com o meu drácar e com os Inomináveis que forem necessários para remar Rimstrom acima. Volund e o resto devem permanecer aqui para ajudar com os feridos e cuidar dos mortos.

Franzi a testa e um instinto estranho me levou a olhar para o mar. Bem a tempo de ver uma centelha de sol ser refletida em metal. Erguendo a mão para proteger os olhos, vi o leve contorno de uma vela. Era impossível dizer o tipo de embarcação ou o quanto tinha se aproximado, mas estava passando pelo estreito na direção de Skaland.

— O destino que sua mãe previu não foi alterado. — Harald inspecionou os corpos que seus guerreiros arrastavam pela praia para serem queimados. — Uma nuvem escura paira sobre Nordeland, e acho que Freya precisa falar com Saga antes que a tempestade desabe. — Ele suspirou. — E reze a todos os deuses para o temporal já não ter começado.

8

FREYA

Senti a mudança quando Harald exigiu que seus guerreiros e escravizados encapuzados deixassem o drácar pronto para navegar. Uma sensação crescente de urgência que contagiou a todos com uma tensão que pairava no ar. E embora o resultado disso fosse que nossa viagem continuaria pela costa até a foz do rio Rimstrom, a necessidade desesperada das respostas que Saga poderia ter para mim era mais forte do que o medo que eu sentia em velejar na direção da fortaleza do rei de Nordeland.

As praias pelas quais passamos estavam todas desertas, exceto a de um ou outro vilarejo que tirava o sustento do mar. Vilas pouco diferentes do lugar onde eu nascera, Selvegr. Umas casinhas. Uma feira. Alguns cais de madeira. Uns barcos de pesca. Os moradores apareciam ao reconhecer as velas com listras azuis e o estandarte de lobo branco de Harald, levantando as mãos para saudar o rei que passava. A terra além desses vilarejos era repleta de coníferas. Um verde infinito cobria as laterais de montanhas, que tinham cumes brancos apesar de estarmos no fim do verão. Fiordes corriam entre elas, e era por um deles que velejávamos. A entrada do grande rio Rimstrom, as águas geladas dos glaciares que o alimentavam.

Fiquei na frente do drácar, longe de Harald e Bjorn, que estavam na parte de trás, junto com Steinunn. Os escravizados silenciosos remavam, o que me deixava na companhia apenas de Tora.

A filha de Thor tocou as queimaduras na lateral do rosto, depois suspirou.

— Obrigada, Freya. Por salvar minha vida. Você tinha muitas razões para me deixar morrer e, em vez disso, arriscou a própria vida para me salvar. Estou em dívida com você.

— Você não está em dívida coisa nenhuma. — Fiquei olhando para um cardume que nadava lá embaixo. — Se eu tivesse deixado a baleia te devorar, teria perdido a minha chance de te matar, então valeu a briga.

Tora me encarou por um minuto, depois soltou uma gargalhada alta.

— Para uma mulher tão pequena, você tem uma personalidade bem forte, dama do escudo.

— Mas receio que me falte bom senso. — Abri um sorriso torto para ela. — Acho que ninguém é perfeito.

— Ainda bem que você é bonita, então. — A risada de Tora foi desaparecendo devagar e notei o olhar que ela lançava na direção de Harald, que conversava com Steinunn. — Sinto muito pelo que aconteceu em Grindill, Freya. Eu... — Vi o movimento de sua garganta quando ela engoliu em seco. — Não gosto de ferir as pessoas. Thor escolheu mal quando me concedeu seu sangue, porque não gosto tanto assim de batalhas quanto os filhos dele normalmente gostam.

— Foi Harald quem ordenou que fizesse aquilo, então?

Tora não respondeu, mas vi a alegria minguar de seu rosto até sumir.

— Guerra é guerra — disse ela, por fim. — Mas vou tentar pagar minha dívida com você da melhor forma possível, Freya Nascida do Fogo.

Harald nos encarou, e sob o escrutínio dele, a outra mulher ficou completamente em silêncio. Alguns minutos se passaram, depois mais alguns, mas Tora apenas continuou observando as árvores que passavam enquanto tocava as cicatrizes em seu rosto sem parar. *Está apavorada*, pensei, mas por mais que fizesse sentido a teoria de que tinha sido Harald quem ordenara que ela virasse meu escudo contra meu próprio povo com seus raios, minha intuição me dizia que o que acontecera fora algo mais profundo. Fiquei pensando se Thor não tentava influenciar Tora da mesma forma como Hel ficava tentando me influenciar.

A escuridão recaiu sobre Nordeland, por isso coloquei uma pele de foca ao redor dos ombros quando senti o vento cortar minha pele. Ele gemia por entre as árvores, cheirando a gelo e pinho, e, do outro lado do rio, vi uma ursa-parda descer para a água. Ela me encarou, dois filhotes em seu encalço. Um estava ferido e andava apoiado em três patas. A quarta pata estava mutilada com ferimentos que nunca seriam curados, e o filhote já estava magro e sarnento quando comparado com o irmão. Não duraria muito mais neste mundo.

Enquanto eu ainda observava, a mãe entrou na água e começou a nadar. O filhote saudável a seguiu, mas o outro ficou gritando da margem, já sabendo qual seria seu destino. Uma morte lenta. Rezei para que a vida dele fosse ceifada por um predador piedoso.

Era como Bjorn tinha dito: Nordeland era igual a Skaland, só que mais fria. Mais austera.

Um movimento na parte de trás da embarcação chamou minha atenção. Bjorn tinha pegado um arco e estava apoiando uma flecha. Nunca o tinha visto usar uma arma daquelas, mas ele a ergueu de uma forma que demonstrava certa experiência. Então soltou a flecha.

Um predador piedoso.

Senti o coração doer quando o rio ficou em silêncio novamente, mas meus olhos permaneceram secos feito pedras.

Ouvi um farfalhar de penas. Kaja pousou na proa, que era esculpida na forma do rosto do lobo Fenrir em meio a um rugido. A ave me encarou com os olhos extremamente sagazes, mas foi um barulho de água ao lado da embarcação que chamou minha atenção. Tora suspirou e se esticou sobre a borda, puxando um Guthrum todo molhado para dentro do barco.

— Algum sinal de que estamos sendo seguidos? — perguntou Harald.

Guthrum balançou a cabeça, sentando-se ao meu lado e comendo um pedaço de carne seca que Tora lhe entregou antes de se juntar aos outros na parte de trás da embarcação.

Eu já percebera que ele era filho de Jord, o que significava que estava ligado à terra, especialmente através da ave que era seu animal familiar. Mas eu não sabia muito além disso. Nunca tinha conhecido alguém com o sangue daquela deusa antes nem ouvido muitas histórias, mas Guthrum era a única pessoa naquele barco, além dos escravizados, que não causara a morte de alguém que eu amava.

— Você vê o que Kaja vê, então? E ouve o que ela ouve?

— Se ela estiver disposta a compartilhar — respondeu ele. — Kaja leva a sério o que lhe é confiado, então não vai trair as palavras destinadas apenas a ela.

Meu rosto esquentou, pois eu tinha falado com a ave depois da batalha e confessado minha tristeza antes de me dar conta da extensão da conexão entre eles.

Guthrum colocou a túnica que antes tinha abandonado sobre a cabeça. Os cabelos dele se espetaram em todas as direções, o que o fez parecer selvagem, pois sua barba também estava bagunçada. Um homem que pertencia à natureza, que pertencia à terra, e eu sentia que estar ao redor de tanta gente era desconfortável para ele. Embora eu mesma não ficasse desconfortável perto de pessoas, a inquietação que estava sentindo naquele barco cheio de inimigos me inspirou um pouco de solidariedade, então falei a Kaja:

— Obrigada.

Ela se limitou a estufar as penas e virar a cabeça para observar as árvores que passavam enquanto o anoitecer surgia ao longe.

— Como foi que veio parar aqui, a serviço de Harald? — perguntei a Guthrum, para não falar só de mim mesma. E também para tentar descobrir mais sobre o homem que me tinha como pseudoprisioneira.

— Eu era garoto — respondeu ele, partindo um pedaço de carne seca para oferecer a Kaja. A ave virou o bico para cima a fim de pegá-la, e ele riu. — Antes de Harald ser rei, ele era jarl de Hrafnheim. O vilarejo onde eu vivia com minha mãe ficava na fronteira do território dele e embrenhado na floresta, onde as crenças nas tradições mais antigas são fortes. Meu pai tinha ido embora anos antes por guardar ressentimentos contra minha mãe. Ela sentia desejo apenas por mulheres, o que ele testemunhou quando ela convidou uma mulher para dormir com eles.

— A deusa Jord?

Guthrum confirmou com a cabeça, mastigando.

— Não conhecíamos a natureza dos filhos de Jord, pois escaldos nunca tinham se aventurado em nosso vilarejo e histórias sobre os Sem Destino eram escassas. Meu pai achava que eu era uma criança abandonada. Uma criança feérica deixada para causar confusão. Um garoto mais animal do que humano.

"Minha mãe cuidou de mim sozinha, e o vilarejo não dava a mínima para minha natureza feral ou para as últimas palavras que meu pai havia dito antes de ir embora. Meu animal familiar, na época, era um cachorro, então ninguém se incomodava quando eu falava com ele. Um grande mastim que eu amava de todo coração."

Senti um aperto no peito, pois eu conhecia o tom de uma história prestes a virar tragédia.

— Meu pai voltou quando eu devia ter uns dez anos — continuou Guthrum. — Ele exigiu que eu servisse ao jarl de modo a honrá-lo. Quando minha mãe se recusou, ele tentou convencê-la usando métodos diferentes de palavras. — Vi sua garganta se movimentar. — No dia seguinte, seu corpo foi encontrado mutilado por uma fera com dentes e garras. O vilarejo me culpou. Acreditaram que eu tinha mandado meu cachorro atacá-lo, e todas aquelas acusações que ele fizera sobre mim a vida toda vieram à tona. Os moradores me caçaram, e quando meu cachorro me defendeu, eles o mataram. E quando minha mãe tentou impedi-los, eles a mataram também.

— Sinto muito — sussurrei, horrorizada com o relato.

— O jarl Harald, como ele era chamado na época, foi até o vilarejo, pois tinha chegado a hora de recolher o dízimo. Ele e seus guerreiros intervieram e quiseram ouvir o meu lado da história. Foi Harald quem me disse a verdade sobre quem eu era. O filho de uma deusa ligado à terra. Repreendeu meu vilarejo pela ignorância e executou aqueles que haviam matado minha mãe, depois me ofereceu uma oportunidade. Uma casa em Hrafnheim quando eu desejasse em troca da promessa de que eu ficaria de olho em outros como eu que estivessem sendo maltratados por aqueles que eram ignorantes a respeito dos deuses e de seus filhos. Ele acreditava que estava destinado a valorizar os Sem Destino da forma como o sangue deles merece. Aceitei a oferta e comecei a trazer notícias de outros que vinham sofrendo como eu havia sofrido, para que ele pudesse ajudá-los. Incluindo Bjorn.

Fiquei tensa, e foi preciso usar toda minha força de vontade para não olhar na direção de Bjorn, que estava na outra ponta do barco, seus ouvidos fora do nosso alcance. A curiosidade cresceu em meu peito, porque isso explicava, ao menos em parte, a lealdade de Bjorn a Harald. Por mais que eu fingisse não ligar e dissesse que a história dele não importava, meu coração acelerado dizia uma verdade diferente.

— As queimaduras que Bjorn sofreu eram severas e tinham se complicado. Ele estava quase morrendo quando chegou às praias de Nordeland, e Saga teve que deixá-lo para buscar ajuda. Encontrou meu animal familiar, que me informou sobre o que havia acontecido. Consegui descer o Rimstrom com Volund para curá-lo. Saga então encontrou Harald, que veio na mesma hora. Ele foi a primeira pessoa que Bjorn viu quando finalmente acordou.

— Por que está me contando isso? — sussurrei, odiando os sentimentos que se contorciam dentro de mim.

— Porque é a verdade — respondeu Guthrum. — E não acho que Bjorn fosse contar para você.

— Não quero ouvir de ninguém. — Dei as costas a ele, apertando mais a pele de foca ao redor do corpo, porque sentia um frio doloroso.

— Por que não, Freya? — perguntou Guthrum. — É a verdade que vi com meus próprios olhos. Por que você não quer saber?

— Porque não sou idiota — respondi. — Se eu perdoar Bjorn pela traição que cometeu, vai ser mais fácil me obrigar a fazer o que vocês todos querem que eu faça. As verdades de vocês vão ser usadas para me transformar num monstro.

— Todos temos monstros dentro de nós. — Quando me virei para encará-lo, acabei encontrando olhos que tinham ficado amarelos como os de Kaja sob a pouca luz, totalmente inumanos.

Ele se levantou e jogou a túnica de lado, na clara intenção de pular na água para se misturar à floresta mais uma vez. Mas quando pendurou uma perna sobre a beirada do drácar, perguntei:

— Foi seu cachorro que matou seu pai, não foi?

Ele deu um sorriso com o canto da boca.

— Foi, porque eu pedi. O monstro estava à solta, mas não era o cachorro.

Guthrum mergulhou nas profundezas do Rimstrom e desapareceu na escuridão, Kaja junto com ele.

Somos todos monstros, pensei, e a voz de Harald rompeu o silêncio.

— Vamos acampar aqui esta noite.

9
FREYA

Embora os escravizados de Harald tivessem remado o dia todo e sem dúvida estivessem exaustos, nenhum deles disse uma palavra quando ele ordenou que montassem acampamento em uma clareira cercada por uma densa floresta. Depois que as tendas foram armadas e as fogueiras já estavam crepitando e brilhando, deitaram-se em fileiras e caíram no sono de imediato, os capuzes ainda firmemente no lugar. Por mais que eu tivesse passado um tempo perto dos escravizados de Snorri em Halsar, achei o comportamento daqueles homens estranho e me senti profundamente desconfortável perto deles por razões que iam além da servidão forçada. Os capuzes de couro que usavam ocultavam a maior parte do rosto, e eles nunca falavam, só obedeciam aos comandos de Harald sem questionar. Vestiam-se todos de maneira idêntica, então a única forma de distingui-los era pelo tamanho e pela miríade de tatuagens que tinham nos braços. Nenhum carregava armas, mas toda vez que um chegava perto de mim, eu levava a mão à minha espada. Só para acabar me lembrando de que ela tinha ficado para trás, em Skaland. Steinunn parecia igualmente incomodada perto deles, pois havia se oferecido para cozinhar em vez de aceitar a oferta de Harald de acordar um escravizado para executar essa tarefa.

No entanto, depois de examinar a refeição, não pude deixar de me perguntar se acordar um dos estranhos homens encapuzados não teria sido uma opção melhor.

— Os mercadores de temperos não chegam a Nordeland? — murmurei, depois de experimentar a sopa aguada que tinha gosto de lama de rio e coelho fervido. — Ou a falta de sabor é uma preferência nordelandesa?

— Perdemos nossas provisões — respondeu Steinunn. — Coma ou passe fome, a escolha é sua.

Jogando a sopa de volta na panela, acendi um galho para servir de tocha e comecei a andar pela margem do rio. Bjorn foi atrás e olhei feio na direção dele.

— Não preciso de acompanhante. Só estou tentando caçar.

— Assim como muitos predadores na floresta a essa hora — respondeu ele. — Predadores caçando damas do escudo bem temperadinhas. Se for devorada, eu não vou ter nada para jantar além da sopa horrível de Steinunn, então é do meu interesse que volte inteira para perto da fogueira.

— Deveria ser do seu interesse tomar um banho.

— Tomei quando fui jogado no mar.

— Com sabão. — Puxei uma planta grossa de raiz-forte, depois me aproximei das árvores, onde avistei ótimos cogumelos. — Não tem sopa boa que abra meu apetite com esse seu fedor pairando sobre a fogueira.

Bjorn não respondeu. Pensando se eu teria ido longe demais com meus insultos, fiz uma pausa na colheita de cogumelos a fim de olhar para trás. Mas não vi irritação no rosto dele, apenas preocupação.

— Você está bem, Nascida do Fogo? — perguntou Bjorn em voz baixa.

Eu sabia que ele não estava falando de meu ferimento, mas ainda assim respondi:

— O corte nem foi tão profundo. — Movimentei os dedos bem rápido para colher os pequenos cogumelos e fugir da conversa. — Já até formou casquinha.

— Eu não estava falando do corte. — Ele hesitou. — Estou perguntando porque você matou muitos homens hoje.

Senti um aperto no estômago. E o vazio que esse aperto deixou fez eu me sentir estranhamente sem fôlego.

— Você também matou. E você, Bjorn? Está bem? Ou precisa de um pouco de privacidade para chorar pelos islundeses que destruiu na praia e no vilarejo?

— Eu não estou bem.

— Pra falar a verdade, eu não me importo. — Mordi o interior das bochechas até sentir gosto de sangue, odiando ter procurado a pior coisa para dizer e me arrependendo das palavras no instante em que saíram dos meus lábios. — Ninguém me obrigou a matar aqueles homens. Fiz essa escolha sozinha e não me arrependo. Agora me deixe em paz.

Esmaguei agulhas de pinheiros ao passar por ele, mas Bjorn segurou meu pulso. A mão dele parecia fogo ao encostar em minha pele fria, e o mundo todo se desfez. Sustentei o olhar que ele me lançou, as sombras da tocha dançando em seu rosto enquanto eu esperava que dissesse o que o havia levado a me seguir. Minha mente sugeria várias ideias para o que podia estar se passando em sua cabeça, incluindo que ele talvez caísse de joelhos e suplicasse meu perdão bem ali na minha frente. Mas Bjorn se limitou a acenar firme com a cabeça e soltar meu pulso, a lembrança do calor dele em minha pele me fazendo sentir mais frio enquanto eu corria de volta ao acampamento.

Os outros também tinham jogado a sopa de volta na panela e ficaram observando com interesse enquanto eu lavava e picava as plantas que tinha colhido e as deixava ferver até achar que estavam boas. Servindo a refeição nas tigelas, acomodei-me para comer, embora não estivesse com o menor apetite.

— Está bom — disse Steinunn. — Você tem habilidade.

Soltei um resmungo evasivo. Ela tinha dito pouca coisa em nossa viagem, e não fosse pelo fato de ter me drogado enquanto eu tentava escapar de Harald, eu acharia até que era tão prisioneira quanto eu.

Mas quando meus olhos recaíram sobre seus sapatos, o couro tingido de um vermelho brilhante, fui lembrada de que ela tinha sido espiã de Harald esse tempo todo. Quando cantou a canção de nossa jornada pelos túneis sob Fjalltindr, Steinunn havia revelado acidentalmente que tinha, na verdade, nos seguido em vez de voltar ao acampamento de Snorri, pois a taça que eu tinha derrubado nas escadas batera naqueles mesmos sapatos. Ela havia negociado sua sobrevivência nos túneis com o jarl draug, prometendo compor uma canção sobre sua fama, espionado Bjorn e eu, e depois conspirado com Harald assim que chegara ao topo. Tinha sido Steinunn, não Ylva, quem havia tentado entrar no salão, mas que acabara sendo repelida pelas proteções mágicas. Tinha sido Steinunn quem deixara a mensagem com os planos de Snorri para Grindill entalhada em magia rúnica na árvore, mostrada a mim pelo espectro.

E tinha sido Steinunn quem avisara Skade que eu havia ido ver minha mãe, o que significava que tinha sido ela quem causara aquela morte.

Fiz de tudo para não partir para cima dela e linchá-la, me obrigando a continuar comendo.

— Você nos agraciaria com uma canção? — perguntou Harald à escalda depois que já havíamos comido. — Uma história sobre os deuses?

— Sim, meu rei.

Quando Steinunn se levantou, Bjorn deu uma leve bufada de irritação.

— Vou tomar um banho.

Olhei para a fogueira, mas meus olhos traiçoeiros o acompanharam. Fiquei olhando quando ele tirou a túnica e os músculos nus de suas costas foram iluminados, assim como as antigas cicatrizes de queimaduras. A história de Guthrum tinha começado já depois de Saga levar Bjorn a Nordeland, então os detalhes exatos do que acontecera antes ainda não estavam claros. Eu tinha sido levada a acreditar que Harald havia atacado Saga e sequestrado Bjorn, mas depois me disseram que Harald o tinha salvado. Seria mais lógico se eu só perguntasse qual era a verdade e acabasse com isso de uma vez, mas no fundo do meu coração eu temia que o lado dele da história fosse tornar todas as mentiras que ele tinha contado razoáveis e justas. Que eu perderia a razão de ficar zangada com ele, e se não pudesse ficar zangada, tudo o que me restaria seria a dor.

Como se fosse se apresentar para um grupo numeroso em um grande salão, a escalda removeu o manto e ajeitou o vestido vermelho. Embora as curvas de seus seios fartos se esticassem contra o corpete, notei que seu rosto havia ganhado cavidades, e a pele sob seus olhos estava escura de exaustão. Ela passou os dedos pelos cachos castanho-claros que desciam pela cintura e refletiam a luz da fogueira. Steinunn pegou seu pequeno tambor enquanto Bjorn se afastava da iluminação do fogo, depois estalou a língua com irritação porque seu instrumento ainda estava úmido por ter sido imerso no mar.

Bjorn com certeza sabia que Steinunn era uma espiã e ainda assim não tinha feito nada para me dissuadir de culpar Ylva por todos os meus infortúnios. Tantas mentiras. Tantas malditas mentiras, e eu era tão ingênua e tola que tinha me deixado manipular por todos.

Steinunn começou a cantar e eu fiquei tensa, os olhos fixos na tatuagem carmesim em seu pescoço, que pulsava no ritmo de seu coração. Não queria as visões dela em minha cabeça de jeito nenhum. Mas as palavras eram um poema antigo sobre a morte de Baldur por meio das trapaças de Loki. Sobre como Hel havia recusado libertar de Helheim o mais belo dos deuses até o mundo todo chorar por sua perda. Todos, exceto um, a giganta Thokk, e em Helheim Baldur permaneceu.

A canção foi sendo levada pelo vento através das árvores, e me deitei para dormir, virando o corpo de modo a ficar com as costas voltadas para o fogo. O musgo embaixo de mim era grosso e macio, e toda vez que eu me mexia, liberava um aroma terroso. O fogo crepitava, a seiva da pinha provocando estalos alto, mas eu mal notei. Estava concentrada demais nos sons dos outros se preparando para descansar. Nos passos suaves de Bjorn retornando ao acampamento, embora eu me recusasse a olhar para ele.

Durma, ordenei a mim mesma. *Você precisa descansar.*

Mas a canção de Steinunn tinha enchido minha cabeça de pensamentos sobre Helheim e as almas que eu tinha mandado para lá. Para muitos, não seria maldição ir para o domínio de Hel, mas, para um guerreiro, ter Valhalla negada era pior do que a própria morte.

Os islundeses tinham merecido a morte. Tinham invadido um vilarejo inocente, matado muitas pessoas, e pretendiam roubar aquelas crianças para as escravizar. Mas cabia aos deuses decidir a que reino as almas deles iriam depois da morte, não a mim. Não era uma decisão para ser feita numa fração de segundos, motivada por desespero e medo. Era um poder muito grande, e as consequências de usá-lo eram altas demais.

Nunca mais, prometi a mim mesma.

Então um galho se quebrou.

Levantei a cabeça e vi Steinunn se afastando da fogueira. Tinha escutado vagamente ela se oferecendo para ficar de vigia no primeiro turno, mas em vez de ficar de guarda, a escalda desapareceu floresta adentro. Uma rápida inspecionada naqueles ao meu redor revelou que estavam todos dormindo, então me levantei em silêncio e a segui.

A noite estava bem escura, sem lua nem estrelas visíveis no céu. Segui-la teria sido quase impossível, não fosse o fato de Steinunn estar carregando uma lamparina. Ela me permitia manter distância o bastante para que o estalo errante das agulhas de pinheiro e dos galhos que quebravam com meus sapatos não fosse ouvido, e assim, como uma dupla, penetramos fundo na floresta.

Que razão exata me levou a seguir a escalda, eu não sabia dizer, mas a cada passo eu repetia em silêncio as mentiras dela. As traições que ela tinha cometido. Os nomes daqueles que eu amava e que me haviam sido tirados por consequência das ações dela. Então, quando Steinunn parou de avançar, fechei as mãos em punhos e senti a raiva fervilhar. Eu não a mataria. Mas, pelos deuses, pretendia feri-la pelo que tinha feito.

Ao me preparar para dar um soco que a escalda não esqueceria tão cedo, captei rapidamente formas familiares nas sombras ao meu redor. Não eram só árvores, mas restos de construções queimadas. Estruturas do que antes havia sido um vilarejo. Steinunn caiu de joelhos, e minha raiva vacilou quando vi a fileira de túmulos diante da qual ela tinha se curvado. Enquanto ainda contemplava aquela cena, a escalda abaixou a cabeça sobre um túmulo menor e seu corpo se sacudiu com o choro.

A lembrança de uma conversa que tive com ela depois da tomada de Grindill voltou à minha mente. *Passei por uma tragédia que me custou quase tudo com o qual eu me importava.*

Era uma família, ao que parecia. Uma criança, a julgar pelo túmulo pequeno. E tinha sido assassinada com violência, se os restos do vilarejo ao meu redor indicavam a verdade. Uma pontada de empatia atingiu meu coração, e o choro dela era tão cheio de pesar que tornava difícil respirar.

O fato de Steinunn ter sofrido não a absolvia do mal que havia me causado, mas eu não seria tão baixa a ponto de atacá-la nas profundezas de seu luto. Soltando o ar para recuperar certa calma, dei um passo para trás na intenção de voltar ao acampamento.

Só que meus ombros bateram em algo sólido e morno.

Uma mão tampou minha boca para abafar o grito que dei ao mesmo tempo que um braço envolveu minha cintura e me levantou do chão. O pânico aumentou, mas logo explodiu em irritação quando inalei o cheiro familiar de pinho que emanava de Bjorn, assim como o sabão que ele parecia ter usado durante o banho. Somente o respeito que eu sentia pelos mortos me impediu de revidar enquanto ele se afastava do vilarejo e me carregava mais para dentro da floresta. Porém, uma vez que chegamos a uma distância aceitável para que Steinunn não nos ouvisse, usei toda minha força para chutar as canelas dele com os calcanhares.

Ele resmungou de dor, murmurando xingamentos sobre minha linhagem que eu não apreciei ao ser solta no chão da floresta. Girando o corpo, bati com as mãos em seu peito, que estava *nu*.

Afastei as mãos da pele dele bem rápido, como se tivesse me queimado. Para encobrir minha reação, olhei feio para Bjorn na escuridão.

— Suas roupas foram embora na correnteza enquanto você se banhava ou é costume nordelandês vagar pela floresta nu?

— Você sabe que é meu traje preferido para lutar — respondeu ele. — E considerando que saí para te seguir, precisava garantir que teria todas as vantagens possíveis.

— A nudez não funciona assim tão bem no escuro.

— Ouso discordar. — Ele se aproximou e o calor que emanava esquentou minha pele. — Agora, abaixe o tom de voz. Subornei Kaja com um coelho, mas ela ainda pode nos seguir, e os ouvidos dela são aguçados.

Era tentador fazer o contrário, mas ainda sou uma pessoa pragmática, por isso baixei a voz até um sussurro ao dizer:

— Por quê? Para que ela não ouça você se gabar da sua beleza e relate ao mestre dela que você é vaidoso demais?

— É sempre você quem comenta sobre minha aparência, Nascida do Fogo — retrucou ele. — Diferentemente da sua, a minha mente está ocupada com questões mais sérias.

Foi uma luta não ranger os dentes.

— Algo igualmente egoísta, tenho certeza.

Bjorn soltou um longo suspiro de frustração.

— Freya, sei que está zangada comigo, mas poderia, por favor, deixar suas emoções de lado e ouvir o que eu tenho a dizer?

— Não — disparei em resposta. — Mas por sorte minhas *emoções* não impactam no funcionamento dos meus ouvidos, então pode falar o que tem a dizer e acabar logo com isso.

Ele chutou a vegetação rasteira.

— Não importa o que eu diga, você vai reclamar.

O triunfo por tê-lo superado tomou conta de mim.

— Talvez, mas não ajuda o fato de você sempre escolher as piores palavras. Ou que metade delas seja mentira.

O silêncio se estendeu entre nós, a tensão tão densa que eu mal conseguia respirar.

— Eu não confio nas intenções de Harald. — Bjorn baixou a voz até um sussurro quase inaudível sobre o vento na floresta a nossa volta. — Ele queria te ver morta pelas previsões que a minha mãe fez do futuro e pelo desejo de vingança que eu tinha contra Snorri. Repetidas vezes, ele tentou te matar, Freya, e não posso culpá-lo por isso. O que me preocupa é que depois de descobrir que você tem sangue de Hel, Harald se desviou do objetivo que minha mãe havia indicado. Minha preocupação é o motivo para ele te querer viva.

Soltei uma risada.

— O que te preocupa é ele não estar mais tentando me matar? Acho que você está pensando demais.

Na verdade, eu também vinha repensando as motivações de Harald, mas queria muito saber o que Bjorn diria diante daquela minha obstinação intencional.

— Pare com isso — resmungou ele, sem se deixar enganar. — Você sabe como sua magia é uma arma, Nascida do Fogo. Se quisesse, poderia ter travado aquela batalha sozinha. Poderia ter derrubado todos aqueles islundeses com algumas meras palavras.

— Nunca mais vou fazer isso. — Finquei as unhas nas palmas. — Ter o poder de decidir para onde uma alma deve ir é algo que nenhum mortal deveria ter. Eu me recuso a usá-lo de novo.

— Você fica falando isso, mas momentos de desespero geram ações desesperadas. Se acha que isso já não passou pela cabeça de Harald, está errada. Acho que ele está equilibrando o risco do que minha mãe previu com a recompensa de ter você defendendo o litoral das terras dele, porque no momento em que qualquer um que você perceba como inocente estiver em perigo e você se vir encurralada, acho que vai acabar clamando pelo nome de Hel.

Mesmo se eu desejasse servir a Harald, seria impossível por conta do juramento que havia feito a Snorri, mas em vez disso, falei:

— Você o chama de pai e usa a braçadeira dele como sinal de lealdade, mas parece que não confia em seu rei.

— Eu confio nele para fazer o melhor por Nordeland — respondeu Bjorn. — Mas tenho medo do que isso possa significar para você. Ele acredita que você não pode fugir do destino para o qual está predestinada da forma como foi previsto, que você deve mudá-lo ou vai sucumbir a ele. Acho que ele pretende te ajudar a mudá-lo.

Estreito os olhos, a incerteza tomando meu peito porque aquilo era algo que eu não havia considerado. Eu via Harald apenas como inimigo e não me sentia inclinada a enxergá-lo de nenhum outro jeito. Ainda assim, talvez até mesmo inimigos pudessem ter objetivos em comum.

— Considerando o destino obscuro que sua mãe previu para mim, não vejo como a ajuda de Harald para mudá-lo possa ser uma coisa ruim.

— Está presumindo que vai ser para melhor. Mas e se for para algo pior?

Por razões que não fui capaz de explicar, as palavras dele me atingiram como um soco no estômago.

— O que você quer que eu faça? — Senti os olhos arderem, mas nenhuma lágrima caiu. — Se eu fizer alguma coisa. Se eu não fizer nada. Não importa, porque parece que sou amaldiçoada de qualquer maneira.

— Não! — Embora estivéssemos na escuridão profunda, ele segurou minhas mãos com uma precisão certeira. A sensação das palmas dele junto às minhas, grandes, calejadas e tão dolorosamente familiares, fez meu corpo estremecer. — Não foi isso que eu quis dizer, Freya. Sei que não confia em mim, que acredita que tudo que eu já te disse é mentira e que me odeia por isso. Que não tem mais motivos para me escutar. Mas vou suplicar a você que não sirva a ele.

— Pode ficar tranquilo quanto a isso, pois mesmo que eu quisesse servir a Harald, não consigo. — Soltei minhas mãos das dele. — Estou vinculada à magia de sangue de Ylva com um voto de não servir a nenhum homem que não tenha o sangue de Snorri, o que, a menos que existam ainda mais segredos que eu não conheça, não inclui Harald.

Bjorn não respondeu, e o silêncio dele acompanhou o choque que estava sentindo, mesmo com a escuridão ocultando seu rosto. Então, por fim, falou:

— Quando foi que fez esse juramento?

— Na noite em que me casei com ele.

— Por que você juraria uma coisa dessas? — exigiu Bjorn.

— Porque a alternativa era muito pior. — As palavras saíram sufocadas, e engoli em seco para estabilizar minha voz. — Fiz a escolha que me deixaria viva.

— Queria que você tivesse me contado. — A sombra dele se moveu, agitada. — Eu teria...

— Você teria o quê? — Não importava quantas vezes eu engolisse, a emoção que me estrangulava não saía da minha garganta. — Matado ele? Porque isso é mentira. Pelo que parece, motivos legítimos não faltaram todos esses anos para você matar Snorri, e ainda assim não fez isso, então não finja que meus juramentos a ele teriam mudado alguma coisa.

Estávamos a centímetros um do outro, embora eu não me lembrasse de nenhum de nós dois termos nos aproximado. Tão próximos que eu sentia o calor dele. O toque de seu hálito em meu rosto. Meu coração se agitou no peito feito um pássaro ferido, a emoção me sufocando, me afogando. Eu queria me afastar dele e de tudo aquilo. Então falei:

— Houve um momento em que cheguei a acreditar que era forte porque você estava sempre lá para me apoiar, Bjorn. Mas já não sou mais tão idiota. Sempre estive sozinha e continuo sozinha.

Sem dar chance para que ele me respondesse, caminhei de volta na direção do acampamento sem fazer nenhum esforço para ser silenciosa. A floresta estava viva com os sons de criaturas noturnas, ou daqueles que eram assombrados por elas, e meus ouvidos ficaram cheios do rouco agudo de uma raposa e dos pios de uma coruja. Mas não foi o suficiente para abafar o som do bater de asas pesadas acima. Congelei e olhei para o céu, procurando por uma sombra, mas não consegui ver nada por entre os galhos das árvores.

Será que era Kaja?

Fosse lá o que fosse, parecia maior do que o falcão, e o som ficava estranho à noite. Eu me arrepiei ao pensar que ela estivera nos espionando, mas já não havia nada que pudesse ser feito. Continuei andando até chegar ao acampamento. Steinunn ainda não tinha chegado, e todo o resto parecia estar dormindo, incluindo Guthrum. Mas, fora do alcance da fogueira, Kaja bicava um coelho morto.

Circundando o fogo, ajoelhei-me na frente dela.

— Se foi você — sussurrei —, por favor, não conte.

E então, antes que Bjorn ou Steinunn pudessem voltar e me obrigassem a identificar a presença deles, enfiei o corpo debaixo das cobertas e fechei bem os olhos, reunindo todas as forças para dormir.

10
FREYA

Embora nossa ausência certamente tivesse sido notada, ninguém disse nada sobre o assunto ao continuarmos a subida do Rimstrom no amanhecer da manhã seguinte. No entanto, também não me permitiram ficar sozinha, já que Steinunn se juntou a mim depois de uma hora de jornada. Juntas, ficamos observando as margens do rio passarem, com nada para contemplar além de infinitas árvores e uma folhagem densa atrás do litoral rochoso.

— Você me seguiu ontem à noite, não é? — perguntou Steinunn.

— E daí?

Ela franziu os lábios e pareceu prestes a se retirar para a outra ponta do barco, mas em vez disso, disse:

— Não te devo satisfação de nada, mas vou te dar uma explicação para que compreenda que minhas ações contra você em Skaland foram justas. Aquele vilarejo era meu lar. Eu era casada com o amor da minha vida, e juntos tivemos um filho. Perdi os dois em uma invasão. — A voz dela tremeu de leve. — Uma invasão liderada por Snorri e os guerreiros dele.

Não falei nada, parte de mim já sabendo que essa devia ser a motivação para tudo o que ela havia feito.

— Na ânsia de Snorri por seu destino como rei de Skaland, ele acreditava que precisava da magia de Bjorn para revelar a dama do escudo e estava disposto a tirá-lo de Harald custe o que custasse. A invasão que fez ao meu vilarejo foi uma das muitas que ocorreram enquanto ele subia o Rimstrom até Hrafnheim. — O queixo dela tremeu. — Eu estava fora quando isso aconteceu, mas os que sobreviveram me contaram que Snorri matou meu marido, que era jarl, com as próprias mãos. E meu jovem filho também.

Senti o estômago revirar. Pela lógica, eu sabia que Snorri tinha ido atrás de Bjorn usando de violência, mas nunca havia considerado o que aquilo tinha custado ao povo de Nordeland. Na verdade, mesmo se tivesse pensado nisso, poderia até não ter me importado, pois eram inimigos sem face para mim. No entanto, agora tinham rostos.

— Eu quis morrer — sussurrou Steinunn. — Quis enfiar a faca em meu coração já partido, pois não me restavam motivos para viver. Mas Harald chegou a tempo de me impedir. Contou tudo para mim, incluindo o plano de Bjorn de voltar a Skaland para mudar o futuro que Saga havia previsto, de modo que Snorri nunca usasse uma coroa. Pediu que eu me vingasse dele ajudando no plano, e, ao fazer isso, me deu uma razão para continuar.

— Eu queria que as circunstâncias tivessem sido diferentes — disse Harald, chegando à frente da embarcação sem que eu notasse, de tão entretida que estava com a história de Steinunn. — Era um bom homem, o jarl Dag. Um jarl leal. É sorte de Odin tê-lo em Valhalla.

— Mas meu filho não está com ele — respondeu Steinunn. — Não roubaram apenas a vida dele, mas a chance de se juntar ao Pai de Todos. Não vou descansar até que seja vingado, e depois vou me juntar a ele em Helheim.

Harald apoiou uma das mãos no ombro dela.

— Você vai ter sua vingança, Steinunn. Mas espero que reconsidere nos deixar, e em vez disso componha uma balada sobre nossa vitória, incluindo o papel que sua família teve nela de modo que o legado deles perdure para sempre.

— Não posso cantar sobre a perda deles. — Ela secou as lágrimas dos olhos. — Porque cantar isso significaria testemunhar o fim de suas vidas. Meu coração partido não suportaria essa dor.

— Talvez, se fizesse isso, compreenderia como o restante de nós se sente quando você canta nossos horrores por entretenimento — falei em resposta. — Você me contou uma vez que ninguém quer ouvir suas histórias, mas a verdade é que você é muito covarde para cantar sobre elas.

Uma sombra de raiva obscureceu o rosto de Steinunn.

— Sua vadia maldita!

— Talvez eu até seja. Mas não fiz nada contra você, escalda. Enquanto as suas ações custaram a vida daqueles que eu amava profundamente.

Fique feliz por eu sentir apenas desprezo por você, porque garanto que sou capaz de coisas muito piores.

Steinunn sussurrou uma torrente de xingamentos quando dei as costas para ela, mas como estávamos presas no drácar, não tinha para onde ir. Estávamos todos confinados juntos, inimigos que tinham causado mal uns para os outros, que continuariam a causar mal, e desejei desesperadamente ficar longe deles. Principalmente de Bjorn.

Com o canto do olho, vasculhei a parte de trás do barco e o encontrei observando as árvores que passavam. Estava em silêncio, apesar de com certeza ter escutado grande parte de nossa conversa. Fiquei me perguntando como ele devia ter se sentido ao saber que não tinha sido só o desejo de vingança dele contra Snorri que havia motivado Harald, mas o de Steinunn também.

— O ciclo da vingança não tem fim — disse Harald, e apoiou as mãos dos dois lados do escudo preso à amurada da embarcação. — Mas Steinunn é uma mulher boa, Freya.

— Ninguém nesse barco é bom. — Pensei nas palavras de Guthrum, embora não tivesse visto nenhum sinal dele desde a noite anterior. — Ela e Bjorn sabiam que os dois serviam a você?

— Nenhum deles *servia a mim*. Estavam só buscando cada um a própria vingança.

Ri com sarcasmo.

— Responda a minha pergunta, Harald.

— Steinunn sabia o objetivo de Bjorn. — Ele suspirou. — Bjorn não sabia que Steinunn buscava a própria vingança nem que ela tinha nascido em Nordeland.

Fiquei surpresa.

— Por quê? Você não confiava nele?

— Bjorn estava sendo muito vigiado. — Harald brincou com a borda do escudo. — Se soubesse que Steinunn tinha um objetivo parecido com o dele, uma conexão que poderia ter causado a mesma vigilância sobre ela teria se formado entre os dois. E Steinunn era nossa melhor fonte de informação sobre tudo o que estava acontecendo.

Então eu não podia culpar Bjorn pelas ações da escalda. Isso não significava que ele estava absolvido. Longe disso. Mudando de assunto, perguntei:

— Quanto tempo ainda temos de viagem?

— Estamos chegando em Skjoldfjell. — Harald apontou rio acima. — Então não falta muito.

Voltei os olhos para os cumes gêmeos de uma montanha que era mais alta do que qualquer outra da cadeia. Entre eles, passava uma geleira que desembocava no Rimstrom, e na base daquela poderosa montanha ficava a fortaleza de Harald, Hrafnheim. A sede de seu poder e a parada seguinte na jornada em direção às respostas que eu buscava.

Fiel à palavra de Harald, em poucas horas tive a primeira visão do centro do domínio de Nordeland. A água corrente do Rimstrom se bifurcou ao redor de uma grande ilha, que abrigava a lendária fortaleza. Muralhas que eu imaginava terem pelo menos quinze metros de altura, feitas de blocos de pedra cobertos com runas, projetavam-se da água. As torres eram igualmente espaçadas ao redor da muralha, e pontes haviam sido construídas em ambas as ramificações do rio. Pareciam ser levadiças, pois correntes grossas se esticavam entre elas e as muralhas. Fiquei imaginando que tipo de homens gigantes seriam necessários para erguê-las.

A ponta mais à frente da ilha tinha um espaço na parede flanqueado por torres, e uma corrente grossa havia sido esticada entre elas para bloquear a passagem. Quando o estandarte de Harald foi avistado por quem estava na torre de vigia, uma trombeta soou e a corrente começou a subir. Nós nos aproximamos e meu coração retumbou no peito, porque a fortaleza de Grindill parecia uma cabana quando comparada àquilo. O que me fez pensar se a demonstração de força de Nordeland que eu havia presenciado nas invasões não passava da ponta do iceberg do que Harald era capaz.

Cordas foram jogadas na direção do drácar. Tora e Bjorn as seguraram e as fixaram na frente da embarcação enquanto os escravizados puxavam os remos para dentro. Então o drácar foi sendo arrastado devagar pelo espaço estreito entre as torres, revelando um porto de pedra tão grande que talvez comportasse o dobro do tamanho daquele barco, embora estivesse abrigando vários barcos menores. Homens e mulheres se apressavam pelo cais, jogando cordas para os escravizados.

— Em minha juventude, antes de eu me tornar jarl, viajei muito para outras nações — atestou Harald. — Vi fortalezas e cidades que ultrapassavam meus sonhos mais loucos, e estudei a arte de sua construção.

Quando virei jarl de Hrafnheim, esta fortaleza era feita de madeira e junco. Com anos de trabalho, tornou-se o que você está vendo agora.

— Trabalho e riqueza roubados em invasões a Skaland. — Abri um sorriso meloso para ele. — Estou surpresa pela pedra não ser vermelha.

Em vez de se ofender, Harald apenas deu de ombros.

— Invasões a Islund, para ser mais preciso. Ficaram ricos pilhando terras a oeste, então decidimos levar só o que eles já tinham levado dos outros. — Ele apontou para seus escravizados, cujos olhos brilhavam sob os capuzes. — A maior parte dos meus Inomináveis é formada por guerreiros de Islund que atacaram o litoral de Nordeland. Descobriram que estamos longe de sermos indefesos e pagaram um preço alto por sua arrogância.

— O preço foi a língua deles? — Eu me lembrei do que Bjorn tinha me contado sobre Ragnhild depois que cortou fora sua cabeça. Ela era capaz de falar diretamente com Harald porque ele estava em poder do totem dela: a língua. — Nunca conheci escravizados tão silenciosos.

— O preço que eles pagaram por seus crimes foi perderem o próprio nome e a própria reputação, mas, sim, também a voz. Abra a boca. — Harald estalou os dedos para um dos escravizados, um homem com braços grossos e os dentes de um lobo visíveis sob a manga arregaçada. Ele abriu a boca obedientemente e colocou a língua para fora. Nela, havia a marca de uma runa que eu não reconheci.

— Magia — murmurei, horrorizada ao saber que podia ser usada dessa forma.

— Não aprendi só sobre construção de fortalezas em minhas viagens. — Harald acenou uma vez com a cabeça para o escravizado, que obedeceu e fechou a boca. Mas ainda ficou me encarando, e seu olhar impassível arrepiou minha pele. — Em outros lugares há outros deuses. E outros poderes. Talvez um dia você tenha a oportunidade de ver com seus próprios olhos.

Se esse era o tipo de magia que havia nos outros lugares, eu ficaria bem feliz se nunca tivesse a chance de ver, mas não falei nada enquanto o drácar era puxado para o cais.

Hrafnheim zunia de empolgação. De todas as direções, tanto civis quanto guerreiros seguiam para o porto, todos esperando numa expectativa óbvia. Senti a pele arrepiar, e à esquerda vi que Bjorn estava com uma expressão no rosto que eu nunca tinha visto antes. Eu não sabia descrever a emoção exata, mas era o olhar de um homem que, depois de muito tempo longe, voltava ao lugar onde tinha deixado seu coração.

Anseio.

Essa era a palavra.

Quando me dei conta disso, fui tomada pela raiva.

— Você disse a todos que essa era sua prisão. Mas esse é seu lar, não é?

— Você é meu lar, Freya — ele respondeu. — Todos os outros lugares não passam de um recinto para eu deitar minha cabeça.

Mostrei os dentes, sem me importar de parecer selvagem, porque aquelas palavras me fizeram lembrar de todas as promessas que ele havia feito e que tinham se provado mentira. Me fizeram lembrar de como, por um segundo, eu havia pensado que tinha tudo, mas acabei percebendo de repente que era tudo fugaz como fumaça ao vento. Desejei que minha raiva aumentasse e afastasse a dor, mas era como se a fúria tivesse consumido todo seu combustível, deixando para trás nada além de brasas incandescentes.

Harald saltou para fora do drácar, indo para o cais sob os aplausos daqueles que observavam.

— Retornamos vitoriosos! — gritou ele. — Libertamos a dama do escudo de Snorri, e ela vai mudar o destino de todos que cruzarem seu caminho, pois é a filha de dois sangues! Filha de Hlin e de Hel!

O choque roubou minha voz, pois não entendi por que ele havia escolhido anunciar minha presença. Talvez Snorri até descobrisse que eu estava ali depois de um tempo, mas isso era como se Harald estivesse convidando Skaland até a própria porta.

Gritos de espanto preencheram o ar, e Tora cutucou minhas costelas com o cotovelo.

— Saia — murmurou ela. — E não faça escândalo.

Desci do barco para o cais e fiquei de braços cruzados enquanto todos me encaravam boquiabertos. Alguém empurrou um escudo em minhas mãos, e fiquei olhando para ele, sabendo que queriam uma demonstração de meu poder. Uma prova de que as vidas perdidas em minha captura tinham valido de alguma coisa. A lembrança de raízes pretas explodindo do chão para arrastar guerreiros ao domínio de Hel voltou à minha mente. O poder dela. E o meu. Minha metade mais obscura que eu sempre soube que existia: severa, gananciosa e indiferente à situação dos outros.

A parte de mim que tinha incitado Harald a permitir que eu vivesse, mas a verdade era que *ela* me aterrorizava.

Então sussurrei o nome de Hlin e invoquei a magia que era minha velha conhecida. Um brilho fluiu sobre a madeira do escudo. O rei de Nordeland abriu um sorrisinho na minha direção como se estivesse compreendendo minha escolha, depois gritou:

— E tenho notícias melhores ainda, meu povo! Pois meu filho e herdeiro, Bjorn, voltou para nós!

Não havia como não notar a felicidade nos olhos daqueles estranhos. Dezenas deles gritaram o nome de Bjorn quando Harald passou o braço sobre seus ombros. Não era um prisioneiro. Nunca tinha sido.

Os dois entraram no meio da multidão e o povo tocava no braço de Bjorn. Batia nas costas dele e lhe desejava sorte. O sorriso no rosto dele era uma faca em minhas entranhas. Bjorn nunca tinha se comportado daquela forma em Halsar, sempre distante e arredio, mesmo quando estava comendo, bebendo e rindo com meu povo. Porque nunca tinha sido *parte* dele.

Mordendo o lábio, entreguei o escudo e não protestei quando Tora me conduziu à frente. Seguimos Bjorn e Harald mais para dentro de Hrafnheim e fui absorvendo tudo ao redor. Enquanto as paredes e o exterior da fortaleza eram de construção estrangeira, os prédios do lado de dentro tinham um estilo conhecido para mim. Mas o que me impressionou foi o número incrível de proteções entalhadas em cada parede e porta. Eu não tinha noção do que elas significavam, mas de tempos em tempos uma delas brilhava.

— Para que servem essas proteções?

— Defesa — respondeu Tora.

Flexionei os dedos da mão direita, que estavam dolorosamente rígidos por negligência, e perguntei:

— Defesa contra o quê?

— Fogo. Peste. Inundação. Islund. — Tora olhou para mim. — Skaland.

A ideia de atacar aquela fortaleza parecia o tipo de loucura que nenhum jarl consideraria, mas esse era o objetivo de Snorri quando se tornasse rei. Reunir os clãs de toda Skaland em uma força unificada capaz de enfrentar aquelas defesas. No entanto, olhando ao redor para as proteções infinitas, parte de mim ficou se perguntando se mesmo esse plano não estaria fadado ao fracasso.

O grande salão de Harald ficava no centro da cidade, e embora fosse grande, não tinha metade do tamanho que eu esperava. Era formado por troncos grossos, com um telhado bem inclinado feito com placas de madeira. As paredes haviam sido entalhadas com runas maiores do que minha altura, assim como as portas duplas, embora também tivessem nós celtas elaborados que o carpinteiro devia ter demorado meio ano para esculpir. Grandes estátuas de lobos ladeavam a entrada. O trabalho era notavelmente realista, olhos feitos de vidro tão impecáveis que jurei estarem vivos.

Então o lobo branco se mexeu.

Ele se espreguiçou, colocando o focinho no chão e levantando o traseiro no ar, depois trotou a passos largos na direção de Harald. Ele caiu de joelhos para acariciar o animal com entusiasmo, e então o preto trotou até os dois para compartilhar a atenção.

— Skoll e Hati — disse Tora.

Fiquei contemplando os enormes lobos, que deviam pesar tanto quanto a maioria dos homens, ou mais. Será que eram mesmo os filhos de Fenrir, ou só tinham os mesmos nomes? Ambos os animais tinham desenhos pintados nas testas peludas e coleiras de prata ao redor do pescoço.

— Estão perseguindo o sol e a lua? — Observei quando Skoll lambeu a mão de Bjorn, parecendo conhecê-lo.

— Não — disse uma voz familiar.

Skade apareceu ao meu lado, o tom zombeteiro idêntico ao que havia usado com minha mãe pouco antes de matá-la.

— Mas corra e eles vão se juntar a mim na caçada por você.

Os dois lobos escolheram aquele exato momento para virar a cabeça e me encarar. A inteligência que vi em seus olhos ia muito além do que jamais vira um animal possuir. E isso me fez estremecer.

— Encontrou suas presas?

— Não mais do que uma hora depois daquilo — respondeu Skade. — Por fim encontrei um cavalo veloz. Ninguém jamais conseguiu fugir da minha perseguição, Freya. Não se esqueça disso. — Apertando o passo, ela desapareceu dentro do salão.

— Cuidado com ela — disse Tora em voz baixa. — Na ausência de Bjorn, Skade foi o braço direito do nosso rei, e ela tem uma natureza invejosa.

— Você não deveria estar dando esse alerta para ele? — murmurei em resposta.

— Não. — Com essa resposta enigmática, Tora passou pelas portas e fui obrigada a me apressar para acompanhá-la.

Lá dentro, uma onda de calor e o cheiro de madeira queimada tomaram conta de mim. O salão do banquete era repleto de mesas grandes e bancos que ficavam diante de uma plataforma com dois tronos. O nível superior era sustentado por pilares grossos entalhados com representações dos deuses, e no centro havia uma grande lareira de pedra com fumaça que subia até a abertura acima.

Criados já estavam trabalhando, enchendo as mesas com tonéis de hidromel e vinho. O aroma de carne grelhada fez meu estômago roncar. Afastando-me de Tora e Skade, parei diante da plataforma e contemplei os tronos formados por galhadas, os assentos acolchoados com peles brancas e grossas. Um era maior do que o outro, e o menor deles era, de certa forma... *feminino*. Virando-me para Harald, perguntei:

— Quem é a rainha de vocês?

O rei de Nordeland trocou o peso de apoio e olhou de soslaio para Bjorn, depois disse:

— Saga é minha esposa, mas não é a rainha. Ela não tem desejo de governar, mas mantenho o trono dela aqui, para caso mude de ideia.

Soltei o ar devagar por entre os dentes, porque a resposta de repente me pareceu óbvia demais. A forma como Harald falava sobre Saga. A forma como havia nomeado o filho dela como seu filho e herdeiro.

— Queria me consultar com ela agora.

— São quase dois dias de viagem até a cabana dela — retrucou Bjorn. — Ficar perto de pessoas é um fardo para ela, pois prevê o futuro de todos, seja bom ou ruim, e isso é pesado. Então, assim como em Skaland, ela vive em isolamento.

Estreitei os olhos e senti meu peito se encher de desconfiança de que aquilo tudo não passasse de mais mentiras. Que na verdade Saga estava morta e tudo o que Bjorn estava me dizendo era uma invenção para me manipular. Mas então Harald declarou:

— Bjorn vai te levar até Saga. Mas, antes de tudo, planejamos um banquete para você.

Eu não queria comida, queria respostas.

— Quero me consultar com Saga agora — falei. — Mas quero que seja você a me levar, e não Bjorn.

— Por mais que eu deseje demais ver a mulher que amo, não posso ir embora de Hrafnheim agora. Há muita coisa que precisa da minha atenção depois de uma ausência tão longa, por exemplo fazer planos para lidar com as invasões de Islund. — Harald inclinou a cabeça. — Se estiver disposta a esperar uns quinze dias, eu a acompanharia com prazer.

— Não quero esperar. — Ergui o queixo. — Qualquer um pode me guiar, menos ele. Não quero ficar na presença dele.

— E eu não quero negar ao amor da minha vida uma visita de seu filho, de quem ela está longe há tanto tempo. — O tom de Harald era monótono. — Não abuse da minha boa vontade, Freya. Tenha cuidado ao testar meus limites, principalmente quando se trata da felicidade de Saga. Ela já passou por coisas demais, então me recuso a permitir que cause mais sofrimento.

Mordi o lábio inferior, dividida por muitos motivos, incluindo alguns que não queria admitir para mim mesma.

— Bjorn vai partir ao amanhecer para visitar a mãe — disse Harald. — Pode ir com ele ou esperar quinze dias e viajar comigo. A escolha é sua.

Fechei os olhos porque não queria ficar sozinha com Bjorn. Não queria me esquentar numa fogueira de frente para ele, nem caminhar ao seu lado, nem dormir perto dele sob as estrelas, porque doía demais. Cada vez que eu olhava para a cara dele, me lembrava do quanto tinha sido feliz naquele momento só nosso e depois da sensação de ser estripada quando a verdade veio à tona.

— Você não tem medo de que ele tente me sequestrar de novo?

Bjorn riu de leve, um som que pareceu muito querer dizer *não tenho desejos suicidas*, mas Harald apenas balançou a cabeça.

— Não, mas tenho medo de que você se vingue do meu filho quando ele estiver dormindo, então vou mandar Skoll e Hati para protegê-lo.

— Não preciso dos seus animaizinhos de estimação para me proteger de Freya, pai — protestou Bjorn.

Harald caiu na gargalhada como se as palavras de Bjorn tivessem sido muito engraçadas, depois limpou o rosto e soltou:

— Os lobos vão junto, meu filho, e vocês devem partir ao amanhecer.

— Não acho que precisa ser tão cedo.

Toda a graça desapareceu do rosto de Harald.

— Sua ausência todos esses anos cobrou um preço de sua mãe, garoto. Enquanto Freya pode escolher entre ir ou não junto, *você* vai cavalgar ao amanhecer para ver sua mãe sem discutir.

Todos ficaram em silêncio no salão. De minha parte, foi por causa do peso da autoridade na voz de Harald. Um tom que eu não o tinha ouvido usar até então, mas que me lembrou de que ele era o rei de toda Nordeland por um motivo. Bjorn não pareceu intimidado ao encarar Harald e medir forças, embora eu não soubesse se era pelo pedido em si ou pelo fato de ter sido feito como uma ordem. Bjorn alternou o olhar entre mim e Harald por um segundo, os olhos verdes obscurecidos por algum debate interno, e depois disse:

— Como quiser, pai. Vou partir ao amanhecer.

A tensão se dissipou bem rápido e todos, incluindo eu, respiraram aliviados.

Guthrum escolheu aquele momento para entrar no salão, com Kaja voando acima para pousar sobre as vigas. Ele inclinou a cabeça.

— Nenhum sinal de perseguição pelo Rimstrom, meu rei — falou. — Com sua licença, vou retornar à costa para que Kaja possa viajar pelo estreito e ver quais planos nosso inimigo está tramando contra nós.

Harald levantou o braço e a ave desceu e pousou em seu pulso, fincando as garras tão fundo que pareceu doer. Mas ele não demonstrou nenhuma reação. Limitou-se a passar o dedo com gentileza por sobre as penas.

— Fique de olho, Kaja. E tenha cuidado, pois Snorri não é bobo, e os arqueiros dele são habilidosos.

A ave estufou as penas como se a mera ideia de ser pega fosse tolice, depois alçou voo e passou pelas portas abertas lá para fora.

— Você também tome cuidado, meu amigo — recomendou Harald para Guthrum. Enfiando a mão no bolso até o fundo, tirou uma corrente enfeitada com pequenos medalhões de prata, que jogou para o homem. — Os mercadores do sul trazem rumores imparciais, principalmente quando molho a mão deles direito.

Guthrum tocou a braçadeira de prata que tinha no cotovelo e acenou com a cabeça.

— Sim, meu rei. Mandarei uma mensagem assim que Kaja voltar para mim.

Ele saiu sem dizer mais nada, e Harald andou até se sentar à mesa, servindo-se de um copo da jarra ao centro.

— É só questão de tempo até Snorri ter certeza de que você está aqui, Freya.

Minhas palmas começaram a suar com aquele lembrete. Não só pelas consequências para mim e para Nordeland, mas porque Geir e Ingrid estavam sob o controle de Snorri. Será que ele os machucaria por despeito ou por tentativa de usá-los contra mim novamente? A viscosidade de minhas mãos aumentou, e senti um suor frio escorrendo pelas costas, porque se Snorri desse uma ordem direta para que eu retornasse a ele, será que eu seria capaz de recusar? Ou meu juramento me obrigaria a obedecê-lo e me forçaria a voltar pelo estreito, fosse ou não da minha vontade?

Em meio ao desespero, tentei me lembrar das palavras exatas que eu havia jurado naquela noite, mas minha mente mergulhou num caos de ansiedade e as frases ficavam se misturando em minha cabeça. O desalento aumentava no rosto dos nordelandeses como se eles também tivessem pensado que teríamos mais tempo. As mãos de Steinunn torciam o tecido da própria saia, Skade tocava o facão que tinha na cintura e Tora lançava um olhar inexpressivo para as tábuas do piso, a tensão crescendo a cada momento que se passava.

Então Steinunn desembuchou:

— Vai ser como quando ele estava desesperado para reivindicar Bjorn. Enquanto puder reunir homens ou pagar mercenários, Snorri nunca vai parar de tentar fazer o próprio destino acontecer, o que significa ir até as últimas consequências para recuperar a dama do escudo. Quantos nordelandeses vão morrer em seus ataques enquanto ele tenta chegar até ela? — A voz de Steinunn falhou e ela tossiu para limpar a garganta. — Saga, que teve visões do futuro concedidas a ela pelo Pai de Todos, proclamou que Freya devia morrer para evitar que Nordeland caísse na escuridão, e todos sofremos para conquistar esse objetivo. Mesmo assim, Freya está aqui como convidada de honra. Pois eu digo que devemos matá-la e enviar sua cabeça para Snorri, para que possamos ter melhores chances de futuro.

— Concordo com Steinunn. — O arco de Skade apareceu em suas mãos. — Os riscos que acompanham a sobrevivência de Freya são óbvios. Já as vantagens são muito poucas. Principalmente por ela já ter deixado claro que não vai lutar em favor de Nordeland. Ela é um risco, meu rei. Acabe com ela.

— Acabe com ela! — juntou-se Steinunn, aos gritos.

Bjorn entrou na minha frente com o machado na mão, e isso me lembrou de que eu mesma estava desarmada. Steinunn não era guerreira, mas carregava um facão no cinto e, por ser Sem Destino, a magia de Hel não representava ameaça para ela.

— Você! — Lágrimas escorriam pelo rosto de Steinunn, colando em suas bochechas uma mecha dos cabelos castanho-claros. — Você nos trai ao defendê-la. E por quê? Freya te odeia, Bjorn. Deixou isso bem claro, e você ainda vai atrás dela como se acreditasse que o tempo vai fazer com que ela te perdoe. Mas eu te garanto, não vai. Então está nos traindo *por nada*. Quantos mais devo perder por sua causa?

— Foi Snorri que matou sua família. — Bjorn deu um passo na direção da escalda, mudando de posição quando Skade o cercou. Passei os olhos a esmo pelo salão até encontrar um escudo preso na parede. Se eu conseguisse pegá-lo antes de Skade disparar sua flecha, talvez tivesse uma chance.

— Durante anos você viveu na casa de Snorri — continuou Bjorn para Steinunn. — Durante *anos*, *porra*, e vi com meus próprios olhos que ele não demonstrava nenhuma cautela ou preocupação perto de você. Poderia tê-lo matado uma centena de vezes e não matou. — Ele apontou para mim. — Você poderia ter enfiado uma faca nas costas de Freya com a mesma facilidade e não enfiou. Não consigo levar essas suas lágrimas a sério porque você teve a chance de fazer tudo o que *eu falhei em fazer*, mas preferiu se abster porque é covarde demais.

— Então vou fazer isso agora! — Tirando a faca do cinto, Steinunn avançou. Meu coração pulou uma batida. Não temendo por mim, mas por medo de que aquela explosão de coragem custasse à escalda sua vida.

Mas então Harald se colocou entre ela e Bjorn. Como ele se movimentou com tanta rapidez, não sei dizer. Só sei que uma hora ele estava sentado e na outra segurava Steinunn pelo pulso. A lâmina caiu da mão dela enquanto ele dizia palavras suaves que não consegui ouvir, e depois Steinunn encostou a testa no ombro dele, chorando.

— A própria Saga te disse que a morte não era boa vingança contra Snorri, pois ele encontraria glória em Valhalla — disse Harald, dessa vez alto o bastante para que eu conseguisse escutar. — A verdadeira vingança só pode vir ao lhe negarmos o destino que foi previsto a ele, pois então vai cair em uma espiral de escuridão e desespero que vai terminar em uma morte sem glória, que não merece lugar ao lado do Pai de Todos. Não é essa a vingança que você quer, Steinunn?

— É — respondeu ela, a voz abafada. — Mas Saga profetizou que a única forma de isso acontecer é com a morte da dama do escudo, então por que está querendo protegê-la?

— Saga profetizou que a única forma de isso acontecer é se Snorri *perder o controle* sobre a dama do escudo. — Harald enganchou os polegares no cinto com uma expressão pensativa. — Nós sempre interpretamos as palavras dela como se certeza da morte fosse uma exigência. Mas e se existir outro caminho?

Senti o coração acelerar no peito e o corpo reagir num instinto de luta ou fuga, pois minha vida parecia estar em jogo.

Steinunn levantou a cabeça, franzindo a testa enquanto olhava nos olhos de Harald.

— Tem certeza?

— Não — respondeu ele. — E não vou negar que estou sendo motivado por um fio muito fino de esperança ao sugerir isso, pois meu filho ama essa mulher e vou arriscar qualquer coisa por ele.

Apertando os ombros de Steinunn, Harald se afastou dela e falou:

— Só existe uma pessoa que pode confirmar se minha esperança é uma estratégia a ser seguida ou pura ilusão, e essa pessoa é Saga. Se ela disser que a única opção é matar Freya, então em nome do próprio Odin, juro que é o que farei. Mas se Saga disser que existe outro caminho, então juro que vou me opor a qualquer um que tente fazer mal a Freya. Satisfeita, Steinunn?

A escalda secou os olhos e acenou a cabeça com firmeza.

— Sim, meu rei.

Soltei o ar que estava segurando, pois essa conversa não tinha se desenrolado da maneira como eu esperava. E também não sabia o que deduzir dela; só sabia que uma fagulha de esperança tinha florescido em meu coração e que ela não tinha sido ofuscada pelo conhecimento de que minha vida dependia de uma mera dúvida de interpretação de texto. De que havia uma outra forma de Snorri perder o controle que tinha sobre mim além da morte. A fagulha também não foi ofuscada pela ameaça iminente à minha vida caso Saga destruísse minhas esperanças.

Ainda assim, apesar das promessas que Harald tinha acabado de fazer, o machado de Bjorn ainda brilhava forte em sua mão.

— Está ciente de que se minha mãe exigir que Freya morra, vai precisar me matar antes de chegar a ela?

Diante de meus olhos, o rosto de Harald pareceu envelhecer e ficar mais flácido, como se a admissão disso drenasse a própria vida dele.

— Estou, meu filho.

O machado de Bjorn se apagou.

— Acho que não vou esperar até o amanhecer. — Bjorn virou a cabeça, olhando em meus olhos. — Se concordar, Freya, acho que devemos partir agora.

O aperto em minha garganta, que vinha me incomodando havia tanto tempo, afrouxou e me permitiu respirar fundo.

— Concordo. Mas quero meu próprio cavalo.

11
BJORN

HARALD BATEU PALMAS COM FORÇA E CRIADOS APARECERAM.

— Arrumem tudo o que for necessário para a viagem que os dois vão fazer até a cabana de Saga — ordenou ele. — Selem meus dois cavalos mais velozes.

— Os cavalos mais estáveis — eu o corrigi, porque Freya não tinha muita experiência com montaria e o terreno era acidentado.

Ela se limitou a cruzar os braços, os olhos naquele tom de âmbar misericordioso, mas isso só evidenciou o desafio neles.

— Os mais rápidos.

Harald olhou na direção das vigas.

— Tenho certeza de que um feliz meio-termo pode ser encontrado. Se me dão licença, tenho outras questões para resolver. — Ele saiu do salão com Skade em seu encalço.

Os criados levaram Freya para os fundos do grande salão e eu quis segui-la, sem a intenção de arriscar que mais alguém que pensasse como Steinunn e Skade a esfaqueasse pelas costas, mas Tora segurou meu ombro.

— Eu fico de olho nela. Vocês dois vão ter bastante tempo para brigar no caminho até a cabana de Saga, então poupe sua energia.

Um argumento justo, por isso concordei com a cabeça. Tora seguiu Freya e me deixou sozinho com Steinunn.

Ficamos nos encarando. Eu a conhecia havia anos como a escalda de Snorri, e nunca tínhamos nos dado lá muito bem. Ela estava sempre espreitando nas sombras, o tempo todo me olhando de canto, e eu tinha achado que era espiã de Snorri, além de sua escalda. Mesmo que não estivesse vivendo uma mentira, o comportamento teria me irritado. Mas com os riscos tão altos, a espionagem de Steinunn me havia feito evitá-la a todo custo. O fato de ela ser informante de Harald não mudou a forma como eu me sentia em relação à vigilância constante, mas mudou a forma como eu encarava as motivações que tinha para trabalhar para ele.

— Me desculpe.

— Pelo quê? — Ela inclinou a cabeça, o olhar cheio de veneno. — Por ser um babaca incorrigível?

— Só por ser um babaca, já que continuo incorrigível. — Enganchando os polegares no cinto, refleti sobre o que queria dizer. — Mas sinto muito pelo que aconteceu com sua família, e por ter sido a causa disso. A busca de Snorri pelo fogo de Tyr custou a vida de muitos nordelandeses, e foi por isso que eu permiti que ele me *resgatasse*. Em retrospecto, devia ter feito isso antes.

O queixo de Steinunn tremeu, mas ela apertou os dentes, recobrando a compostura bem rápido.

— Perdi a conta de quantas vezes desejei que estivesse morto e pensei em te matar eu mesma mais de uma vez. Também não tenho destino determinado, e se tivesse morrido, Snorri teria perdido o método que conseguiu para encontrar a dama do escudo.

— Então por que não cortou logo minha garganta enquanto eu dormia?

— Porque sou covarde. — O tom dela era amargo, mas não por mim. Eu conhecia a autodepreciação quando a ouvia.

Dado que ela tinha acabado de ameaçar Freya, havia uma parte de mim que estava feliz em deixar Steinunn chafurdar em desprezo por si mesma, mas em vez disso falei:

— Uma covarde não teria nos seguido pelos túneis infestados de draugs.

Fiquei me lembrando da conversa que tive com o jarl draug. *Vou ganhar grande fama e honra por sua morte, Mão de Fogo. Uma canção cantada por escaldos de gerações futuras.*

— Você negociou com o jarl draug, não foi? Prometeu compor uma canção sobre ele se não te matasse.

Steinunn concordou com a cabeça.

— Prometi compor uma canção se ele matasse você e Freya. Mas para isso ser possível, ele não podia me matar.

Embora ela tivesse conspirado contra nós, não pude deixar de sorrir.

— Esperta.

— Não muito. Freya foi… mais capaz do que eu imaginei que seria.

Visões de Freya alcançando meu machado voltaram à minha mente.

Ela cobriu a própria mão com a magia de Hlin, mas com as cicatrizes de queimadura ainda recentes, tinha sido muito corajosa ao se arriscar com o fogo de Tyr. Freya era impetuosa e imprudente, e mais cruel do que um furão encurralado quando estava zangada, mas eu nunca havia conhecido alguém com a metade da coragem e do altruísmo dela. Não tinha ninguém que eu quisesse mais ao meu lado numa luta do que a Nascida do Fogo.

Voltando a atenção para Steinunn, falei:

— Vocês duas trocaram palavras duras, mas Freya não é a ameaça aqui. E sim Snorri.

— Só está dizendo isso porque está apaixonado por ela. — Steinunn ergueu o queixo. — De resto, todo mundo enxerga com mais clareza.

E saiu do grande salão, fechando a porta com batidas pesadas.

— Bjorn?

Virei o corpo e encontrei uma das criadas de Harald alguns passos atrás de mim, uma mulher que reconheci de antes de partir para Skaland.

— Não me lembro do seu nome.

— É Una.

Eu me recordei então de que meu amigo Troels tinha ficado bem apaixonado por ela antes de eu partir, mas era o máximo de que conseguia me lembrar.

— Guardamos suas coisas porque sabíamos que retornaria para nós. — Ela olhou para mim por entre cílios volumosos. — Trouxemos o baú para você.

Eu não tinha nada além das roupas que levava nas costas, e todas precisavam ser remendadas.

— Obrigado.

Una apontou para o andar de cima do grande salão.

— Por aqui.

Segui-a pelos degraus de madeira, que balançavam debaixo de seus passos oscilantes. Não conseguia parar de pensar na conversa que havia tido com Freya na noite anterior. Principalmente no juramento que ela tinha feito para se salvar de ter que suportar Snorri. Deuses, será que todo homem que entrava na vida dela virava um peso? O pai, o irmão. Vragi e Snorri.

Eu.

Houve um momento em que cheguei a acreditar que era forte porque você estava sempre lá para me apoiar, Bjorn. Mas já não sou mais tão idiota. Sempre estive sozinha e continuo sozinha.

As palavras dela rodopiavam em minha cabeça, e demorei muito para me dar conta de que Una havia parado ao lado de um baú empoeirado e que olhava para mim com expectativa.

— Obrigado — murmurei, reconhecendo o olhar que ela me lançava e sem querer ter nada a ver com isso.

— Precisa de mais alguma coisa? — Ela se apoiou na parede e torceu uma mecha de cabelo ao redor do dedo.

Xinguei em silêncio meu eu do passado, porque o comportamento dele era o que havia dado margem para esse tipo de flerte.

— Não. Obrigado.

Ela se afastou da parede, depois abriu um sorriso lento.

— Me avise se mudar de ideia.

Eu havia escolhido Freya, e ela continuaria sendo minha escolha até o fim dos dias, mesmo que eu sofresse por isso.

— Não vou mudar de ideia.

Ajoelhando-me na frente do baú, abri a tampa e fiquei encarando as roupas e as armas. Todas minhas, embora parecessem alheias e estranhas, como se pertencessem a uma versão diferente de mim. Tirei a túnica e a joguei de lado. Vasculhando o baú, peguei uma vestimenta similar e a segurei no alto, percebendo logo que não me serviria. Anos comendo bem e sem nada para fazer além de lutar haviam me deixado mais encorpado do que tinha me dado conta. Aquelas roupas pareciam pertencer a um garoto.

Elas serviriam para Leif.

O pensamento me atingiu no estômago como um soco. Meu irmão mais novo era a única pessoa em quem eu me recusava a pensar. O rosto sorridente de Leif voltou à minha mente, o sorriso dele desaparecendo ao descobrir o que eu havia feito. Que eu não era irmão dele, mas inimigo.

Repetidas vezes, disse a mim mesmo que minhas ações beneficiariam Leif a longo prazo, mas não passavam de afirmações vazias. Necessárias para que eu conseguisse continuar vivendo dia após dia naquele fingimento de que era leal a Snorri. Leal a Skaland.

Antes de conhecer Freya, a única coisa que não fora fingimento haviam sido os sentimentos que tinha por meu irmão.

Colocando a roupa de volta no baú, decidi ceder às lembranças de quando Snorri havia me levado de volta para Halsar. Eu mal conhecia a cidade, pois tinha sido criado na cabana remota de minha mãe, e a maior parte dos rostos ainda me era estranha. Assim como o meu para eles.

Leif era tão jovem. Magro feito varapau ao lado de Ylva, e embora os olhos azuis de sua mãe fossem como o gelo das manhãs mais frias de inverno, Leif estava sempre sorrindo. Foi até o cais sem hesitação e falou:

— Você é o Bjorn?

Quando confirmei com a cabeça, ele segurou meu pulso e o ergueu o mais alto que pôde, gritando:

— Meu irmão voltou!

A aceitação dele mudou tudo, e cada um daqueles estranhos vibrou. Dali em diante, passou a ser minha sombra, querendo que eu lhe ensinasse tudo o que sabia. Querendo que eu o levasse para todos os lugares. Não se ressentiu nem uma vez pelo fato de eu ter nascido ou de ter tomado o lugar dele como herdeiro, só me amou como se fosse o irmão mais velho dele.

E que um raio me atinja se eu estiver mentindo: eu retribuí esse amor.

No entanto, não consegui não me xingar por permitir que isso tivesse acontecido, porque no momento em que ficasse sabendo da minha traição, Leif ficaria decepcionado por ter facilitado as coisas, por ter aberto os portões de Halsar e permitido que o inimigo entrasse.

— Não está chorando sobre a roupa velha, está?

Eu me virei ainda de joelhos e encontrei Troels colocando um balde de água quente no chão. Os anos que se passaram não tinham mudado a cara de fuinha dele, embora seus cabelos lisos e castanhos tivessem ficado mais compridos. Olhou para mim de cima a baixo e falou:

— Você sempre foi um filhinho da mamãe, Mão de Fogo. Chorava assistindo a um pôr do sol bonito e ouvindo canções tristes. Nunca entendi por que as garotas sempre correram atrás de você.

— Porque a alternativa era sua cara feia.

— A cara não importa no escuro.

— Troels, sua cara é do tipo que fica gravada na memória. Nem mesmo no escuro dá pra esquecer. — Franzi o nariz. — E esse seu cheiro também não ajuda.

Troels sorriu, os olhos castanho-claros brilhando.

— Deuses, como é bom ter você de volta!

Então ele me derrubou no chão. Todo o ar saiu de meus pulmões e senti as costelas gemerem sob o peso de seu abraço, sem nenhum tipo de resistência de minha parte para interrompê-lo. Troels era filho de Magni e era tão forte que poderia me sacudir como uma boneca de pano se quisesse. Mais de uma vez, eu o vi rasgar inimigos ao meio.

— Você vai acabar me matando, seu feioso do caralho. Me solte!

Ele riu e se sentou sobre os calcanhares, dando tapinhas em minhas costas com tanto vigor que deixaria hematomas.

— As garotas todas estão apostando para ver qual delas você vai procurar primeiro para uma rapidinha — disse ele. — Mas eu falei que elas vão ter que se contentar comigo, porque é só aquela dama do escudo levantar um dedo para você ir correndo atrás.

— E para acabar com uma faca enfiada na minha barriga — resmunguei, ainda me esforçando para recuperar o fôlego.

Troels deu de ombros.

— Aquele rosto ser sua última visão antes de ir para Valhalla não seria uma coisa terrível. E se você morrer, talvez eu tenha chance.

Olhei feio para ele, que só deu risada.

— Você tem razão. Ela e o resto do mundo preferem até o seu belo cadáver a mim. Retiro o que disse, não senti nem um pouco a sua falta.

Havia algo estranho no tom de voz dele que chamou minha atenção. Como se o humor costumeiro estivesse escondendo uma emoção diferente.

— Algum problema aí?

Troels alcançou o balde de água quente e o colocou na minha frente.

— Você está fedendo. Não era o meu cheiro que você estava sentindo, Mão de Fogo.

— Além disso. — Torci o pano e comecei a me lavar, esperando para ver o que meu amigo diria.

Ele deu de ombros, depois jogou uma pilha de roupas na minha direção.

— Una me pediu para subir com isso aqui. Vista-as para que eu não tenha que ficar olhando para essa sua barriga. Me dá vontade de parar de tomar hidromel.

— Se começar a falar, visto as roupas *e* falo bem de você para Una.

Meu amigo soltou uma risada, mas depois assumiu uma expressão séria.

— É como se o foco do Harald tivesse ido embora com você para Skaland. Ele ficou obcecado com qualquer informação que pudesse obter e largou todo o resto na mão de Skade. — Ele fez uma careta. — E você sabe como ela é.

Soltei um resmungo em concordância e peguei uma navalha no baú, testando a lâmina.

— O que minha mãe disse sobre isso?

— Não faço a menor ideia. Não vejo Saga desde que você partiu.

Abaixei a navalha.

— Sério?

— Nenhuma vez. Ouvi dizer que Skade a levou até Skaland para te ver em Fjalltindr, mas só depois de isso já ter acontecido. Saga anda mais reclusa do que o normal. Acho que nem permite que Harald a visite, porque não me lembro da última vez que ele viajou para vê-la.

O metal da lâmina refletiu minha testa franzida, e não gostei nada da ideia de Harald não ter mencionado isso antes.

— Ele ainda leva os conselhos dela em conta?

Troels hesitou, então disse:

— Acredito que Harald use os conselhos dela para justificar a obsessão que tem por Snorri. Islund anda com as manguinhas de fora, mas ele não enxerga nada além da profecia de sua mãe. Snorri. A dama do escudo. Skaland. Nada mais.

Essas palavras só serviram para colocar ainda mais lenha na fogueira da dúvida que eu já vinha alimentando quanto às intenções de meu pai em relação a Freya.

— Mas talvez ele esteja certo — disse meu amigo, e desamarrou o odre de vinho do cinto. Ele tomou um gole antes de entregá-lo a mim, o cheiro da bebida forte preenchendo meu nariz. — Todo mundo sabe que só sou bom derrubando ameaças que estão bem na minha frente. Harald sempre planeja estratégias a longo prazo e nunca nos deixa desviar do curso. Aliás, ele já me trouxe *de volta* para o curso, e por esse motivo sempre terá minha lealdade. Mas tudo isso para dizer, Bjorn, que estou feliz que tenha voltado.

— Eu também estou feliz por isso.

Mas enquanto tomava uma golada grande da bebida, percebi que toda vez que dizia aquelas palavras, pareciam mais e mais uma mentira.

12
FREYA

Embora meu corpo estivesse exausto, a centelha de esperança que Harald havia acendido em meu peito me deu mais energia do que uma noite de descanso. Criados se apressavam para me fornecer as provisões. Entregaram roupas limpas e couro, assim como um conjunto brilhante de cotas de malha. Uma criada chamada Una penteou com habilidade meus cabelos lavados em tranças de guerra bem apertadas enquanto outra acrescentava pequenas comodidades à bolsa, como sabão e trapos para minha menstruação, coisas que só outras mulheres saberiam de que eu precisaria durante a viagem.

Os criados de Harald pareciam fortes e saudáveis, e eram todos homens e mulheres que residiam em Hrafnheim, e não escravizados capturados em invasões. Estavam bem vestidos e, por mais que deixassem transparecer o nervosismo na forma como me olhavam, como se a qualquer momento eu fosse mordê-los, realizavam as tarefas a que haviam sido designados sem reclamar. Fiz um esforço apático para saber mais sobre Harald, mas na verdade minha mente queria saber se Saga alimentaria a centelha que tinha sido acesa ou se a apagaria.

Saindo de trás de uma tapeçaria que retratava Freyja e Freyr, voltei para o cômodo principal do grande salão. Embora esses lugares costumassem estar sempre agitados com tantas atividades, Bjorn estava sentado sozinho a uma mesa, girando distraidamente uma faca nas mãos enquanto contemplava o fogo brilhante da lareira. Observei-o por um momento, pois ele estava tão absorto nos próprios pensamentos que não havia escutado eu me aproximar.

Tinha tirado um tempo para se lavar, e as laterais de sua cabeça haviam acabado de ser raspadas, de modo que as tatuagens estavam claramente visíveis, os longos fios pretos torcidos em um nó e entremeados a um pedaço de cordão. Em flagrante descaso com os costumes de nosso povo, o rosto dele também havia sido recém-barbeado, os pelos escuros não mais escondendo a linha elegante de seu queixo. Os músculos de seus braços se contraíam sob as braçadeiras conforme ele girava a faca. O movimento fazia a cota de malha, que acabava logo abaixo de seus bíceps, balançar de leve. Também tinha trocado de roupa, e fiquei me perguntando se eram vestimentas que ele havia guardado de antes de ir para Skaland. Outro lembrete de que estávamos num lugar que tinha lhe servido de casa, e não prisão. De que as pessoas ali presentes eram uma família para ele, não seus inimigos. De que Bjorn era nordelandês dos pés à cabeça.

— Já deu uma boa secada, Nascida do Fogo, ou quer que eu fique aqui parado mais um pouco?

Fiz cara feia, irritada por ter sido pega olhando para ele.

— Só estava aqui pensando em quais seriam os melhores lugares para enfiar uma faca, embora eu ache que deveria começar me livrando dessa sua língua.

Bjorn se virou para olhar para mim, os olhos verdes me percorrendo de cima a baixo.

— Você se arrependeria dessa escolha.

Minhas entranhas se agitaram, mas tudo o que respondi foi:

— Duvido.

Coloquei a bolsa no ombro e fui até a mesa dele.

— Tem coragem para me deixar ficar com uma arma?

Ele me entregou a faca que estava girando.

— Eu até procuraria um escudo para te dar, mas acho que você prefere uma panela.

— Se está insinuando de forma não tão sutil que vou cozinhar para você durante essa viagem, já fique avisado que vou cuspir em todas as refeições que preparar.

Bjorn limitou-se a dar de ombros.

— Não seria a primeira vez que eu provaria sua saliva, Nascida do Fogo, e acho que tampouco será a última.

Fiquei olhando para ele, meu rosto queimando.

— Acha que quero ficar ouvindo essas suas piadinhas?

— Não foi piadinha. — Jogando uma bolsa por sobre o ombro, ele apontou para a porta. — Vamos, ou vai querer ficar aqui discutindo comigo?

— Idiota — resmunguei, depois enfiei a faca no cinto.

Uma espada teria me servido melhor, mas a do meu pai não só tinha sido arruinada ao ser atingida pelo machado de Bjorn em Grindill como provavelmente estava enferrujando nas fontes de água quente onde eu a havia deixado. Embora fosse impossível consertar uma lâmina deformada, uma pontada de tristeza me atingiu, pois aquela era a última coisa que eu tinha de meu pai. A última coisa que eu tinha de minha família, e sua perda fez eu me sentir ainda mais sozinha.

Skoll e Hati trotavam ao nosso lado enquanto Bjorn me conduzia pelas ruas estreitas de Hrafnheim, paredes altas surgindo de todas as direções e me permitindo apenas vislumbres ocasionais do céu. Risadas emanavam dos prédios, abafadas de vez em quando pela batida pesada dos ferreiros trabalhando, muito mais numerosos do que eu esperaria para uma cidade daquele tamanho. Atravessamos a praça do mercado, que estava cheia de comerciantes, a maioria locais, mas muitos com a pele mais escura do distante sul. Vários sulistas eram mercadores que eu reconhecia do mercado de Halsar, então puxei o capuz do meu manto para a frente. Podia ser que Harald até quisesse compartilhar minha identidade com toda a fortaleza, mas quaisquer medidas que eu pudesse tomar para atrasar a descoberta de Snorri sobre meu paradeiro me pareciam sábias.

Chegamos aos portões fortificados que levavam à ponte que se estendia até a margem leste do Rimstrom. Uma mulher tremendamente alta e larga, com grossas tranças ruivas, estava nos esperando ali. Usava as vestes de um ferreiro. E a espada que tinha nas mãos era minha.

Ao avistar Bjorn, abriu um sorriso.

— Quase nem acreditei nas notícias quando fiquei sabendo que você tinha voltado para nós, seu merdinha. — Ela deu um tapa nas costas dele com tanta força que Bjorn cambaleou. — Finalmente ganhou um pouco de corpo, então devia estar comendo bem no sul. Essa aí é a garota?

— Esta é Freya. — Bjorn acenou com a cabeça para a mulher musculosa e disse: — Gyda é a melhor ferreira de Nordeland, uma vantagem de ser filha de Brokkr.

Gyda fez uma careta.

— Essa sua lábia não funciona comigo, garoto. — Depois me olhou de cima a baixo. — Ela com certeza era a menorzinha.

Cruzei os braços e fiz cara feia para ela.

— Tá a fim de lutar comigo?

Gyda riu, depois se abaixou para acariciar as costas de Hati. O lobo se encostou em sua perna.

— Ela é igualzinha a um cachorro de pequeno porte que acha que é lobo. Só late.

— Ela morde também — disse Bjorn, e senti o rosto queimar.

— Então vamos devolver os dentes para ela. — Gyda me entregou a espada embainhada. — Vê se está boa, dama do escudo. Harald mandou que eu consertasse a lâmina e tirei um tempo para fazer um pouco mais do que só endireitá-la.

Franzi a testa ao saber que Harald tinha solicitado tal reparo, mas todo o pensamento no rei de Nordeland desapareceu quando segurei a arma. Um nó se formou em minha garganta quando desembainhei a espada de meu pai, a lâmina não mais deformada pelo machado de Bjorn, mas reforjada reta e com a magia de Gyda. Quando passei os dedos sobre o metal, senti inscrições invisíveis a olho nu. Inscrições que me pareceram runas.

— O que essas marcas significam?

— Isso é assunto meu — respondeu Gyda. — O que elas fazem é garantir que sua lâmina tenha bom desempenho contra magia e aço da mesma forma. É inquebrável, então a única limitação é sua própria força. — Ela esticou o braço e beliscou meu bíceps. — Embora essa me pareça uma limitação bem significativa, franguinha.

Bjorn riu, mas eu mal notei, pois meus olhos recaíram sobre o objeto embalado em tecido que estava apoiado na parede. Gyda o pegou e removeu o tecido, revelando um escudo feito de um metal prateado que tinha sido martelado até ficar bem fino, com mais desenhos gravados em sua superfície. Ela o entregou a mim.

— Forjado para ser leve como uma pena.

Meu queixo caiu quando segurei o escudo, que de fato parecia não ter peso algum.

— Só posso conferir um único poder a um objeto — comentou Gyda. — Então ele não é forte. Mas com a sua magia...

— Hlin — murmurei, e meu poder iluminou a superfície prateada. A sensação era de que eu seria capaz de segurá-lo para sempre. — Obrigada.

— Não estou interessada nos seus agradecimentos. — Ela estendeu a mão. — Se quiser, vai ter que pagar por ele. A espada fica na conta do Harald.

Meu coração afundou porque eu não tinha nada para dar além das roupas em minhas costas. Então, ao meu lado, Bjorn enfiou a mão no bolso e tirou um punhado de correntes de ouro que imaginei terem ficado esperando por ele no mesmo baú de suas roupas. Pilhagens de invasões a serviço de Nordeland, o que significava que havia muitas chances de terem sido roubadas de Skaland.

— Não — eu o censurei. — Eu vou pagar.

— Com o quê? — perguntou Bjorn.

— Não seja besta, garota. — Gyda puxou uma de suas tranças vermelhas e me olhou como se eu fosse a maior idiota do mundo. — Se ele é assim tão trouxa que gasta a própria riqueza com você, então aceite.

— Não. — Olhei para o belo escudo que tinha nas mãos, tentando ignorar o quanto desejava que fosse meu. — Se eu permitir que ele pague, toda vez que olhar para isso, vou me lembrar de que Bjorn é um traidor mentiroso e posso ficar tentada a largar o escudo de lado no meio da batalha.

— Não seja ridícula — censurou Bjorn por entre os dentes cerrados. — Pode ficar zangada comigo à vontade, mas não tome decisões ruins só por despeito.

Gyda alternou o olhar entre nós e soltou um assobio.

— Seu merdinha. As instruções que recebeu diziam para matá-la, e em vez disso decidiu botar chifre no Snorri, não foi? Eu tinha ouvido rumores de que você estava dormindo com ela, mas não achei que fosse assim tão burro…

— Não é da sua conta, Gyda. — Bjorn se aproximou de mim, mas dei um passo para trás. — Freya…

— Não quero presentes de você, Bjorn. Aliás, não quero nada de você. Se fosse possível te apagar da minha memória, eu apagaria. — Sem lhe dar chance de responder, falei para Gyda: — É um trabalho realmente lindo, mas vai ter que vender para outra pessoa. Ele está certo, eu não tenho como pagar.

A ferreira inclinou a cabeça de lado.

— Só me serve de decoração sem sua magia, dama do escudo.

Senti a culpa corroer meu estômago pelo esforço, pelo tempo e pela magia que Gyda tinha empreendido naquele escudo e que estavam sendo desperdiçados. Então, atrás de mim, Harald disse:

— Isso ainda pode ser seu, Freya.

Parando ao nosso lado, ele acenou com a cabeça para Gyda antes de pegar o punhado de correntes de ouro que Bjorn ainda segurava e entregar a ela.

— Ele estragou a espada, então o certo é que pague por ela.

Então Harald me entregou um saco de couro.

— Isto aqui é seu. É o espólio recolhido dos islundeses que você derrotou. A cota de malha que está usando foi tirada de uma das guerreiras que mandou para Helheim.

Minha boca ficou seca porque eu não sentia nenhuma honra com aquelas mortes. Ainda assim, peguei o saco e espiei o interior dele. Metais preciosos e joias brilhavam sob a luz fraca do sol. Braçadeiras, braceletes e argolas tiradas das barbas dos homens mortos. Aquilo me deu vontade de vomitar e fechei o saco.

— As coisas são assim, Freya — disse Harald. — Eles teriam feito a mesma coisa conosco se tivessem saído vitoriosos.

Por que cheguei a desejar essa vida? Por que cheguei a acreditar que me sentiria bem pegando os bens de valor de pessoas que matei para encher meus próprios bolsos?

Empurrei o saco todo para Gyda.

— Aceite isso como compensação.

A ferreira abriu o saco e examinou o conteúdo antes de me lançar um olhar penetrante. Em silêncio, abriu o cinto e puxou uma bainha que continha um belo facão, que entregou a mim.

— Nunca perde o fio. Vou incluí-lo neste preço além do escudo para a negociação ser mais justa. Está satisfeita?

Ela poderia ter me dado uma casca de pão velho em vez de aço e eu teria dito que estávamos quites só para não ficar com os espólios dos mortos.

— Estou.

A ferreira acenou com a cabeça e em seguida olhou para Bjorn.

— É bom ter você de volta. Não tão bom descobrir que andou sendo um idiota com ela, mas tenho esperança de que vá conseguir cair nas graças dela de novo. — Gyda fechou o cinto. — Que seu aço lhe sirva bem, dama do escudo. Meu rei. — Ela acenou com a cabeça para Harald, deu meia-volta e virou a esquina.

— Está ficando tarde — disse Harald. — Tenham cuidado na viagem pelo meio da floresta. Nordeland *não* é Skaland, e ela rói até os ossos de quem se esquece disso. — Inclinando a cabeça na minha direção, acrescentou: — Vou rezar para que o Pai de Todos conceda à minha esposa as respostas que você busca e que retorne a Hrafnheim munida do conhecimento necessário para mudar o destino de todos nós, Freya.

Bjorn estava com uma expressão estranha no rosto.

— Também rezo por isso. — Toquei o cabo de minha espada, e uma sensação boa perpassou todo meu corpo por tê-la de volta em minhas mãos. — Obrigada por não a ter abandonado. Era do meu pai.

— Família é importante — disse o rei de Nordeland e segurou meu ombro. — Por favor, dê um jeito para que eu não perca a minha.

Acenei firme com a cabeça e o observei se afastar, depois me virei e vi Bjorn atravessando a ponte na direção de um homem que aguardava com dois cavalos. Os lobos estavam sentados sobre as patas ao meu lado, a língua para fora.

— Venham! — falei para eles, e corri pela ponte. Prendi a bolsa e o escudo com destreza à sela de um dos cavalos. Bjorn já estava montado quando terminei.

— Não perca o ritmo, Nascida do Fogo — disse ele. — E vê se fica de olho no seu entorno, e não nas minhas costas.

Antes que eu pudesse retrucar, Bjorn afundou os calcanhares, guiando-me pela floresta de Nordeland a galope.

13
FREYA

O RITMO QUE BJORN ESTABELECEU me forçou a me concentrar em conduzir meu cavalo e permanecer na sela, pois assim que saímos da estrada principal, a trilha ficou, de fato, acidentada. O caminho era estreito e rochoso, e atravessava com frequência riachos profundos de leitos traiçoeiros. Galhos de bétula e pinheiro se estendiam por sobre eles, ameaçando derrubar cavaleiros desavisados da sela a cada curva. O ar era pesado e tinha cheiro de umidade terrosa, e era difícil enxergar muito longe na floresta, cortesia da densa folhagem. Cervos e coelhos muitas vezes corriam por entre o matagal, e as copas das árvores acima estavam cheias de aves canoras, que ficavam em silêncio quando passávamos. Teria sido uma cavalgada desafiadora com um cavalo calmo, mas a montaria que eu havia recebido se assustava com cada sombra, o nervosismo ainda pior por conta dos lobos que assombravam nossos calcanhares.

Bjorn não parou para uma refeição noturna, só desacelerou o cavalo e procurou por entre as provisões que lhe tinham sido fornecidas, comendo enquanto o animal seguia num trote calmo pelo caminho. Minha montaria tola quase me fez inalar um pedaço de carne seca quando se esquivou de Hati pela centésima vez. Eu estava dolorosamente cansada, mas ficaria feliz se varássemos a noite cavalgando em busca daquele brilho de esperança que queimava dentro de mim.

Saga era vidente. Filha do Pai de Todos, o que a colocava acima de todos os outros Sem Destino. Ele concedia a ela vislumbres do futuro que as Nornas haviam tecido, e todos os videntes juravam revelar a verdade de suas palavras ou enfrentariam a ira dele na próxima vida. Em um mundo cheio de mentirosos, Saga talvez fosse a única alma em que eu podia confiar para me dizer a verdade. Ainda assim, eu sabia muito bem que videntes falavam de forma enigmática e profética, então verdade não era o mesmo que clareza. Eu teria que coletar informações úteis no que ela me dissesse para compreender a magia de Hel e o que, exatamente, ela me previra fazendo, porque só a partir do entendimento dos passos que as Nornas tinham me visto dar é que eu poderia traçar com confiança um caminho diferente. Ou, pelo menos, não cair de um penhasco por ignorância.

Mais adiante, Bjorn parou de repente o cavalo e a brisa leve carregou o xingamento alto que soltou. Acelerei o ritmo enquanto observava Bjorn apear e deixar o cavalo vagar por um trecho de grama. Quando o animal saiu do caminho, ele revelou uma mulher esparramada no chão. Bjorn abaixou para ajudá-la a se sentar e apeei bem rápido, chegando mais perto.

Talvez da minha idade, ela tinha longos cabelos cor de mel presos em uma trança grossa. Também era surpreendentemente bonita.

— Você se machucou? — perguntei.

Os olhos da mulher se moveram na minha direção, e ela inclinou a cabeça de leve enquanto me observava.

— Não — respondeu, finalmente. — O cavalo do seu marido me assustou e caí. Mas meus cogumelos… — Erguendo a mão, ela apontou para o declive sombreado para onde sua cesta tinha rolado até parar em um arbusto, espalhando os cogumelos que havia colhido.

— Ele não é meu marido — murmurei. — Vá pegar as coisas dela, Bjorn. Você não devia estar cavalgando tão rápido em uma trilha estreita.

Ele não discutiu, só resmungou para os lobos:

— Fiquem com ela.

Depois, desceu o declive para recolher a cesta e os cogumelos.

Quando ele já estava longe, a mulher disse:

— Nunca vi um homem tão bonito.

— É o próprio Baldur reencarnado — concordei com ela. — Mas também é um cretino traidor, então as aparências enganam.

— Ah, entendi. — Ela ajeitou a saia e notei um pedaço de couro com pele pendurado sob a bainha. Nunca tinha visto alguém usar uma roupa como aquela, mas sabe-se lá o que era comum para as mulheres nordelandesas.

— Acho que sua roupa de baixo se soltou.

A mulher soltou uma risadinha constrangida e esticou o braço para escondê-la sob a saia.

— Obrigada.

Ficamos observando Bjorn recolher os cogumelos até ela me perguntar:

— Está zangada com ele?

— Zangada é pouco.

— Ele te traiu com outra mulher?

Foi uma pergunta tão incisiva que meu corpo todo se contorceu. Mas a mulher nem pareceu notar, os olhos fixos em Bjorn enquanto ele caçava o restante dos cogumelos nas sombras.

— Não que seja da sua conta, mas não.

— Você se sente atraída por ele?

— Não!

Ela olhou para mim e, ao meu lado, Hati deu um rosnado leve quando a mulher disse:

— Então você não o ama?

Eu o amava tanto que a emoção fazia meu corpo se incendiar. Mas também o odiava em igual medida.

— Você não deveria fazer esse tipo de pergunta a estranhos. Não é apropriado.

A mulher suspirou.

— Sinto muito. Não costumo conversar muito.

Bjorn escolheu aquele momento para retornar com a cesta, mais uma vez cheia de cogumelos, e a entregar à mulher.

— Você não devia estar aqui sozinha a essa hora — disse ele. — Não é seguro.

— Isso é muito gentil da sua parte. — Ela abriu um sorriso que me deu vontade de dar um soco na cara dela. — Mas não precisa se preocupar. Não vou estar sozinha quando escurecer. — Então saiu do caminho. — Boa viagem.

Balançando a cabeça diante da estranha impertinência da mulher, montei no cavalo. Bjorn veio até o meu lado.

— Tem um acampamento não muito longe daqui. Vamos passar a noite lá e sair ao amanhecer. — Acenando com a cabeça para a mulher, ele afundou os calcanhares no cavalo e saiu a galope pela estrada.

Eu o segui, notando que os dois lobos se posicionaram entre mim e a mulher, Hati mordendo os calcanhares de meu cavalo para fazê-lo ir mais rápido.

Bjorn não parou até escurecer totalmente e precisar usar seu machado para iluminar o caminho. O acampamento ficava numa pequena clareira com uma fogueira que mostrava sinais de uso, embora não parecesse ter sido acesa nos últimos tempos, considerando o grosso tapete de grama e flores silvestres abaixo dela. Havia também uma corda gasta amarrada entre bétulas para cercar os cavalos, e ao longe dava para ouvir o barulho de água. A tensão deixou o ar denso quando cuidamos dos cavalos e depois quando começamos a tarefa de montar acampamento. Nenhum de nós disse uma palavra, mas vi tudo que Bjorn fez. Ouvi cada respiração que ele deu. Era como se as perguntas estranhas que a mulher fez tivessem trazido de volta ao meu coração o magnetismo entre nós, pois ciúmes era uma emoção feroz e eu tinha sido vítima dela.

Do jeito casual de sempre, Bjorn acendeu a fogueira jogando pedaços de madeira sobre seu machado enquanto eu me ocupava de tirar das bolsas os suprimentos que tínhamos trazido. Ele pegou a panela que lhe entreguei e desapareceu no meio das árvores sem fazer qualquer comentário, e meu lábio tremeu no ritmo do silêncio, porque o conforto daquilo preenchia mais o abismo entre nós do que a humilhação que Gyda havia sugerido.

Só que eu não queria que aquele abismo fosse preenchido. Eu não queria perdoá-lo. Não queria escorregar naquele precipício onde só me machucaria mais uma vez. Ou pior, que me faria ser usada novamente.

Bjorn voltou e me entregou a panela. Ao fazer isso, nossos dedos se encostaram e a sensação da pele dele na minha me fez estremecer inteira. Saindo de perto, comecei a encher a panela com ingredientes para fazer um ensopado.

— Vai precisar cuidar dessa sua mão, Freya — disse Bjorn calmamente enquanto me observava trabalhar. — Não vai adiantar de nada Gyda ter consertado sua espada se seus dedos não dobrarem para conseguir segurá-la.

— Minha mão está ótima. — Senti os olhos arderem, mas culpei a fumaça ao colocar a panela sobre o fogo para cozinhar.

— Freya, você se ferir não muda…

— Está bem! — eu o interrompi porque não queria ter que ouvir sermão por estar sendo irracional. Mexendo na bolsa, peguei um pote de lanolina que estava ali dentro e comecei a esfregá-la em minha mão cheia de cicatrizes. Não era tão bom quanto meu antigo unguento feito com a receita de Liv, além de ter cheiro de ovelha, mas melhorava a rigidez da pele. E antecipava a necessidade de Bjorn cuidar das minhas cicatrizes, como ele havia feito tantas vezes. Eu não aguentaria que ele me tocasse. Acima de tudo, não podia arriscar que isso acontecesse.

Bjorn não disse nada, só ficou contemplando as chamas em silêncio enquanto eu voltava a mexer o ensopado. Uma fatia de lua surgiu lentamente no céu, e Hati inclinou a cabeça para trás e uivou com melancolia.

— São eles mesmo? — perguntei, precisando romper o silêncio. — Dentre as coisas divinas que coleciona, Harald encontrou os filhos de Fenrir?

— Não — respondeu Bjorn. — São só filhotes de lobo órfãos que ele adotou. Harald gosta de resgatar coisas danificadas ou indesejadas.

— Isso inclui você, pelo que fiquei sabendo. — Experimentei o ensopado e vi que estava pronto. — Guthrum me contou.

— Sim, isso me inclui. — Bjorn hesitou. — Guthrum não sabe de toda a verdade. Você quer saber?

Sim.

— Sua mãe vai me contar — murmurei. — Os filhos de Odin não mentem, então vou ter certeza de que as palavras dela são verdadeiras. Coisa que não posso dizer de você.

— Não tenho mais motivo para mentir.

— Então antes tinha?

Ele soltou o ar devagar.

— Eu queria que não, mas tinha. Meus motivos para mentir para você foram honrosos. Mas meus motivos para te possuir enquanto mentia não foram nem um pouco. Desejei você desde o primeiro momento em que te vi, Nascida do Fogo, então quis pegar você para mim. Agora pago o preço por minha cobiça, pois perdi a mulher que amo mais do que a própria vida.

Apertei os dentes com tanta força que achei que fossem rachar, mas era melhor do que permitir que as palavras que subiam por minha garganta saíssem. Embora meu ensopado já estivesse pronto, continuei mexendo. Fiquei mexendo e mexendo até finalmente conseguir engolir meu turbilhão de emoções.

Servi nosso jantar em duas tigelas, depois experimentei uma colherada.

Estava bem gostoso, mas peguei o saco de sal e acrescentei um punhado a uma tigela. Mexendo o conteúdo, entreguei-a a Bjorn.

— Experimenta.

Olhando dentro dos meus olhos, ele bebeu uma golada e depois sorriu.

— Delicioso. Obrigado, Freya.

Cretino.

Comeu a tigela toda, depois se serviu de mais, acrescentando outro punhado de sal por conta própria e comendo com gosto.

Comi mesmo sem apetite, apesar de o meu ensopado estar excelente. Também não discuti quando Bjorn levou minha tigela e a panela para lavar no riacho. Ele voltou com a louça limpa e uma panela cheia d'água, que colocou em cima do fogo para ferver.

— Vou nadar. — Ele pegou um pedaço de sabão da bolsa. — Os lobos vão ficar aqui com você e vou demorar para que você possa fazer o que desejar com privacidade.

Fiquei olhando enquanto ele desaparecia na escuridão. A ideia de precisar de privacidade parecia muito tola, dado que ele já tinha visto todos os centímetros do meu corpo. Tocado e saboreado cada centímetro. Assim como eu tinha feito com ele.

Todas as partes dele são suas, Hel sussurrou, e fiz cara feia ao murmurar:

— Não sei se é você de verdade ou se estou falando comigo mesma. Mas se for você, talvez pudesse me dizer algo que ainda não sei. De preferência algo útil.

Quem quer que estivesse falando em minha cabeça não me oferecia muita lucidez. Então tirei a roupa para remover o suor que tinha acumulado durante a viagem. Usando um pano, limpei o corpo com a água aquecida na panela, um conforto bem-vindo por conta do frio do ar noturno. Enquanto isso, os lobos se sentaram de costas para mim, encarando a escuridão.

Mesmo depois disso, Bjorn ainda não tinha retornado.

Sentindo um incômodo por motivos que não conseguia identificar, organizei o acampamento. Verifiquei como estavam os cavalos. Estendi minhas cobertas. Acrescentei lenha à fogueira. Examinei as inscrições que Gyda tinha feito na espada do meu pai.

E nada de Bjorn.

— Um de vocês devia ir olhar para garantir que ele não tenha se afogado — pedi aos lobos, mas apesar de os dois terem virado a cabeça para me encarar com aqueles olhos inteligentes, nenhum se mexeu.

Minha pele estava arrepiada e, incapaz de ficar parada, caminhei até o limite da luz da fogueira e gritei:

— Bjorn! Já estou vestida há mais de uma hora! Pode voltar!

Nenhuma resposta.

O desconforto rapidamente se transformou em medo, pois embora Bjorn gostasse de testar minha paciência, não faria isso dessa forma. E se ele tivesse caído e se afogado? E se estivesse agonizando enquanto eu cortava as unhas e limpava o acampamento?

Peguei a espada e o escudo, o metal prateado reluzindo sob a luz do fogo.

— Hlin, me conceda sua força.

A magia prateada envolveu meu escudo leve como uma pena, iluminando o caminho enquanto eu andava em direção ao som da água corrente.

O riacho era tão grande que quase podia ser chamado de rio, água escura correndo rápida e espumosa, o outro lado da margem escondido pelo breu. Encontrei a pilha de roupas de Bjorn com as botas descartadas logo ao lado, mas procurando pelas margens, não vi nem sinal dele.

— Estão ouvindo ele? — perguntei aos lobos, que não tinham saído do meu lado. Assim que as palavras deixaram a minha boca, ouvi uma mulher cantando. Hati rosnou e olhei para ele, percebendo que seus pelos estavam eriçados e que havia arreganhado os dentes.

Apertando a espada com mais força, olhei na direção da cantora. Quem quer que fosse tinha uma voz que rivalizava com a de Steinunn, a canção sem letra parecendo me envolver, me convidando a chegar mais perto. Os lobos começaram a rodear minhas pernas, tentando me trazer de volta, mas passei por eles até ver duas figuras.

A forma grande e distinta de Bjorn.

E uma mulher, que se balançava e dançava.

Bjorn estava até a cintura na água, olhando para a margem. As nuvens que cobriam a lua se moveram de repente, iluminando o rosto da bela mulher que tínhamos encontrado antes.

E o corpo inteiramente nu dela.

Uma raiva odiosa inundou minhas veias e, extinguindo minha magia, cheguei ainda mais perto para ouvir, pois a canção havia se transformado em conversa.

— Quero que me possua — sussurrou a mulher. — Quero te sentir dentro de mim.

Bjorn deu um passo na direção dela.

— Eu sou a única mulher para você, não sou? — resmunguei baixinho. — Você me ama mais que a vida, não ama?

Não importava que eu tivesse dito a Bjorn que não havia mais nada entre nós, e não ligava que isso fosse hipocrisia.

— Eu vou te matar — murmurei, ignorando o vazio que crescia em minha barriga. — Vou matar você bem devagar.

A mulher entrou na água, segurando a mão de Bjorn e tentando levá-la a seus seios fartos, mas ele a puxou.

— Não. — A voz dele parecia estranha. Como se ele estivesse se esforçando para falar. — Eu amo ela.

Ao meu lado, os lobos rosnaram, e meus próprios pelos se arrepiaram. Tinha alguma coisa errada.

A mulher puxava a mão dele com insistência, e embora eu não estivesse conseguindo escutar as palavras dela, dava para ouvir o tom de convite que possuíam. Um convite bem óbvio quando a mulher se deitou na margem, abrindo bem as coxas e acariciando o sexo com os dedos.

Bjorn limitou-se a balançar a cabeça, desprendendo-se dela.

— Não. — Pressionou a mão na têmpora. — Eu… eu não quero você. Eu só quero ela. Só Freya.

Decidi não ficar pensando no que aquelas palavras significavam para mim porque Bjorn estava balançando a cabeça como se estivesse desorientado.

O que havia de errado com ele?

Que magia estava em atividade ali?

— Bjorn! — gritei seu nome, mas ele nem se mexeu.

A mulher, no entanto, olhou na minha direção e se levantou com um resmungo.

— Você disse que não o queria!

— Isso não quer dizer que ele vai ficar para você! — gritei. — Hlin!

Abri as comportas para minha magia, que jorrou novamente por sobre o escudo e tornou a noite clara como o dia, permitindo que eu enxergasse tudo com nitidez.

Senti o estômago revirar.

Porque a mulher tinha uma cauda.

Longa e carnuda, com um tufo de pelo na ponta, ela se agitava com raiva enquanto a mulher me cercava. Mas quando ela veio na minha direção, Bjorn se balançou como se tivesse levado um tapa, arregalando os olhos.

A fúria tomou conta do olhar da mulher, que se virou para encará-lo, revelando-me costas que não pertenciam a uma humana. Em vez disso, pareciam uma árvore oca, a cauda abaixo dela se contorcendo furiosamente.

Huldra.

O nome surgiu em minha memória, um mito quase esquecido que ouvi em histórias quando era pequena. Criaturas que seduziam homens. Dormiam com eles.

E depois os matavam.

— Você viu — gritou a huldra para Bjorn. Depois, para meu horror, começou a crescer. Cada vez mais alta, o corpo se contorcendo e virando uma criatura monstruosa, a pele como casca de árvore, cascos e rabo de vaca, além de dentes…

Os dentes eram diferentes dos de qualquer criatura nascida neste mundo. Do tamanho da minha mão e curvados em pontas semelhantes a agulhas.

— Freya, corra! — gritou Bjorn, o machado conjurando-se em sua mão. Mas um segundo depois, a cauda da huldra atacou com uma violência veloz. Bjorn tentou desviar, mas a água profunda o desacelerou. Ela o acertou, derrubando-o na corrente mais funda.

Não posso perdê-lo.

Senti a raiva aumentar, selvagem e vingativa, em parte irritada comigo mesma por me importar. Andando mais para o fundo, gritei:

— Que Hel carregue essa sua alma amaldiçoada, sua criatura odiosa! — Porque se alguma coisa merecia ser amaldiçoada, era essa fera.

O chão sob meus pés tremeu, minha mãe divina ouvindo meu chamado, mas nenhuma raiz preta se ergueu para arrastar a huldra para baixo.

Ela não tem alma, eu me dei conta um segundo antes de a criatura atacar.

Quase nem tive tempo de erguer o braço, mas os braços de mamute dela bateram contra meu escudo, não contra meu corpo. A magia de Hlin a fez cambalear para trás, mas eu também perdi o controle de minha espada, e as runas brilhantes se apagaram. Skoll e Hati atacaram as pernas da criatura, e a huldra gritou, descontando neles e fazendo os lobos recuarem.

Uivando, puxei o facão para fatiar a criatura. A faca de Gyda era afiada como ela havia dito, e a lâmina fez um corte profundo na pele de casca de árvore. A huldra tentou me acertar, mas os cascos dela ricochetearam na magia de meu escudo.

Meu próximo golpe arrancou o pulso dela, e a huldra gritou de dor, mas diante de meus olhos, a carne de madeira voltou a se juntar, reformando o casco. Ela atacou, o casco cortando o ar e me forçando a abaixar. Ataquei as pernas dela, que foi mais rápida e desviou sem esforço, contra-atacando novamente. Seu casco acertou meu braço, a agonia subindo pelo meu ombro. Contive um grito, quase perdendo o controle do facão.

Eu precisava da minha espada. Onde ela estava?

Os olhos da huldra brilhavam de triunfo enquanto aproveitava a vantagem que estava tendo. Com a mão direita quase dormente, eu me esforcei para manter a ofensiva, meus movimentos ficando letárgicos.

A huldra deu o bote, tentando alcançar minha garganta com a boca. Caí no chão e rolei para longe bem a tempo. Antes de conseguir me levantar, a cauda dela se enrolou em minha perna e me arrastou de barriga para baixo.

Chutei desesperadamente, conseguindo me libertar do aperto, mas o escudo escapou de minha mão.

A huldra se agigantou sobre mim, olhos brilhando com uma luz fatal. Tateei em desespero e consegui segurar meu escudo, invocando o nome de Hlin pouco antes de seus cascos baterem na superfície brilhante.

A huldra voou para trás e aterrissou com força no matagal. Se a fera estava ferida, não deixou transparecer quando se levantou. Mas ganhei tempo para pegar minha espada, que tinha caído na água.

Avançamos e recuamos enquanto lutávamos, e apesar de toda a minha magia, minha força vacilou.

Os lobos continuaram atacando, mordendo e fazendo a criatura tropeçar.

Derrubem ela, desejei, e como se eles pudessem ouvir meus pensamentos, lançaram-se sobre as pernas da huldra.

Ela tropeçou e caiu. Bloqueando um ataque de sua cauda, soltei o escudo para levantar a espada. Usando as duas mãos, abaixei a lâmina com toda a força.

E decepei seu pescoço.

A cabeça rolou na minha direção e veio parar aos meus pés. Dentes rangeram e um grito horrível saiu do meio de suas presas. O corpo sem cabeça cambaleou, ereto, atacando-me como se ainda pudesse ver com seus olhos terríveis.

Eu não sabia como matá-la. Não sabia como derrotar uma coisa que regenerava todas as suas partes. Que conseguia lutar comigo mesmo com a cabeça decepada.

Erguendo o escudo, eu me preparei para um ataque, imaginando se não seria melhor fugir. Melhor correr rio abaixo e tirar Bjorn da água antes que eu o perdesse.

Derrube-a, depois corra.

Preparada para o impacto, entrei no raio de ação selvagem da huldra. O impulso do golpe que ela lançou em minha magia a fez voar para trás...

E um machado em chamas explodiu em seu peito.

Como o mais seco dos estopins, a huldra pegou fogo, dançando e gritando. Uma paródia macabra de como tinha tentado seduzir Bjorn.

Então ela caiu no chão e explodiu em cinzas.

Bjorn ficou do outro lado do riacho, respirando com dificuldade, os cabelos soltos e pingando água. Ele também estava nu como no dia em que veio ao mundo, cada centímetro dos músculos fortes e da pele tatuada iluminado pela luz do meu escudo.

Eu amo ela.

As palavras dele para a huldra voltaram à minha mente e, com um xingamento, extingui minha magia.

A escuridão recaiu, fazendo com que Bjorn e seus músculos voltassem a ser apenas uma sombra sólida na noite.

— Você é um idiota! — gritei. — Era você quem deveria conhecer essa floresta, mas se permitiu quase ser seduzido por um monstro que era metade vaca e metade árvore!

Quase.

— Em minha defesa, ela não tinha essa aparência no início — soltou ele, e embora não desse para ver seu rosto no escuro, eu podia *sentir* o sorrisinho que abriu.

— Ela tinha rabo de vaca, seu trouxa! — gritei. — Ou não estava dando pra ver nada além dos peitos enormes dela?

— Eu só tenho olhos para uma mulher, e não é a huldra.

Eu só quero ela. Só Freya.

Soltei um ruído grosseiro porque não confiava no que podia dizer. Dando meia-volta, cambaleei rio acima. Sem querer arriscar olhar para a pele nua dele de novo, não usei magia para iluminar por onde andava e só encontrei o caminho de volta ao acampamento quando tropecei nas botas de Bjorn e quase caí de cara na terra.

Segui o leve brilho da fogueira quase extinta, acrescentando mais lenha a ela e colocando as mãos sobre as chamas de imediato, pois estavam geladas, apesar do meu esforço. Meu coração estava acelerado, meu estômago era uma mistura de pânico e raiva, mas quando Bjorn apareceu, estava com um leve sorriso no rosto.

— Por que está todo feliz? — perguntei.

— Você salvou minha vida, Nascida do Fogo — disse ele. — O que só foi possível porque estava tão preocupada comigo que resolveu ir olhar.

— Não fique se gabando. — Mexi nas cobertas, sabendo que minha pulsação acelerada não permitiria que eu dormisse muito esta noite. — Eu só te salvei porque não sei o caminho para a casa da sua mãe. Se tivesse morrido, eu teria que voltar para dizer a Harald que o amado filho dele tinha sido assassinado porque pensou com o pau em vez do cérebro. Aí teria que esperar ele me levar até sua mãe, para quem eu precisaria contar a mesma história. Eu só estava me poupando do esforço.

— É claro. — Ele enganchou os polegares no cinto. — Que besteira a minha de achar que poderia ser um sentimento que tivesse sobrado aí dentro.

— Muita besteira.

Apoiei a cabeça no manto enrolado, puxando o cobertor por sobre os ombros. Um dos lobos se deitou em minhas costas, o peso de seu corpo me apertando. Um calor bem-vindo contra o ar frio da montanha, mas em vez de me trazer conforto, tudo o que senti foi a tristeza por ter perdido o tempo que poderia ter tido com Bjorn ao meu lado. Um tempo em que eu tinha confiança absoluta nele, com meu coração e minha vida.

Sabia que ele se preocupava comigo. Me amava. Me desejava. Sabia que, apesar de toda a raiva e tristeza que eu estava sentindo, retribuía os sentimentos dele. Todas aquelas emoções se recusavam a ser extintas mesmo que a lógica exigisse que eu as apagasse de meu coração. Mas a traição dele não havia apenas me ferido — as mentiras que contou haviam resultado na perda da vida daqueles que eu amava, e isso não tinha perdão, não para mim. Nunca mais confiaria que ele não voltaria a esconder verdades de mim que poderiam causar aquele mesmo tipo de dor.

Por entre as chamas tremeluzentes da fogueira, fiquei encarando enquanto Bjorn se deitava debaixo das cobertas, o rosto mergulhado em luzes e sombras dançantes. Olhando para mim ao mesmo tempo que eu o observava.

Nunca tinha sentido por outro homem o que sentia por ele. Nunca me libertaria do domínio que ele tinha sobre minha alma, independentemente de quantos anos eu vivesse.

Mas estava tudo acabado entre nós. Tinha que estar.

Virando para o outro lado, enterrei o rosto nos pelos do lobo. E pela primeira vez em muito tempo, chorei.

14
FREYA

Acordei ao amanhecer com Hati lambendo meu rosto e gelo no chão que cercava o acampamento. Bjorn já tinha ido verificar os cavalos, então fiz um mingau bem rápido e guardei minhas coisas. Pegamos a estrada antes de o sol ter despontado por inteiro no céu, depois de o sono ter operado maravilhas em minha serenidade.

Mas junto com ela vinham a lógica e a razão, a apreensão caminhando logo ao lado. Fora por causa de Saga que Bjorn e Harald tinham tentado me matar. Aparentemente, ela havia dedicado grande parte da própria vida a destruir o futuro que temia. Mesmo se a interpretação de Harald estivesse correta e houvesse certa nuance na forma como isso poderia ser feito, eu tinha noção de que o caminho que Saga buscava poderia me levar para o túmulo. Que ela ainda poderia me querer morta, e eu estava cavalgando diretamente para encontrá-la.

Bjorn e eu não tínhamos trocado uma palavra sequer, mas me apegar ao silêncio quando ele poderia oferecer algumas reflexões me pareceu estupidez.

— Sua mãe vai tentar me matar?

O cavalo de Bjorn entrou no arbusto, o que o fez soltar xingamentos murmurados.

— Não — respondeu Bjorn. — Ela não tem estômago para praticar violência.

— Veneno em meu copo já serviria. — E eu tinha visto várias plantas em nossas viagens que também facilitariam a tarefa. — O destino dela é tão indeterminado quanto o seu, então as ações que ela tomar podem mudar o futuro.

Ele franziu a testa.

— Não sei se ela faria uma coisa dessas. Nunca matou ninguém.

— Tendo em vista que mandou o próprio filho matar uma mulher que nenhum dos dois conhecia, acho difícil acreditar que ela não fosse capaz de usar veneno.

Bjorn lançou um olhar para os lobos que trotavam à nossa frente, depois olhou nos meus olhos e balbuciou:

— Podemos desviar o caminho. Podemos ir embora de Nordeland.

— O quê? — perguntei. — Acho que não entendi o que você falou.

Skoll parou e se virou para nos encarar, confirmando minha suspeita de que não eram só dois lobos comuns.

Bjorn olhou feio para mim, mas me limitei a dizer:

— Saga é a única pessoa que pode ser capaz de me ajudar. Só quero saber o quanto preciso ser cuidadosa perto dela.

O silêncio se estendeu e meu desconforto aumentou. Bjorn finalmente disse:

— Eu passei muitos anos longe da minha mãe, Freya. Muita coisa pode ter mudado. Então sugiro que seja o mais cuidadosa possível.

— Entendido. — Tentei não demonstrar emoção alguma ao responder, mas o desconforto deixou minha boca seca como areia.

O caminho foi ficando mais coberto de vegetação à medida que subíamos. Tão rochoso que nossos cavalos não conseguiam avançar mais rápido do que um trote, obrigando-os com frequência a circundar devagar obstáculos que tinham caído. Bjorn sempre apeava e aproveitava para tirar os escombros do caminho, e pelos resmungos que soltava, ficou claro que estava descontente por ninguém ter cuidado daquela trilha na ausência dele. Eu não estava lá muito surpresa, dado que não tínhamos visto sinais de habitação — parecia que se Saga desejava isolamento, tinha escolhido bem o local. Era pouco antes do meio-dia quando avistei sinais de vida humana em um par de postes que flanqueava o caminho, ambos totalmente decorados com entalhes.

— Há um perímetro de runas ao redor da casa dela — disse Bjorn. — Elas a avisam sobre visitantes e dissuadem aqueles que possam desejar o seu mal.

— Ela conhece magia rúnica? — perguntei, e meu desconforto foi crescendo, porque aquilo aumentava significativamente o perigo que ela representava. Eu tinha aprendido isso com Ylva.

— Não. — Ele desacelerou o cavalo até emparelhá-lo ao meu, nossos joelhos colidindo quando sua montaria tropeçou em uma pedra. — Harald as entalhou. Ele é muito cauteloso com a segurança dela.

— O que acha de eles estarem juntos? — Sabendo que isso o irritaria, acrescentei: — Eles já trepavam antes de vocês dois virem para Nordeland ou isso só passou a acontecer depois?

Bjorn me olhou feio.

— Não é da minha conta. Pergunte a ela o que quiser saber. Não é como se você fosse acreditar em uma palavra do que eu dissesse.

Afundando os calcanhares, ele galopou pelo caminho que se estendia até uma cabana com duas construções anexas no meio das árvores. Fumaça saía de uma abertura no telhado, e meu nariz reconheceu um leve cheiro de pão sendo assado.

Enquanto amarrávamos os cavalos na frente da cabana, uma mulher usando um vestido verde com acabamento em pele saiu porta afora. O xale sobre a cabeça combinado com as sombras projetadas pelas árvores dificultava que eu enxergasse seu rosto, mas quando apeei, ela se aproximou.

Meu choque quase me fez derrubar as rédeas do cavalo, porque a mãe de Bjorn era *linda*.

Em vez de demonstrar surpresa por nossa presença, Saga sorriu com felicidade e declarou:

— Meu filho voltou! — Então correu até Bjorn. Ela colocou as mãos no rosto dele, minúsculas diante do tamanho impressionante do filho. — Garoto tolo. Já devia saber que não pode se deixar levar pela canção de uma huldra. Elas amam esse seu rosto bonitinho e sempre vão atrás de você. Troels não te salvou de uma antes?

Embora eu soubesse que ela era vidente, o fato de saber o que havia acontecido conosco ainda era meio inquietante.

— Eu estava distraído.

Saga fez um ruído com a boca, mas o puxou para um abraço antes de beijar suas duas bochechas.

— É sorte sua ter provado que tem um gosto excelente para mulheres.

Eu me contorci, porque aquelas não eram as palavras que uma pessoa diria sobre alguém que passou a vida tentando matar.

— Mãe, Freya não é minha.

— Porque você não me ouve. — Saga balançou o dedo para ele. — Eu te disse, meu querido. Eu te disse para roubá-la naquela noite em

Fjalltindr. Disse que devia amarrá-la e jogá-la por sobre o ombro e nunca mais olhar para trás. Em vez disso, você a fez te amar enquanto mentia para ela, e agora ela não quer te perdoar. — Então deu um tapinha gentil nele. — Como um garoto que saiu de mim pode ser tão estúpido?

Bjorn cruzou os braços.

— Você só me disse que Harald poderia matá-la fora dos confins do templo. Ele vem sendo honesto comigo desde então, portanto pode parar de fingimento.

Saga deu de ombros.

— Isso não muda a avaliação que fiz de seu comportamento.

Antes que ele pudesse responder, ela lhe deu as costas e caminhou na minha direção. Enquanto encarava seus olhos verdes, de cor idêntica aos de Bjorn, senti dificuldade para respirar. O fato de ela ser bonita não deveria ter sido um choque, tendo em vista a beleza do filho, mas ao vivo era impressionante. Os cabelos preto-azulados dela eram sedosos e iam até a cintura, a pele também bronzeada, e ela não tinha nenhuma marca da idade, apesar de provavelmente ter quase vinte anos a mais do que eu. A cintura dela era fina, mas tinha seios e quadris curvilíneos, e seu rosto possuía um tipo de perfeição que parecia quase divina. Maçãs do rosto altas, com lábios carnudos curvados em um arco que qualquer homem — e muitas mulheres — ficaria desesperado para beijar.

E então me dei conta de que já a havia visto antes.

— Você estava em Fjalltindr — sussurrei. — Passou por nós enquanto caminhávamos para o ritual. Estava usando um vestido com penas de corvo.

— Eu estava lá — respondeu Saga. — O Pai de Todos me alertou que meu filho teria dificuldade em se manter no caminho, então viajei de volta à minha terra natal para orientá-lo. — Ela se virou para lançar um olhar azedo na direção de Bjorn. — Não que ele tenha me escutado. Ainda assim, com tantos Sem Destino presentes em Fjalltindr, tinha esperanças de que os fios fossem se entrelaçar e minhas visões mudassem.

— Com que frequência isso acontece? — Eu estava desesperada pela sabedoria dela, e a certeza de que Odin exigia que ela falasse a verdade me confortava. — Com que frequência os Sem Destino mudam o futuro que você previu?

— Mais raramente do que você deve imaginar. — Os olhos verdes dela procuraram os meus, piscando com longos cílios pretos. Fico me perguntando o que ela viu neles. — As Nornas conhecem nosso coração e mentem tão bem quanto nós, e a habilidade que têm de prever o que faremos raramente falha. É só quando os Sem Destino vão contra a própria natureza que os fios devem ser tecidos de novo. Foi por isso que tive esperanças de que matando você Bjorn mudaria as coisas, porque não é da natureza dele assassinar mulheres jovens e belas. Ele teria que fazer algo que diverge totalmente de quem ele é.

— Entendo. — Embora ela estivesse explicando sem meias-palavras os planos para minha morte, meus pensamentos se voltaram para todas as vezes em que tentei mudar meu futuro. Meus fracassos agora faziam sentido. Então senti um arrepio e olhamos nos olhos uma da outra. — É da *sua* natureza matar mulheres jovens e belas, Saga? Vai tentar retificar as falhas de Bjorn, agora que estou a seu alcance? Uma faca nas costas? Veneno em meu copo?

Bjorn ficou tenso, mas eu o ignorei enquanto tentava, em vão, decifrar a expressão da vidente.

A tensão cresceu, e os sons de respiração e do vento eram os únicos que rompiam o silêncio.

— Se tentar fazer mal a Freya, mãe, eu vou te impedir — disse Bjorn calmamente. — Se não conseguir te impedir, vou segui-la até Valhalla. Juro em nome de Tyr.

Senti o peito apertar de maneira tão dolorosa que quase nem conseguia respirar, pois as palavras dele produziram um misto de emoções dentro de mim.

Saga se limitou a revirar os olhos.

— Você herdou a inclinação de Snorri para o drama, Bjorn. Pode ficar descansado, ninguém vai morrer hoje. Juro por Odin.

Entrelaçando o braço no meu, ela lançou um olhar afiado para o filho.

— Cavalos. Madeira. E depois vá caçar algo para colocar na panela, pois seu apetite é grande demais para minha despensa.

Bjorn hesitou, depois pegou as rédeas de minha mão e conduziu os dois cavalos para longe.

— Leve esses lobos também! — gritou Saga. — Eles comem ainda mais do que você.

Quando Bjorn assobiou, Skoll e Hati saíram correndo. Meu cavalo tolo relinchou e tentou disparar, sempre com medo dos grandes predadores.

— Venha. — Saga puxou meu braço com uma força surpreendente. — É mais fácil falar sobre Bjorn quando ele não está por perto.

O comportamento dela não era nada do que eu havia imaginado. Estava esperando que uma filha de Odin fosse ter certo nível de seriedade, mas Saga agia e falava mais como se fosse a fofoqueira do vilarejo.

— Não quero falar sobre Bjorn.

Ela fez um ruído suave, depois disse:

— Não vou te pressionar a perdoar meu filho, Freya, pois compreendo melhor do que a maioria das pessoas a mágoa trazida por mentiras e a dor que os homens nos infligem. Mas, como mãe dele, devo dizer que o que ele sente por você não é fingimento. Toda Nordeland te queria morta, pois sabíamos que estava destinada a ser nossa ruína, mas Bjorn lutou por sua vida em Fjalltindr. Lutou para mudar seu destino.

— E mudou? — Foi difícil fazer a pergunta, mas eu a expulsei de minha boca.

Saga parou de repente, encarando meu rosto por um longo tempo.

— Sim. E não.

— O que isso significa? — Minhas pernas começaram a se mover conforme ela puxava meu braço.

— O caminho que você trilha foi alterado, mas vai levar ao mesmo destino.

Senti as mãos geladas, pois Bjorn havia descrito aquele destino para mim, e as palavras dele ecoaram por meus pensamentos. *Ela me disse que a dama do escudo uniria Skaland, mas que deixaria um rastro de dezenas de milhares de mortos. Que andaria pela terra como uma praga, colocando amigo contra amigo, irmão contra irmão, e que todos temeriam você.*

— Não é um destino que quero encontrar — sussurrei enquanto entrávamos nos confins escuros da cabana. Saga não respondeu, e aproveitei a oportunidade que o silêncio apresentou para examinar o interior. Como era comum em Skaland, tinha apenas um cômodo, embora houvesse toques de riqueza que denotavam a influência de Harald na vida de sua amada e que iam das múltiplas peles grossas à qualidade das panelas penduradas sobre o fogo. Isso incluía tapeçarias de cores ricas nas paredes, que reconheci como um artesanato do distante sul.

A cabana em si era feita de madeira grossa e tinha um telhado de palha. Quase não havia fumaça da lareira porque era bem construída. Uma mesa bem-feita, com dois bancos, dominava o espaço, e de um lado havia uma cortina pendurada no teto para ocultar a área de dormir. Ervas secas cobriam uma parede, embora o pó sobre elas sugerisse que Saga não cozinhava melhor que seu filho. De fato, eu não tinha visto sinais de animais, então ou ela era uma excelente caçadora, ou Harald providenciava para que não lhe faltasse nada.

— Sente-se. — Saga apontou para um dos bancos. Depois foi até o fogo e ergueu uma panela fumegante com aroma de vinho tinto, canela e cravo. Repensei a opinião prévia sobre as habilidades culinárias dela quando serviu um copo para mim antes de se sentar no outro banco.

— É um alívio finalmente conversar com você. — Coloquei as mãos ao redor do copo para aquecê-las. — Faz muito tempo que não falo com alguém em quem posso confiar que vá responder com honestidade.

Saga tomou um gole do próprio copo.

— Sou capaz de mentir tão bem quanto você, Freya. Mas não sobre as visões concedidas pelo Pai de Todos.

— Já é alguma coisa. — Tomei um gole e me encolhi quando o líquido queimou minha língua. — Faz eu me sentir à vontade perto de você, mesmo que não nos conheçamos. — Balançando a cabeça, acrescentei: — Parece até que já te conheço, afinal suas palavras tiveram um impacto enorme na minha vida.

— As palavras do Pai de Todos, não minhas. — Saga sorriu, revelando dentes brancos perfeitos. — Gostaria de poder dizer o mesmo, Freya, mas a verdade é que tenho muito medo de você. Nos meus momentos de maior fraqueza, choro por meu filho não ter te matado assim que pôs os olhos em você, mas ele estabeleceu limites que não vou desrespeitar. Não vou matar a mulher que ele ama porque isso significaria perdê-lo, e essa é uma perda que não conseguiria suportar. Sou egoísta, e parece que as Nornas sabem bem disso.

Eu hesitei, depois disse:

— Harald questionou se sua previsão teria margem para outras interpretações. Você acreditava que para Snorri perder o controle que tinha sobre mim, eu teria que morrer. Mas e se houver outra forma?

— Harald vai atrás até mesmo das menores brasas quando o assunto é escuridão — respondeu ela. — Não posso alimentar as esperanças dele, mas também não atesto com certeza que não sejam possíveis.

Engoli um nó que se formava em minha garganta, obrigando-me a prosseguir:

— Você testemunhou quando os deuses entraram no plano mortal em Fjalltindr?

— Sim. Assisti de longe. Eles te chamaram de filha de dois sangues e disseram que estavam te observando.

— Eles não estavam falando de sangue mortal e sangue divino — respondi. — Estavam querendo dizer que eu tenho o sangue de duas deusas em minhas veias. Hlin. E também Hel.

Saga se sentou mais ereta.

— Posso amaldiçoar pessoas. — Minhas palavras não passavam de um sussurro. — Posso arrancar a alma de seus corpos e condená-la a Helheim, deixando para trás apenas um cadáver vazio.

— Em minha visão, seus olhos queimavam em vermelho.

— Eles fazem isso agora, quando minhas emoções ficam inflamadas. Principalmente quando estou zangada. Parece que é ela quem assume o controle. Ela… — Parei de falar, não querendo admitir a verdade para que a mãe de Bjorn não me achasse maluca.

— O que ela faz? — insistiu Saga.

Talvez eu estivesse errada em achar que ela me julgaria por ouvir a voz de Hel, afinal Odin não concedia visões a seus filhos?

— Hel fala comigo dentro da minha cabeça.

Saga inclinou o rosto, e a leve cautela em seus olhos fez meu rosto queimar. Ainda assim, tudo o que disse foi:

— Você se comunica com Hel?

— Sim — sussurrei. — Pelo menos acho que sim.

— E com Hlin?

Balancei a cabeça.

— Não da mesma forma.

— E o que Hel diz?

— Ela é ambiciosa. Me pressiona a fazer o que quero e alimenta minha raiva quando o que quero me é negado. Ela… ela me encorajou a mandar as almas dos invasores islundeses para Helheim.

Saga estremeceu, depois tomou um longo gole de vinho.

— Quando eu te vi em minha segunda visão, você estava no campo de batalha com inúmeros mortos, os olhos queimando feito carvão. Não ficou claro como eles haviam morrido, e presumi que tivesse sido em uma grande luta, mas isso faz muito mais sentido. No futuro que previ, você usa a magia de Hel para condenar milhares à sua mãe divina em Helheim. — Ela soltou um suspiro trêmulo. — Você é uma senhora da morte, Freya. Até os guerreiros mais corajosos vão fugir de você para que não roube a chance deles de chegarem a Valhalla. Nas mãos de Snorri, você realmente seria uma praga sobre Nordeland.

O temor de Saga ficou palpável e azedou meu estômago.

— Não estou nas mãos dele. Estou aqui, com você.

— E, mesmo assim, não consigo me livrar da sensação de que você permanece sob o controle dele. — Ela pressionou os dedos nas têmporas. — Como se ele tivesse colocado uma coleira em você.

Não tinha muito a dizer quanto a isso. Meu juramento de ficar em silêncio segurou minha língua. Em vez disso, perguntei:

— Saga, não quero que essa visão de futuro se realize, mas também não quero morrer. Me diga como posso mudar meu destino.

A vidente balançou a cabeça devagar.

— Eu vejo apenas um futuro possível, Freya. Um futuro obscuro e horrível. Se veio aqui procurando por respostas de como mudar o próprio destino, temo que a viagem tenha sido em vão.

O desespero tomou conta de mim, extinguindo aquela centelha fugaz de esperança e me deixando na escuridão. Ela era minha única chance de obter respostas, e agora eu já não sabia mais a quem recorrer. Meus olhos se encheram de lágrimas não derramadas, e tentando ter algo onde me agarrar naquele momento, falei:

— Então não permita que tenha sido em vão. Bjorn me disse que não foi Harald que tentou assassinar você, mas Snorri. Quero saber, da sua boca, tudo o que aconteceu naquela noite.

Saga tomou um longo gole da bebida, depois tornou a encher nossos dois copos.

— Eu vou te contar a verdade.

15
FREYA

O FOGO NA LAREIRA CREPITAVA E ESTALAVA, e as paredes da cabana pareciam estar se fechando sobre nós enquanto eu esperava Saga começar.

— Do instante em que minha magia se manifestou, em minha juventude, fui procurada tanto por jarls quanto por esposas de pescadores ávidos para conhecer o próprio futuro — disse Saga, encarando o fundo do próprio copo. — Na minha opinião, eram todos uns idiotas por desejarem conhecer seus destinos, porque, com exceção dos Sem Destino, o que aconteceria seria certo e imutável. Conhecer a própria morte não serve de nada além de assombrar seus anos de vida com uma certeza inescapável. É melhor não saber.

— Eu não quero saber — falei bem rápido. — Já sou assombrada pelo que você viu em meu futuro.

A boca de Saga se curvou em um sorriso.

— Sábia.

Suspirei.

— Já fui acusada de muitas coisas, mas de ser sábia, nunca.

— Conhecer as próprias limitações é uma forma de sabedoria. — Ela ficou quieta por um longo momento, depois continuou: — Prever o futuro de todos com que cruzo é um fardo que poucos compreendem. Ver que uma criança vai morrer afogada, ou que um caçador vai entrar em conflito com um urso, ou que uma mãe vai arriscar uma última gravidez e acabar morrendo no parto, mas não ter capacidade de salvá-los, não é um dom. É uma maldição. Então, quando eu tinha quinze anos, deixei a casa de minha família e o vilarejo onde tinha sido criada para me afastar de tudo. Para me esconder de todos os futuros que pudesse prever, embora muita gente ainda me procurasse.

— Incluindo Snorri e Harald?

Saga confirmou com a cabeça.

— O Pai de Todos me mostrou pouco do futuro de Snorri para além de que ele teria filhos, mas cada vez que Snorri me visitava, perguntava se eu tinha visto mais. Sobre Harald, meu pai divino não me mostrou nada, mas ele não se deixou abalar pela incerteza do próprio futuro. Em vez disso, quis saber o futuro dos outros e ficou muito irritado quando me recusei a revelar o que sabia. Começou a me trazer os presentes mais bonitos para me motivar a revelar destinos, sabendo muito bem que eu nunca faria isso. Ambos os homens eram incomparavelmente bonitos na juventude, então decidi ser amante dos dois. Meu apetite por sexo era grande naqueles anos, e um único homem não deveria achar que me satisfaria sozinho.

— Os dois? — Minhas bochechas coraram com a franqueza dela. — Isso não provocou ciúmes entre eles?

— Por um bom tempo, nenhum dos dois sabia que o outro compartilhava minha cama. — Saga riu. — Mas assim que descobriram que eu estava me divertindo com outros paus, nenhum deles gostou muito. O que eu sempre considerei injusto, dado que Snorri estava prometido a Ylva e Harald sempre fazia o que queria, mas é assim que os homens poderosos são. Acreditam que as regras que restringem as mulheres não se aplicam a eles mesmos. A amizade dos dois sempre foi tensa, mas descobrir que me compartilhavam os dividiu de uma forma que aumentou as tensões entre Nordeland e Skaland.

Se fosse contada pela maioria das mulheres, essa história pareceria improvável. Mas Saga era, ao mesmo tempo, linda e poderosa, então era fácil entender que existiam homens capazes de travar guerras para possuí-la.

— Jarls estão sempre em conflito, com invasões e batalhas sem fim, mas ao tornar pessoal a disputa entre esses dois homens tão poderosos, a animosidade só piorou. Ainda mais depois que o Pai de Todos me concedeu visões sobre você e o papel que desempenharia, mas isso vem depois em minha história.

— Você se arrepende da sua decisão de ter sido amante dos dois? — perguntei, curiosa. — Dadas as consequências?

— Eu não acredito em arrependimento.

Eu queria muito não acreditar também. A ideia de aceitar os erros que tinha cometido em vez de deixar a culpa me consumir parecia muito mais fácil.

— Não muito tempo depois de saberem que ambos eram meus amantes, descobri que estava grávida de Bjorn.

— Você sabia que ele tinha sangue de Tyr? — perguntei. — Você… — Era muito estranho perguntar uma coisa daquelas.

— Eu nunca tive a experiência de fazer amor com um deus — esclareceu Saga. — Tyr com certeza esteve lá na hora, mas sem dúvidas obteve seu prazer assistindo a mim e Snorri juntos, e não participando. Então não soube, naquele momento, que meu filho tinha sangue de um deus.

Senti o rosto em chamas.

— Entendi.

— Quando minha barriga começou a crescer, Snorri exigiu que eu rompesse o relacionamento com Harald. — Saga tomou um gole do vinho, depois balançou a cabeça. — Aquilo me deixou muito zangada porque ele ia se casar com Ylva. Seria ela quem governaria ao lado dele. Os filhos de Ylva herdariam o título de jarl. Eu não era ninguém para Snorri além de uma amante, uma vidente, e em breve a mãe de um filho que ele declarou não ter interesse em reivindicar. Eu era jovem e ficava com raiva por ele fazer exigências sem me dar nada em troca. Ainda assim, também temia pela criança que tinha na barriga, pois os homens podem ser cruéis. Então cedi e disse a Harald que a amizade entre nós não poderia continuar.

O lábio dela tremia.

— Embora isso tenha magoado o coração de Harald tanto quanto o meu, ele aceitou meu pedido, mas me fez prometer procurá-lo se algum dia minhas circunstâncias mudassem. Disse que o amor que sentia por mim perduraria além desta vida.

Tomei vários goles de vinho, porque sabia como era ouvir palavras como aquelas. Sabia como era quando isso não acontecia.

— Você o amava?

— Sim. Mas, apesar de todos os defeitos que ele tem, eu também amava Snorri. Havia um magnetismo nele. Uma capacidade de me convencer a fazer qualquer coisa. E mulheres jovens são fáceis de enganar com palavras bonitas.

Nunca ouvi palavras tão verdadeiras sendo ditas.

— Videntes não podem ver o próprio futuro. — Saga levantou para colocar mais um pedaço de lenha no fogo, embora a cabana já estivesse aquecida. — Mas no momento em que Bjorn nasceu, eu vi o dele. — Uma lágrima escorreu por seu rosto. — Eu o vi reivindicar a chama. Eu o vi queimar. Eu o ouvi gritar.

— Ele me disse que você o instruiu a nunca dizer o nome de Tyr.

— Isso. — Saga secou a lágrima. — Ele tinha quatro anos, talvez cinco, e Snorri tinha ido me ver. Nós brigamos, e no meio da briga fui tomada por uma visão mais poderosa do que qualquer outra que já tivesse visto. Entrei quase num transe, palavras escapando da minha boca em uma maré, sobre uma dama do escudo que uniria os clãs de Skaland sob o domínio de quem controlasse seu destino.

— Saga, o que exatamente você viu? — pressionei. — Você viu Snorri? Era ele com certeza que estava destinado a governar? Era ele quem deveria controlar meu destino?

— Eu não vi Snorri. — A expressão dela estava distante, como se estivesse observando algo que não estava lá. — Eu vi o seu rosto, Freya. Com olhos de fogo e uma coroa de sangue.

Puxei o ar para me acalmar.

— Então não era Snorri?

Saga deu de ombros.

— Eu não vejo tudo o que está destinado a acontecer. Só as partes que Odin permite que eu veja. Snorri passou a acreditar que o Pai de Todos havia escolhido me conceder a visão na sua presença porque o destino era dele, então começou a te procurar logo em seguida. Não há como negar que o poder dele aumentou consideravelmente desde que você passou a estar sob seu controle, pois ele agora é rei inconteste. — Ela hesitou. — Ele te usou para unir Skaland, Freya, e no meu coração, temo que ainda esteja te usando. Pois não consigo me esquecer da memória de seu futuro brilhando em minha mente.

Não respondi. Não conseguia responder por causa do juramento de sangue que havia feito.

Recostei o corpo e fiquei contemplando o fogo, incerta sobre como me sentia quanto ao que ela acabara de me contar, dado que tudo o que eu ganhara com isso havia sido mais incerteza.

— Encontrar crianças nascidas na lua de sangue virou uma obsessão para Snorri — disse Saga. — Eu costumava dizer sempre para ele que se estivesse destinado a te encontrar, encontraria, mas minhas palavras só o irritavam. Minha relutância em confirmar que ele seria coroado rei foi como uma praga em nosso amor, e comecei a temê-lo. Certa noite, Snorri foi até minha cabana sozinho. Sabia que ele tinha vindo atrás de respostas que eu não podia dar e que me puniria por meu fracasso. Fiz Bjorn se esconder, mas quando a violência que eu temia começou, meu filho tentou me proteger. Ele reivindicou sua magia pela primeira vez e colocou fogo em nossa casa. E então o destino que eu havia previsto para ele se tornou realidade.

Ela levantou o copo, a mão trêmula.

— Tudo em volta estava em chamas, e Bjorn gritava pelas queimaduras que tinha nas costas, mas eu consegui tirá-lo do meio do fogo e carregá-lo. Snorri tentou nos perseguir, mas bati na cabeça dele com uma pedra e fugi. Fugi para o amor que nunca tinha me traído. Para meu santuário.

— Harald.

Ela confirmou.

— Eu teria ficado satisfeita em deixar as coisas como estavam. Em viver uma vida calma em Nordeland. Mas Odin me concedeu outra visão sobre você. Vi milhares de mortos sob seus pés, com o Skjoldfjell mais além. Não podia deixar o reino do meu amor e salvador ser arruinado por negligência. Então jurei mudar o futuro. Não tinha como ter certeza de que seria Snorri quem controlaria o seu destino, mas sabia que seu poder seria a ferramenta para a destruição de Nordeland. Snorri tinha motivos mais fortes para te encontrar, então ordenei que o usássemos para achar você e depois te mandássemos para os deuses. Dessa forma, o futuro que eu vi seria tecido novamente. E, sim — ela soltou uma leve risada —, também para me vingar pelo que Snorri fez comigo e com Bjorn.

— Então mandou Bjorn para ficar de olho em mim?

— Esse era o meu plano. Dar um jeito de Snorri finalmente conseguir *resgatar* Bjorn, que fingiria amor e gratidão até você ser descoberta e então daria o golpe que salvaria Nordeland. Mas meu filho não conseguiu te matar, Freya, e quis te proteger a cada passo do caminho. Ele tem sido verdadeiro.

— Ele mentiu para mim. — Puxei o ar de forma irregular. — Mentiu várias e várias vezes.

— O único jeito de ele ser verdadeiro com você seria te sequestrando — explicou Saga. — Levando você para Nordeland, onde não teria como causar estrago com a verdade. Pois se tivesse revelado os próprios objetivos enquanto dividiam uma casa com Snorri, teria arriscado que você se voltasse contra ele e, ao fazer isso, amaldiçoasse Nordeland ao destino que ele tinha sacrificado tanto para evitar.

De repente eu estava em pé, embora não me lembrasse de ter me levantado.

— Então acha que o que Bjorn fez foi certo? Que eu deveria perdoá-lo por mentir para mim?

O silêncio se estendeu entre nós, e isso somado à tensão e ao calor no ar tornou difícil respirar.

Finalmente, a mãe de Bjorn disse:

— O *certo* depende da perspectiva, Freya. Pela perspectiva de Nordeland, *certo* seria ter te matado ou te levado para algum lugar onde você não pudesse causar estrago. Então não, eu não acho que o que meu filho fez foi certo, porque ele arriscou muitas vidas. Mas acho que a minha visão não é a mesma que te faz acreditar que as ações dele *não foram certas*. Você só se preocupa com os seus sentimentos feridos. Com a sua confiança nele sendo afetada. Só pensa em si mesma, e agora que sei que é filha de Hel, sua insensibilidade em relação aos outros faz muito sentido.

Senti a raiva inflamar, porque eu queria culpar Bjorn. Só que as palavras de Saga me obrigaram a aceitar que ele não tivera outra escolha. Que não havia uma escolha que fosse beneficiar a todos os envolvidos. Eu queria muito acreditar que, se ele tivesse sido sincero, eu o teria escutado e repensado minhas ações, só que sabia que não teria feito isso. Nordeland era um inimigo que eu conhecia muito bem, e saber que Bjorn estava sendo leal a eles teria feito eu me voltar contra ele. Teria feito eu revelar a verdade a Snorri para proteger meu povo.

— Merda — sussurrei, andando de um lado para o outro no pequeno espaço. Tentava examinar, por meio da lógica, o que tinha acabado de escutar, enquanto minhas emoções se espalhavam para todo lado, enfurecidas. Tentava colocar o bem de muitos acima da dor que sentia no coração. Mas era como se ele tivesse tapado os ouvidos, recusando-se a escutar qualquer coisa que fosse contra seus sentimentos.

— Você não precisa perdoá-lo — falou Saga. — Eu talvez nunca mais o perdoasse, pois odeio que mintam para mim. Mas não pense que se apegar à raiva te torna boa e justa, Freya. Só faz com que seja igual a todas as outras mulheres.

De repente, senti enjoo, a dúvida retorcendo minhas entranhas como se eu tivesse comido alguma coisa podre.

Será que eu estava errada em estar brava com ele?

Será que estava só usando Bjorn como bode expiatório quando o verdadeiro problema era eu?

Saga se levantou, dando a volta na mesa e envolvendo meu corpo com o braço fino.

— Sei que chateei você. Sinto muito. O isolamento pode ser uma bênção para mim, mas acho que é uma maldição para qualquer um que seja obrigado a aturar minha companhia, pois falo o que penso sem considerar que minhas palavras podem machucar.

— Você não disse nada que não seja verdade — respondi. — Eu... eu não sei o que fazer. Não quero morrer, mas também não quero que milhares de pessoas morram por causa do poder de Hel.

Erguendo o braço, ela prendeu uma mecha de cabelo que havia se soltado da trança atrás da minha orelha.

— Seja gentil consigo mesma, Freya. Faz só alguns anos que saiu da infância e não foi criada para lidar com as expectativas colocadas sobre você. A sabedoria vem com os anos de experiência e de aprendizado com os erros do passado. E a sua situação é ainda pior, pois aqueles ao seu redor não te orientaram bem.

Mordi o interior das bochechas, sentindo uma dor pela perda de Bodil ressurgir no peito, pois parecia que ela tinha sido a única que havia me orientado direito.

— Você precisa relaxar. — Saga fez sinal para eu voltar a me sentar. — Tire um tempo para pensar em tudo o que aconteceu e tudo o que espera que aconteça antes de decidir o caminho a seguir.

Aquele me pareceu um conselho justo, então me sentei.

Bjorn escolheu este exato momento para retornar, entrando com um coelho nas mãos que claramente havia recebido um fim rápido graças a um machado mágico. Eu normalmente teria feito um comentário sobre matança excessiva, mas de repente me senti sem energia para dizer qualquer coisa.

— Você gosta de coelho? — perguntou ele, erguendo o animal.

— Está bom — respondeu Saga. — Limpe e tempere, e depois acho que pode cozinhá-lo.

— Deixa isso comigo — murmurei.

Bjorn bufou.

— Tem tanto medo assim da minha comida, Nascida do Fogo?

Balancei a cabeça, depois atravessei o cômodo e peguei o coelho da mão dele.

— Skoll e Hati estão lá fora?

— Sim. — Ele segurou meu pulso, e sustentei seu olhar quando me perguntou: — Você está bem?

Forcei um sorriso.

— Estou bem.

Mentira. Porque eu tinha acreditado que ouvir a verdade de Saga faria eu me sentir melhor. Mais forte. Pronta para fazer o que precisasse ser feito.

Mas, em vez disso, só me senti pior.

16
FREYA

Não falei muito enquanto cozinhava, sentindo o escrutínio de Bjorn me observando trabalhar mesmo ao conversar com a mãe, que preenchia cada segundo com algum assunto.

Quando lhe entreguei uma tigela, ele perguntou:

— Devo ter cuidado?

Neguei, porque a ideia de colocar alguma coisa na comida nem tinha passado pela minha cabeça. Meus pensamentos estavam muito bagunçados com qual deveria ser o meu próximo passo.

— Alguma de vocês duas vai me contar sobre o que conversaram? — perguntou Bjorn, depois encheu a boca e engoliu. — Ou vão manter segredo de mim?

Saga não respondeu. Encarando o conteúdo da minha tigela, falei:

— Sua mãe não sabe se existe um caminho que eu possa seguir para evitar tantas mortes. Não viu nada que ofereça uma solução. — Colocando a tigela de lado, obriguei-me a olhar nos olhos dele. — Ela também me contou como você foi parar em Skaland. Sobre as ações de Snorri. Agora entendo por que se voltou contra ele.

Bjorn limitou-se a encarar o próprio ensopado enquanto mastigava e engolia. Empurrando a tigela, perguntou:

— O que vai querer fazer, Nascida do Fogo? Porque a incapacidade da minha mãe em enxergar um caminho melhor não significa que ele não exista. Você só precisa escolher a direção que quer seguir.

Fugir parecia a escolha certa. Mas será que era possível fugir do próprio destino?

Eu não sabia, então não respondi e terminei a refeição em silêncio.

— Bjorn vai limpar tudo — anunciou Saga. — Freya, venha. Vamos redescobrir a sua alegria.

Empurrando copos para a minha mão, ela colocou um pequeno cantil debaixo do braço e me levou para fora, onde tinha começado a nevar.

— A neve chega mais cedo aqui em cima — observou ela. — E fica por mais tempo também. Embora esta já vá ter derretido antes do meio-dia de amanhã, penso eu.

Uma das construções anexas era uma sauna, não diferente do estilo que usávamos em Skaland. Construída com troncos grosseiros e telhado de turfa, ela se misturava à floresta quase como se tivesse crescido da terra. Saga entrou para atiçar o fogo enquanto eu pegava um balde de água do poço, ambos os lobos me acompanhando aonde quer que eu fosse.

— O calor vai te ajudar a pensar com mais clareza. — Saga tirou as vestes e as pendurou em um gancho do lado de fora da porta. Fiz o mesmo. Era difícil não olhar para ela, pois parecia que o tempo não tinha tocado seu corpo nem seu rosto, cada centímetro dela firme e macio. Do lado direito de sua caixa torácica estava a marca de Odin, uma grande tatuagem carmesim de um corvo que pulsava no ritmo de seu coração. Assim como as tatuagens que agraciavam minhas mãos. Tatuagens conferidas a mim por Hlin. E por Hel.

Saga era tão incrivelmente bela que era fácil entender as ações de Snorri e Harald. O desejo que tinham por possuí-la. Ainda assim, ela estava ali, livre e vivendo sozinha na floresta, sem ninguém para incomodá-la, o que era claro que a agradava.

Eu a invejava.

Enchendo meu copo e o dela, Saga se sentou em um banquinho e se recostou nas paredes de madeira. O vapor subia quando eu colocava água nas pedras aquecidas.

— Está meio desanimada, não é, Freya?

Tomei um gole de vinho, depois parei para olhar dentro do copo, pois a bebida tinha um gosto melhor do que qualquer coisa que eu já havia tomado.

— Harald não deixa me faltar nada. — Saga sorriu. — Safra do sul, feita com uvas que crescem em lugares que o inverno nunca toca. É meu único vício.

— Bem que eu queria que este aqui também fosse meu único vício. — Tomei outro gole. — Embora imagine que só os cofres de um rei possam bancar uma coisa dessas.

Saga só tomou mais um pequeno gole, olhando para mim por sobre a borda do copo.

Suspirando, falei:

— Harald não me deu muito direito de escolha sobre vir ou não para Nordeland.

— Acho que você devia é agradecer por ter sido o meu marido quem te capturou, e não eu. Porque eu teria instruído Skade a fazer o que meu filho não conseguiu. Mas vá em frente, continue reclamando sobre não ter tido direito de escolha.

Dei um sorrisinho. Parecia que Bjorn tinha puxado o senso de humor da mãe, porque eu nunca tinha ouvido Snorri falar daquele jeito.

— Depois que soube que você estava viva, fiquei convencida de que não só seria uma fonte de verdade em um mar de mentiras, mas também de que poderia me ajudar a entender a magia que o sangue de Hel me concedeu. Também esperava que pudesse me orientar sobre como evitar o futuro que viu. Mas agora que falei com você, sei menos do que antes. Então, sim, estou bem desanimada.

— O que Bjorn acredita que você deveria fazer agora? Ele não é de guardar a própria opinião, mesmo quando ninguém quer saber.

— Ele acha que eu deveria fugir — respondi.

— A sugestão dele tem lá seu valor. Vai ser difícil agir como a praga de uma nação da qual você está a meio mundo de distância. Mas sinto que não está inclinada a seguir esse caminho. Por quê?

— Sempre que tento escapar, algo acontece para me impedir — falo. — Quando tentei pular do penhasco em Grindill para interromper a batalha, o espectro me impediu. Quando tentei ir embora de Skaland com Bjorn, Harald nos encontrou. Parece que não consigo me esquivar do meu destino, seja buscando a morte ou só uma vida diferente.

Saga ficou imóvel.

— Espectro?

Tomando outro gole de vinho, fiz que sim com a cabeça.

— Ela apareceu para mim muitas vezes e me aconselhou em diversas situações. Uma mulher toda queimada, com brasas e cinzas flutuando em seu rastro. Snorri acreditava que era você, mas obviamente não é, então não tenho ideia de quem possa ser.

Saga fez uma careta.

— É bem a cara de algo que ele acreditaria. Sem dúvidas tem medo de que eu revele a verdade sobre a tentativa de me assassinar.

Fiquei pensando na reação de Snorri nas cinzas de Halsar, depois que encontrei o espectro. Ficara impressionado, com certeza, mas não com medo. Na verdade, parecera fortalecido com a ideia de que Saga poderia estar me guiando de outro mundo. Mas mantive isso para mim mesma e perguntei:

— Tem alguma ideia de quem pode ser?

— Talvez alguém enviado por Hlin. Um enigma, com certeza. Ela apareceu alguma outra vez desde Grindill?

Fiz que não com a cabeça, e Saga perguntou:

— Então sente que, toda vez que tentar fugir, vai ser impedida? — Sem esperar por minha resposta, ela acrescentou: — Existe alguma outra razão pela qual está se sentindo privada da própria liberdade?

Até cheguei a abrir os lábios para contar a ela sobre o juramento de sangue que havia feito, mas minha mandíbula travou.

— Freya? — Saga se inclinou para a frente, os olhos verdes cheios de preocupação. — O que foi?

Tudo o que pude fazer foi ficar olhando para ela.

Então Saga respirou fundo de repente.

— Deuses, ele te vinculou. — Ela estreitou os olhos. — *Ylva* te vinculou.

Não pude fazer nada além de continuar encarando-a.

— Queria que Harald tivesse viajado com você — disse ela. — Essa é a especialidade dele, não a minha, e ele conseguiria entender melhor o que foi feito com você. Eu só posso especular.

Segurando meu pulso, Saga levou o copo até minha boca.

— Não vou pedir para que responda perguntas, pois acho que não consegue. Mas preferiria que fizesse algo em vez de ficar aí, de boca aberta na minha frente feito peixe jogado na praia.

Enquanto eu tomava vários goles longos, ela se recostou no assento e bateu nos lábios com o dedo indicador.

— Pelo comportamento que apresentou, acredito que Snorri, por meio da expertise de Ylva com magia, vinculou você a eles com um juramento que te obriga a ficar em silêncio sobre o assunto. — E voltou a bater nos lábios. — Mas ainda assim conseguiu pelo menos tentar fugir com Bjorn, o que me leva a acreditar que não foi vinculada apenas a Snorri, mas ao filho dele. — Então descansou a mão sobre a coxa nua. — Ao sangue dele, penso eu. Ylva foi esperta, pois isso garantiu que você também estaria vinculada ao filho dela, Leif. Bjorn também estar incluído provavelmente é algo que ela não conseguiu evitar com facilidade.

O choque por ela ter chegado tão perto da verdade me fez secar meu copo, e Saga o encheu de novo distraidamente enquanto pensava.

— Bjorn talvez seja a chave para sua fuga — murmurou ela, olhando para o fogo. — Se você fez um juramento ao sangue dele, então o domínio de Snorri sobre você não é mais forte do que o de Bjorn, nem, na verdade, do que o de Leif. — Então virou a cabeça de modo a sustentar meu olhar mais uma vez. — Embora essa possa não ser uma revelação tão bem-vinda neste momento, dado que está em conflito com meu filho.

Pude sentir o vinho fazendo efeito em minha cabeça, mas ainda assim tomei outro gole enquanto a observava pensar.

A empolgação cresceu no rosto de Saga e seus olhos brilharam.

— Bjorn talvez pudesse ordenar que você viajasse para o sul distante. Poderia ordenar que nunca usasse o dom de Hel. — Ela caiu de joelhos diante de mim. — Essa talvez seja a saída, Freya!

Meu corpo inteiro começou a tremer, e de repente ficou muito difícil respirar.

— Permita que meu filho te leve embora. — Os olhos de Saga foram fundo nos meus. — Vou explicar para Harald por que isso é necessário e ele vai obedecer aos meus desejos.

— Isso já não funcionou antes. — Senti a pele como gelo, apesar do calor que irradiava da sauna. — Por que funcionaria agora?

— Talvez antes você não estivesse totalmente comprometida com esse propósito. — Ela se levantou e despejou mais um pouco de água nas pedras quentes, o vapor subindo delas e formando uma bruma no espaço entre nós. — Talvez tivesse sentido que não sabia de toda a verdade. Talvez tivesse sentido que algo estava te segurando. Agora que eu já contei tudo, sabe que não é o caso.

Era bem verdade que eu havia ficado em dúvida quando Bjorn e eu planejamos fugir, mas a verdade não a havia eliminado. Pelo contrário, ela havia piorado tudo.

Saga soltou um ruído de irritação e encheu o copo mais uma vez.

— Estou sentindo que está relutante, Freya, e não posso fazer nada além de lamentar. Compreendo que seus sentimentos foram feridos ao saber das mentiras de Bjorn, mas está mesmo disposta a arriscar milhares de vidas só porque não quer perdoar umas inverdades?

Minhas bochechas coraram e desviei o olhar, a vergonha tingindo minha pele.

— E não apenas a vida de outras pessoas! Sua teimosia está te levando a arriscar até a própria chance de felicidade, e para quê? O que ganha batendo o pé e se recusando a perdoar? — Sem dar margem para discussão, Saga falou: — Você tem a oportunidade de viajar para um lugar quente e se casar com um homem que te ama tanto que arriscaria tudo por você. Ter bebês lindos e nunca mais conhecer o toque da violência. Essa vida está a um passo de distância, e embora esteja aí sentada em silêncio, sinto como se gritasse na minha cara: "Eu me recuso a perdoá-lo por não ser perfeito".

Meus olhos se encheram de água e pisquei rapidamente para impedir que as lágrimas caíssem. Quando as coisas eram colocadas dessa forma, todas as minhas ações pareciam terrivelmente idiotas. Atitudes de uma menina, não de uma mulher adulta. Tentei ir atrás da minha raiva, dos meus motivos para me recusar a perdoá-lo, mas tudo o que senti foi constrangimento e vergonha.

— Ele devia ter esperado até eu saber de toda a verdade antes de permitir que tivéssemos intimidade.

— Foi Bjorn que te pressionou a ter intimidade, Freya? — perguntou Saga. — Ou foi você que o pressionou?

Senti o corpo inteiro queimando, embora minhas mãos ainda parecessem gelo, enquanto repassava aqueles momentos em que procurei pelo toque dele.

— Fui eu.

— Ele não passa de um jovem — disse Saga. — De sangue quente e no ápice da vida, e você é uma mulher bonita. Não havia esperanças de que ele resistisse ao que você ofereceu, então é justo culpá-lo? Ele só estava te dando o que você queria.

Fiz de tudo para não chorar, pois fiquei me sentindo uma idiota.

— Talvez você tenha razão.

— Ah, querida, não chore. — Saga abandonou seu copo e se sentou ao meu lado, me puxando para perto. — É um erro da juventude e da inexperiência basear suas decisões nas emoções que sente. Tudo o que pode fazer é aprender com seus erros e seguir em frente de uma maneira que não vá te fazer cometê-los novamente. Vamos falar de outra coisa por enquanto. Você tem muito no que pensar e precisa deixar isso assentar na sua cabeça antes de tomar qualquer decisão. Você ainda tem tempo, querida Freya, pois está segura aqui na floresta.

Respire, sussurrei em silêncio. *Só respire até recobrar a compostura.*

Só que cada respiração parecia curta demais, como se nenhum ar estivesse chegando aos pulmões. Saga estava certa em me criticar. Todas as coisas detestáveis que eu havia dito e feito com Bjorn estavam sendo repassadas em minha cabeça. Ainda assim, apesar de tudo isso, ele estava bem ali ao meu lado. Eu não merecia a lealdade dele.

— Você já recebeu o perdão dele — murmurou Saga, enchendo meu copo mais uma vez. — Nunca precisou disso, porque ele está consumido pela culpa de ter te causado mal. Deixe para lá essa rixa entre vocês. Nenhum dos dois têm destino determinado, e, juntos, tenho fé de que as Nornas vão ceder e o futuro será o que vocês escolherem.

Dei mais um gole.

— Obrigada por sua sabedoria, Saga.

— Nem sempre sou sábia — disse ela, dando de ombros. — E meu temperamento calmo veio com a idade. Quero te contar a história da primeira vez que soube que Harald estava dormindo com outra mulher em Nordeland.

Foi um alívio deixar de lado minhas próprias falhas e ouvir Saga me presentear com histórias de sua juventude, incluindo uma ocasião em que perseguiu Harald jogando ovos em sua cabeça. Ela contou histórias e mais histórias até eu ter bebido tanto que mal conseguia ficar sentada em cima do banquinho e meu corpo todo doer de tanto rir.

— Preciso ir para a cama — declarou Saga, finalmente. — Pois com certeza vou me arrepender dessa minha indulgência amanhã de manhã.

De braços dados, segurando os vestidos na frente do peito, cambaleamos pela neve na altura do tornozelo de volta à cabana, na frente da qual Bjorn estava sentado.

— Vocês duas estão bêbadas? — perguntou ele. — Você deveria ter vindo até aqui em busca de sabedoria, Freya, e você, mãe, deveria transmiti-la, e é assim que se comportam?

— O vinho pode te levar a muitas verdades — atestou Saga, abafando o riso, depois cambaleou porta adentro, procurando o caminho até a cama. Então se jogou em cima de uma pilha de peles e puxou uma delas para se cobrir. — Durmam onde quiserem — falou, com a voz arrastada. — Não tenho mais sabedoria para dar hoje.

Bjorn havia estendido minhas cobertas e deixado minha bolsa lá dentro, e peguei uma camisola e a vesti sobre a cabeça. Não parei de levar os olhos à porta, esperando Bjorn entrar, mas a fechadura nunca se mexeu.

Saga, a essa altura, já roncava de leve, e na ausência de suas histórias, os aspectos mais sérios das conversas que tivemos voltaram à minha cabeça. Principalmente a crescente sensação de que eu estava errada por ficar zangada com Bjorn, e que precisava acertar as coisas. Em silêncio, ensaiei uma desculpa repetidas vezes e o esperei voltar, mas ele nunca veio. Então peguei uma lamparina e saí, perseguindo os rastros maiores em direção à sauna que tínhamos acabado de abandonar, as roupas dele penduradas em um gancho do lado de fora.

— Vá para a cama, Freya — murmurei. — Você está bêbada.

Mas não *tão* bêbada.

E se eu não expulsasse aquelas desculpas da minha boca ainda naquela noite, temia que, com a chegada da manhã e da sobriedade, eu fosse perder a coragem.

Sem permitir à lógica nenhuma outra chance de me dissuadir, corri descalça pela neve. Abri a porta com tudo, entrei e a bati.

Bjorn estava sentado no banquinho que eu ocupara mais cedo, os ombros apoiados contra a parede. O vapor pesado não estava tão denso a ponto de esconder sua nudez. Meu coração deu um pulo quando olhei para as linhas duras de seu corpo, as tatuagens e cicatrizes sobre as quais eu havia passado os dedos há o que agora parecia uma vida.

— Esqueceu o copo? — Ele empurrou o copo que eu tinha usado mais cedo, caído junto à parede.

— Não. Queria falar com você.

— E não dá para esperar até amanhã de manhã?

Fiz que não com a cabeça.

— Sua mãe me contou tudo.

— Ótimo. — Bjorn mudou de posição no banquinho e as tatuagens de seu corpo pareceram se mover sob a luz vaporosa. — Infelizmente, você está tão bêbada que vai ter esquecido metade quando amanhecer, e aí não vai acreditar em nada que sair da minha boca.

— Talvez. Mas agora entendo por que mentiu para mim. Sei que não teve escolha.

— Eu tive escolha.

— Mas não era uma boa escolha — respondi, ignorando a parte de mim, lá no fundo, que gritava em oposição. — Você não me obrigou a fazer nada que eu não quisesse, então não tenho o direito de estar tão zangada. Principalmente porque é provável que você seja a única pessoa que pode me ajudar.

Bjorn franziu a testa.

— O que foi que minha mãe te disse exatamente, Nascida do Fogo? Porque não pensei que fosse ouvir isso vindo de você.

Eu acreditava nele, porque por muitos e longos dias todas as palavras que pronunciei tinham sido desagradáveis, egoístas e rancorosas. E o que isso havia me rendido além de mais sofrimento? A chance de uma vida boa estava a um passo de distância, e em vez de dá-lo, eu havia cuspido nele em nome do orgulho. Meus olhos ardiam porque eu estava sentindo um vazio por dentro. Uma solidão.

— Não fiz um juramento para servir só a Snorri — confessei. — Fiz um juramento a todos do sangue dele, o que significa que também fiz um juramento a você. É por isso que consigo falar sobre isso com você, porque o juramento também é de silêncio.

— O que prometeu? — perguntou ele. — Quando estávamos em Grindill, depois da performance de Steinunn, você disse que tinha feito um acordo com Ylva para Snorri nunca te tocar.

— Não servir a mais ninguém — falei e franzi a testa. — Lealdade. Proteção. Silêncio.

— Como esse juramento foi pronunciado? — Quando não respondi, ele acrescentou: — Quais foram as palavras exatas?

— Estou pensando. — Mas eu estava quase tão bêbada quanto agora quando o fiz.

Bjorn soltou uma respiração ressentida.

— Freya, um juramento de sangue é coisa para se lembrar em detalhes!

Senti o rosto queimar.

— Eu me lembro dos detalhes. Espere um pouco, estou tentando me lembrar das palavras exatas.

Encarando as tábuas do piso da sauna, arrastei minha mente para o passado, para aquele momento horrível no quarto de Snorri. A bacia com nosso sangue borrado na forma de runas nas bordas.

— Juro não servir a nenhum homem que não seja deste sangue. Juro lealdade àquele que é deste sangue — sussurrei calmamente. — Juro proteger, a todo custo, aquele que tem este sangue. Juro não dizer nenhuma palavra sobre este acordo, exceto para aquele que é deste sangue.

Bjorn puxou o ar, trêmulo.

Mordi o lábio inferior, mas depois me forcei a terminar.

— Snorri achava que um filho criaria a mesma lealdade, e eu teria prometido qualquer coisa para evitar essa alternativa. — Rindo, porque senão choraria, acrescentei: — Eu não queria mesmo fazer sexo com Snorri.

— Sinto muito. — Bjorn se inclinou para a frente e apoiou os cotovelos nos joelhos, pressionando os dedos nas têmporas. — Não queria que você tivesse ido com ele. Fiquei desesperado para matá-lo naquela noite e acabar com isso, mas eu tinha prometido a minha mãe que não o faria. Ainda assim, me odiei por ter deixado que ele levasse você. Fiquei tão zangado que mal conseguia enxergar direito, e foi por isso que fui embora do grande salão.

Fiquei me perguntando se as coisas teriam sido diferentes se ele tivesse tomado outra decisão. Se tivesse me jogado sobre o ombro e me levado embora.

Só que eu sabia que não teria ido com facilidade. Que teria reagido por medo do que aconteceria com minha família. Não é como se Bjorn tivesse *permitido* que eu entrasse naquele quarto com Snorri e Ylva. Eu mesma tinha escolhido fazer aquilo.

Atravessei o pequeno espaço entre nós. Não queria me sentir daquela forma, triste e zangada. O que queria era voltar ao momento em que Bjorn havia me abraçado e eu tinha ficado bem feliz. E a única coisa que estava impedindo que isso acontecesse era *eu mesma*.

Bjorn levantou os olhos, a luz do fogo projetando sombras em seu rosto, mas dava para ver o desejo em seu olhar, e isso mexeu com as brasas do meu próprio desejo. Passei o dedo na lateral de seu rosto, e a aspereza da barba por fazer em minha pele provocou sensações dentro de mim enquanto eu segurava o rosto dele nas mãos.

Bjorn se inclinou em direção ao meu toque, fechando os olhos.

— Eu te quero tanto. — A voz dele estava baixa, e eu não tinha certeza se ele estava falando comigo ou consigo mesmo. — Não tem nada no mundo que eu não faria para ter você de volta.

Eu me senti instável, desejando isso, mas ao mesmo tempo sabendo que não estava pronta para querer uma coisa dessas. Não estava pronta para deixar minha dor de lado. *O que ganha batendo o pé e se recusando a perdoar?* A voz de Saga sussurrou em minha mente, e querendo afastar a vergonha que as palavras dela me fizeram sentir, levantei a camisola e a joguei de lado.

Bjorn passou os olhos por minha forma nua, mas em vez de me possuir, sussurrou:

— Freya, não é isso que você quer.

Montei nas pernas dele, silenciando aquele protesto com um beijo. A sensação de seus lábios contra os meus percorreu meu corpo como um raio. Meus dedos dos pés se encolheram no chão de madeira, e fui afogada por uma onda de desejo. Deslizei as mãos pela pele escorregadia de seus ombros, saboreando-o ao mesmo tempo que desamarrava a fita que prendia seus cabelos, enterrando os dedos nos fios sedosos.

Ele já estava duro, pressionando o pau contra meu sexo, e isso me arrancou um gemido. Eu o desejava com cada parte do meu corpo. Precisava dele. Mas meu coração parecia estar tremendo dentro do peito quando sussurrei:

— Quero que você me coma.

— Porque está bêbada. — Ele mordeu meu lábio inferior ao mesmo tempo que agarrou meus quadris, subindo meu corpo até a ponta de seu pau. — Você ainda está zangada comigo.

Eu estava. Mas a justificativa para a raiva que eu sentia estava tão capenga que desmoronaria a qualquer momento. E eu estava apavorada com a ideia de como me sentiria sem ela.

— Não quero me sentir assim. — A umidade escorria por meu rosto. Não do vapor, mas das lágrimas. — Tire esse sentimento de dentro de mim.

Em vez de me penetrar e preencher meu vazio, os lábios de Bjorn se afastaram de meu pescoço, as mãos paralisadas.

— Não. Desse jeito não.

A dor da rejeição foi como um aríete em meu estômago. Em vez de deixar que ela me afogasse, usei-a para alimentar a raiva que sentia.

— Você já me tirou tanto e agora não vai me dar o que eu quero?

O chão tremeu.

Sibilando baixinho por entre os dentes, Bjorn deslizou a mão por meu pescoço e segurou meu queixo. Forçou meu rosto de lado até a lamparina iluminar meus olhos. Com um resmungo, jogou meu corpo sobre o ombro e me carregou para fora da sauna.

— O que está fazendo? — Só consegui reagir com uma resposta um segundo depois, quando ele me colocou no chão, de bunda na neve.

Estremeci quando o frio pressionou meu centro superaquecido e tentei me levantar, mas ele me segurou no chão.

— Eu te amo, Freya. — Bjorn cercou os dois lados do meu corpo com os joelhos, o frio parecendo não incomodá-lo. — E existe pouca coisa nesse mundo que eu queira mais do que transar com você até que se esqueça de tudo que não seja meu nome. Mas não desse jeito. Não enquanto você estiver tão zangada que seus olhos se transformam em chamas.

— Minha raiva faz parte de mim! — gritei. — Não pode amar só metade de quem sou, Bjorn, porque isso significaria que não me ama!

— Eu te amo por inteiro! — gritou ele em resposta. — Mesmo quando você é malvada feito um gato selvagem e diz coisas que partem meu coração, eu ainda te amo! Mas não importa do que minha mãe convenceu você, não é isso o que quer agora. Então não é o que eu quero também.

Ele se desvencilhou de mim e se levantou.

A verdade das palavras pronunciadas percorreu meu corpo, mas tudo o que fiz foi resmungar:

— Você me trouxe aqui porque achou que a verdade fosse apagar o estrago e que eu te perdoaria. Conseguiu o que queria porque ficou claro para mim que minha raiva não é justa. Ainda assim, quando tento te perdoar, você joga isso na minha cara!

— Eu te trouxe aqui porque você queria saber a verdade sobre si mesma, não porque achei que mudaria a forma como se sente. E, neste momento, parece que foi um erro ter feito isso. — Ele balançou a cabeça com firmeza, nada além de uma sombra na noite. — Quanto a seu perdão, Freya, você não me perdoou, porque eu não mereço. A única forma de consegui-lo é merecendo.

Sem dizer outra palavra, ele caminhou pela neve e voltou para a sauna, batendo a porta.

17
BJORN

DESISTI DE DORMIR QUANDO O AMANHECER pintou o céu ao leste e me levantei em silêncio. Freya estava encolhida como uma bola debaixo de um cobertor, exatamente na mesma posição de quando eu havia voltado, horas antes. Era o sono pesado depois de beber demais que nunca contribuía para o descanso, e ela pagaria o preço quando acordasse. Ainda assim, tomei cuidado para não acordá-la quando atravessei até onde minha mãe dormia, puxando a cortina de lado e cutucando seu ombro.

Um olho verde se abriu e me lançou um olhar obscuro.

— Levante — murmurei. — Precisamos conversar.

Ela suspirou, mas se arrastou para fora das peles e enrolou um pesado manto ao redor do corpo antes de calçar os sapatos gastos. Segurei a porta aberta até ela sair, depois fechei-a com firmeza. Skoll e Hati estavam na neve, e disse a eles:

— Tomem conta dela.

Não que Freya fosse acordar nas próximas horas.

A luz da manhã era filtrada pelos galhos gelados das árvores e uma fina camada de neve era esmagada sob nossos pés enquanto caminhávamos. Alto nas montanhas como estávamos, já dava para sentir o cheiro do inverno que se aproximava, e não demoraria muito para que a vegetação exuberante ficasse marrom sob o jugo dos ventos cortantes. Não disse nada até estarmos a uma distância da cabana que não fosse acordar Freya com o que seria uma conversa inflamada.

— Que porra você disse para ela, mãe?

Minha mãe cruzou os braços e olhou feio para mim.

— Olha essa boca, menino. Não vou tolerar esse tom de alguém cuja bunda eu limpei quando era bebê.

Lancei um olhar para o céu, suplicando para que os deuses me concedessem paciência.

Ainda assim, em vez de continuar a me repreender, a voz dela ficou fria e séria:

— Os riscos que estamos correndo são altos demais, Bjorn. Quando Snorri chegar à conclusão final de que Freya está em Nordeland, não vai parar por nada até recuperá-la. Você sabe disso, pois ele fez o mesmo com você. O custo foi alto e muitas pessoas morreram, mas quando se trata de Freya, vai ser bem pior.

Soltei o ar.

— Eu sei.

— Você sabia que ela está vinculada a Snorri por um juramento de sangue? — perguntou ela. — E também de silêncio, embora eu tenha conseguido descobrir algumas coisas.

— Sabia, mas foi só ontem à noite que ela me contou exatamente o que jurou. — Quando minha mãe me olhou com desconfiança, repeti o juramento de Freya: — "Juro lealdade àquele que é deste sangue. Juro proteger, a todo custo, aquele que tem este sangue. Juro não dizer nenhuma palavra sobre este acordo, exceto para aquele que é deste sangue".

A mandíbula de minha mãe ficou tensa.

— É em partes melhor e em partes pior do que eu pensava. Só suspeitava da lealdade e do silêncio. Mas Ylva foi meticulosa, como sempre. Ela sabe que até mesmo um cachorro preso pode se voltar contra seu dono.

— Ela não pode fazer mal a Snorri. — De repente uma lembrança voltou à minha cabeça, daqueles momentos finais que passamos em Grindill. Como tinha ficado óbvio que Freya estava desejando o mal para ele, mas não agiu, o que o fez rir dela e dizer: "*Você fez seus próprios juramentos, Freya, então parece que tanto meu destino quanto minha vida estão a salvo de você*".

Por que eu não o matei quando tive a chance? Por que não o desafiei? Enfiei uma faca em suas costas? Cortei sua garganta enquanto ele dormia? Por que eu não fiz nenhuma dessas coisas? Por que fiquei tão obcecado em cumprir a promessa que fiz à minha mãe?

— Em que sentido é melhor do que você pensou?

— Sei pouco sobre juramentos de sangue. — A expressão de minha mãe estava séria. — Mas lealdade e proteção... são ambas palavras abertas a interpretação. O modo como Freya está vinculada a elas é determinado pela forma que sentiu o significado delas quando as jurou. A magia pode até ser de Ylva, mas os limites do juramento foram determinados pela própria Freya.

— Ela não deve nem se lembrar — falei, odiando como o medo a tinha levado a selar um acordo tão desesperado. — Estava desesperada.

— Mais uma razão para odiar a criatura que é seu genitor — resmungou minha mãe, depois balançou a cabeça com firmeza. — Ainda assim, podemos examinar até onde vão as limitações dela pelas ações que tomou até agora. Prometer lealdade não exige que ela permaneça ao lado de Snorri, nem parece inspirar um senso de fidelidade nela. — Os olhos de minha mãe ficaram distantes, pensativos. — Freya foi criada para acreditar que a lealdade que deve a um jarl significa obedecer a uma convocação para pegar em armas e lutar em nome dele.

— Então ela vai ser obrigada a lutar por Snorri, se ele a convocar.

— Uma convocação que precisaria ser comunicada a ela de alguma forma, e podemos evitar isso. — Minha mãe acenou com a cabeça em aprovação. — Quanto à proteção...

— Não se estende à proteção dos sentimentos dele — murmurei. — Isso eu posso atestar.

Minha mãe soltou uma risada, batendo com a mão na coxa.

— Não sinto nenhuma empatia por você quanto a isso, Bjorn, então não venha chorar as pitangas de coração partido para mim.

Olhei feio para ela.

— Freya me amaldiçoou a Helheim depois que descobriu minhas mentiras. A magia de Hel se manifesta na forma de raízes que arrastam as almas dos vivos para dentro da terra. Levaram todos os guerreiros de Harald, menos eu, Harald, Tora e Skade, mas só porque conseguimos lutar contra elas. — Eu conseguia me lembrar, como se estivesse acontecendo naquele exato momento, da força daquelas raízes se enrolando em minhas pernas, o puxão vindo de baixo conforme tentavam extrair minha alma para Hel. — Se ela tem a capacidade de me amaldiçoar, então consegue amaldiçoar Snorri.

— Então não está vinculada a proteger os seus sentimentos nem a sua alma — disse minha mãe. — Mas acho que podemos presumir com alguma certeza que está vinculada a proteger você de danos físicos, mesmo se isso custar a própria vida.

Confirmei com um aceno discreto de cabeça, sabendo que nenhum juramento seria exigido nessa situação. Freya costumava arriscar a própria vida pelos outros sem questionar. Fazia parte da personalidade dela.

— A solução é óbvia — continuou minha mãe, interrompendo meus pensamentos. — Você precisa pegar Freya e fazer com que Snorri vá para uma direção que não seja Nordeland. Mantenha-a a uma distância dele que não permita que ele se comunique diretamente com ela, nem por meio de outros. Quando já estiverem bem longe, desapareçam por completo e nunca mais voltem. Vivam uma bela vida juntos que seja totalmente diferente da que eu previ. — O lábio inferior dela tremeu. — Vou saber que conseguiram quando a visão que tive desaparecer da minha mente, e aí ficarei satisfeita.

Aquilo me pareceu fácil demais, e me lembrei do aviso que Harald deu sobre tentar fugir do destino.

— Foi sobre isso que você e Freya conversaram? Ela concordou?

Minha mãe desviou os olhos.

— *Concordar* é uma palavra forte demais, embora eu ache que a relutância dela tenha mais a ver com o conflito entre vocês do que com uma discordância quanto à validade do plano. Quis facilitar o perdão dela, mas suspeito que você tenha me feito fracassar completamente.

Por mais que ela tivesse tentado *facilitar o perdão*, só tinha causado mais confusão no coração de Freya.

— Ela não me perdoou, mãe. Não de verdade. E nem deveria, depois do que eu fiz.

— Vocês dois vão acabar me matando. — Minha mãe chutou a raiz de uma árvore com a ponta do sapato. — Você agiu da forma certa, Bjorn. Freya está sendo egoísta e infantil se não enxerga isso, então precisa dar um jeito de guiar a mente dela de volta para o caminho certo.

Dei um passo para trás, não gostando nada daquele sentimento, mas então minha mãe cobriu o próprio rosto com as mãos.

— Me perdoe. O medo tomou conta da minha língua porque toda vez que fecho os olhos, vejo Freya à sombra do Skjoldfjell, encarando um mar de mortos com os olhos vermelhos. Não vejo você em lugar nenhum. — Lágrimas escorriam por detrás de seus dedos, e ela soltou um soluço baixinho. — Você diz que prefere morrer a permitir que façam mal a ela. Acho que mesmo que Freya fique viva, você vai acabar morrendo. E ainda por cima, quando ofereço uma solução, vocês dois batem o pé e se recusam a considerá-la.

Abri a boca para contradizê-la e argumentar que não era a solução que ela estava apresentando em si, mas os métodos de comunicá-la, que não me agradava, mas de repente ouvi a voz de Freya.

— Ela tem razão, Bjorn. Temos que ir.

Quando me virei, encontrei Freya a alguns passos de distância, acompanhada dos lobos. O rosto dela estava pálido e um pouco esverdeado, mas a voz estava firme.

— Gosto desse plano. Juntos, vamos levar Snorri para longe de Nordeland e de Skaland. Vamos fazer as coisas de modo a deixar um rastro óbvio que qualquer um seja capaz de seguir e o arrastamos para o sul. Vamos permitir que ele nos persiga até os jarls de Skaland ficarem cansados das farsas dele, os guerreiros devolverem as braçadeiras e ele empobrecer até não conseguir mais contratar mercenários. E aí desaparecemos.

— E depois?

Freya desviou os olhos.

— Depois vai cada um para o seu lado.

18
FREYA

Eu não sabia se tinha certeza do que estava falando. Só que depois do que havia ocorrido na noite anterior, parecia o caminho mais seguro. Não existia um futuro em que me via voltando a confiar plenamente em Bjorn, mas também não havia futuro em que eu confiava em mim perto dele.

— Então é melhor a gente ir — falei. — Saga, você explica tudo para Harald? Não vamos precisar nos preocupar com ele tentando nos impedir?

— Ele vai querer contra-argumentar — respondeu ela. — Mas vai acabar acatando meu julgamento. — Um assobio agudo trouxe os lobos para o lado dela, onde ficaram sentados com a língua de fora. — Assim como seus animais de estimação.

— Precisa de mais tempo? — Eu me senti cruel, porque para o plano dar certo, Bjorn teria que ficar fora de Nordeland por anos. Talvez até mesmo para sempre, para que os destinos obscuros não voltassem a ser tecidos. — Poderíamos atrasar…

— Qualquer atraso pode nos custar tudo — interrompeu Saga. — Peguem o que precisam e cavalguem rápido. Planejem o caminho a seguir antes que Snorri tenha a chance de zarpar para Nordeland.

Ouvi as palavras não ditas nas entrelinhas. *Se é que já não zarpou.*

Lágrimas escorreram pelo rosto de Saga.

— Vou sentir sua falta, meu filho. Mais do que você jamais vai saber, mas esse sacrifício é pequeno se comparado às alternativas. Agora vá, e vá com a minha…

Ela se interrompeu, inclinando o queixo para cima e revirando os olhos, contorcendo o corpo.

Ó, deuses.

— Bjorn, o que está acontecendo com ela?

— É uma visão. — Ele segurou os braços da mãe, sustentando-a. — Não há nada a fazer além de esperar para ouvir o que Odin quis mostrar a ela.

Prendi a respiração, e meu coração acelerou de expectativa.

Então Saga falou numa voz inexpressiva e estranha.

— Um filho de Skaland, um falso rei, navega em uma onda de escuridão. Mentiras unem os clãs, seus estandartes, um prenúncio da morte, seus gritos de batalha, ouvidos nos reinos dos deuses e dos homens. Tudo isso emaranhado ao fio da dama do escudo. Tudo atraído por seu chamado. E, em seu rastro, vão deixar viúvas chorosas, crianças órfãs e um banquete para os corvos, seus destinos já determinados, a menos que a dama do escudo separe completamente o próprio fio daquele do falso rei e teça um novo destino.

— Snorri — sussurrei ao mesmo tempo que Saga desmoronou nos braços do filho.

Ela pressionou os dedos na cabeça, lágrimas escorrendo pelo rosto.

— Tanta morte. Tanto luto. — O choro escapou de seus lábios. — Ele está vindo. Está vindo atrás dela.

A certeza fria correu por minhas veias e azedou minha boca. Não importava que eu não estivesse mais ao alcance de Snorri, porque ele ainda assim havia me usado para unir os clãs de Skaland sob seu domínio. A única coisa que tinha mudado era que eu não estava mais indo para a guerra ao lado dele, mas isso agora justificava uma invasão.

— Snorri ainda controla meu destino.

Bjorn lançou um olhar para mim.

— Não há motivos para acreditar que isso está acontecendo. Pode ser uma visão do futuro distante, não temos como saber.

— Saga? — Caí de joelhos diante dela. — Snorri já zarpou? Quanto tempo temos?

— Não sei. Pode ser que seja amanhã. Daqui a um ano. Ou daqui a uma década. — A mãe de Bjorn secou lágrimas do rosto. — Tudo o que eu sei é que em seu nome Nordeland vai sofrer.

E videntes não podiam mentir.

Eu me sentei pesadamente, a neve derretida e a lama se infiltrando em minhas calças. Fosse lá o que eu sentisse por Nordeland, aquele não era o futuro que eu queria. Guerra não era o que eu queria.

Não dava para escapar fugindo — isso estava ficando cada vez mais claro para mim.

— Seja lá o que estiver pensando, esqueça. — Bjorn segurou meus ombros. — Reunir um exército e os barcos para transportá-lo exige tempo. Não há motivos para acreditar que Snorri já tenha zarpado porque isso beira a impossibilidade. Vamos partir para a costa e garantir que sejamos vistos pelos mercadores que estiverem embarcando para o sul. Deixaremos uma trilha óbvia ou, pelo menos, óbvia o bastante para os jarls que juraram lealdade a ele. — Então apertou meus ombros. — Snorri não sabe que você tem a magia de Hel. Não sabe o que você pode fazer. Acho que existe um limite de até onde Skaland iria por um escudo mágico.

— Eu não teria tanta certeza. — O rosto de Snorri consumia meus pensamentos, aquela expressão cheia de autoconfiança fanática. — Não sou só eu que ele quer. É também uma vingança contra Harald. E em meu nome, ele agora tem um exército capaz de conseguir isso.

Desaparecer para o sul não mudaria nada. Ficar escondida na floresta, como Saga, não mudaria nada. *Morrer* não mudaria nada. Snorri só precisava do meu nome, do fanatismo que já possuía e da relação hostil entre as nações para unir os clãs de Skaland contra Nordeland. A guerra se aproximava. Podia já estar velejando na nossa direção naquele mesmo segundo.

Como eu faria para impedi-la?

Saga tinha dito que a única forma de mudar o futuro era fazer algo que as Nornas nunca tivessem considerado que eu fosse capaz de fazer. O que significava algo que *eu* nunca havia considerado fazer.

Ou... isso significava algo que eu *não podia* fazer?

A resposta surgiu em meu peito. O único caminho que eu ainda não tinha trilhado, porque havia feito um juramento de sangue proibindo-o.

Respirando fundo, falei:

— Tenho que cortar o fio de Snorri.

19

BJORN

Foi a determinação nos olhos de Freya, mais do que as palavras que pronunciou, que me causou uma pontada de apreensão.

— Ah, que ótimo — resmunguei. — Nosso plano é você fazer a única coisa que não pode fazer. Como sempre, Nascida do Fogo, suas ideias me enchem de uma confiança extrema em nosso próspero sucesso.

Em vez de morder minha isca, Freya se limitou a me encarar sem qualquer emoção.

— Me convoque a lutar.

— O quê? — exigi, ao mesmo tempo que ouvi minha mãe puxar o ar com força.

— A tendência a gritar deve ser de família — disse Freya —, porque vocês dois discutiram no último volume e eu escutei tudo. Se *lealdade* significa que devo atender a uma convocação para lutar, você tem o poder de me convocar tanto quanto Snorri. Então me convoque e o declare seu inimigo.

De repente tudo parecia distante, como se eu estivesse me observando de longe.

— E assim que você fizer isso, vou invocar Hel para que leve a alma dele para Helheim. — O queixo dela tremeu de leve, denunciando o fato de que não estava tão calma quanto fingia estar.

— Você disse que nunca mais queria usar o dom de Hel — falei. — Disse que não acreditava que esse era um poder que um mortal devia possuir.

— Foi o que eu disse, mesmo. — Freya acenou com a cabeça em reconhecimento. — E continuo tendo a mesma opinião, e é por isso que acredito que esse é o caminho certo.

Não havia como negar a lógica, mas todas as partes de mim recuavam diante da ideia de usar o juramento que meu genitor de merda a tinha obrigado a fazer. De forçá-la a fazer algo, mesmo que estivesse me pedindo.

— Não. Se esse é o caminho que quer seguir, então siga. Mas não vai ser a partir de ordens minhas.

Freya soltou um ruído de indignação.

— Vai estar ao meu lado até os portões de Valhalla, né? Mas só se for nos seus termos.

— Estar ao seu lado não significa concordar com qualquer plano maluco que invente.

Ela fez uma careta.

— Não consigo mais olhar para essa sua cara. — Acenando com a cabeça para minha mãe, Freya voltou para a cabana, os lobos em seu encalço.

— Entendo suas preocupações, meu filho. Mas, por causa da sua moralidade, está colocando-a em um risco ainda maior.

Minha mãe tinha se levantado, o manto bem apertado ao redor do corpo, apesar do calor do sol agora já alto no céu.

— Se você reivindicar o juramento primeiro, existe uma boa chance de Snorri não ter nenhum poder sobre ela — disse minha mãe. — Ou pelo menos muito menos poder. Se permitir que ela lute sozinha, basta uma palavra de comando nomeando Nordeland como inimiga que Freya vai ser obrigada a se voltar contra nós. O horror que acabei de testemunhar vai se tornar realidade.

— Por outro lado, talvez seja assim que isso se torna realidade — retruquei. — Forçando-a a marchar contra ele. Vai saber se ela se lembrou das palavras corretamente ou se tem alguma nuance na magia que Ylva usou que dá mais controle a Snorri? É melhor que Freya fuja. Vá para o mais longe de Nordeland possível.

— Acredita mesmo nisso? — perguntou minha mãe. — Ou enxerga nesse caminho mais esperança de reconquistar o coração dela?

Trinquei os dentes e senti a raiva queimar no peito.

— Acha mesmo que sou assim tão egoísta?

— O que eu sei é que você a ama e fará de tudo para tê-la de volta. — Ela desviou o olhar. — Não me passou despercebido como priorizou seus próprios desejos acima do bem-estar dela quando estavam em Skaland. Freya é jovem e foi condicionada a vida toda a dar aos homens ao seu redor o que eles querem, e você tirou vantagem disso.

As palavras dela me atingiram como um soco no estômago, arrancando o ar de meus pulmões.

— Eu…

— Expulse essa palavra da sua boca. — Então me encarou, as íris verdes brilhando com raiva. — E a substitua pelo nome de Freya. Se a ama de verdade, então vai fazer o que é certo para ela, mesmo que te custe o que você quer.

— Estou tentando fazer o melhor para ela! — Ainda assim, a dúvida se infiltrou em minha mente, apesar de meus protestos. — Existe uma solução mais simples, mãe. Vou matar Snorri. Caralho, já devia tê-lo matado uma vida atrás, mas você não me deixou. Estava tão concentrada na própria vingança e na necessidade de lhe negar Valhalla que nunca parou para questionar se não foram as *suas* ações que levaram ao destino obscuro de Freya. Então não me venha falar de egoísmo.

A expressão dela se manteve inabalada.

— O egoísmo deve estar no sangue. — Ela inclinou o rosto. — Pode duvidar do meu julgamento o quanto desejar, Bjorn. Mas lembre-se de que o Pai de Todos não me concedeu uma visão de Bjorn Mão de Fogo separando completamente o próprio fio daquele do falso rei e tecendo um novo destino. Ele me mostrou Freya.

Então deu meia-volta e caminhou na direção da cabana.

Olhando para o céu, lutei por calma. Lutei para recobrar a lógica e a razão. Durante toda a vida, eu tinha sido movido a profecias, destinos e sinas, aceitando a orientação do Pai de Todos dada pela boca de minha mãe sem questionar.

Mas agora eu estava questionando.

Estava questionando por que a mulher que eu amava mais do que qualquer coisa na vida precisava abraçar as partes mais obscuras da própria alma para conquistar um futuro melhor. Por que eu deveria ordenar que ela fizesse isso. Por que a trama do destino estava parecendo mais um truque cruel aplicado sobre os vivos, sem ninguém jamais sair vitorioso porque essa vida sempre acabava em morte.

Mas tinha prometido ficar ao lado dela até os portões de Valhalla, e nem mesmo a dúvida no próprio Pai de Todos me faria quebrar essa promessa.

20
FREYA

A VELOCIDADE COM QUE ESTÁVAMOS VIAJANDO não permitia que conversássemos, nossa atenção toda concentrada em manter os cavalos aprumados na trilha acidentada enquanto os lobos corriam por entre as árvores de ambos os lados. Embora o peso de vinho demais e sono de menos devesse estar me deixando exausta, eu praticamente tremia de expectativa.

Tinha viajado para conversar com Saga na esperança de encontrar respostas, e por mais que tivesse havido momentos obscuros em que aquilo parecera uma esperança tola, eu havia conseguido o que queria.

Eu tinha um objetivo. Algo que poderia perseguir de maneira incansável sabendo que estava no caminho certo. Isso me transmitia uma sensação de validação frente à incerteza que eu tinha sentido quanto a fugir com Bjorn ou não. Porque agora já não havia mais incerteza alguma.

Paramos bem depois de o sol se pôr para comer e deixar os cavalos descansarem. Enquanto nosso jantar cozinhava, aqueci as mãos sobre o fogo e fiquei olhando para o machado sob a pilha de madeira queimando. Esperei que Bjorn começasse a argumentar contra o meu plano, pronta para usar todos os meus contra-argumentos. Mas ele ficou em silêncio e completamente concentrado em vasculhar a própria bolsa, talvez por ter tido a sabedoria de perceber que meus argumentos eram mais fortes que os dele.

Tirando a mão da bolsa, foi até a fogueira e me entregou um frasco. Eu o abri e senti um cheiro familiar.

— Fiz isso aqui enquanto vocês duas bebiam o vinho de Harald. As ervas que encontrei eram velhas, pois parece que minha mãe andou meio relapsa com a colheita, mas é melhor do que lanolina. Você estava ficando com cheiro de ovelha. Acho que era por isso que os lobos estavam tão empolgados em te seguir.

Revirei os olhos, mas não havia como negar que o aroma inebriante de cravos era muito superior ao do unguento que os criados de Harald haviam me dado. Mas o cheiro me lembrou de momentos passados. Uma parte de mim desejava com anseio que Bjorn cuidasse das minhas cicatrizes para que eu pudesse sentir a pele dele junto à minha. Sentir a força de seus dedos aliviando a tensão do antigo ferimento. Mas mesmo que o vinho tivesse enevoado minhas lembranças da noite anterior, eu ainda sentia o calor da vergonha de sua rejeição. Principalmente porque ele estivera certo.

A raiva que sentia de Bjorn estava desaparecendo, mas toda a desconfiança permanecia. Talvez isso fizesse de mim egoísta e infantil, mas depois de uma vida inteira sendo usada por homens, eu não sabia ao certo se ainda restava perdão em meu coração para as escolhas que eles faziam e que me feriam. Estar com alguém que eu não era capaz de perdoar era como viver com uma maldição pairando sobre minha cabeça, que me fazia lembrar constantemente de transgressões passadas e nunca me permitia ter paz. Talvez meu destino fosse ficar sozinha. Ser minha própria rocha na tempestade. Cuidar de mim mesma até o fim dos meus dias.

Pegando um pouco do unguento, comecei a passá-lo em minhas cicatrizes. O alívio na rigidez foi quase instantâneo, mas ainda assim continuei esfregando a pele até a fricção causar um outro tipo de dor.

— Estava esperando que fosse discutir comigo. Que fosse me dizer como esse plano é idiota e que ele está destinado ao fracasso.

— O plano não é idiota. — O machado de Bjorn desapareceu debaixo da lenha da fogueira e a floresta ficou mais escura com apenas o fogo natural para iluminar nossos arredores. — É um plano perigoso.

— Só é perigoso se decidir se recusar a ajudar.

Bjorn apoiou os cotovelos nos joelhos.

— Pegar a coleira com a qual Snorri te controla só para eu mesmo passar a te controlar não me parece certo. Eu não quero... — Ele se interrompeu e balançou a cabeça.

— É por necessidade — afirmei. — Você com certeza enxerga isso, né?

— Necessidade segundo quem?

Eu o encarei.

— Segundo o Pai de Todos. Você... você não está questionando a sabedoria dele, está?

— Quando minha mãe contou sobre a visão que ele concedeu, não foi feita nenhuma menção a mim. É uma solução que você e minha mãe criaram, então, sim, estou questionando se chega mesmo a ser uma *necessidade*.

Fechando o pote de unguento, eu o coloquei de lado.

— Ofereça uma alternativa, então.

— Talvez você seja mais capaz de resistir às ordens de Snorri do que imagina. Quando Harald levou seu exército a Grindill, você recusou a ordem de lutar. Escutei sua recusa com meus próprios ouvidos.

— Foi uma ordem dada por Ylva, não por Snorri. — Suspirei. — No momento em que Snorri começou a me dar ordens nas muralhas, fiz o que ele pediu.

Bjorn levantou a cabeça. Os olhos verdes dele pareciam pretos à pouca luz.

— Certo. Então, mate a volva cuja magia vincula seu juramento. Com ele quebrado, vai estar desimpedida e vai poder enfiar essa sua espada encantada no coração de Snorri, deixando que os deuses decidam quem fica com a alma dele.

Eu hesitei, o horror preenchendo meu peito.

— Matar Ylva?

Bjorn deu de ombros.

— Ela está longe de ser inocente, isso eu posso garantir. A maior parte dos apuros que minha mãe sofreu nas mãos de Snorri foi motivada pelo ciúme dela, então eu não lamentaria se ela morresse. Posso até matá-la, se quiser.

A insensibilidade com que ele sugeriu matar uma mulher que podia até não ser inocente, mas com certeza não merecia a morte, me fez recuar. Me fez olhar para ele sob uma outra ótica.

— Ou talvez seja melhor eu só ordenar que você vá embora de Nordeland comigo — disse Bjorn. — Está vinculada a me servir, não é? Precisa ser leal a mim, certo? — Ele se levantou. — Então eu te convoco a lutar contra Islund. Aqueles cretinos têm sido uma pedra no meu sapato há anos e quero que lute ao meu lado para matar o máximo de islundeses possível. Partimos agora.

Sinto um ímpeto repentino de me levantar. De pegar minha espada e escudo. Mas então me dou conta de que minha mão já estava fechada ao redor do cabo da minha arma. E que eu já estava em pé.

Fiquei enjoada ao me perguntar quantas vezes eu havia obedecido ordens de Snorri acreditando que estava agindo por meu próprio livre-arbítrio, sendo que tinha sido só o juramento movendo minhas ações. Olhando em retrospecto, era impossível saber.

— Mudei de ideia. — Bjorn voltou a se sentar na frente da fogueira, a testa franzida em uma careta.

— Seu cretino. — Respirei várias vezes, odiando a sensação de impotência que senti.

— Seja lá como estiver se sentindo, saiba que estou ainda pior — afirmou ele. — Porque agora não consigo parar de me perguntar até onde você fez as coisas porque quis e até onde foi influenciada pelo juramento.

A bile queimou minha garganta quando a compreensão surgiu em minha mente.

— Não… — sussurrei. — Fui eu. Juro, fiz porque quis.

— E como você sabe?

Cruzei os braços, tentando afastar o arrepio.

— Vou com você até o fim, Nascida do Fogo — atestou ele. — Vou lutar ao seu lado. Mas passou a vida inteira servindo aos caprichos dos homens, permitindo que eles controlassem você, e apesar de conhecer esse sofrimento, odiar esse sofrimento, a solução que encontrou foi servir mais uma vez.

Eu me encolhi, sentindo como se tivesse levado um tapa.

— Eu me recuso a te controlar. — Bjorn pegou um graveto e cutucou a fogueira, mandando uma explosão de brasas na direção do céu. — E aquela ordem que acabei de dar? Considere-a a última que jamais vou dizer.

— Mesmo que isso custe a vida de milhares de nordelandeses? — perguntei.

— Se chegar a esse ponto, já vou estar morto. — Tirando a panela do fogo, ele serviu porções em duas tigelas, depois me entregou uma delas.

Fiquei encarando a refeição.

— Não estou com fome.

— Nem eu. — Bjorn despejou no chão o conteúdo da própria tigela. — Se tiverem corrido notícias de Snorri já ter zarpado, Harald será o primeiro a saber.

Também entornei o que havia em minha tigela e os lobos correram para comer a carne fumegante.

— Então vamos cavalgar.

21
FREYA

O SOL NASCENTE BRILHAVA SOBRE HRAFNHEIM conforme fomos avistando a fortaleza silenciosa e imponente. As duas pontes levadiças haviam sido erguidas, e notei que as ameias estavam sendo fortemente patrulhadas. A luz refletia nas armas dos guerreiros e a respiração deles era visível no ar frio da manhã.

— O quanto quer que ele saiba? — perguntou Bjorn, as primeiras palavras que compartilhávamos desde nossa briga na noite anterior.

— O necessário para que estabeleça uma defesa — respondi. — Conseguir me aproximar de Snorri a ponto de tirar sua alma não vai ser tarefa fácil, e não quero dar a Hel nenhuma alma além da dele. O que significa que a defesa da costa de Nordeland precisa recair sobre os ombros de Harald. Além disso, imagino que sua mãe vá contar a ele tudo o que soube.

— Talvez — resmungou Bjorn. — Não sei se eles andam se comunicando tanto quanto antes. Mas, de qualquer modo, ele vai querer que faça parte da defesa, Nascida do Fogo.

— Explique a ele que não posso servi-lo. — Dei de ombros, minhas costas rígidas por eu ter passado tanto tempo na sela. — Você disse que Harald é especialista em magia rúnica, então pode ter respostas. Ele tem sido complacente até agora, e... enxergamos um inimigo comum em Snorri.

— Tenha cuidado para não o colocar em um pedestal — murmurou Bjorn. — Harald gosta das coisas do jeito dele, e aqueles que lhe negam o que ele deseja normalmente se arrependem.

Olhei para ele, algo no tom que usou para falar comigo me enfurecendo.

— Você o chama de pai, mas tudo o que vi desde que pisamos nas praias de Nordeland é uma lealdade bastante relutante. Por quê? Ele fez alguma coisa com você no passado que causou uma ruptura entre vocês?

— Não — respondeu Bjorn. — Mas faz anos que parti, e as coisas mudaram. Ele escondeu informações de mim. E não gosto da forma como olha para você.

Senti um arrepio.

— De que forma ele olha para mim?

— Como se ele fosse uma criança que ganhou um brinquedinho novo. — Bjorn ergueu o queixo, os olhos nas ameias. — É a sua última chance de fugir, Freya. Depois que passarmos daquelas muralhas, acho que vai arranjar encrenca se quiser escapar.

Mordi a parte interna das bochechas, bastante ciente da ameaça que aquilo representava. Mas a ameaça de Snorri a milhares de inocentes também era muito real, e eu não mudaria de ideia agora.

— Não vou fugir.

Bjorn soltou um ruído aflito e em seguida murmurou o nome de Tyr. Seu machado surgiu em chamas, e vê-lo causou gritos de reconhecimento. Mais gritos ainda quando o sol refletiu no metal prateado de meu escudo. Logo depois, as correntes retiniram e a grossa ponte de madeira começou a descer, totalmente alinhada ao chão quando chegamos às margens do rio. Entregando nossos cavalos a um homem que aguardava, colocamos as bolsas nos ombros e atravessamos o rio espumoso.

Hrafnheim já vibrava quando passamos pelas ruas estreitas. O martelo de um ferreiro soava e mulheres pegavam água dos barris de chuva. O cheiro era de fumaça, mingau e gente — uma cena habitual de famílias fazendo o desjejum do mesmo jeito que estaria acontecendo em Skaland. Panelas batendo e pessoas falando, crianças brigando e bebês chorando. Parte de mim odiava aquilo. O quanto eram parecidas. Eu queria que as pessoas ali fossem diferentes, estranhas e irritantes, mas em vez disso só conseguia pensar que provavelmente um exército em busca do sangue delas estava cruzando o estreito naquele exato momento. Um exército que velejava em meu nome, e Hrafnheim estava longe de ser o primeiro lugar que Snorri atacaria. Visões de vilarejos e povoados pelos quais passamos subindo o Rimstrom voltaram à minha mente, mas logo foram substituídas por vislumbres do que restou do lar de Steinunn. Nada além de escombros carbonizados de vidas que tinham sido reivindicadas pela terra.

Criados já tinham começado o dia de trabalho no grande salão de Harald quando entramos, assim como o próprio rei, algo que descobri bem rápido. Ele estava sentado à mesa com companhias significativas, incluindo Tora, Skade e Steinunn.

Skade anunciou:

— O filho pródigo retornou cedo demais. Sua mãe não teve tempo para atender sua mulher de língua venenosa, Bjorn?

Ele não respondeu, mas Harald disse:

— Fique quieta, Skade.

Quando ele se levantou, notei sombras escuras sob seus olhos, como se ele tivesse dormido tão pouco quanto Bjorn e eu.

— Os guardas do portão mandaram notícias de que vocês tinham sido avistados, mas o retorno dos dois foi inesperado. — Ele puxou Bjorn para mais perto e deu um tapinha em suas costas. Então o colocou a um braço de distância, analisando-o. — O que aconteceu? Saga está bem?

— Ela está bem — respondeu Bjorn, e em seguida apontou para mim. — O plano é seu. Assuma as rédeas.

Contive palavras ríspidas e respirei fundo.

— Odin concedeu a Saga uma visão do futuro — falei, enquanto Harald sustentava meu olhar. — "Um filho de Skaland, um falso rei, navega em uma onda de escuridão. Mentiras unem os clãs, seus estandartes, um prenúncio da morte, seus gritos de batalha, ouvidos nos reinos dos deuses e dos homens. Tudo isso emaranhado ao fio da dama do escudo. Tudo atraído por seu chamado. E, em seu rastro, vão deixar viúvas chorosas, crianças órfãs e um banquete para os corvos, seus destinos já determinados, a menos que a dama do escudo separe completamente o próprio fio daquele do falso rei e teça um novo destino."

Harald fez cara feia e ajeitou uma mecha de cabelo atrás da orelha.

— Kaja já deve ter chegado a Skaland a essa altura, mas não vai ter tempo de voltar para Guthrum com notícias. Saga indicou quando isso deve acontecer?

Bjorn negou com a cabeça.

— Você sabe que ela nunca indica tempo. Amanhã. Daqui a dez anos. Quem sabe?

A irritação cruzou o rosto de Harald, que praguejou em voz baixa.

— Mesmo que ela soubesse, não importaria. Eu não tenho o poder de alterar o futuro que ela previu. Não passo de um fio que o restante de vocês manipula.

Ao falar, gesticulou na direção da mesa atrás de si. Fiquei arrepiada e olhei com mais atenção para a mesa cheia de homens e mulheres. Alguns eu conhecia — Tora, Skade, Steinunn —, mas a maioria ali eram estranhos. Aparentemente de todos os ramos da vida, guerreiros, artesãos, fazendeiros e outros cuja vocação não ficava clara pelas vestimentas. Ainda assim, uma parte instintiva de mim *sabia* para o que eu estava olhando mesmo antes de notar os contornos das tatuagens carmesim. Filhos de deuses. Nenhuma das pessoas à mesa tinha destino determinado.

Eu sabia que ele tinha muitos a seu serviço. Sabia que Guthrum havia sido fundamental em levar vários deles até Harald. Ainda assim, nem em meus sonhos mais loucos previra tantos assim.

Era como se ele tivesse recolhido todos os Sem Destino de Nordeland e os reunido em um só lugar.

— Podemos falar com você a sós, pai? — perguntou Bjorn, e deixei de lado a discussão interna sobre como ele havia colecionado tantos com sangue divino para uma contemplação posterior enquanto os seguia até atrás da plataforma.

— Existe alguma forma de quebrar um juramento de sangue? — perguntou Bjorn sem preâmbulos.

Harald deu de ombros.

— É claro. Matar a volva cuja magia vinculou as palavras. — Ele franziu a testa. — Por quê? O que você prometeu?

— Não fui eu. — Bjorn apontou com o queixo na minha direção. — Freya não pode falar sobre isso com ninguém que não tenha o sangue de Snorri, então minha explicação terá que bastar.

Em palavras concisas, ele explicou meus juramentos, mas notei que deixou de fora nossa especulação quanto às limitações deles, assim como meu desejo de que ele me convocasse a lutar contra Snorri.

— Ylva é boa com runas. — Harald me olhou de cima a baixo antes de se voltar para Bjorn mais uma vez. — Mas é precisamente por isso que proíbo tais juramentos em minha companhia. Nunca vinculam indivíduos por completo, forçando-os, em vez disso, a buscar brechas criativas para burlá-los. É melhor conquistar a lealdade daqueles a seu serviço, porque aí você os pega pelo coração.

Havia uma lógica inegável nisso, e me vi acenando com a cabeça em concordância.

Harald começou a andar de um lado para o outro, a expressão grave e os olhos cinza-claros parecendo não enxergar nada ao próprio redor de tão absorto que estava em pensamentos. Por fim, parou na minha frente.

— O que vai querer fazer, Freya? Pois está claro para mim que deve ser você a nos liderar por esse martírio se isso significar qualquer chance de sucesso.

O choque percorreu meu corpo, segurando minha língua da mesma forma que o juramento. Bjorn pareceu igualmente surpreso, mas se recuperou mais rápido.

— Ficou maluco, pai? Os jarls não vão ser leais a uma skalandesa.

— Eles foram leais a você — lembrou Harald. — Ajoelharam-se diante de você neste exato cômodo como meu filho e herdeiro.

— Isso é diferente — retrucou Bjorn. — Passei a maior parte da vida aqui. Além de ser...

— Homem? — perguntou Harald, depois me lançou um sorriso irônico como se estivéssemos compartilhando uma piada interna. — Você não passava de um menino de dezessete anos na época, se bem me lembro. Enquanto Freya é uma mulher adulta e possui o sangue de duas deusas, o que a torna a Sem Destino mais poderosa que já existiu. O mais perto de um deus que um mortal pode chegar.

Minha boca ficou azeda. Não gostava nada que se referissem a mim de forma tão magnânima, pois já me sentia menos do que humana.

— Pai...

Harald fez sinal para ele ficar em silêncio.

— Faz sentido. As runas de Ylva garantem que Freya não possa servir a nenhum homem que não tenha o sangue de Snorri: "*Juro não servir a nenhum homem que não seja deste sangue*".

Ele riu e bateu palmas. Fiquei tensa com a impressão de que fosse fazer a observação de que Bjorn tinha o poder de me controlar. Em vez disso, Harald disse:

— Mas Freya não é homem, então pode servir a si mesma, correto?

Sem esperar por uma resposta, acrescentou:

— E as palavras exatas de Saga foram: "Seus destinos já determinados, a menos que a dama do escudo separe completamente o próprio fio daquele do falso rei e teça um novo destino". Para mim, isso diz que o futuro obscuro é imutável a menos que Freya aja, a menos que Freya *lidere*. Deve ser ela, sozinha, a se livrar do controle do falso rei. E a única forma de fazer isso é matar Snorri.

— Ou Ylva.

Harald fez cara feia e balançou a cabeça.

— Não acho que matar Ylva vá mudar qualquer coisa. Freya já fez de Snorri rei, e ele usa o nome dela para manter a lealdade de toda Skaland. Mas essa discussão não vai levar a nada. Freya deve liderar, e você e eu devemos morder a língua e escutar.

A reação dele foi tão distante do que eu estava esperando que não soube bem o que dizer. Estava pronta para me opor ao controle de Harald, não para ele me entregar todo o poder de Nordeland a fim de conquistar meu objetivo.

— Estaria disposto a entregar a mim, uma mulher que até pouco tempo era a esposa de um peixeiro que nunca tinha estado a mais de algumas horas do próprio vilarejo, o controle de seus guerreiros, seus jarls e seu povo?

— Sim, se isso for necessário para salvá-los.

Fechei as mãos em punhos.

— Mas eu não faço ideia de como liderar.

— Você sabe o que quer conquistar — respondeu Harald. — E eu funciono como uma ferramenta em seu arsenal. Meu conhecimento está a seu dispor, Freya.

— Não se incomoda de ser reduzido a uma ferramenta? — perguntei. — De ficar tão... tão... impotente?

— Não estou ficando impotente — contradisse Harald. — É só que o que vou fazer com o meu poder já está tecido. Só que sou cercado por Sem Destino. O que significa que você pode me fazer agir de forma diferente. Pode cortar meu fio antes do tempo ou tecê-lo em um padrão diferente, e gosto dessa incerteza. Desse caos!

Tanto o sorriso selvagem que ele abriu quanto as palavras que pronunciou me pareceram estranhos, mas me limitei a responder:

— É por isso que você coleciona os filhos de deuses à sua volta? Por isso que criou uma aliança de pessoas com magia?

— Isso não é coleção coisa nenhuma, Freya. Não é uma aliança. Isso...

— ele gesticulou para a mesa distante cheia de gente — … é minha família. Ter um filho do próprio sangue é uma bênção da deusa Freyja, mas tem sido um privilégio para mim fornecer um lar para tantos filhos de deuses.

— Uma coisa que você faz só pela bondade que tem no coração? — Tentei não fazer careta, já que não acreditava de verdade que ele estava disposto a me entregar o controle total. — E não porque isso te permite usar o poder deles para ascender ao comando? Para controlar um reino? Para ficar mais rico do que todos os outros?

— Quase tudo o que faço é tentar ajudar minha família a conquistar os próprios objetivos — disse Harald. — Ou protegê-los. O poder me permite fazer ambas as coisas, e é daí que vem minha verdadeira alegria. Pode perguntar ao Bjorn. — Harald riu de repente. — Aliás, melhor não perguntar. Não vai acreditar em uma palavra que ele disser nem, eu acho, em uma palavra que sair da minha boca. Então pergunte aos outros. Pergunte a quem quiser, Freya. Não posso te obrigar a confiar em mim. Isso é algo a ser conquistado, não exigido. Mas enquanto eu estiver nesse processo de conquista, peço que acredite na certeza de que nossos objetivos são os mesmos: destruir o futuro obscuro que minha esposa teme tão profundamente.

Eu não confiava nele. Mas já não estava tão certa se minha desconfiança se dava porque eu me recusava a vê-lo como outra coisa além do vilão que havia sido criada para acreditar que ele era ou porque era um vilão de verdade.

— Como quer começar? — perguntou Harald. — Saga nos forneceu vislumbres, mas infelizmente nos faltam fatos.

A parte interna de minhas bochechas estava esfolada de tanto que eu a havia mordido, e minha boca tinha gosto de sangue enquanto eu me forçava a pensar.

— Precisamos de notícias de Guthrum. Descobrir o que Snorri está fazendo. Neste momento, temos a vantagem por conta da visão de Saga, pois Snorri acredita que estamos alheios à intenção dele. Mas se começarmos a mobilizar nossas defesas de maneira muito óbvia, vamos acabar nos entregando a seus espiões.

— Concordo — encorajou Harald. — Vou mandar uma mensagem e procurar por Guthrum.

— Os jarls demoram para responder a seu chamado e chegar aqui? — perguntei.

— Vão ter a vantagem de zarpar sabendo que pode ocorrer uma guerra. Podem velejar dentro de um ou dois dias depois de receberem a ordem. Astrid pode se encarregar de enviar as mensagens rapidamente.

— Ela é filha de Hermod — murmurou Bjorn. — É veloz.

Percebi o quanto Nordeland era perigosa só por ser unida. Mas Skaland era maior e mais populosa, o que significava que se Snorri tivesse conquistado aquela mesma união, meu povo agora também seria uma força considerável.

— Posso pedir a Astrid que comece encontrando Guthrum, então? — Quando confirmei com a cabeça, Harald saiu às pressas do grande salão, deixando-me sozinha com Bjorn.

Ele estava de braços cruzados e com uma careta no rosto, claramente descontente.

— Que foi? — perguntei. — Discorda do meu plano?

— Não é o *seu* plano, Nascida do Fogo. — Ele balançou a cabeça, zangado. — Não percebe? Só repetiu para Harald as mesmas ideias que ele já havia te dado. Não está liderando ninguém… está sendo liderada.

Meu peito esquentou, metade por conta do constrangimento e metade por conta da raiva.

— Eu seria idiota de não aceitar conselhos dele. O que sei sobre governar? O que sei sobre os recursos dos quais ele dispõe? Ou sobre a rapidez com que consegue reunir os próprios jarls? Fingir que sei mais sobre liderar Nordeland em batalha do que o rei da maldita Nordeland faria de mim uma idiota.

— Você está sendo só um fantoche nas mãos de dois homens que desejam travar guerra um contra o outro há quase o tempo que você tem de vida — retrucou Bjorn. — Harald *odeia* Snorri pelo que fez com minha mãe. Não deixe que a aparência de civilidade que ele usa te engane. Nem a morte o deixaria satisfeito. Ele quer Snorri destruído de tal forma que a mancha do que acontecer aqui o siga até o próximo mundo. Até agora, Harald acreditava que matar você fosse causar isso, mas agora acho que ele enxerga que pode te usar para realmente destruir as chances de Snorri de ir para Valhalla, porque você pode mandá-lo para Helheim e lhe negar a última batalha.

Um arrepio percorreu meu corpo, porque embora eu não fosse alheia à obsessão de Harald, as palavras de Bjorn a tinham feito parecer muito mais obscura.

— O que quer que eu faça? Que solução você tem para minhas circunstâncias que ainda não tenha sido cogitada?

— Fuja — disse ele baixinho. — Deixe tudo para trás. Essa é a minha solução.

— Só que isso não é solução. — Fechei as mãos em punhos. — Eu estando aqui ou não, a guerra está chegando em meu *nome*. Fugir não vai impedi-la. Me jogar sobre minha maldita espada não vai impedi-la. E eu me recuso a deixar milhares morrerem só para salvar minha própria pele.

— Pode não chegar a esse ponto — disse Bjorn entredentes. — Nordeland e Skaland sempre estiveram em guerra. Assim como ambas sempre estiveram em guerra com Islund e com as nações mais além. As *guerras* do norte. Nada que você fizer vai mudar isso.

— Mas não são guerras como a que sua mãe previu. — Senti enjoo, minha própria imaginação projetando visões da carnificina. — Você ouviu o que ela disse. A menos que não acredite em visões concedidas por Odin a uma vidente que é sua própria mãe, precisa saber que a ameaça é maior do que jamais foi.

Bjorn desviou os olhos, a mandíbula tensa.

— Não faz muito tempo que eu gastava meus dias estripando peixes — falei em voz baixa, sentindo uma dor em meu peito. — Eu sabia tudo sobre cuidar da casa e viver uma vida tranquila. Conhecia as fofocas de Selvegr e as histórias de nosso povo. Mas aí, de uma hora para outra, acabei caindo em circunstâncias para as quais não estava preparada. Cercada por outros com mais habilidades e conhecimento, todos desejando usar a magia em meu sangue para conquistar as próprias ambições. Sei das minhas limitações, Bjorn. Sei que estou pisando em terreno desconhecido. Mas estou *tentando* fazer a coisa certa.

Minha voz falhou e respirei fundo, sabendo que estava à beira das lágrimas.

— Durante toda a vida, sonhei em ser guerreira. Em velejar no drácar de um jarl e conquistar uma reputação. Agora conheço o que vem com uma vida dessas. O fedor de intestinos abertos e praias cheias de moscas sobrevoando os cadáveres. Sacos de ouro manchado de sangue e argolas cortadas da barba de homens mortos. Crianças com olhos vazios, todo o mundo que achavam ter arrancado delas em um instante. Quem sonha em ser a causadora desse tipo de coisa? Como foi que cheguei a sonhar com isso? — Lágrimas começaram a escorrer por meu rosto, por mais rápido que eu piscasse. — Não me importo se o mundo inteiro me chamar de ingênua. De idiota. De tola. Pelo menos sei, do fundo do coração, que estou fazendo tudo o que posso para evitar que aquele pesadelo se transforme em uma realidade ainda pior.

— Freya…

Levantei a mão para silenciá-lo.

— Você diz que vai lutar ao meu lado durante tudo isso. No entanto, a verdade é que estou cercada de guerreiros que vão fazer o mesmo. Sem Destino como Skade e Tora, que são tão fatais quanto você. E, ainda assim, a única coisa que você pode fazer para garantir minha vitória e evitar esse pesadelo também é a única que se recusa a fazer. Então quem é que está sendo idiota de verdade aqui?

Secando as lágrimas do rosto, eu me afastei dele e me sentei à mesa repleta dos aliados de Harald sem nem prestar atenção.

Alguns olharam na minha direção, mas a maior parte continuou a conversar, comendo e bebendo das enormes pilhas sobre as mesas. Apenas Steinunn estava sentada separada, bebendo de um copo e só escutando, assim como fazia no salão de Snorri. Ela não pertencia muito a Halsar, mas também não pertencia àquele lugar. Tinha começado a servir Harald só depois da morte da própria família e logo em seguida viajado para Skaland a fim de ajudar nos esforços para me encontrar.

— Como vai a espada?

Eu me virei e me dei conta de que tinha me sentado ao lado da ferreira, Gyda.

— Muito bem. Eu matei uma huldra com ela.

— Ah, nossa! — Ela bateu a mão na mesa com uma gargalhada e todos no entorno se viraram para olhar. — Uma huldra! Atraída por nosso Bjorn, sem dúvida. — Apoiando o cotovelo na mesa, ela inclinou o corpo para mais perto e disse, com um sussurro alto: — É a terceira vez que tentam levá-lo. Já falei para ele deixar crescer uma barba decente para esconder aquela beleza, mas Bjorn é vaidoso demais, ou idiota demais, para ouvir.

Sequei meu rosto, lembrando-me de como ele havia resistido ao poder da criatura. *Eu só quero ela. Só Freya.*

Uma onda repentina de culpa me fez virar para trás, mas Bjorn tinha ido embora do grande salão. Suspirando, cortei um pedaço de pão que estava sobre a mesa, comendo mais para ocupar a boca do que por estar com fome.

— Há quanto tempo você conhece Harald?

— Desde que éramos crianças — respondeu Gyda com a boca cheia de ensopado. — O pai dele era jarl. Ele e Harald nunca se deram bem, e o velho tinha uma mão pesada que usava com regularidade. Suspeito que foi por causa dele que Harald abandonou Nordeland para viajar pelo sul durante muitos anos. Já era homem-feito quando voltou e desafiou o pai. Matou-o na praça e, com o rosto respingado do sangue dele, jurou governar de uma maneira diferente.

— E ele fez isso mesmo?

Gyda deu de ombros.

— Em grande parte, sim.

— Então ele não te salvou?

Ela fez cara feia, depois encheu o copo com o conteúdo de uma jarra grande.

— Eu já era uma mulher adulta quando ele virou jarl, e não precisava ser salva. Eu recebo um pagamento de Harald, e sempre que ameaço levar minhas habilidades para outro lugar, ele me dá um aumento. Se quiser ouvir alguém que te fale de salvação, melhor conversar com os novatos ali em volta.

Passei os olhos pelos Sem Destino sentados à mesa e vi que ela estava falando dos jovens. Ninguém parecia ter mais de trinta anos, e alguns eram mais jovens do que eu.

— Por que ele os salva, então, se não for por poder?

Uma pergunta que acabou me escapando, mas para a qual Gyda deu de ombros.

— Talvez porque ninguém nunca o salvou. — Então voltou a bater na mesa. — Calem a boca, vocês. A Freya aqui está querendo saber como começaram a trabalhar para o Harald para que possa julgar o valor dele.

Depois deu uma piscadinha na minha direção.

— Esse é o motivo, não é?

Senti o rosto queimar.

— É.

— Entendi. — Gyda bateu na mesa mais uma vez. — Troels, você primeiro. Conte a Freya o que seu irmão Aksek fez com você. Steinunn, vê se fica de olho, porque essas histórias vão ser bem mais interessantes do que uma canção.

22
BJORN

Fui inútil no restante do dia, mas quando o sol se pôs, me vi nas muralhas de Hrafnheim. Apoiei os cotovelos na beirada das ameias e fiquei olhando as pontes levadiças serem erguidas devagar na direção do céu para o turno da noite, as correntes sendo sacudidas ruidosamente. Quando eu era mais novo, Harald havia enchido meus ouvidos de histórias sobre as aventuras que vivera no sul. Sobre cidades tão grandes que eram maiores do que a vista alcançava, torres que tocavam o céu e pontes que passavam por cima de rios enormes. Palácios com tetos grandes e abobadados feitos de cobre e castelos com camadas de muralhas circulares que nunca tinham sido invadidos. Mas sempre tive um fascínio especial por pontes levadiças. Os mecanismos das torres dos guardas que as subiam e desciam, assim como as folhas de papel com os desenhos que ele havia usado para replicar as estruturas. Tinham inscrições em línguas estrangeiras estranhas, muitas das quais Harald falava. Ele me disse que os sulistas anotavam tudo e que tinham prédios cheios de pedaços de papel encadernados que contavam tudo o que já aconteceu no mundo.

Me pareceu estranho colocar o que podia ser narrado através da fala no papel e trancar em uma sala, mas ainda queria ver os lugares das histórias que ele contava. Descobrir mais sobre aqueles que viviam em terras de verão infinito, as línguas que falavam e os costumes que tinham. Caminhar pelo domínio de deuses diferentes e contemplar outras magias. Quando eu havia segurado Freya nos braços perto das fontes quentes em Skaland e tudo tinha parecido possível, havia sonhado em levá-la aos lugares dessas histórias. Ela nunca tivera a chance de viajar, e tinha parecido um presente que valorizaria mais do que joias e ouro.

Fiquei com vontade de gritar quando me lembrei de que escolhemos passar a noite naquela caverna. De que não procuramos um navio mercante de imediato e viajamos para longe. De que não construímos uma vida para ela longe de profecias e violência em um mundo onde eu havia ouvido que todas as pessoas eram mestres do próprio futuro.

Mas parecia que nem os Sem Destino podiam fugir do destino.

As pontes levadiças encaixaram no lugar e, com uma última olhada para o sol poente, desci os degraus na direção da música. Hrafnheim nunca ficava escura como os outros lugares porque lanternas haviam sido penduradas em postes em todos os cruzamentos. Risadas e conversas vinham das casas, alguns já se aprontando para dormir enquanto outros seguiam para o grande salão a fim de festejar.

Harald amava festas, e eu sabia que ele estaria sentado observando o povo cantar, rir e dançar, todos embriagados de hidromel, que ele nunca deixava faltar. Não gostáva de ficar sozinho e sempre queria uma multidão de pessoas, embora costumasse ficar só olhando lá de seu trono sobre a plataforma. Eu tinha achado aquilo meio incômodo quando cheguei a Nordeland, acostumado ao isolamento que minha mãe preferia, e me perguntado por que ele gostava de tanto barulho noite após noite.

— É assim que eu os entendo — dissera ele. — Igual ao mecanismo da ponte levadiça: tive que entender antes de poder fazer funcionar.

Aquilo não tinha feito muito sentido na época, mas agora eu sabia que a chave para a força do governo de Harald era que ele entendia as pessoas. As esperanças, os sonhos e os anseios do povo.

Os medos.

Já cheguei a admirar isso, pois era o que o havia tornado tão bom em fazer as pessoas o obedecerem, mas odiei ver Freya sucumbir a seu charme. Odiei como ela estava começando a vê-lo como aquele que a ajudaria a mudar o próprio futuro.

As portas do grande salão estavam bem abertas, o calor da lareira e do que deviam ser pelo menos cem pessoas emanando até mim. O cheiro era de fumaça e carne. Suor e hidromel. Além do barulho ensurdecedor de tambores, flautas e pés batendo.

Alguém empurrou um chifre de hidromel em minha mão, mas dei apenas um pequeno gole enquanto procurava pela multidão. Harald estava sentado em seu trono, a bota sobre o joelho oposto, segurando uma taça delicada, espólio de uma de suas viagens, cheia de um vinho que eu suspeitava ser de origem estrangeira. Alguém jogou mais lenha na lareira e faíscas explodiram no ar, flutuando até as vigas e se transformando em cinzas antes de desaparecerem pelo buraco no teto. Isso me lembrou de quando Freya havia escalado as vigas no salão de Halsar durante o ataque de Gnut. Como ela escapou pelo buraco no telhado e depois saltou sobre o prédio vizinho, caindo em um chiqueiro.

Pensei em Freya fazendo cara feia para os porcos, os cabelos cheios de merda. Já não queria fugir naquela época, da mesma forma que estava fazendo agora. Com metade do meu tamanho, mas duas vezes mais coragem.

Deuses, como eu a amava.

Foi Tora quem avistei primeiro, pois ela era mais alta do que os homens e as mulheres. Mas quando a multidão se mexeu, revelou Freya parada ao lado dela. Estava usando um vestido vermelho com bordados dourados na gola e nos punhos. A cor parecia sangue junto à pele pálida dela, a roupa justa em seu corpo magro acentuando seus seios. Os cabelos longos caíam em ondas soltas até a cintura, um loiro tão claro que sob algumas luzes parecia quase branco. Ela estava segurando um copo, mas não bebia. Em vez disso, inspecionava os que estavam ao redor como se não quisesse acreditar no que estava vendo, a testa franzida com uma ruga. Os olhos estavam misericordiosamente âmbar, a luz da lareira e da tocha transformando-os em sóis derretidos.

Tão bela. Tão dolorosamente bela que nunca nem tive chance.

— Silêncio! Silêncio! — A voz de Harald cortou o barulho e todos ficaram imóveis. Steinunn se levantou sobre a plataforma ao lado dele, os cabelos castanho-dourados trançados em uma coroa ao redor da cabeça. — A escalda mais bela de Nordeland voltou para casa depois de muito tempo distante — berrou Harald. — Mas hoje vai nos agraciar com a canção de nosso retorno vitorioso e da batalha que nos saudou ao chegarmos. Ergam seus copos!

— *Skol!* — gritou a multidão, brindando com os copos e derramando hidromel sobre as poças que já se formavam no chão.

Coloquei de lado o hidromel que estava bebendo, quase esperando que Freya fosse embora do salão, dado que não apreciava a magia de Steinunn. Em vez disso, vi que o tórax dela se movimentou como se estivesse respirando fundo, e ela se sentou em seguida em um dos bancos.

Harald desceu da plataforma e contemplou Steinunn, que ergueu o tambor e começou a batucar. A voz dela se levantou em uma melodia sem letra. Tons profundos e ressonantes que pareciam sair da própria terra, vibrando com o poder bruto da magia de seu sangue e mexendo com algo profundo e primitivo em minhas veias.

Como se eu estivesse sendo convocado para a guerra.

Quando a voz dela se transformou em palavras, visões do mar tempestuoso explodiram diante de meus olhos. O gosto das ondas e o eco violento do trovão, como se os próprios deuses estivessem querendo nos impedir de chegar às costas de Nordeland. Respirando fundo, lutei para me concentrar no ritmo do meu coração até as visões desaparecerem.

À minha volta, as pessoas de Hrafnheim olhavam com uma admiração extasiada para as visões que eu já não enxergava, a magia de Steinunn transportando a todos para dentro da história que ela contava como se eles estivessem lá. Suspiros escaparam de seus lábios, mulheres agarrando as saias por medo e empolgação e alguns dos homens levando a mão, por instinto, às armas que tinham no cinto. Freya escutava de cabeça baixa, os músculos da mandíbula se destacando na pele, e percebi que ela estava assistindo a si mesma.

Eu ouvia apenas o meu coração, não permitindo que a magia de Steinunn me atingisse.

E foi por isso que vi Harald sair lentamente da plataforma e passar pelas portas do grande salão.

Confirmando que Tora ainda estava de guarda ao lado de Freya, passei por entre os espectadores, sabendo que não viam nada além das visões criadas pela canção de Steinunn. O ar da noite estava frio depois do calor sufocante do salão, cheirando a pinho e ao vento que vinha da geleira entre os picos do Skjoldfjell. Vislumbrei Harald desaparecendo em uma esquina. Sabendo que seria fácil perdê-lo no labirinto de caminhos e ruas que formavam Hrafnheim, comecei a trotar.

A fortaleza tinha caído em silêncio, todos dormindo ou absortos no grande salão, assistindo à apresentação de Steinunn. Cada impacto de minhas botas contra o chão parecia ecoar entre as paredes das construções, e embora eu não tivesse motivos para esconder minha presença, comecei a andar a passos leves. Em minha visão periférica, as runas nas altas muralhas que cercavam Hrafnheim brilhavam de vez em quando. Combatendo doenças que haviam chegado durante o dia, embora fizessem a mesma coisa quando as águas do Rimstrom subiam muito, cada gravura na pedra havia sido projetada para proteger aqueles que viviam ali.

Eu as ignorei, ouvindo o som dos passos de Harald e parando de repente quando ele ficou em silêncio. Olhando ao redor para garantir que ninguém estava me observando, espiei a esquina apoiado na parede e encontrei Harald com Skade, a cabeça dos dois colada. O vento uivava pelas ruas e obscurecia as palavras que proferiam, mas Skade acenava positivamente com a cabeça como se estivesse recebendo instruções. Senti as palmas formigarem. A intensidade da expressão no rosto dos dois me dizia que aquela não era uma conversa qualquer, e foi então que o vento parou de soprar.

— Reforce os guardas nas ameias — ordenou Harald. — Nenhum perigo deve chegar a Freya, entendido? Ela é preciosa para mim, e se, por conta dessa sua inveja mesquinha, ela acabar em perigo...

— Não vou permitir que isso aconteça — Skade o interrompeu. — Juro em nome de Ullr que não vou deixar nenhum perigo se aproximar dela.

O rosto de Harald ficou mais brando, e ele se abaixou para beijar a testa dela.

— Confio em você, minha querida Skade. Agora vá.

Ela tocou na braçadeira prateada sobre o cotovelo e sorriu para ele uma vez antes de sair correndo na direção da muralha.

Dobrando a esquina, caminhei na direção de Harald. Ele parecia perdido em pensamentos, os olhos fixos no céu noturno, então eu já estava quase ao seu lado quando notou minha presença.

Ele se sobressaltou, surpreso, e deu um passo para trás como se fosse fugir de um ataque antes de recobrar a compostura.

— Bjorn! O que está fazendo aqui fora?

— Não tenho paciência para a cantoria de Steinunn — respondi.

— Deveria ser mais gentil com ela. — Ele franziu a testa para mim. — Sei que ela entrou em nossa família só depois que você tinha partido para Skaland, mas é uma mulher boa que já sofreu demais.

Cruzei os braços.

— Ela me espionava.

— Por ordens minhas, então se quiser ficar zangado com alguém, fique zangado comigo. — Ele inclinou a cabeça. — Embora talvez já esteja. Notei um abismo entre nós, meu filho, e não acho que possamos culpar o tempo que passamos separados.

Em vez de responder à pergunta silenciosa dele, perguntei:

— Por que está se esquivando por aí no escuro?

Harald ficou em silêncio, os olhos voltados mais uma vez para as estrelas lá em cima. Então soltou um suspiro.

— As visões de sua mãe me deixaram mais preocupado do que me permiti revelar diante de Freya. Durante muitos anos, lutamos para evitar que a previsão dela se concretizasse. Ainda assim, apesar de todos os nossos esforços, seu genitor agora é rei de Skaland e os olhos dele estão voltados para nós, com todos os jarls o apoiando. Temo que não seremos capazes de impedi-lo e que milhares de inocentes vão perecer durante a busca dele pelo próprio destino. Reforcei a guarda das muralhas hoje à noite, mas na verdade não há nada que eu possa fazer para detê-lo. A única pessoa capaz de nos salvar é a mesma mulher que pode nos destruir com a mesma facilidade.

A voz dele fervilhava de uma frustração e de uma impotência que eu nunca o vira demonstrar.

— Você tem o maior grupo de Sem Destino do norte, pai — falei. — Cada um deles com a capacidade de mudar os planos das Nornas. Não coloque o peso disso somente nos ombros de Freya.

— Mas a sua mãe...

— Está levando as palavras dela a sério demais — interrompi. — Quando eu era pequeno, ela me disse várias vezes que ninguém deveria viver a vida com o peso de uma profecia guiando todos os seus passos. Foi só quando ela veio para Nordeland e você tomou cada uma das palavras dela como verdade certa que ela parou de falar isso.

Ele estreitou os olhos.

— Não está desrespeitando só sua mãe ao falar desse jeito, Bjorn. Está desrespeitando Odin. O que não é sábio, visto que sonha com Valhalla.

Um dia talvez eu até tivesse chegado a sonhar com Valhalla. Com a glória de lutar pelo Pai de Todos durante o fim dos dias. Mas, agora, sonhava com algo totalmente diferente.

— Eu não os estou desrespeitando. Estou...

Senti a língua paralisar quando um lampejo de luz explodiu sobre minha cabeça. Depois outro, e mais outro. Flechas em chamas explodiram contra o campo criado pelas proteções de Hrafnheim, os símbolos entalhados nas muralhas brilhando conforme as defesas eram testadas.

A fortaleza estava sendo atacada.

23
FREYA

Talvez não tivesse sido o melhor uso do meu tempo passar o dia ouvindo histórias, mas havia sido melhor do que horas remoendo minha própria situação. Cada um dos membros da suposta família de Harald havia compartilhado como tinha ido parar ali, a serviço dele. Nem todas as histórias eram tão dramáticas quanto a de Bjorn e Saga, mas todos eles haviam sido libertados do abuso de outros pelo rei de Nordeland. A maioria dali era de nordelandeses mesmo, mas alguns vinham de Skaland e Islund ou de nações insulares menores do norte. Crianças nascidas de todos os diferentes membros de nosso panteão, e a magia delas, com mais frequência do que imaginei, era confusa para mim.

Suas histórias eram variadas, mas não havia como negar a lealdade que compartilhavam por seu rei. Isso me fez lembrar de que Harald havia me dito que aquele sentimento não podia ser forçado por um juramento — que precisava ser conquistado. E ficou claro que era o que ele havia feito, pois eu tinha total certeza de que todos em sua aliança lutariam até o amargo fim pelo homem que os havia libertado de seus momentos mais obscuros.

Isso também me fez refletir se um dia eu chegaria a me sentir da mesma forma.

Depois que os membros da aliança terminaram de me contar as próprias histórias, todos se dispersaram e os criados começaram os preparativos para um banquete no grande salão. Recebi um vestido para usar, sobre o qual coloquei um cinto com a espada de meu pai e o facão de Gyda, embora tivesse deixado o escudo no quarto que me fora concedido. Então me permiti vagar pelo grande salão sob o olhar observador de Tora, conhecendo mais nordelandeses e aprendendo sobre a vida e os costumes deles.

Não vi Bjorn nenhuma vez e senti um desconforto por talvez tê-lo pressionado demais. Por ter passado dos limites e tê-lo feito ir embora de Hrafnheim sem mim.

Então foi alívio que tomou conta do meu peito quando ele entrou no grande salão. Quase nem escutei as palavras que Harald usou para apresentar Steinunn, de tão concentrada que estava em observar Bjorn pela minha visão periférica.

— Vai querer ouvi-la cantar? — Tora me perguntou. — Nunca liguei muito para magia de escaldos.

— Quero.

Não sei ao certo o que me levou a permanecer no salão para ouvir a canção de Steinunn. Minhas experiências anteriores com a magia dela não haviam sido prazerosas. Pensei comigo mesma que tinha sido porque Harald, da mesma forma que Snorri fazia, com certeza usaria a escalda para manipular o povo, e para mim era importante compreender as informações que ele desejava que seus súditos soubessem. Ainda assim, em meu coração, eu sabia que era porque desejava me ver enquanto usava a magia de Hel. Ver se conseguia tirar algum proveito disso e aliviar o temor por usá-la contra Snorri.

Se é que chegaria a usá-la.

Com a recusa de Bjorn em assumir o controle dos meus juramentos, eu tinha dúvidas se seria capaz de enfrentar Snorri e não ser forçada a me curvar às vontades dele. Meu peito queimava de frustração pela reticência de Bjorn, porque por mais que eu fosse capaz de compreender, essa rara falta de pragmatismo não ajudava em nada. Se ele fizesse essa única coisa, poderia permitir que eu mudasse o destino de todos nós para algo melhor, mas Bjorn não mostrava sinais de que fosse ceder.

Não era que eu desejasse o controle dele. Porque não desejava ser controlada por homem *nenhum*. Mas não via outra forma de travar uma guerra contra Snorri e destruí-lo. Pelo menos não uma forma pela qual eu estaria disposta a me esforçar. Ylva e eu tínhamos nossos conflitos, mas sabia que havia aceitado meus juramentos por vontade própria, escolhendo-os em vez da alternativa. Ela não merecia morrer por minhas escolhas.

Fui arrancada de meus pensamentos quando Steinunn ergueu seu tambor. Ao meu lado, Tora tinha tirado pedaços de madeira do bolso e as enfiava nos ouvidos.

— Não vou conseguir te proteger se estiver em transe por conta das visões de Steinunn — explicou ela. Era estranho aceitar ser protegida por uma pessoa que já tinha tentado me matar, mas havia uma tristeza silenciosa em Tora que me deixava inclinada a confiar em sua palavra. Ela tocou distraidamente as cicatrizes do rosto, um suspiro suave escapando de seus lábios como se parte dela ainda esperasse encontrar as marcas de queimadura curadas milagrosamente e se decepcionasse toda vez que descobria que ainda estavam lá.

Steinunn começou entoando apenas uma melodia e depois passou a contar a história a partir de uma visão das muralhas de Grindill. Respirei fundo para me acalmar enquanto encarava meu próprio rosto infeliz, Snorri gritando em desafio, e então percebi que estava pulando sobre a muralha e correndo na direção do penhasco. Pisquei, saindo do transe, porque Steinunn tinha pulado a parte em que Tora lançara raios nas muralhas, os quais haviam rebatido em minha magia e atingido os moradores do vilarejo do lado de fora. Ela pulara os cadáveres fumegantes e as exigências de Harald, então tinha ficado parecendo que eu fugira porque quisera.

Coloquei os dedos nos ouvidos para abafar a cantoria de Steinunn e as visões desapareceram. Quando isso aconteceu, cutuquei Tora com o cotovelo para que ela olhasse para mim.

— Ela está pulando partes — balbuciei, e a boca da filha de Thor se contorceu em um sorriso amargo, sugerindo que as omissões não a surpreendiam.

Tirando os dedos dos ouvidos, voltei a observar e escutar, meu desconforto aumentando porque Steinunn fez parecer que eu havia desejado vir para Nordeland. Como se Harald tivesse me ajudado, e não me sequestrado. E quando chegou na parte da batalha contra os islundeses, ela não mostrou nada da minha resistência, só exibiu quando lutei sozinha na praia contra o guerreiro de elmo. Eu, caindo de joelhos e amaldiçoando os invasores, e os corpos deles boiando no mar. Nada da expressão vazia de terror das crianças quando o drácar foi arrastado de volta para a praia, mas mostrou-as sendo colocadas nos braços dos moradores do vilarejo.

Eu sempre escutara que a canção de um escaldo mostrava apenas a verdade, mas agora tinha ficado claro para mim que verdades parciais podiam se tornar uma mentira significativa.

As últimas notas da voz de Steinnun se infiltraram nas vigas, levando com elas as visões. Uma alegria surgiu no salão, pessoas aplaudindo e propondo brindes. Não a Steinunn.

Mas a mim.

Fiquei tensa com a reação e senti um aperto no peito quando se viraram para me agradecer por ter salvado as crianças. Eles se aproximavam em grupos de dois ou três para apertar meu ombro e me elogiar. Minhas respostas saíram por puro reflexo, as palavras mero barulho em meus ouvidos enquanto me acostumava ao fato de que eles não me viam como algo a ser temido, mas como uma heroína e protetora.

Uma pessoa que fazia o bem.

Era tão diferente de como o meu próprio povo havia me visto. Eu sabia, pela lógica, que isso se devia apenas à manipulação da arte de Steinunn, mas não podia negar que a reação deles me fizera sentir melhor a respeito do que tinha feito.

Tudo isso desapareceu quando trombetas soaram do lado de fora e todos ao meu redor ficaram tensos.

— Que os deuses tenham misericórdia! — gritou Una, a criada quase caindo enquanto pulava do colo de Troels. — Os skalandeses vieram atrás dela!

24

BJORN

— ELE CHEGOU! — gritou Harald, e o terror na voz dele me fez querer estapeá-lo. — Precisamos de Freya!

— É impossível Snorri já ter chegado aqui — resmunguei. — Reunir um exército leva tempo, e eles levariam dias para viajar da costa até Hrafnheim a pé!

Ainda assim, não havia como negar que a fortaleza estava sendo atacada.

— Chame Tora e os outros! — Eu o empurrei na direção do grande salão. — Mas deixe Freya em paz! Afinal, ela nem pode lutar por você!

Harald disparou em uma velocidade que desmentia a idade que tinha e, embora todos os meus instintos me dissessem para segui-lo e ficar ao lado de Freya, meus pés me levaram à muralha. Eu era nordelandês, e a promessa que havia feito de defender meu povo ainda significava alguma coisa para mim.

Trombetas soaram das torres de vigília e Hrafnheim se encheu de gritos de alarme, que se transformaram em gritos de terror conforme civis saíam de suas casas e viam as flechas voando lá no alto. Mas a rede de proteções as impedia de passar, e todos nas ruas estariam seguros a menos que as runas fossem danificadas.

Logo que esse pensamento cruzou minha mente, ouvi um grito de alarme da muralha dizendo que as proteções tinham sido rompidas. Um segundo depois, flechas com fogo na ponta começaram a cair sobre as construções, incendiando-as. Pessoas em pânico desocupavam as próprias casas e corriam aos poços para pegar água, desesperadas para apagar o fogo antes que ele se alastrasse.

Um garotinho chorando se agachou no caminho à minha frente e saí correndo, pegando-o pouco antes de uma flecha o atingir. Em vez disso, ela atingiu meu braço de raspão, o piche incendiando minha túnica até eu rolar em uma poça.

— Corra para o grande salão! — gritei para o garoto. — Vá! Rápido!

Ele obedeceu sem hesitar. As crianças nordelandesas sempre obedeciam.

Corri na direção oposta, subindo de três em três os degraus que levavam às ameias. Skade estava no meio da confusão, gritando ordens para guerreiros buscarem água ao mesmo tempo que lançava uma flecha brilhante atrás da outra na escuridão.

— Eles cobriram as runas — gritou ela por cima do barulho. — Temos que limpar o sangue ou vão atear fogo na fortaleza inteira.

Quando inclinei o corpo por sobre as ameias, deixei escapar um xingamento ao ver o sangue escorrendo pela muralha. Estava ocultando uma das proteções, e eu sabia que bastava danificar uma única runa para apagar a rede de proteção lançada sobre a cidade. Uma flecha passou ao lado do meu ombro e abaixei atrás da parede.

— Dispare contra eles! — gritei para ela.

— Não estou conseguindo enxergá-los! — gritou Skade em resposta. — Está escuro demais e eles mudam de posição a cada vez que disparam uma flecha!

— Tyr! — resmunguei o nome do deus, e meu machado apareceu em minha mão. Imediatamente, duas flechas voaram em minha direção, mas consegui interceptá-las no ar.

Dando alguns passos para trás, corri para a frente e atirei o machado. Ele girou de uma ponta até a outra, pairando sobre a corrente escura do Rimstrom e caindo no chão a uma dúzia de passos das margens do rio.

Mais forte, incitei o fogo em silêncio. As chamas brilharam, iluminando as sombras dos homens que atacavam a fortaleza.

— Skade!

Ela já estava com o arco preparado. A flecha verde arqueou-se pela noite e atingiu o peito de uma das sombras, reaparecendo em sua mão logo em seguida. Mas os invasores já estavam correndo. Fugindo na direção da escuridão, onde estariam fora de vista.

Tora chegou correndo pelos degraus atrás de mim, raios crepitando entre suas mãos. Apontei e, sem hesitação, ela lançou um raio. Um grito de agonia cortou a noite, e então fez-se silêncio do lado de fora das muralhas.

Mas o mesmo não se repetiu atrás de nós.

Vários telhados tinham sido consumidos por labaredas, e a fumaça formava uma nuvem sufocante sobre Hrafnheim. Se o fogo se alastrasse, as pontes teriam que ser abaixadas para permitir que as pessoas fugissem do incêndio. Só que isso significaria enfrentar qualquer que fosse a ameaça que espreitava no escuro.

— Vão! — gritou Skade para os guerreiros. — Peguem água! Apaguem as chamas!

Hesitei, depois saí correndo, Tora ao meu lado.

— É o Snorri, mesmo? — perguntou ela, enquanto corríamos para coletar água dos barris de chuva. — Conseguiu avistá-lo?

Fiz que não com a cabeça, com um desconforto que não tinha nada a ver com o fogo que azedava meu estômago. Algo naquilo tudo não parecia certo.

Cada um de nós pegou dois baldes de água, então corremos de volta para onde as chamas estavam mais altas. A fumaça era sufocante, mas Harald subiu no telhado da casa mais próxima ao fogo, um pote de tinta e um pincel em mãos, pintando proteções nos juncos para evitar que pegassem fogo, tossindo e sufocando, lágrimas escorrendo pelo rosto.

A culpa ia se acumulando dentro de mim conforme eu jogava água na pior parte do incêndio. Se aquele fosse, de fato, um ataque de Snorri, todas as perdas que Hrafnheim tivesse naquela noite cairiam sobre meus ombros, porque minhas decisões o haviam levado até ali.

Todo o povo de Hrafnheim trabalhava junto para extinguir as chamas. Seis casas tinham sido reduzidas a cinzas já ensopadas, os ex-donos olhando com tristeza para o que restava dos próprios pertences. Harald dispensou Volund quando o curandeiro tentou tratar sua tosse, exigindo que o homem fosse cuidar dos indivíduos com queimaduras.

Tudo em volta era tristeza, escuridão e medo, mas com o ataque terminado e as proteções de volta no lugar, segui para o grande salão.

Mas encontrei-o vazio.

— Onde está todo mundo? — perguntei a um guerreiro que passava.

— No porto — respondeu ele. — Fugiram por medo de que o salão fosse queimar.

Uma escolha inteligente, mas eu ainda sentia um formigamento de terror enquanto seguia naquela direção. O ar estava pesado com o cheiro de cinzas, e as ruas, barulhentas de tosses e choros, a escuridão parecendo nos oprimir. O cais estava lotado, e a corrente do porto havia sido abaixada durante preparações para a fuga do incêndio. Procurei na multidão pelos cabelos claros de Freya, mas não consegui encontrá-la em lugar nenhum.

— Freya! — gritei. O medo já se transformava em pânico. — Freya!

Tora apareceu.

— Onde está Freya? — perguntei. — Não consigo encontrá-la.

— Da última vez que a vi, estava no grande salão. — Ela limpou o suor da testa. — Só pode estar em algum lugar de Hrafnheim. As pontes estão levantadas.

Os esforços empreendidos nos incêndios se voltaram, então, para procurar por Freya. O nome dela ecoava pela cidade, e Harald ordenou que os lobos também ajudassem na busca, mas a cada minuto que passava, minha esperança de que a encontraríamos ajudando em algum canto da fortaleza diminuía.

— Skoll e Hati estão dizendo que ela foi até o porto — disse Harald, depois se curvou, tossindo.

— Bom, não é mais onde ela está! — Passei os olhos pelas águas escuras, tentando avistar qualquer coisa nas corredeiras do Rimstrom.

— Será que ela se esconderia? — perguntou Harald.

— A Nascida do Fogo não se esconde — falei. E se ela tivesse caído na água? Ou sido empurrada? — Freya!

Então Skade surgiu no meio da multidão, arrastando um velho pelo braço.

— Esse homem disse que o barco dele sumiu. Ela deve ter aproveitado a oportunidade para fugir.

— Ela não faria isso — rebati. Eu ainda me lembrava bem da minha última conversa com Freya. Fugir era a última coisa que ela tinha em mente. Ainda assim, não havia como negar que os dois lobos estavam na beira do cais, os olhos amarelos fixos no Rimstrom.

— Eu vi quem pegou o seu barco — afirmou uma voz baixa. Era o garoto que eu resgatara durante o ataque e depois mandara para o grande salão. — Foi um estranho carregando a esposa doente. Ele disse que a fumaça a estava matando.

Não.

— Não foi ataque coisa nenhuma — resmungou Harald. — Foi uma distração.

O terror se acumulou dentro de mim junto com uma raiva cruel de mim mesmo porque eu poderia ter evitado isso.

— Ele a pegou de volta.

25
FREYA

— O QUE FOI ISSO? — perguntei a Tora, porque Una tinha desmaiado. — O que está acontecendo?

— Os guardas das muralhas sinalizaram um ataque.

Senti o coração acelerar, o terror se acumulando aos poucos em meu estômago.

— Snorri?

— Ainda é cedo demais para ele ter conseguido movimentar um exército pelo estreito — disse Tora, franzindo a testa.

— Então quem? — Senti o suor deixando minhas mãos escorregadias quando segurei o cabo da espada. — Islund? Vieram em busca de vingança?

Tora se limitou a balançar a cabeça, não em negação, mas perplexidade.

— Ninguém ataca Hrafnheim.

Abri a boca para argumentar que ficara bem óbvio que alguém atacava quando Harald entrou correndo no salão. Eu não havia percebido que ele não estivera ali até aquele momento.

— Estamos sendo atacados! — O pânico brilhava em seus olhos. — As proteções de Hrafnheim foram derrotadas. Guerreiros, às muralhas!

Não houve hesitação entre os nordelandeses. Aqueles que podiam lutar correram para fora do grande salão, e aqueles que permaneceram, principalmente crianças e idosos, aglomeraram-se em silêncio.

— Tora, vá encontrar Bjorn na muralha — ordenou Harald ao se aproximar. — Estão atacando com fogo e vão incendiar Hrafnheim inteira se não forem detidos.

Tora saiu correndo do salão.

— Harald, quem está atacando? — Segurei o braço dele e o puxei para impedir que fosse embora. — É Snorri?

— Não sei. — A expressão dele era severa. — Mas é melhor que fique longe das muralhas, Freya. Se Snorri estiver lá fora, basta um comando dele e você seria forçada a se voltar contra todos na fortaleza.

Senti as mãos geladas. Como era possível que aquilo estivesse acontecendo? Como era possível que Snorri já estivesse ali?

Perguntas que eu não tive chance de fazer, pois Harald já estava correndo para fora do grande salão para defender seu povo.

Ninguém me impediu quando passei pelas portas e avistei telhados distantes consumidos pelas chamas. Flechas embebidas em piche flamejante caíam do céu sobre as construções mais próximas das muralhas, e o medo palpitou em meu peito porque eu sabia que as labaredas se alastrariam rapidamente sobre os telhados de palha. Seria apenas questão de tempo até Harald ser obrigado a abaixar as pontes levadiças para as pessoas fugirem da fumaça e do fogo. Fosse Skaland, Islund ou qualquer outro desconhecido esperando na floresta, estavam ali em busca de violência.

Uma névoa sufocante já preenchia o ar da noite, e tossi quando o vento a soprou em meu rosto.

— Estão atacando só a partir do oeste — disse uma voz ao meu lado, e quando me virei, descobri um homem parado a poucos centímetros de distância. Era barbado e musculoso, os braços desnudos cobertos de tatuagens retratando Fenrir. Já havia sido um guerreiro, mas não era mais, ao que parecia, pois segurava uma bengala desgastada e mancava bastante ao se mover para ter uma visão melhor do incêndio.

— Devemos ir para o lado leste da fortaleza — murmurou ele. — Para longe do fogo.

— E se eles atacarem daquele lado também? — Senti a pele arrepiar com a sensação de que uma estratégia estava sendo colocada em prática. — É melhor irmos para o porto, onde há uma chance de as pessoas escaparem de barco.

— Não temos barcos para todos.

— Então podemos nadar — falei, e me encolhi ao me lembrar da perna debilitada dele. — E deixar os barcos para quem não consegue.

O homem concordou, observando as labaredas cada vez mais altas.

— É melhor irmos até lá, então. — Quando ele se virou para voltar para dentro do salão e espalhar a notícia, tropeçou e quase caiu. Foi só por conta dos meus reflexos rápidos que ele não se esborrachou.

— Vou avisá-los — afirmei. — Melhor você já ir para o porto.

Correndo na direção do salão, gritei:

— As chamas estão se alastrando pelos telhados. É melhor irmos para o porto. Os que não podem nadar vão para os barcos e se preparem para ir até o Rimstrom se o incêndio não puder ser contido.

Gritos irromperam conforme a compostura dos nordelandeses começou a falhar. As crianças se agarraram aos seus avós, os rostos molhados de lágrimas. Todos ali corriam o risco de perder tudo, até mesmo a vida.

Se fossem Snorri e seus homens lá fora, toda a responsabilidade recairia sobre mim.

Talvez a visão de Saga já tivesse começado.

— O que ela está dizendo faz sentido! — Steinunn elevou a voz sobre o barulho. — Vamos para o porto!

Uma maré de pessoas saiu do grande salão, e senti validação em minha escolha porque muitos deles se movimentavam com uma lentidão dolorosa. Se esperássemos as chamas aumentarem, essas mesmas pessoas não conseguiriam se salvar, incluindo o homem que mancava.

— Sinto muito — ele me disse, tossindo. — Não consigo ir mais rápido, dama do escudo. Vá na frente com as crianças para protegê-las.

Mas eu também tossia, a fumaça queimando meus pulmões e meus olhos. Assim como tinha acontecido em Halsar na noite em que Gnut tinha atacado.

— Me deixe te ajudar.

Passei o braço dele sobre o meu ombro, minhas costas rangendo sob seu peso. Ainda assim, o homem conseguiu andar mais rápido com minha ajuda e me guiou por entre os caminhos sinuosos na direção do porto.

Estávamos quase chegando quando ele parou.

— Preciso descansar — falou, tossindo. Desamarrando o cantil de água de seu cinto, tomou um gole e então o entregou a mim. — Água.

Com gratidão, tomei vários goles. A princípio, senti apenas gosto de cinzas e fumaça, mas no quarto gole registrei alguma outra coisa na água. Algo amargo e desagradável.

Meu corpo ficou rígido.

O sorriso do homem foi mudando de gentil para cruel aos poucos, e ele se livrou da bengala e endireitou o corpo.

— Seu rei veio te buscar, Freya — disse ele, agora com um sotaque de Skaland. — Durma bem.

Cheguei a abrir a boca para invocar Hlin. Para invocar Hel. Mas minha língua não conseguiu responder ao pânico que gritava em meus pensamentos.

Meus joelhos começaram a ceder devagar e, conforme o guerreiro me segurava com os braços, tudo foi ficando escuro.

26
BJORN

— Skoll! — gritou Harald ao pular para dentro de seu drácar. — Hati! Aqui!

Os Innomináveis que estavam auxiliando na busca já entravam no barco e preparavam os remos. Pulei na embarcação com Skade ao meu lado. As cordas que nos atracavam haviam sido desamarradas, e em segundos já estávamos na rápida corrente do Rimstrom.

Mesmo assim, apesar de toda a nossa velocidade, ainda parecia que estávamos indo devagar demais.

Eles a haviam levado. Haviam levado Freya.

— Não podem estar muito à frente — gritou Harald. — Remem!

Os Inomináveis colocaram todo o peso nos remos, os capuzes pretos que usavam fazendo com que se misturassem à escuridão enquanto saíamos da área do porto de Hrafnheim.

O tocador de tambor batucava um ritmo rápido para motivá-los, mas em meio a tanto barulho, eu não escutava nada. Também não escutaria se Freya gritasse por socorro.

— Silêncio! — berrei para ele, e a mão do homem encapuzado ficou imóvel sobre seu tambor.

Quando a corrente do Rimstrom nos afastou da fortaleza, tudo ficou em silêncio. Os únicos sons eram a corrente do rio, o gemido do vento e os respingos leves dos remos acertando a superfície da água.

Fui até a frente da embarcação murmurando o nome de Tyr para clamar por meu machado de modo que pudesse iluminar o caminho. O Rimstrom era largo e profundo, mas ainda era traiçoeiro para quem não o conhecia bem. Rochas afiadas se projetavam das profundezas, mas nosso navegador desviava dos perigos com facilidade.

Percorri a escuridão à frente com os olhos, caçando qualquer sinal dela.

Harald se juntou a mim.

— Se o próprio Snorri está aqui, já pode ter transformado Freya em uma ameaça contra nós — disse ele calmamente. — Roubado o livre-arbítrio dela ao exercer controle sobre o juramento.

Rangi os dentes. Se eu a tivesse convocado a lutar e garantido que servisse a mim, isso talvez nem estivesse acontecendo.

— O livre-arbítrio de Freya pertence somente a ela.

— Assim esperamos. — Harald levantou os dedos e assobiou baixinho. Skoll e Hati contornaram os Inomináveis e apoiaram as grandes patas na beirada do drácar, a língua para fora.

— Nossos inimigos roubaram Freya de nós — disse Harald aos lobos, e ambos ficaram rígidos. As runas pintadas no pelo deles permitiam que compreendessem nossa língua de uma forma estranha, mas era ao meu pai que estavam vinculados.

Skoll retraiu a boca e rosnou, os dentes enormes brilhando à luz de meu machado. Hati inclinou a cabeça para trás e uivou, a raiva na voz do lobo ecoando a que eu mesmo sentia.

— Encontrem-na — ordenou Harald.

Os dois lobos saltaram pela lateral do barco e nadaram com facilidade até as margens opostas. Em instantes, estavam correndo em paralelo a nós, os focinhos ao vento.

— O que vai fazer se ela estiver sob o controle dele? — murmurou Harald.

— Matá-lo. — As palavras saíram como um rosnado. — Vou matar todos eles.

Ele acenou bem de leve com a cabeça, mas notei que olhou de novo na direção de Hrafnheim. Sabia que ele tinha medo de que, se Snorri estivesse controlando Freya, nosso povo talvez corresse perigo.

— Snorri não sabe o que ela é capaz de fazer — murmurei. — Não sabe sobre o sangue de Hel.

— Eu não teria tanta certeza. — Harald apoiou as mãos de ambos os lados da carranca do barco. — Prepare-se para o pior.

Eu não faria isso. Não conseguiria. Porque significaria que eu a teria perdido para sempre.

Das margens, um dos lobos uivou. Ergui o machado para projetar a luz mais longe, iluminando o pelo branco de Skoll. Ele estava ao lado de uma pequena embarcação que tinha sido arrastada até a margem do rio. O casco dela estava amassado, como se tivesse se chocado com uma pedra. Sem pensar duas vezes, pulei na água. Estava gelada, mas mal senti o frio enquanto nadava até o outro lado. Cambaleando, pendurei o corpo no barco e o virei.

Vazio.

Não, não estava vazio. A espada e o facão de Freya estavam na lama ao lado da embarcação. Eu os peguei, o medo fervendo em meu estômago, porque se ela tinha sido desarmada aqui, isso significava que a haviam incapacitado de alguma forma.

Skoll grunhiu para mim, depois correu vários passos na direção da floresta antes de parar.

— Ela está viva? — perguntei, mas o lobo se limitou a me encarar. Hati saiu correndo da água, parando para sacudir os pelos pretos.

— Encontrem-na! — ordenei a eles, e ignorando o grito de Harald vindo do drácar, segui os lobos na direção da escuridão da floresta.

27
FREYA

Minha mente espiralava por sonhos estranhos. Escuridão e chamas. O fedor do suor masculino e vozes cheias de medo.

— Acorde — sussurrou uma voz repleta de agonia.

Lutei pela consciência, mas ela me iludiu, e caí mais uma vez na escuridão. De repente, o cheiro de carne queimada encheu meu nariz.

— Acorde!

Quando consegui acordar, dei com os olhos verdes do espectro dardejando para dentro dos meus, a face dela uma ruína de carne tostada.

— Seu nome nasceu do fogo — disse ela, com brasas atrás de si. — Skaland vai ser unida sob o domínio daquele que controlar seu destino.

Então explodiu em cinzas.

Pisquei, aturdida, sem saber se estava sonhando ou acordada. Meu corpo balançava para cima e para baixo, o impacto contra meu estômago dolorido. Minha boca estava com gosto ruim, e, com um jato violento, esvaziei o conteúdo do meu estômago. O vômito queimava minha boca e meu nariz, e tosses fortes me atormentavam. Quem quer que estivesse me segurando me jogou de lado murmurando um palavrão.

Gritei de dor ao cair em um arbusto, os galhos arranhando meu rosto.

— Ela está acordada — sussurrou um deles com sotaque skalandês. — Silenciem ela! Silenciem ela!

Senti o terror pulsando em minhas veias e rolei para longe com as saias emaranhadas. Consegui ficar de quatro, embora a náusea ainda agitasse minhas entranhas. A escuridão me envolveu e tentei segurar minha espada, mas a bainha estava vazia.

— Hlin — pronunciei com dificuldade, e a magia cobriu meus dedos, iluminando a escuridão.

Assim como o rosto de meus sequestradores.

Reconheci de imediato o homem que tinha fingido mancar, mas os três companheiros dele me eram estranhos. Todos eram musculosos e estavam fortemente armados, guerreiros dos pés à cabeça.

Mas eu também era.

Conseguindo ficar em pé, falei:

— Vocês cometeram um grande erro.

À luz de minha magia, o medo deles ficou óbvio, mas os homens permaneceram firmes.

— Você vai ser devolvida para o seu rei — disse aquele que havia me enganado. — Mostre lealdade a sua nação e venha sem discutir.

Essa era a confirmação de que Snorri os havia enviado. Qualquer esperança que eu ainda tinha no coração desapareceu. O futuro que Saga havia previsto estava chegando mais rápido do que qualquer um de nós acreditava ser possível.

Balancei a cabeça.

— Não vou a lugar nenhum com vocês. Minha lealdade é a Skaland, mas Snorri não é meu rei. Podem ir embora agora e os deixarei vivos.

Uma ameaça aparentemente vazia, visto que eu estava desarmada.

Mas nem todas as armas eram feitas de aço. Não pude deixar de reparar como não hesitei em colocar em xeque meus próprios votos de não usar minha magia ao me ver ameaçada. O nome de Hel e o poder dela já subiam por minha garganta, suprimindo meu medo.

Eu conseguia sentir o cheiro do suor deles. Ver a forma com que suas gargantas se moviam quando engoliam. Ainda assim, em vez de correr, trocaram olhares e começaram a me cercar. Abaixei o corpo e vasculhei o arbusto até minhas mãos encontrarem um graveto. Ele era tão fino que teria quebrado com um único golpe, mas eu o cobri com minha magia.

Não estava mais desarmada, e estava na vantagem porque sabia, sem dúvidas, que eles haviam recebido ordens para não me machucar.

Eu não hesitaria.

Eu não queria condenar a alma deles, mas não teria remorso algum em matá-los e deixar que os deuses decidissem o destino final que mereciam.

Cambaleando para que acreditassem que eu ainda estava incapacitada devido ao que tinham usado para me drogar, ataquei sem aviso. Meu graveto brilhante desceu e acertou o pescoço de um homem.

Ele gritou e cambaleou para trás, mas eu já girava o corpo para encontrar as mãos que tentavam me segurar.

Ossos se quebraram quando dedos atingiram minha magia, o poder de Hlin jogando o homem para longe.

Perdi o fôlego de repente quando o peso do terceiro homem me atingiu. Caí de cara na terra, o graveto escapando de minha mão.

Contorci o corpo, tentando sair de baixo dele ao mesmo tempo que lutava para que o ar entrasse em meus pulmões, mas o homem tinha o dobro do meu tamanho. As mãos grossas imobilizaram meus pulsos e um joelho afundou em minhas costas.

— Pegue o coldre de água — resmungou ele. — Dê a ela mais uma dose.

Tentei gritar, mas um dos outros homens empurrou meu rosto na lama.

Condene-os.

Não, gritei em silêncio. *Não vou fazer isso!*

Mas eu não conseguia respirar. Não ia conseguir escapar enquanto eles puxavam meus braços para trás das costas e marcavam a pele de meus pulsos com cordas ásperas.

Condene-os a mim.

Não!

O mundo girava em escuridão e medo, o nome de Hel surgindo em meus lábios conforme as mãos ásperas dos homens manejavam meu corpo.

Recupere o controle.

Eu não queria fazer isso. Não queria usar o poder dela. Mas não conseguiria me livrar deles de outra forma, e se me devolvessem a Snorri, qualquer chance de mudar meu futuro estaria perdida.

Um deles levou a mão à lama e apertou meu nariz, depois os outros me viraram. Tentei puxar o ar, mas engasguei quando jogaram água em minha boca aberta.

Amaldiçoe-os.

Lágrimas escorriam por minhas bochechas, e já conseguia sentir o gosto do nome de Hel em minha língua.

Mas então senti sangue espirrando em meu rosto.

Meu corpo tremeu quando olhei para a lâmina do machado em chamas sendo projetado por entre os olhos do meu sequestrador. O crânio dele estava quase partido ao meio.

Bjorn. O nome dele substituiu o de Hel em meus lábios e gritei.

— Bjorn, estou aqui!

O homem moribundo me encarou chocado, cambaleando para a frente e em seguida desmoronando.

Berrei quando a lâmina em chamas caiu, o calor familiar e assustador.

O machado desapareceu pouco antes de chegar perto do meu rosto. O crânio partido do homem caiu para os dois lados, o peso morto de seu corpo me prendendo no lugar.

Botas batiam no chão e meus ouvidos foram inundados por rosnados de lobos. Gritos de homens.

Eu me debati, tentando sair de baixo do homem morto, mas com os pulsos amarrados era impossível. Coloquei, então, os calcanhares no chão e tomei impulso, empurrando-o de cima de mim.

Rolando de joelhos, cuspi o gosto de sangue ao mesmo tempo que vi sombras se movendo.

Os lobos estavam destruindo dois dos homens, e os gritos que eles soltavam eram estridentes e terríveis.

E a forma familiar de Bjorn estava agachada sobre a última sombra, os punhos golpeando repetidamente, os ossos estalando sob seus golpes.

— Bjorn. — Minha voz saiu quase como um sussurro. Engolindo em seco, gritei. — Bjorn, pare! Ele já está morto!

Ele ficou paralisado, virando a cabeça em minha direção. Embora estivesse escuro demais para enxergar seu rosto, senti a fúria que o dominava.

— Freya? — A voz dele era áspera.

— Sou eu.

Dentro de um segundo, Bjorn já estava com os braços ao redor de mim e me puxava para perto.

As mãos dele procuraram por meus pulsos atados, desamarrando a corda.

— Você se machucou?

Minhas entranhas se retorceram com a adrenalina não gasta ao pensar em quanto Snorri havia chegado perto de me capturar de volta. E o quanto eu havia chegado perto de clamar pelo nome de Hel.

— Não.

Mas essa resposta pareceu mentira.

Enterrei o rosto no pescoço dele, agarrando suas roupas antes de encontrar a pele descoberta de seus braços. Senti-a quente sob minhas palmas geladas quando o segurei pela curva rígida do bíceps, sem muita vontade de colocar em palavras o quanto havia chegado perto de quebrar a promessa que tinha feito a mim mesma.

— O ataque foi só uma distração para sequestrar você. — Uma das mãos dele foi parar em minhas costas, emaranhada em meus cabelos. — Se eles tivessem conseguido te levar, ele… — A voz de Bjorn falhou. — Sinto muito, Nascida do Fogo.

Senti as desculpas dele como um peso ao redor do pescoço, puxando meu corpo cada vez mais para baixo, porque tudo o que acabara de acontecer era uma amostra dos lugares aonde teríamos que ir se quiséssemos chegar ao fim. Das coisas que eu precisaria fazer. E não pude deixar de imaginar quem nós dois seríamos quando isso tudo acabasse.

Skade chegou na clareira, seu arco projetando uma luz assustadora sobre o chão da floresta. Harald apareceu um instante depois, ofegante.

— Freya? Ela se machucou?

— Estou bem. — Me desvencilhei dos braços de Bjorn e me levantei, esperando que eles não vissem o tremor em meus joelhos. — Aquele ali me enganou. — Apontei para o homem cujo crânio estava partido ao meio. — Colocou alguma coisa na água que bebi e me fez perder a consciência. Só acordei quando já estávamos bem longe de Hrafnheim. Eles disseram… — Minha voz ficou áspera, então engoli em seco e me lembrei do rosto do espectro, mas sem saber ao certo se tinha sido sonho ou realidade. — Disseram que eu seria devolvida ao meu rei. Mas não reconheci o rosto de ninguém.

— Chegaram a dizer se Snorri já está em Nordeland? — perguntou Harald.

Balancei a cabeça em negativa.

— Mas me chamaram de traidora de Skaland.

— Então é só questão de tempo. — Harald chutou uma pedra, praguejando. — Skade, você reconhece o rosto de algum deles?

— Que rosto? — O tom da caçadora era azedo. — Esse aqui está partido em dois e aquele ali não passa de um amontoado de carne. Aqueles dois — ela apontou ao longe, de onde o som de carne rasgada chegava audível até nós — já estão no estômago dos seus animaizinhos de estimação.

Bjorn se levantou, secando o rosto com o dorso da mão e deixando manchas de sangue no processo.

— As tatuagens dele são skalandesas — disse ele, abaixando o corpo e erguendo o braço do homem que tinha me enganado, depois o segurando junto ao próprio braço tatuado para comparar. — Dá para ver pelo padrão dos nós celtas.

Concordei, mas uma vez mais meus olhos acabaram sendo atraídos para as tatuagens de Fenrir, achando algo familiar nelas. Quando Hati se aproximou e começou a lamber o sangue de minha mão, falei:

— Sinto que já vi essas tatuagens em algum lugar.

— Provavelmente já viu. — Skade cuspiu no homem morto. — Os homens sempre escolhem as mesmas coisas. Bjorn também tem Fenrir tatuado na bunda, talvez tenha sido aí.

Minha mandíbula ficou tensa.

— Você só está com inveja — disse Bjorn, tentando limpar o rosto novamente, embora não fosse conseguir se livrar do sangue sem água. — Eu lembro muito bem que você desmaiou quando o artista te mostrou as agulhas, e sua pele foi então amaldiçoada a continuar tão branca quanto leite, Skade.

Ela olhou feio para ele, a luz dourada de seu arco refletindo nos olhos.

— O que disseram para Freya já prova que fazem parte do exército de Snorri — concluiu Harald. — Ele sabe que ela está aqui e não vai demorar muito para descobrir que a tentativa de sequestro fracassou. Snorri não é bobo. Não vai tentar usar o mesmo artifício duas vezes, então acho que da próxima virá com mais força. Guthrum e Kaja devem trazer notícias em breve, mas não acho que vai demorar muito para Skaland atravessar o estreito.

Ele olhou dentro dos meus olhos, esperando. Entregando a mim o controle total, arriscando tudo, uma fé inabalável de que eu representava uma salvadora, e não uma praga.

Puxei o tecido da saia para cima.

— Estou cansada de ficar esperando sentada pelas coisas acontecerem. Ao amanhecer, navegaremos pelo Rimstrom e atacaremos. É hora de mandar Snorri para Hel.

28

FREYA

O RESTANTE DA NOITE FOI CONSUMIDO em preparativos que ficaram ainda mais frenéticos com a chegada de Kaja. Presa em suas garras havia uma conta de vidro vermelha e, ao vê-la, Harald sentou-se pesadamente sobre um banco.

— O que isso significa? — perguntei, embora já soubesse a resposta em meu coração. Qualquer oportunidade que poderíamos ter de atravessar o estreito e cortar o fio de Snorri na surdina tinha chegado ao fim.

A guerra já estava sobre nós.

Algo que Bjorn confirmou ao pegar a conta.

— A esquadra de Skaland está se reunindo. A conta vermelha significa que um ataque se aproxima.

Respirei fundo, mas o ar não pareceu chegar aos meus pulmões. Eu tinha guardado esperanças desesperadas de que seríamos capazes de colocar em prática nosso plano principal, que era velejar pelo estreito em segredo para que eu me aproximasse de Snorri a ponto de conseguir enviá-lo para Hel usando minha magia. Para terminarmos com essa história sem mais baixas. Esperanças vazias, mas às quais eu havia me apegado durante toda a noite.

— Não vou ter escolha além de tirar a alma dele no campo de batalha. — Olhei para a mesa cheia de pequenas estatuetas que delineavam o plano que Harald e eu tínhamos elaborado. — Avise os jarls e se prepare para zarpar.

— Pode deixar — respondeu o rei de Nordeland, saindo em seguida e deixando Bjorn e eu sozinhos no grande salão.

Era a primeira vez que ficávamos sozinhos desde aqueles poucos momentos na floresta. Embora estivesse presente durante todo o planejamento, Bjorn tinha permanecido em total silêncio. Eu sabia que era porque estava debatendo internamente as palavras que eu dissera a ele. Debatendo o que deveria fazer. E conforme o ar ficou denso de tensão a nossa volta, eu me permiti mais uma vez alimentar em meu peito a esperança de que ele daria o único passo que poderia garantir nosso sucesso. Que deixaria de lado os próprios escrúpulos e ficaria ao meu lado, do jeito que havia prometido que faria.

Ainda assim, quando meus olhos encontraram os dele, bem verdes, percebi que essa esperança era igualmente vazia.

— Sei que foi obrigada a escolher entre duas opções terríveis, Freya — disse Bjorn. — E me arrependo de não ter agido antes para te poupar disso, mas o que já aconteceu não pode ser desfeito. Snorri e Ylva colocaram uma coleira em você e, gostando ou não disso, está dentro do meu poder arrancá-la das mãos deles. Assumir o controle de suas vontades para te proteger e para que ele não te use como instrumento para conquistar os próprios objetivos.

— Mas você não vai fazer isso — falei, sem vontade de prolongar aquela explicação quando tudo o que importava era a decisão final.

— Não vou. — Ele soltou o ar por entre os dentes. — Já te manipulei com mentiras antes, Freya, e me arrependo muito disso. Sinto que se assumisse o controle de suas vontades, estaria repetindo meu erro, só que de forma ainda pior, e não quero fazer isso com você.

— Você quer dizer *por mim*? — Finquei as unhas nas palmas. — Não fique aí fingindo que está tomando a decisão correta, Bjorn, porque é a forma mais pura de egoísmo.

Dando meia-volta, saí do grande salão e encontrei Harald do lado de fora. Ele deu uma olhada em meu rosto e disse em seguida:

— Então ele ainda se recusa a assumir o controle? — A meu pedido, Bjorn tinha explicado a Harald que talvez fosse capaz de me controlar por meio do juramento, assim como Snorri. E embora Harald o tivesse pressionado a exercer tal poder, Bjorn não havia sido mais influenciado por ele do que tinha sido por mim.

— Sim. — E a recusa em fazer isso por mim parecia a maior das traições.

Harald balançou a cabeça com severidade.

— Não podemos obrigá-lo. Ele precisa querer te controlar. Precisa que isso queime em seu coração com uma ferocidade maior do que queima no de Snorri, porque, não se engane, *vai* acabar virando uma disputa de vontades entre os dois se chegarmos a este ponto. — Ele hesitou, depois acrescentou: — Todas aquelas vezes em que resistiu a Snorri? Não foi sua vontade que permitiu que fizesse isso, mas a de Bjorn. Vai ser difícil resistir a Snorri sem ele.

— Mas não impossível. — Aceitei as bolsas que os criados me entregavam e esperei até estarem a uma distância em que não podiam mais ouvir antes de continuar: — Vamos seguir conforme o planejado, Harald. Encontramos a esquadra de Snorri no estreito e, assim que eu o avistar, vou amaldiçoar a alma dele ao domínio de minha mãe. Com sorte, a morte de Snorri vai romper a união dos jarls que velejam em sua esquadra, mas se isso não acontecer, seus guerreiros vão lutar. Não vou usar a magia de Hel contra todos eles, ficou claro?

— Ficou. — Harald bateu palmas, chamando Skoll e Hati, mas os lobos passaram direto por ele para se colocarem ao meu lado, Hati lambendo minha mão. Harald franziu o cenho, mas disse: — Tenho fé em você, Freya, e quando chegar a hora, Nordeland vai ficar ao seu lado, mesmo que meu filho não fique.

A jornada para descer o Rimstrom foi rápida, a corrente do rio acelerando até a costa, onde os barcos dos jarls de Nordeland se reuniam para se defender do ataque de Snorri. Dormimos no barco e só paramos em algumas ocasiões para que Harald pudesse colher relatórios de cavaleiros ou mensageiros que viajavam rio acima. Todos acreditavam que era Harald quem estava no comando, mas as ordens partiam de mim. Harald era meu fantoche, embora parecesse confortável nesse papel.

Não tinha como não notar o medo nos olhos dos civis nordelandeses, porque me era dolorosamente familiar. Eu vira aquele mesmo medo nos olhos dos skalandeses, sentira em mim mesma quando haviam chegado notícias pelo fiorde de Selvegr sobre invasores no horizonte. Antes de minha magia ser revelada e eu ter sido envolvida nessa história, nunca pensara que houvesse outra razão para os invasores virem além do desejo de *conquistar*. Conquistar riquezas, conquistar escravizados, conquistar vidas — eu achava que tudo tinha a ver com isso. Mas agora entendia que eram só as ferramentas das quais os jarls, reis e senhores da guerra dispunham para motivar os próprios guerreiros. Incentivos para os fazer lutar, porque a vitória dava àqueles líderes o que mais cobiçavam: poder. Tendo poder, todo o resto se tornava possível.

— O alerta já se espalhou por toda a costa — informou Astrid a Harald, os dois parados na margem do rio ao lado de um pequeno vilarejo, o povo reunido em volta. — Ao menor sinal de navios skalandeses, sabem que devem fugir para longe do mar.

— Mas não vão fazer isso. — Skade bocejou e limpou as unhas com sua flecha mágica. — Vão mandar as crianças e os velhos para longe do litoral; o restante vai ficar e lutar para proteger as casas e posses. Lutar e morrer. E as crianças e os velhos vão morrer em seguida, quando o inverno chegar e não tiverem ninguém para cuidar deles.

Eu detestava como ela estava certa.

Harald olhou feio para Skade.

— Não vai chegar a isso. — Levantando a voz, ele gritou: — Vamos proteger Nordeland do ataque! Vamos interceptar o exército skalandês no Estreito Norte e fazê-lo recuar ou se afogar sob as ondas!

A multidão vibrou, todos olhando para Harald com a absoluta certeza de que ele cumpriria a promessa que havia feito de protegê-los. Era esse o tipo de lealdade que só podia ser conquistado com ações, e não com palavras. Eu ainda não confiava plenamente nele, mas ficava cada vez mais difícil de negar que Harald era um bom rei. Caminhava em meio à multidão dando tapinhas nos ombros dos homens, cumprimentando as mulheres, sorrindo para as crianças e admirando os bebês.

Steinunn o observava, os olhos brilhando de lágrimas não derramadas.

— Deve ser difícil ouvi-lo dizer essas coisas, sendo que sua família não foi protegida — falei, calmamente.

— É o contrário. — A escalda entortou o canto da boca para cima. — Harald levou a sério o que aconteceu comigo e, desde então, vem fazendo todo o possível para proteger todas as almas sob seu governo. Não é infalível, é claro, e Nordeland ainda sofre um ou outro ataque, mas acho que não existe nenhum outro lugar onde se possa viver e se sentir tão protegido. Sinto todos os dias a dor do que perdi para Snorri e seus invasores, mas é um consolo saber que as mortes do meu marido, do meu filho e dos outros moradores do meu vilarejo fizeram algum bem. Que eu fiz algum bem, porque o fato de Harald me considerar como sua família garante que ele nunca se esqueça da dor que senti ao perder a minha.

— Sinto muito, Steinunn — respondi, sabendo que tinha uma dívida com ela ao dizer aquelas palavras. — O que eu falei quando você me contou sobre a morte de sua família foi cruel. Eu me arrependo de minhas palavras.

— Você foi usada, Freya, e em retrospecto, vejo que sua raiva se devia menos a mim e mais às circunstâncias em que se encontrava. Fui dura demais com você em minhas palavras também. — Steinunn abaixou o corpo para passar os dedos pela água do Rimstrom. — Harald é imperfeito, assim como todos os homens, mas a relação hostil entre Nordeland e Skaland é mais velha do que nós todos. Dois povos que tiraram tanto um do outro. No entanto, os objetivos de Snorri vão além de ataques e pequenas brigas entre clãs. Ele quer guerra, quer vingança contra Harald por tentar lhe negar seu destino, e faço o que for preciso para evitar que essa dor seja infligida ao meu povo.

Mexi na beirada do meu escudo de prata, que estava fixado na lateral do drácar. Por necessidade, havíamos mantido meu plano em segredo, e da mesma forma que acontecia com meus juramentos, eu ficava em silêncio. De canto de olho, dava para ver Bjorn sentado na outra extremidade da embarcação. Não estávamos nos falando, e não fosse pelo fato de que deixá-lo para trás seria o mesmo que abandonar minha espada, eu já o teria largado só para manter distância. Porque toda vez que olhava para Bjorn, tudo o que sentia era raiva.

Harald se despediu dos moradores do vilarejo e voltou para o drácar.

— Vamos deter Snorri — disse ele para Steinunn e para mim. — E quando fizermos isso, acredito que haverá uma chance verdadeira de paz entre nossas nações. Uma chance de Nordeland e Skaland se unirem de uma forma jamais vista.

Uma causa pela qual valia a pena lutar. Se minha sina era mudar o destino das duas nações, então a paz era uma tapeçaria que eu esperava tecer.

— Quanto falta para chegarmos à costa?

— Algumas horas — respondeu ele. — Mas sugiro que não nos demoremos. Como você disse, Freya, se pudermos manter a batalha no mar, então o único custo será para aqueles que vieram lutar.

A ansiedade se acumulou como veneno em meu estômago; por mais que aquela estratégia tivesse sido minha, pensar numa batalha no estreito me aterrorizava. Enfrentar não apenas a ameaça de flechas, lâminas e punhos, mas também a ameaça de cair no mar ou de o barco afundar. A ideia de ficar à deriva, agarrada a tábuas quebradas sem nenhuma chance de resgate, me arrepiava inteira. Apesar de que, na verdade, considerando a cota de malha que eu estava usando para me proteger de flechas e lâminas, talvez só afundasse sob as ondas e me afogasse.

— Como se luta no mar? — perguntei a Harald, pois embora nosso plano fosse evitar a batalha a todo custo, ela ainda tinha chances de acontecer.

— Depende do objetivo. — Ele coçou o pescoço de Skoll, mas o lobo se mexeu para pousar a grande cabeça em meu colo. Desde a noite de meu sequestro, os lobos não saíam de perto de mim. — Normalmente, a ideia é capturar o máximo de embarcações possível, então o que faríamos seria entrar nos navios inimigos e lutar para matar todos a bordo, ou pelo menos jogá-los na água. Conquistar navios skalandeses me traria vantagem no futuro. No entanto, nas atuais circunstâncias, acho que vamos tentar afundar as embarcações com fogo e raios e deixar que o mar faça a maior parte do trabalho por nós. Com sorte, quando perceberem que estão sofrendo baixas demais, vão recuar.

— Com sorte, não haverá quase luta — falei em voz baixa. — Assim que Kaja me mostrar onde Snorri está, vou invocar a magia de Hel.

— Snorri deve saber que ele é nosso objetivo, porque sem dúvidas compreende o desejo que move você de se livrar do juramento que fez — disse Harald, logo depois de conferir se Steinunn estava distraída pela conversa com Skade. — Além disso, Snorri não é bobo. Vai garantir que estará cercado pela própria esquadra.

— Se tivermos que lutar para chegar perto dele, vou invocar a magia de Hlin para proteger nosso barco — falei com confiança, apesar de me lembrar de como tinha sido difícil proteger todo mundo quando atacamos Grindill. Como um tropeção tinha me desconcentrado e custado a vida de vários guerreiros. — Não vão conseguir embarcar no nosso barco, e aí só vamos precisar manobrar até que ele esteja em meu campo de visão.

— Snorri precisa estar em seu campo de visão? Ou só nas imediações?

— Você presenciou o que acontece quando uso a magia de Hel sem um foco. Todo mundo nas proximidades é levado pelas raízes. Preciso que ele esteja em meu campo de visão para poder garantir que seja o único levado por Hel.

— Então sugiro que Bjorn fique perto de você. — Harald manteve um olho cuidadoso em Steinunn para assegurar que ela não estivesse ouvindo. — Se você por um acaso não conseguir mais lutar por conta dos vínculos de seu juramento, ele vai ser o único capaz de te avisar que não está no controle.

Bjorn também era o único que podia fazer algo a respeito, mas mantive essas palavras para mim enquanto Harald continuava.

— Se seu plano começar a desandar, vamos ter a opção de recuar e tirar você da batalha — disse ele. — Meus guerreiros e os Sem Destino vão lutar com eles até que recuem.

Em uma batalha sangrenta que tingiria o estreito de vermelho.

— Confio em você, Freya — declarou Harald. — Ambos desejamos poupar vidas. Espero que vençamos com uma estratégia inteligente em vez de um derramamento de sangue sem sentido.

A voz dele estava cheia de confiança, mas minha pele se arrepiou com a certeza de que, independentemente do que fizéssemos, de como lutássemos, muitos morreriam. O drácar ficou em silêncio ao descermos o rio, o único som sendo o da batida dos remos na água enquanto os Inomináveis remavam para nos conferir mais velocidade.

Acabei caindo no sono com a cabeça apoiada na lateral da embarcação e fui acordada pelo cheiro do mar, pelo grasnar das gaivotas e pelo estrondo das ondas batendo na costa de Nordeland. Meu coração apertou quando dobramos uma curva do rio e o cinza implacável do Estreito Norte foi revelado. Nele, flutuavam embarcações de todos os tamanhos. Eu sabia que Nordeland estava preparada, mas não deixou de ser chocante o fato de Harald ter reunido uma força tão grande assim tão rápido. A nação devia estar constantemente pronta para ser convocada para a guerra.

Nosso drácar aportou quando chegamos à foz do rio, e Harald saltou para fora e andou na direção de um grupo de homens e mulheres que esperavam em um campo que havia se formado. Tora e Skade o seguiram, mas Bjorn permaneceu ao meu lado enquanto descíamos.

— Os jarls nordelandeses — disse ele. — Todos se ajoelharam e juraram lealdade a Harald.

— São muitos — sussurrei, pois havia pelo menos uma dúzia deles, todos ouvindo a explicação urgente de Harald sobre o que estava para acontecer. Então todos os olhos se voltaram para mim, e eu soube que meu papel na batalha finalmente tinha sido explicado.

Fiquei me perguntando se Harald havia revelado minhas limitações. Se tinha lhes dito que existia uma chance de Snorri ser capaz de me forçar a me voltar contra eles e matar todos. Dada a confiança que vi em seus rostos, presumi que não.

Asas bateram sobre mim e sorri ao reconhecer Kaja. Ela desceu e pousou em meu braço estendido, afundando as garras no couro da proteção. Guthrum se aproximou do outro lado da praia e levantou a mão em saudação.

Harald deu algumas instruções finais aos jarls, muitos se direcionando a embarcações atracadas na praia. Ele avistou Guthrum e se apressou para chegar até nós ao mesmo tempo que seu espião.

— Snorri já zarpou — disse Guthrum. — Todos os jarls de Skaland que conseguiram chegar a Grindill a tempo estão com ele. Acreditam que estão viajando numa missão de resgate de Freya. Snorri os convenceu de que você sequestrou ela e Bjorn, e que vai usá-la para se tornar rei de Skaland. Essa ideia os deixou em frenesi e estão vindo atrás de sangue.

— Meu velho amigo sempre levou jeito com as palavras — murmurou Harald baixinho. — Quanto tempo até eles chegarem à nossa costa?

— Com esse vento, chegam hoje à noite. — Guthrum inclinou a cabeça e olhou nos olhos amarelos de Kaja. — Snorri está vindo em seu drácar, de estandarte preto e verde.

— E quanto a Ylva? — perguntou Bjorn.

Guthrum inclinou a cabeça, travando uma conversa silenciosa com seu animal familiar.

— Kaja disse que ela ficou em Skaland com uma guarda pesada.

— Não tão pesada, dado que ele vai precisar dos melhores para a batalha — disse Bjorn. — Mande uma embarcação dar a volta na esquadra principal e sequestre Ylva, pai. Podemos não ter outra oportunidade como esta de libertar Freya.

Guthrum levantou uma das sobrancelhas com desconfiança, mas não exigiu explicação quando Harald olhou para mim.

— É o que você quer?

— Sim — respondi. — Mas Ylva não deve ser ferida a menos que não haja outra opção.

A menos que meu plano falhe.

— Vou transmitir essas ordens a um jarl em quem confio — prometeu Harald. — A seu comando, Freya, nós zarpamos. Como planejado, Tora, Skade, Guthrum e Bjorn vão velejar com você e comigo sob o poder de meus Inomináveis nos remos. Vamos dispersar o restante dos Sem Destino entre os jarls para ajudar, caso acabemos tendo que lutar.

— Faça isso. — Senti a garganta dolorosamente seca.

Harald ajustou o cinto com a espada, depois disse:

— Ao anoitecer, isso tudo já terá terminado. — Então foi para o meio das árvores, onde muitos dos jarls ainda se reuniam, seguido por Skade e Tora.

Brinquei com o cabo da espada, sentindo que deveria estar fazendo mais enquanto guerreiros e Inomináveis se movimentavam para garantir que nossas embarcações tivessem os suprimentos necessários. *Quantos deles vão morrer se esse plano não funcionar?*, não conseguia parar de me questionar. *Quantos skalandeses vão morrer na busca de Snorri por poder?*

— Acho que é um erro não tentarmos matar Ylva antes de entrarmos nessa de cabeça — falou Bjorn.

Eu me virei e o encontrei sentado na areia. Segurava um pedaço pequeno de madeira, que girou várias vezes nas mãos. — Se ela entrar no campo de visão de Skade, não vai demorar para morrer. De forma limpa. Aí você vai poder matar Snorri com uma lâmina, sem precisar usar os poderes de Hel.

— Harald está mandando alguém para sequestrá-la — murmurei. — Você ouviu a conversa.

— *Sequestrá-la*, não *matá-la*. — Bjorn jogou o pedaço de madeira na areia. — Entendo que você não quer matá-la, que não acha que Ylva merece a morte. Mas esse é o momento errado para deixar a moralidade guiar suas decisões. Centenas podem morrer se esse plano der errado e seu juramento não te permitir amaldiçoar Snorri. Com ela morta, não há espaço para incertezas.

— Não muda muita coisa se a matarmos ou não — retruquei. — Snorri já deve estar na metade do estreito a essa altura. O que propõe que a gente faça? Que a gente peça para ele esperar sentado enquanto matamos a adorada esposa dele para que fique mais fácil derrotá-lo?

— Poderíamos tentar negociar. Ganhar tempo em mar aberto para Skade fazer o que faz de melhor. — Ele se levantou. — Snorri não é assim tão fanático a ponto de jogar fora inúmeras vidas quando existe uma chance de que consiga o que quer através da barganha. Vale a pena colocar uma bandeira branca em um mastro e tentar enrolar enquanto nos livramos de Ylva.

— Negociar de má-fé?

— Sim. Não deixe a honra tomar decisões por você senão vai acabar no túmulo.

Quando não respondi, ele disse:

— Se não a matar, então pelo menos deixe Skade ou Tora fazerem uma tentativa de matar Snorri de longe.

— Sua mãe disse que tem que ser eu. Pode até não confiar no Pai de Todos, mas eu confio. E Harald também.

Bjorn fez cara de indignação.

— Esse plano é loucura, e não entendo por que Harald concordou com ele. Há formas mais fáceis de matar Snorri. Formas mais limpas.

— Tem que ser Freya.

Com um susto, eu me virei e encontrei Saga se aproximando. Ela estava vestindo calças e uma túnica em vez dos vestidos soltos de sempre. Os cabelos pretos estavam presos em uma trança e um facão estava embainhado em sua cintura.

— O Pai de Todos diz que tem que ser Freya — disse Saga. — Eu vi, Bjorn. Por que insiste em discutir?

— Porque não faz o menor sentido! — gritou ele, e a veemência em sua voz me fez dar um passo para trás. — Há inúmeras formas melhores de nos livrarmos de Snorri, mas por causa de uma visão que você teve, vamos tentar a mais ilógica. — Ele chutou a areia. — Eu devia ter te ignorado e o matado eu mesmo, porque os deuses sabem que teria sido *fácil pra cacete*! Ainda assim, fui obrigado a ouvir e agora me vejo obrigado a colaborar com uma estratégia maluca que não faz sentido para ninguém!

— O que está querendo dizer com isso, Bjorn? — perguntou Saga. — Está acusando o Pai de Todos de *mentir*? Ou só negando a sabedoria dele?

— Estou dizendo que isso não me parece lá muita sabedoria. — Os músculos da mandíbula de Bjorn estavam protuberantes na pele já queimada de sol. — Parece que somos peças em um joguinho que ele está fazendo só por diversão. Que tudo o que estamos fazendo é uma grande piada. Entenda como quiser.

— Sacrilégio! — sussurrou Saga, e levantou a mão como se fosse lhe dar um tapa. — Não consigo acreditar que meu próprio filho está blasfemando contra o grande Odin. Não está colocando em risco apenas seu lugar em Valhalla, mas arriscando a vida de todos ao tentar desviar Freya das orientações do Pai de Todos.

— Estou tentando afastá-la dessa maluquice. Estou tentando afastar *todos vocês* dessa maluquice!

— Talvez Bjorn tenha certa razão. — Me coloquei entre eles antes que a discussão piorasse. — Talvez isso seja um jogo planejado pelos deuses. Uma forma de fazer todos nós dançarmos para diverti-los. Mas só significa que *vamos precisar* dançar.

— Ninguém tem como ter certeza disso. — Saga cruzou os braços. — Tudo o que sei é que o Pai de Todos nunca me enganou antes.

— Façam o que quiserem. — Bjorn cruzou os braços, olhando com raiva para a mãe também. — Eu já disse o que queria.

A tensão era terrível e, para apaziguá-la, perguntei:

— Saga, por que está aqui?

— Decidi ir com vocês.

— Não acho que seja uma boa ideia — murmurou Bjorn, e fiquei inclinada a concordar. — Você não é guerreira e basta uma flecha perdida para Snorri terminar o que começou todos aqueles anos atrás.

— Meu fio está vinculado ao de Freya — respondeu ela. — É meu dever presenciar isso até o fim.

— Harald nunca vai concordar com isso — comentou Bjorn, procurando pelo rei de Nordeland na praia cheia de guerreiros. — Ele dá muito valor a você para correr esse risco.

Saga estreitou os olhos.

— Harald *não* decide o que eu faço ou aonde vou. Vai concordar com minha escolha de velejar com vocês. E talvez você acabe descobrindo que eu não sou assim tão inútil quanto pensa, meu filho.

Bjorn olhou para o céu, mas senti que a irritação dele escondia um medo de não conseguir protegê-la. De ela perder a vida devido a um plano que ele claramente não apoiava.

— Você teve mais alguma visão? — perguntei. — Alguma coisa que possa nos ajudar a vencer essa luta?

— Não — respondeu Saga. — O que me faz presumir que nada mudou. Mas se sairmos vitoriosos hoje, acredito que o Pai de Todos vá me conceder um vislumbre do futuro pelo qual lutamos. — O lábio dela se curvou. — Mesmo que não passe de uma recompensa por participar de seu jogo. Agora, se me derem licença, pretendo encontrar meu marido e dizer a ele como as coisas vão funcionar.

Então Saga saiu para encontrar Harald.

Guerreiros puxavam barcos e o drácar maior para fora da praia e remavam para águas mais profundas, onde ainda mais embarcações aguardavam. A luz do sol reluzia no mar, projetando um brilho dourado nas proas curvadas dos barcos, muitas delas entalhadas com carrancas ferozes. Armas de todo tipo lampejavam a cada subida e descida de um barco sobre uma onda, e todos os escudos presos na lateral estavam pintados no azul de Nordeland. Uma esquadra de tamanho incrível, centenas e centenas de nordelandeses prontos para lutar. Movi os olhos para conferir o estreito, e embora eu soubesse que era impossível, quase conseguia ver a esquadra de Skaland, tão grande e poderosa quanto a outra, voando em nossa direção. Pisquei e as ondas ficaram vermelhas de sangue, corpos flutuando na espuma enquanto armas afundavam devagar em direção ao fundo do mar.

— Você ainda tem o poder de impedir isso — disse Bjorn. — Pode...

— Só me leve até perto dele para eu acabar com isso — interrompi. — Não vamos fingir que você tem qualquer outro papel nisso.

Bjorn balançou a cabeça e desviou os olhos, ambos entrando em um silêncio zangado até Harald aparecer. Ele saiu correndo em nossa direção, uma careta no rosto, e falei:

— Parece que Saga conseguiu o que queria.

— Sua mãe deixou claro como as coisas vão funcionar — disse Harald a Bjorn, como se tudo que estivesse acontecendo fosse culpa dele. — Não gosto disso, mas Saga nunca me levou para o caminho errado.

Ele fechou os olhos em busca de calma, pelo que parecia, depois acrescentou:

— Vou velejar em outro de nossos drácares com Skade e meus lobos. Tora vai ficar aqui com você e Bjorn, pois os raios dela podem ser vantajosos contra outros barcos. Eu… — Harald se interrompeu, balançando a cabeça. — Meu instinto me diz para te oferecer uma estratégia, mas Saga acredita que todas as decisões devem ser suas, Freya. Então só vou dizer uma coisa: saiba que Nordeland está ao seu lado. Não vamos abandonar você. Agora vou embora para não influenciar seu curso e arruinar tudo. Bjorn, mantenha sua mãe em segurança.

Então se afastou, deixando-me com Bjorn e Tora. A expressão dela era severa quando olhou para o mar, mas não deu nenhum sinal do que estava pensando. Fomos até o drácar de Harald, que estava cercado por seus escravizados. Os Innomináveis usavam os trajes pretos com capuzes de sempre, que ocultavam a maior parte do rosto. Nenhum deles estava armado, mas, se temiam o que estava por vir, não demonstravam. Recolheram o estandarte de Harald, azul com um lobo branco, e entregaram para um garoto que saiu correndo com ele, mas não vi para qual navio ele o levou. Os Inomináveis começaram a empurrar a embarcação na direção das ondas gentis.

Saga se juntou a nós, agora usando uma cota de malha por cima das roupas. Eu reconheci a cota como sendo de Harald; o rei de Nordeland obviamente se preocupava tanto com a segurança dela que estava arriscando a própria.

— Quanto mais demoramos, mais Snorri se aproxima. Se ele atracar nessas praias, o momento que eu previ acontecerá.

— Vamos embora, então. — Coloquei o máximo de confiança que pude na voz e em seguida entrei na água e subi no drácar. Os Inomináveis remaram por entre as ondas até mais para o fundo, hasteando a vela listrada de azul. O restante da esquadra fez o mesmo, e logo estávamos todos atravessando o estreito na direção de Skaland, Kaja na frente.

O silêncio se estendeu por minutos, depois horas, enquanto entrávamos em mar aberto. Chegou um ponto em que acreditei que tinha sido enganada. Que Skaland não estava prestes a nos atacar e que isso tudo tinha sido um artifício para me fazer lutar por Nordeland.

Mas de repente Saga gritou:

— Avistei a esquadra.

Com o coração na boca, eu me juntei a ela. O que vi tirou meu fôlego. A linha do horizonte estava tomada de navios. Dezenas deles, as velas um arco-íris de cores refletindo todos os clãs que tinham jurado lealdade a Snorri como rei. Mas no centro estava um grupo dos navios de Snorri, o estandarte preto e verde hasteado no alto.

— Estamos em menor número — disse Bjorn. — Se tivermos que lutar, existe uma chance de Nordeland perder.

Girando o corpo, olhei para nossa retaguarda, conferindo a esquadra de Harald. Era grande, mas Skaland era substancialmente mais populosa do que Nordeland, e isso acabava valendo de alguma coisa. Ainda assim, havia uma determinação no rosto dos nordelandeses. Aqueles guerreiros lutariam até o fim amargo, e diferentemente de Snorri, Harald tinha muitos Sem Destino a seu serviço armados de magia. Todos os anos que ele passara reunindo-os de várias nações tinham o potencial de representar a salvação de Nordeland se eu falhasse com eles. Mas, se as coisas se encaminhassem para tal destino, seria a mais sangrenta das vitórias.

— Guthrum — falei —, precisamos encontrar o navio de Snorri.

— Kaja está procurando — respondeu ele, e estremeci quando seus olhos ficaram do mesmo tom de amarelo da ave. — Ali. Ela o encontrou.

Os olhos dele voltaram a ser castanhos e ele ergueu a mão para protegê-los antes de apontar.

— No meio.

Levei um minuto, mas acabei vendo a pequena sombra de Kaja circulando sobre uma das embarcações skalandesas. A bandeira verde e preta de Snorri estava hasteada e, conforme se aproximava, deu para ver os detalhes da carranca familiar.

— Ele chegou — sussurrei, engolindo o medo que surgiu. Tinha parecido tão distante até agora, mas com Snorri quase dentro do meu campo de visão, o peso do que eu precisaria fazer ameaçou me derrubar.

— Me levem até onde eu consiga vê-lo. — Olhei para trás, notando que a esquadra tinha abaixado as velas, permitindo que avançássemos da forma como havíamos planejado. — Preciso conseguir enxergá-lo.

O Inominável que estava no leme não olhou para mim, mas o drácar virou, seguindo na direção da embarcação de Snorri. Saga saiu da proa para se sentar perto do mastro. Puxou o capuz do manto para obscurecer o próprio rosto e depois acenou para mim com a cabeça de maneira a me encorajar.

Já que as velas estavam sendo baixadas, os skalandeses colocaram remos na água e se aproximaram uns dos outros. Os Inomináveis fizeram o mesmo, o tocador de tambor tocando uma batida vigorosa e, atrás de nós, a esquadra de Harald ficando para trás. Fui para a proa do barco e fiquei na caixa de mar para garantir que estivesse visível para os skalandeses, com Bjorn ao meu lado. Minha esperança era que, em seu desejo de me possuir, Snorri tivesse transmitido a todos os guerreiros a mensagem de que eu não deveria ser ferida. Mas, para o caso de estar errada, segurei meu escudo de prata na mão esquerda, a magia já brilhando sobre ele.

— Onde ele está? — Vasculhei os rostos, caçando por Snorri ao mesmo tempo que a esquadra skalandesa deslizava ao nosso redor. — Guthrum, onde ele está?

Ele ergueu a mão para proteger os olhos.

— Está usando um elmo que cobre o rosto.

Finalmente avistei um homem barbado, a parte de cima da face obscurecida por um elmo. Gritava ordens e apontava em nossa direção. Bjorn murmurou o nome de Tyr e seu machado ganhou vida.

— Calma. — Eu não sabia se estava falando com ele ou comigo mesma. — Não queremos chamar atenção.

— Estamos cercados, Nascida do Fogo — respondeu ele. — Independentemente do que acontecer aqui, vamos ter que lutar se quiser sair viva dessa.

Snorri balançava os braços, acenando para que os guerreiros de seu drácar abaixassem as armas.

— O que ele acha que está acontecendo aqui? — Uma raiva repentina tomou conta de mim porque Snorri agia como se estivesse me resgatando. — Ele acha mesmo que vai conseguir me capturar viva? Que vou ficar satisfeita em viver sob seu controle? Que Harald está só... só me entregando?

— É isso mesmo que ele acha, Freya — disse Saga em tom frio. — Acabe com isso!

— Eu te amaldiçoo, Snorri! — gritei, sentindo o poder de Hel preencher meu corpo quando apontei para ele. — Amaldiçoo sua alma a Helheim!

O mar tremeu, mas nenhuma raiz explodiu de suas profundezas. Nada aconteceu.

Por que não estava funcionando?

— Chegue mais perto! — ordenou Saga. — Ele precisa saber que foi você que o mandou para o domínio de Hel!

Tinha algo errado. O medo se acumulava em meu estômago porque estávamos totalmente cercados. As embarcações skalandesas estavam tão próximas que eu já via a determinação severa no rosto dos guerreiros. Eles empunhavam armas, mas ninguém levantou o arco, todos observando.

— Bjorn, se chegarmos mais perto, vou conseguir ouvir Snorri também. E aí ele vai ser capaz de me controlar — falei. — Alguma coisa não está certa. Por que minha maldição não está funcionando?

— Talvez seja o juramento. — Ele balançou a cabeça com firmeza. — Temos que recuar.

Meu estômago afundou. Eu tinha fracassado, e agora seria uma batalha até o amargo fim.

Bjorn levantou a voz para os Inomináveis.

— Remem de volta! Recuem!

Mas antes que os escravizados de Harald pudessem obedecer, uma voz familiar gritou de uma das embarcações que se aproximavam a bombordo.

— Freya, desça! Estou aqui!

Meu coração deu um salto ao ouvir a voz de Snorri, e minha cabeça virou na direção do drácar sem estandarte que se aproximava. Um dos guerreiros tirou o elmo e revelou os cabelos castanho-escuros permeados por fios grisalhos e um rosto familiar. Fiquei enjoada ao avistar Snorri. A outra embarcação — e o guerreiro fingindo ser ele — tinha sido uma distração para permitir que seu comandante se aproximasse.

— Desça! — repetiu Snorri, a ordem reverberando por meu corpo.

E em um mero segundo, todo o meu plano se desintegrou.

29
BJORN

Eu me virei ao ouvir a voz de meu pai, pronto para atirar meu machado.

Mas demorei demais.

— Desça!

Freya se curvou como se tivesse tomado um soco, depois caiu de joelhos no chão do navio.

— Ele assumiu o controle sobre ela — gritei. — Tora, afunde-os!

Ela levantou as mãos e um raio crepitou entre elas, mas antes que pudesse projetar um relâmpago contra o barco de Snorri, Freya se moveu.

Mais rápido do que eu acreditava ser possível, ela se jogou sobre Tora, um grito de dor escapando quando ela atingiu a carga do raio.

— Freya! — Caí de joelhos ao lado dela. Estava encolhida em uma poça d'água, a mandíbula travada, mas viva. Tora estava atordoada logo ao lado.

— Não o machuque — disse ela, com a voz abafada. — Não o machuque!

— Bjorn, eles vão subir! — gritou Guthrum. — O que vamos fazer?

Freya segurou um dos pulsos de Tora, cobrindo as mãos dela com a magia de Hlin de modo que não pudesse invocar seus raios.

— Não!

Tora se esforçava para se desvencilhar.

— Bjorn, o que vamos fazer?

— Fique abaixada — gritei para Tora, depois segurei na lateral do drácar e me levantei. Três embarcações estavam tão perto que conseguiriam invadir o barco. Tão perto que eu já ouvia Snorri gritar:

— Afundem a esquadra dele! Deixem Nordeland pagar o preço por suas ações, mas me tragam Harald vivo!

A notícia se espalhou pela esquadra como fogo, e com um rugido, começaram a remar. Eu sabia que mesmo com Skade, Troels, Astrid e outros Sem Destino, meu povo podia não vencer essa batalha. Vislumbrei a visão de minha mãe com milhares de mortos. Não em um campo, mas flutuando nas ondas enquanto os skalandeses corriam para infligir uma carnificina a toda Nordeland.

— Bjorn, detenha-o! — gritou minha mãe, de joelhos, ao lado de Freya. — Detenha Snorri!

— Tyr — resmunguei, meu machado se manifestando na minha mão enquanto o drácar de Snorri batia no nosso.

— Freya! — gritou Snorri, subindo na beirada do barco. — Freya, estamos aqui! Você está livre!

— Recue! — gritei para ele, e sustentei seu olhar.

— O que está fazendo, Bjorn? — perguntou Snorri. — Desça! Está a salvo agora, e toda Nordeland vai queimar por ter sequestrado vocês dois!

Empunhei meu machado para arremessá-lo. Pronto para silenciá-lo de uma vez por todas, e que se danasse a profecia de minha mãe. Mas Freya bateu em mim no exato momento em que a embarcação passou por sobre uma onda.

Cambaleei e quase caí, fazendo meu machado desaparecer para que pudesse segurar Freya sem queimá-la.

Minha mãe ficou paralisada, os joelhos no fundo do drácar, escondendo-se de Snorri.

— Detenha-o — repetiu ela. — Ordene que ela o detenha.

— Não! — Recobrei o equilíbrio. Os skalandeses estavam se aproximando da esquadra nordelandesa, a flecha de Skade piscando repetidas vezes. — Não vou fazer isso!

— Freya! — gritou Snorri. — Venha até mim! Suba aqui!

Os braços de Freya envolveram minha cintura e todo o seu corpo tremeu com o esforço para resistir ao comando dele.

— Não o deixe me levar!

Raios irromperam das mãos de Tora para atingir um dos outros drácares, mas a embarcação apenas brilhou em um tom forte de azul, as runas entalhadas na madeira cintilando mais do que tudo.

— Está protegido! — Tora olhou em meus olhos. — Ylva colocou proteções neles!

— Tyr! — Vociferei o nome do deus, então atirei meu machado. Ele se fincou na madeira de um navio, mas as chamas não o fizeram pegar fogo. Praguejando, eu o chamei de volta e o atirei em um homem.

Ele afundou em seu peito até o talo, o grito que o homem soltava sendo abreviado.

Em um instante, Tora já lançava raio após raio nos skalandeses, o cheiro de carne queimada preenchendo o ar ao mesmo tempo que eles invadiam nossa embarcação.

— Freya, detenha a filha de Thor! — gritou Snorri. — Mate-a!

Freya puxou a espada, mas eu segurei o pulso dela. Segurei-o com força enquanto lutava contra o que me pareceram guerreiros infinitos que tentavam entrar no barco de todos os lados.

— Bjorn! — gritou Guthrum, os olhos brilhando em amarelo. — Estão afundando nossos navios! O de Astrid já está afundando!

— Bjorn, assuma o controle sobre Freya! — gritou minha mãe. — Não deixe Snorri a sequestrar de volta!

— Lute, Freya! — rugiu Snorri sobre o tumulto. — Lute por Skaland!

Fiz tudo o que pude para segurá-la. Sangue escorria de seu nariz e lágrimas de seus olhos, o sofrimento visível em seu rosto enquanto ela tentava combater o comando de Snorri.

— Bjorn, ajude eles! — gritou Guthrum. — Freya, ajude…

Mas as súplicas dele foram abreviadas quando foi derrubado no mar e desapareceu sob o casco do navio de Snorri. Freya berrou, o lamento em sua voz de cortar o coração enquanto eu acertava outro skalandês. O trovão retumbava e os raios brilhavam, mas meus olhos continuavam sendo atraídos para as esquadras.

Para a fumaça subindo.

Para os mastros afundando sob as ondas.

— Bjorn, assuma o controle sobre Freya! — gritou minha mãe. — Proteja Nordeland! Controle a dama do escudo!

Freya se soltou de repente, largando o bracelete que usava em minha mão. Ela pegou o escudo e avançou sobre Tora.

— Mate a filha de Thor, Freya! — gritou Snorri de onde ainda estava, em seu drácar. — Vingue Skaland!

— Bjorn! — uivou minha mãe. — Está acontecendo! Minha visão está se tornando realidade!

— Freya, pare! — A ordem escapou quase sem que eu pensasse, fazendo Freya ficar imóvel. Abaixando o escudo, ela olhou em meus olhos. — Não a machuque.

O machado queimava em minha mão, uma vontade maluca de arrancar fora a cabeça de Snorri querendo me dominar. Mas se eu tentasse fazer isso, Freya talvez impedisse. E, além do mais, a esquadra de Nordeland estava perdendo a batalha.

— Você prometeu. — Minha mãe agarrou meus tornozelos com o rosto ensopado de lágrimas. — Jurou protegê-los. Jurou que ajudaria a mudar o destino dela.

Matar Snorri não interromperia a carnificina. Porque a guerra já estava além do controle dele.

— Bjorn, não! — gritou Freya. — Bjorn, não faça isso!

O terror na voz dela me deixou enjoado, mas nossos planos estavam em pedaços e o mar já estava vermelho de tanto sangue.

Eu tinha que mudar nosso destino.

Olhando nos olhos cor de âmbar dela, falei:

— Freya, eu te convoco a lutar por Nordeland. Ordeno que mande todos que a atacarem para Hel.

30
FREYA

ERA COMO TER MEU CRÂNIO ESMAGADO entre as palmas de um gigante, o peso da vontade de Bjorn me sufocando com tanta intensidade que limpou todos os pensamentos sobre qualquer outra coisa de minha mente.

— Hel — sussurrei. — Me conceda seu poder.

— Destrua a esquadra skalandesa! — gritou Saga, mas todo o ruído e caos se tornou secundário enquanto eu contemplava a batalha distante.

Não queria ferir meu povo.

Não queria usar meu poder.

Mas tinha feito um juramento de obedecer, então não tinha outra escolha além de cumprir a ordem de Bjorn.

A magia surgiu em minhas veias, selvagem, feroz e quente, mas minha voz não passou de um sussurro quando falei:

— Eu amaldiçoo todo guerreiro skalandês diante de mim ao reino de Hel.

Os navios todos balançaram violentamente, as grandes embarcações sendo arremessadas de um lado para o outro como brinquedo de criança em uma banheira. Ondas varriam os conveses, derrubando guerreiros na água, o ar se enchendo de gritos.

Então raízes pretas explodiram do mar.

Começaram a se enrolar ao redor da cintura dos skalandeses, arrastando-os para as profundezas. Dezenas e dezenas delas, atacando com precisão para capturar aqueles que queriam prejudicar Nordeland e os levar para o reino de minha mãe divina.

O mar fervia, nosso drácar girando loucamente. Bjorn me segurou e me puxou para baixo contra o casco. Tora fez o mesmo e, para o meu choque, Snorri saltou para dentro de nosso barco e segurou meu pulso.

— O que você fez, Freya? — perguntou ele. — No que você se transformou?

Acima de nós havia um emaranhado de guerreiros berrando, cada um segurado por uma raiz tão grossa que nos lançava sombras, e eu gritava e gritava pelo horror do que havia causado enquanto elas se enrolavam na cintura dos skalandeses e os puxavam para baixo. Mas não Snorri. Eu o cobri com minha magia e repeli todas as raízes que tentavam pegá-lo.

As ondas profundas como cânions jogavam nossa embarcação de um lado para o outro, ameaçando virar o navio.

Então, da mesma forma repentina com que haviam aparecido, as raízes foram embora e o mar ficou calmo. Silencioso. Como se o mundo todo estivesse prendendo a respiração.

Eu me soltei de Snorri e caí sobre as mãos e os joelhos. Bjorn fez o mesmo, os olhos verdes arregalados e sangue escorrendo de um corte em seu rosto. Ambos nos contorcemos quando o drácar se sacudiu, mas quando olhei por cima da borda, descobri que tínhamos chegado à praia de uma pequena ilha.

Ao nosso redor havia navios vazios virados sobre as ondas. Todos vazios, sem exceção.

Porque eu tinha mandado a alma de cada skalandês no horizonte para Helheim.

Todos, exceto Snorri. Quem eu mais queria mandar para Hel, por mais que ele ainda estivesse vivo e respirando.

Desvencilhando-me de Bjorn, cambaleei em direção à praia e caí de joelhos, vomitando. Ouvi o barulho vago de botas e depois o ruído distante de pés na areia. Alguém sendo atirado na praia, acompanhado de um grito de dor.

Então uma ordem raivosa vinda de Snorri:

— O que você fez?

Limpei a boca e olhei de canto de olho. Snorri estava deitado de costas, a bota de Bjorn pressionada contra seu peito. Tora estava atrás dele, sangrando de um ferimento na têmpora, e os Inomináveis permaneciam sem expressão no barco. Onde estava Saga e se estava viva, eu não saberia dizer.

— O que você fez? — gritou ele para mim.

O que eu *tinha* feito?

Corpos que não haviam afundado com o peso da cota de malha ou das armas boiavam na superfície do mar, dezenas e dezenas. Centenas.

Tinha se concretizado.

Eu não tinha mudado o destino. Tudo o que Saga tinha previsto havia acontecido, e então eu chorei.

31
BJORN

Dei as costas para o mar de mortos, sem me sentir pronto para ser confrontado pelo que havia feito.

Pelo que eu havia obrigado Freya a fazer.

Para proteger meu povo, eu tinha usado o amor da minha vida como arma e condenado inúmeras almas a Helheim em vez de Valhalla, que era o lugar ao qual mereciam ter ido, tudo por causa do homem que estava bem na minha frente. Tudo porque ele se preocupava mais com o próprio destino do que com qualquer outra coisa no mundo.

— Foi você o responsável por isso! — gritei para Snorri. — Você nos obrigou a chegar a este ponto em sua busca infinita por uma coroa. Cada guerreiro morto estará aos pés dessa sua maldita ambição infinita!

Snorri saiu de baixo de minha bota e engatinhou até depois da linha d'água na pequena ilha, arrastando algas junto com ele. Eu o segui, derrubando-o quando tentou se levantar. De quatro, ele passou por entre as poucas árvores irregulares que sobreviviam naquele banco de lama e areia no meio do estreito, mas não havia escapatória.

Quando já estávamos bem longe de Freya, chutei as costelas dele, virando-o. Então apoiei a bota em seu peito e joguei meu peso sobre ele.

— Você pode até ter conquistado o destino com que sonhou, mas não vai durar muito tempo.

— Por quê? — perguntou Snorri, com lágrimas escorrendo do rosto. — Por que você se voltou contra sua família? Contra seu clã? Com que mentiras Harald encheu seus ouvidos para causar isso?

— É você que mente, Snorri! — gritei. — Que continua mentindo. Tentou matar minha mãe por ela não fazer o que você queria. Eu te vi fazendo isso com meus próprios olhos, porra!

— Eu não fiz nada disso! — Snorri levou as mãos aos cabelos, puxando-os em desespero. — Encontrei a cabana de sua mãe já em chamas. Encontrei o corpo dela, mas o seu não, e fui atrás de quem tinha te sequestrado. Entrei em guerra com Harald para recuperar você, mas acabei de descobrir que agora sua lealdade é a ele. Você é a arma dele contra mim. Não sei que tipo de bruxaria Harald fez para te fazer acreditar que fui eu que fiz mal a sua mãe, mas juro por tudo o que me é caro, não fui eu! Sofri mais pela morte dela do que você pode imaginar.

— Pare de mentir! — Coloquei mais peso sobre ele, meu calcanhar esmagando a cota de malha em seu peito. — Não ter te matado anos atrás foi um erro que pretendo corrigir.

— Bjorn, não!

Freya tinha corrido até a praia e entrado por entre as árvores.

— Pare!

— Fique fora disso, Freya! — Eu já a havia machucado demais com o que tinha feito. Eu terminaria aquela história, e nenhuma culpa recairia sobre ela. — Volte para a praia.

Ela segurou meu braço.

— Bjorn, não faça isso. Por favor!

Era o juramento que a estava fazendo suplicar pela vida dele, e minha raiva queimou ainda mais.

Tora se aproximou e, por puro desespero, falei:

— Contenha Freya. Deixe-a fora disso.

— Bjorn, não! — Freya segurou meu braço, mas Tora agarrou os pulsos dela e a derrubou no chão.

— Pare! — Ela lutou para se desvencilhar, mas Tora era mais forte e mais pesada, segurando facilmente seus punhos contra o chão. Eu odiava vê-la imobilizada, mas logo estaria livre.

Eu só podia rezar para que valesse a pena.

— O que quer que Harald tenha dito a você é mentira — suplicou Snorri, depois gemeu de dor quando o chutei nas costelas. — Eu amava sua mãe. Amava você. Ainda te amo, apesar de tudo o que aconteceu, pois sei que não passa de uma trapaça nordelandesa!

Invoquei meu machado, pronto para encerrar aquela conversa. Pronto para silenciá-lo para sempre.

Mas a voz de minha mãe me fez paralisar.

— Chega de mentiras, Snorri. A verdade foi dita. Bjorn, solte-o.

Com relutância, levantei o pé, mas mantive meu machado queimando enquanto Snorri se esforçava para ficar de joelhos.

— Saga? — sussurrou ele. — Como... como isso é possível? Eu vi seu corpo.

Saga retorceu a boca com desprezo.

— Não sei que alma infeliz você queimou para provar suas mentiras, mas não foi a minha. Escapei das chamas com meu filho e fugi para meu único amigo verdadeiro. E durante todos esses longos anos desde aquilo, Harald lutou para me proporcionar a vingança que eu merecia.

Snorri a encarou com olhos perplexos.

— Saga... você sabe que não fui eu. Você...

— Pare! — gritou minha mãe, fechando as mãos em punhos. — Eu sei o que vi com meus próprios olhos. Bjorn sabe o que ele viu com os próprios olhos.

— Bjorn! — implorou Freya, mas Tora empurrou o rosto dela até afundá-lo na lama para silenciá-la.

— É hora de morrer por seus crimes, Snorri — anunciou Saga. — É hora de eu receber a justiça pelo que sofri.

Snorri a encarou com horror.

— Esse não é o destino que você previu para mim.

Ela inclinou a cabeça, os olhos verdes brilhando, cruéis de uma forma que eu nunca tinha visto antes.

— Eu disse que aquele que controlasse o destino da dama do escudo uniria Skaland. E isso aconteceu, Snorri. Pois você uniu os clãs em nome de Freya e se tornou rei. Mas minhas palavras nunca precisaram o tempo que você manteria sua coroa. Bjorn, desafie-o.

32
FREYA

Tirei o rosto da lama e puxei o ar bem no momento em que Snorri alternava o olhar entre mim e Saga.

— Freya, me ajude. Você precisa me ajudar. Precisa me salvar das mentiras dela. Ela está mentindo! — falou. Bjorn agarrou o braço dele, arrastando-o até o quadrado de runas que Saga marcava no chão. — Ela está mentindo!

O ímpeto de impedir que aquilo acontecesse não era mais um formigamento, mas fogo em minha pele, queimando com tanta ferocidade que gritei. Debati o corpo de um lado para o outro, os cabelos sendo arrancados do couro cabeludo quando me desvencilhei de Tora. Fiquei em pé, mas ela me acertou nas costas com um choque que só podia ter vindo de um raio, o qual passou por meu corpo.

Aturdida, fiquei deitada na terra, observando Saga fechar o quadrado, prendendo Snorri e Bjorn lá dentro.

— Pare — sussurrei quando Tora se ajoelhou sobre mim e segurou meus pulsos. — Pare com isso.

Eu não conseguia me soltar. Não conseguia usar a magia de Hlin com as mãos presas à terra. Mas não era assim tão fácil de impedir a magia de Hel, e embora as raízes da deusa não fossem arrastar para Helheim aqueles com sangue divino, elas os distrairiam até eu conseguir escapar.

— Eu te amaldiçoo, Saga — gritei para ela. — Eu te amaldiçoo a Helheim!

O poder percorreu meu corpo, clamando pela ajuda de minha mãe divina, mas o chão não se agitou. Nenhuma raiz explodiu da superfície.

E, com meu fracasso, meu corpo queimava cada vez mais.

— Levante! — Bjorn chutou Snorri, que tinha se prostrado no chão. — Pelo menos morra com honra, seu cretino mentiroso.

Snorri ergueu a cabeça.

— Não vou levantar uma arma contra meu filho. Não sei por qual motivo, mas sua mãe te enganou. Pode me matar, se achar que deve, mas não há nada de honroso nisso. Os deuses sabem da verdade, mesmo que você não saiba.

— Bjorn, não escute o que ele está dizendo. — Saga estava do lado de dentro das proteções, as mãos fechadas em punhos e lágrimas escorrendo pelo rosto. — Mate-o. Acabe com nosso horror de uma vez por todas!

— Bjorn, não! — Tentei gritar, mas Tora enfiou uma luva em minha boca, distorcendo minha voz.

— Sinto muito — sussurrou ela. — Sinto muito, Freya, mas é assim que tem que ser.

— Ela está mentindo para você! — disse Snorri. — Odin sabe que ela está mentindo e não vai recebê-la! Ela está amaldiçoada!

— Levante-se! — Bjorn chutou a espada de Snorri até a frente dele. — Lute como homem!

Snorri ignorou a arma, mas se levantou com a expressão determinada.

— Não vou lutar com você, meu filho. Pode me matar, se achar que deve, mas saiba que isso não é justiça.

— Não! — dei um jeito de gritar, mesmo com a luva na boca, tentando forçá-la para fora com a língua, mas a mão de Tora a tapava, meu corpo se contorcendo em pura agonia.

— Mate-o. — Saga cuspiu as palavras. — Silencie-o.

— Lute! — O machado de Bjorn brilhava com a ferocidade das emoções que ele sentia. — Lute comigo, pai!

— Não. — Snorri ergueu o queixo, os braços relaxados ao lado do corpo. — Essa luta não é honrosa. Eu me recuso.

Senti quando Bjorn explodiu, e foi como uma facada em meu próprio coração. O braço dele girou em um arco amplo, e seu machado em chamas afundou profundamente no peito do pai.

Snorri cambaleou para trás, livrando-se da arma e revelando um buraco escuro e borbulhante no peito. Caiu de joelhos, e Bjorn ergueu o machado para dar o golpe de misericórdia.

— Não — resmungou Saga. — Deixe-o morrer lentamente.

Tora me soltou.

Não parei para questionar o porquê, só me levantei e peguei o escudo caído. Com um pulo para diminuir o restante da distância, eu me joguei por cima de Snorri.

— Pare!

Bjorn hesitou, o machado dele desaparecendo.

— Ele já está morto, Freya — disse ele então. — Não vai conseguir sobreviver a isso.

Eu sabia que Snorri não sobreviveria, mas sentia a ameaça ao sangue que jurara proteger de forma tão visceral que mal conseguia respirar.

Pressionei minhas mãos sobre o ferimento, engasgando com a forma como a carne queimada estalava sob minha palma. Snorri gemeu em agonia.

— Não. Por favor, não.

— Não! Por favor, não! — Saga imitou a voz dele, e então começou a rir.

Ela se moveu, pulando para fora do quadrado com as tranças escuras balançando contra as costas.

— Já chega, mãe. — Bjorn a observava com o mesmo desconforto que eu sentia.

Saga o ignorou e continuou saltitando, mas o tom de sua risada começou a mudar, alterando-se e deformando-se em tons mais graves, porém familiares. Selvagens e cruéis.

Não era a risada de Saga.

Mas a de *Harald*.

O horror se acumulou em minhas entranhas, porque era a risada de Harald que ouvíamos saindo dos lábios de Saga.

— Que maluquice é essa? — sussurrou Bjorn, ao mesmo tempo que as feições de Saga tremiam e ficavam borradas, a forma dela se distorcendo e de repente se reagrupando até se remodelar no rei de Nordeland.

— Filho de Loki! — disse Snorri, o sangue escorrendo pelo queixo. — Um transmorfo. Um trapaceiro.

Harald gargalhou, o som de sua risada se tornando selvagem e maníaco enquanto ele batia palmas feito uma criança pequena e continuava a saltitar ao redor do quadrado.

— Esperei muito por esse momento — disse ele quando conseguiu controlar a euforia que sentia. — E tudo saiu mais perfeito do que eu jamais poderia sonhar!

— Onde está minha mãe? — exigiu Bjorn. — O que você fez com ela?

Harald riu, seu comportamento completamente diferente do que eu já havia visto, mas meu corpo inteiro gritava que esse era ele de verdade. Que eu tinha sido enganada.

— Acho que a este ponto, Saga não passa de cinzas ao vento. — A boca de Harald se contorceu em um sorriso selvagem. — Pode perguntar a Snorri onde ele enterrou os ossos dela antes de ele morrer. Embora eu ache que não vá demorar muito.

Ó deuses, ó deuses, ó deuses.

Esse tempo todo, Harald esteve se passando por Saga. Estava fingindo ser a mãe de Bjorn. Manipulando-o com mentiras e sentimentos falsos.

Assim como ele tinha feito comigo. A bile queimou minha garganta quando me dei conta de que havia ficado nua em uma sauna com aquele monstro, aberto meu coração, e para Bjorn era tudo ainda pior.

— Eu vou matar você! — exclamou Bjorn, o machado aparecendo em sua mão. Ele avançou para cima de Harald, mas cambaleou para trás ao atingir a proteção.

Fui preenchida pelo medo e, puxando a espada, ergui a mão e caminhei para a frente, minhas preocupações sendo confirmadas quando minha palma encontrou uma barreira invisível.

— Garota idiota, tonta. — Harald riu. — Caindo na própria armadilha sem nunca parar para olhar as runas antes de cruzá-las. Não que fosse conseguir entendê-las, de qualquer modo, mulherzinha de peixeiro ignorante. — Ele revirou os olhos. — Fingir sentir qualquer estima por você foi mais desafiador do que incorporar Saga durante todos esses anos.

Mil maldições subiram por minha garganta, mas contive todas elas, encarando Tora. A filha de Thor estava mais à frente, os ombros caídos, os olhos opacos de resignação.

— Tora, nos ajude.

— Não posso — sussurrou a outra mulher. — Sinto muito, Freya.

— Essa aí é outra idiota. — Harald olhou para Tora. — Tão rápida em fazer promessas que não deveria ter feito.

— Eu te odeio — sussurrou Tora, mas Harald se limitou a bufar.

— Ser odiado tem mais poder do que ser amado. E você me serve dos dois jeitos, Tora. Agora fique quieta.

Tora travou a mandíbula com um clique audível, vinculada a obedecer a Harald em todas as coisas.

Estávamos presos.

Atrás de mim, Snorri gorgolejou uma praga, e Harald falou:

— Foi um prazer roubar seu destino, velho amigo. Mande lembranças para minha meia-irmã quando chegar a Helheim, e meus agradecimentos por ela ter se contido.

Meia-irmã? Então me lembrei: Hel era filha de Loki.

Por isso as raízes não o haviam atacado.

E eu não tinha dúvidas de que, se tentasse amaldiçoá-lo naquele momento, Hel não responderia ao meu chamado.

Desviando da barreira, corri para o lado de Snorri e coloquei a espada dele em sua mão.

— Você é um cretino e eu te odeio pelo que fez — falei. — Mas não é covarde. Que Odin te receba em Valhalla, mesmo que seja só para te colocar no seu lugar.

A mão de Snorri apertou o cabo, os olhos fixos nos meus.

— Proteja... o... sangue.

— Vou proteger, ou morrer tentando — prometi, depois vi a luz desaparecer de seus olhos. Debaixo de mim, o chão tremeu e a raiva queimou em meu coração. Pressionando as mãos no chão, sussurrei: — Hel, me conceda seus poderes.

Uma força fervilhante tomou conta de mim e, rangendo os dentes, falei:

— Você não vai levá-lo.

Uma raiva familiar demais me esmagou, minha mãe divina enfurecida por terem lhe negado algo que desejava, mas lutei contra ela.

— Não.

O chão tremeu e o cadáver de Snorri foi sacudido com a força do tremor, mas só afundei os dedos na terra úmida.

— Não.

O chão ficou imóvel.

— Impressionante — disse Harald. — Mas, no fim, não muda muita coisa. Sou eu que controlo seu destino, Freya. E logo vou controlar toda Skaland.

Pense, ordenei a mim mesma. *Pense em uma saída.*

Mas todos os pensamentos sumiram da minha cabeça quando Bjorn soltou um rugido e atacou a barreira. Repetidas vezes ele bateu o machado com um ruído ensurdecedor, mas todas as vezes as proteções o jogaram para trás.

Harald gargalhou, o que só enfureceu ainda mais Bjorn. Ele se atirava sobre as proteções, arranhando a magia e gritando com uma raiva sem palavras. Harald limitou-se a se aproximar, parando a centímetros de Bjorn. Os olhos dele queimavam com deleite ao observar aquela raiva, o prazer que sentia pelo mal que havia causado revirando meu estômago.

— Pare.

Em seu frenesi, Bjorn não me ouviu. Eu me levantei.

— Bjorn, agora chega! É isso que ele quer!

Mas ele só parecia ouvir a risada de Harald. Desesperada para impedir que ele se ferisse, esperei a magia jogá-lo para trás e coloquei os braços ao redor de seu pescoço e o puxei.

Bjorn caiu de costas em cima de mim, o peso espremendo o ar de meus pulmões, mas eu o segurei ao mesmo tempo que consegui falar, ofegante:

— É isso… que ele… quer.

Bjorn tremia em meus braços.

— Ele a matou. Ele a matou.

— Eu não matei Saga, Bjorn — afirmou Harald. — Você matou. Foi você que ateou o fogo que a queimou viva.

— Fique quieto! — gritei para ele. — Você já não fez mal o bastante?

— Nunca é o bastante. — Ele sorriu cheio de dentes. — Eu nunca me canso de ver os outros se rebaixarem.

— Você estava machucando ela. — Lágrimas escorriam pelo rosto de Bjorn, e os nós de seus dedos estavam cortados e ensanguentados de tanto atacar a barreira. — Disfarçado de Snorri, mas você a estava machucando. Ameaçando ela. Por quê? Foi porque Saga descobriu que você era um trapaceiro?

— Ela não sabia. — Harald inclinou a cabeça com aquele sorriso horrível no rosto.

— Por quê, então? O que ela fez além de ser sua amiga?

— Ah, sim. Amiga. — O sorriso no rosto de Harald finalmente desapareceu. — Foi bem isso mesmo que ela fez… preferiu Snorri a mim.

Meu objetivo era romper o vínculo dos dois, virá-la contra ele, para que Saga viesse até mim por vontade própria. Mas aí você estragou meus planos de torná-la a pedra fundamental de minha aliança com os Sem Destino ao matá-la. — O ódio foi substituído pela diversão. — Eu até considerei te largar lá para morrer, mas parecia um fim muito fácil para o que você tinha feito. Você precisava perder tudo. Snorri precisava perder tudo. E o fogo de Tyr não seria uma adição pequena à minha aliança. Então te trouxe até Nordeland e, uau, que escolha mais acertada. Vem sendo um prazer desde o começo, e acho que o melhor ainda está por vir.

Não havia palavras. Não havia palavras para o tamanho da crueldade de Harald, então só apertei os braços ao redor de Bjorn e tentei transmitir minha força a ele, para que pudesse suportar todo aquele horror.

— O que você quer? — perguntei. — Qual o motivo para ter feito isso tudo? Poder?

Harald abriu um sorrisinho irônico.

— Como se eu pudesse ser reduzido a um único propósito, sua idiotinha. Eu não limito meus objetivos para além do prazer de fazer todos ao meu redor dançarem conforme a minha música e me amarem enquanto fazem isso.

— Foram os seus Inomináveis que me sequestraram, não foram? — Todas as formas com que ele tinha me manipulado estavam ficando óbvias. — Não foi Snorri. Você sacrificou seus próprios escravizados para me convencer de que a ameaça era real e iminente. Mas não era. Snorri não estava vindo para Nordeland em busca de vitória, ele acreditava de verdade que estava vindo nos resgatar.

Harald deu uma risadinha, claramente gostando de ver o horror crescer em mim conforme eu entendia os esquemas dele. Conforme entendia como ele havia feito joguinhos usando sua esperteza.

— Você é um monstro — sussurrei.

A expressão dele ficou mais séria ao ouvir minhas palavras, mas Harald apenas estalou os dedos para Tora feito um cachorro.

— Venha.

Tora andou na direção dele, lutando contra a compulsão a cada passo. Mas independentemente de qual fosse a magia que Harald tivesse usado para vinculá-la, era poderosa demais para que ela resistisse.

— Sim, meu rei.

Ele abaixou a cabeça, sussurrando algo no ouvido dela. Tora concordou em silêncio, depois um raio explodiu de suas mãos. Ele voou pelo ar, atingindo o chão sob o cadáver de Snorri e o jogando longe.

Fiquei boquiaberta quando terra e pedras choveram sobre mim, mas os olhos de Bjorn encaravam o corpo fumegante de Snorri, que agora estava do lado de fora da barreira.

— Mate-os — disse Harald. — Já serviram para o propósito que eu tinha para eles e agora representam apenas um risco.

— Eu sinto muito — sussurrou Tora. Mas o raio já crepitava entre suas palmas.

— Hlin. — Agarrei o escudo bem rápido. — Me conceda sua força.

A magia surgiu e cobriu meu escudo com luz prateada menos de um segundo antes de o raio de Tora nos atingir. Ele ricocheteou em minha magia e quase acertou Harald, que xingou e saltou para o lado.

Mais raios crepitaram entre as mãos de Tora, e vi em seus olhos o plano que queimava em seu coração. Mas Harald também viu.

— Tora, pare!

Ela fez uma careta, mas o raio piscante entre suas palmas desapareceu. Harald deu um tapa forte nela.

— Está testando os próprios limites novamente, e isso vai acabar te matando — resmungou ele. — Obedeça.

— Sim, meu rei — respondeu Tora entredentes. — Quer que eu tente de novo?

— Não. Já jogamos esse jogo antes. — Harald nos encarou com o olhar cheio de sagacidade enquanto considerava suas opções. Eu sabia o que ele escolheria. Sabia que nossa morte seria lenta e dolorosa.

— Quer nos matar? — gritei. — Então entre aqui e faça isso você mesmo, Harald. Ou é covarde demais?

Ele se limitou a rir.

— Essas táticas não funcionam comigo, Freya. Principalmente sem testemunhas.

— Os deuses servirão de testemunha — sussurrei. — Eles estão contemplando sua covardia.

— Ou minha esperteza. — Ele deu de ombros. — Ninguém sabe que vocês estão aqui. Estão presos entre proteções, sem comida nem abrigo. Se o frio não os levar, a fome com certeza fará isso, e minha meia-irmã vai receber vocês dois em Helheim, porque essa não é a morte de alguém destinado a entrar em Valhalla. — Entortando um dedo, disse: — Tora, leve o cadáver e entregue aos meus Inomináveis para que se preparem para zarparmos e nos juntarmos à nossa esquadra. Skaland aguarda seu rei.

Lágrimas escorriam pelo rosto de Tora, mas ela obedeceu e jogou o corpo de Snorri sobre o ombro. Então ela e Harald foram embora.

— Covarde — berrei. — Você é um covarde maldito, Harald!

Mas a única resposta que recebi foi uma gargalhada que chegou até nós pelo vento frio. E depois… silêncio.

33
FREYA

Mantive a magia no escudo e meus olhos nos arredores, a nítida impressão de que Harald poderia, a qualquer momento, esgueirar-se por entre as árvores e fazer Tora me atingir nas costas com um raio. Ou pior, esperar eu ter que dormir e então nos atacar novamente.

— Bjorn — sussurrei, segurando a mão dele. — Precisamos encontrar um jeito de passar por essas proteções. Precisamos escapar.

Ele não respondeu, e desviei os olhos das árvores para encará-lo. Meu coração se partiu quando me dei conta de que ele estava olhando para as manchas de sangue deixadas pelo corpo de Snorri. Cheguei a abrir a boca para oferecer algum conforto. Dizer que não era culpa dele. Que Harald não só o tinha enganado, mas todo mundo. Porém, não saiu nada. Que conforto minhas palavras poderiam oferecer, dado que Bjorn tinha passado a maior parte da própria vida servindo a um homem que o tinha usado apenas para condená-lo no final? Não só servindo, mas amando Harald como a um pai. Por acidente, Bjorn tinha causado a morte da própria mãe, e por manipulação, a do pai. Fora enganado para lutar contra seu próprio povo, sua própria família, cada escolha que havia feito baseada em infinitas camadas de mentira.

— Eu sei — sussurrei. — Eu sei que…

— Você não sabe.

Bjorn se afastou de mim, e fiz cara feia.

— Fique por perto. Eles podem voltar.

— Não vão voltar. Não precisam. — Ele agachou. — Nos deixar aqui para morrer de fome vai significar longos dias até eu aceitar ter sido a causa da sua morte, Nascida do Fogo. Que é a pior parte disso tudo.

Senti um aperto no peito, porque não conseguia nem imaginar o tamanho da dor que ele sentia. Ter a vida toda desfeita em um instante. Tentei abraçá-lo, mas Bjorn ergueu a mão.

— Não — disse ele. — Não suporto a ideia de você encostando em mim num momento como este. Vai morrer por minha causa, e não mereço nada vindo de você além de ódio.

— Eu não odeio você. — O sofrimento dele me esvaziou por dentro. — Eu amo…

— Não! — berrou ele, em seguida pressionando a base das mãos no rosto. — Não diga uma coisa dessas, Freya. Não deixe que esse pesadelo seja o que me absolve de sua raiva. Sentir pena é totalmente diferente de perdoar, e nesse momento não quero nenhum dos dois vindo de você.

Abaixei a mão devagar, meu coração entendendo o gosto terrível que o perdão devia ter num momento como aquele. Eu queria, com todas as minhas forças, pressionar a testa no chão e chorar, pois nunca tinha me sentido tão derrotada, vencida e desesperançosa em toda a vida. Mas me recusei a fazer isso. Me recusei a deixar Harald ganhar enquanto eu ainda respirasse.

— Se deseja meu perdão, Bjorn, então encontre uma forma de sairmos desta situação em vez de ficar aí sentado se lamentando.

Ele olhou em meus olhos. A revolta que vi em seu olhar era infinitamente melhor do que a letargia de um segundo antes.

— Eu destruí tudo o que importa para mim, além de tudo o que deveria ter importado. Como deveria estar me sentindo?

Levantando, ajeitei minha roupa e avaliei os arredores.

— Como se devesse fazer algo a esse respeito.

— O que eu deveria fazer? — O machado dele apareceu em uma mão, e Bjorn o jogou.

Chamas voaram de ponta a ponta, mas em vez de ricochetearem contra a barreira, atravessaram e acertaram uma árvore distante.

— Não há nada que eu possa fazer!

— Me parece justamente o contrário. — Olhei para o tronco da árvore queimando. — Seu chilique deu resultado.

Bjorn olhou feio para mim.

— Não foi chilique. Crianças dão chilique.

— E homens também. — Cruzei os braços. — Mas vou perdoar esse seu ataque porque acabou encontrando, sem querer, uma solução.

— Você ainda vai me deixar louco, mulher.

Dando de ombros, falei:

— Com sorte, ainda teremos muitos anos até lá. Agora acerte aquela árvore novamente e a deixe queimar. Não vai demorar até que um pescador veja o sinal, venha investigar e aí apague as runas que nos aprisionam. Dessa forma, vamos ficar livres para perseguir Harald e nos vingar. — Olhando de canto de olho para ele, acrescentei: — A menos que não consiga acertar de novo. A árvore está mesmo bem distante.

— Eu já acertei uma vez, não foi?

— Ela só teve o azar de estar bem no caminho do seu chilique. Não acho que consiga fazer de propósito.

Ele bufou, irritado, o machado projetando-se em sua mão. Encarando a árvore, deu dois passos rápidos e então arremessou. O machado girou de uma ponta a outra, um borrão de fogo carmesim.

E passou reto pela árvore, acertando uma pedra.

Ri e dei um tapa em meu joelho.

— Errou.

— Nascida do Fogo, para alguém cuja longevidade depende muito de minha habilidade de acertar aquela árvore, você parece estranhamente satisfeita com meu fracasso.

— Está arrogante demais, e isso não é atraente — respondi. — O fracasso te dá um pouquinho de humildade, o que é mais agradável. Se eu tiver que passar minhas últimas horas ilhada em um pedaço de terra, prefiro que seja com um homem bonito.

— Entendi. — Balançando a cabeça, Bjorn levantou o machado, que tinha reaparecido em sua mão. Soltando o ar devagar, deu passos rápidos e o arremessou novamente.

E errou mais uma vez.

Olhando de soslaio para ele, assobiei por entre os dentes e depois pisquei.

— Você é a mulher mais irritante que já existiu — resmungou Bjorn, atirando o machado mais uma vez logo em seguida, chamas crepitando enquanto ele voava pelo ar.

Para fincar com uma batida no tronco da árvore.

Nenhum de nós falou, e de minha parte foi porque eu estava segurando a respiração, mas então o fogo de Tyr incendiou a madeira. A chama carmesim se transformou em laranja, amarelo e azul do fogo natural e se alastrou para cima até a árvore inteira estar sendo consumida.

— Muito bem — sussurrei. — Mas não deixe isso subir à cabeça, ou vai ser como um balde de água gelada sobre as chamas do desejo que estou sentindo por você.

Bjorn riu de leve.

— Eu nem sonharia com isso.

Ficamos em silêncio, observando enquanto a árvore queimava até virar cinzas.

Mas ninguém veio.

— Vou acertar outra — murmurou Bjorn, andando de um lado para o outro dentro do perímetro do quadrado até escolher uma árvore a uma distância similar.

Não falei nada quando ele mirou. O vento tinha aumentado, e eu estava sentindo um frio doloroso com aquelas roupas que serviam para lutar, mas não para passar horas em um espaço de terra tão pequeno que nem merecia um nome. Bjorn acertou a árvore na primeira tentativa, graças aos deuses, a madeira pegando fogo, mas quando olhou para mim, franziu a testa.

— Tire essa cota de malha — disse ele. — Ela só vai te deixar com mais frio.

Abrindo o cinto, levantei o pesado colete de elos de metal por sobre a cabeça, descartando-o em uma pilha. Embora fosse um alívio me livrar do peso, não adiantou muito para diminuir o frio, e enfiei as mãos debaixo das axilas.

— Aqui. — Bjorn colocou o machado no chão à minha frente. — Tente evitar pegá-lo.

E tirou a própria cota de malha que usava, jogando-a perto da minha.

Abri um leve sorriso e me sentei sobre os calcanhares para manter o traseiro seco enquanto aquecia as mãos sobre o machado, recobrando devagar a sensação nelas. Bjorn rondou o perímetro, parecendo estar levando em conta nosso estoque de árvores, o tamanho de cada uma e a distância que ele precisaria arremessar. Notei que evitou as manchas vermelhas onde Snorri tinha caído. Mas era melhor do que o silêncio. Melhor do que a desesperança. Eu não tinha noção se isso funcionaria, mas já era alguma coisa, e alguma coisa a que valia a pena me agarrar naquele momento.

Nós teceríamos nosso próprio destino, e eu me recusava a deixar que fosse a morte naquele pedaço de terra no meio do nada.

Ainda assim, por mais que a segunda árvore tenha queimado até o fim, ninguém apareceu.

Ignorei o ronco de meu estômago vazio e tomei um pouco de água da neve que tinha derretido em meu escudo usando o calor do machado.

— Qual vai ser a próxima?

— Aquela. — Bjorn apontou com o queixo na direção de uma árvore distante ao passar por mim, o machado desaparecendo para aparecer na mão dele. O frio me envolveu e vi o sol se pondo ao longe, sabendo que as coisas piorariam. Ficando de pé, andei pelo perímetro para que meu sangue circulasse, o estômago embrulhando cada vez que eu ouvia Bjorn praguejar, sem querer observar o processo.

Tum.

Soltei uma respiração aliviada, permitindo-me olhar na direção da árvore grossa que ele tinha acertado, muito mais longe do que as outras, mas tão grande que queimaria por mais tempo.

Bjorn se virou e olhou para mim.

— Você está congelando.

— Eu estou bem. — Não era totalmente verdade, dado que minhas roupas estavam ensopadas devido à neve derretida e o vento parecia estar trazendo o inverno consigo, mas eu não queria que ele se preocupasse. — Mas obrigada por se oferecer.

— Para quê? — Ele estreitou os olhos.

Não dando chance para que se afastasse, abri seu cinto e levantei a túnica que ele usava, enfiando minhas mãos geladas sob ela. Bjorn se encolheu quando as pressionei contra os músculos rígidos de sua barriga.

— Eu nunca teria me oferecido para isso.

Mas ele desmentiu as próprias palavras, passando os braços ao meu redor e me puxando mais para perto, minhas mãos deslizando por suas costas, a sensação de senti-lo fazendo mais do que o calor para afastar o frio. Apoiei a cabeça no peito dele, seu machado aquecendo a parte de trás de minhas pernas ao se manifestar no chão, próximo aos meus pés.

— Preciso te contar uma coisa.

— Já me contaram coisas demais hoje, Freya.

Acenei com a cabeça em reconhecimento, mas ainda assim falei:

— Quando fui levada pelos Inomináveis que fingiram ser homens de Snorri, eles me drogaram, mas fui acordada do meu estupor pelo espectro.

Ela disse: "Seu nome nasceu do fogo. Skaland vai ser unida sob o domínio daquele que controlar seu destino".

— *Ela.*

Mordi o interior das bochechas.

— Os olhos dela tinham o mesmo tom de verde dos seus, Bjorn. Snorri acreditava que Saga era o espectro, e... e acho que ele estava certo.

— Então ela não só morreu em meu fogo, mas ainda queima nele.

Todo o corpo dele estava tenso, e ao mesmo tempo que eu não queria usar minhas palavras para feri-lo, precisava provar meu argumento.

— Sua mãe vem tentando me ajudar. A primeira previsão sobre mim foi a única que ela fez. Todas as histórias de escuridão e morte foram inventadas por Harald para manipular você. E para me manipular. Previsões completamente falsas. Ele não quer Skaland unida porque isso a tornará forte, sendo que agora se encontra fraca, e a fraqueza é mais fácil de manipular. Harald vem tentando mudar meu destino a vida toda para evitar que qualquer um que possa ser rival dele chegue ao poder, e acho que sua mãe permaneceu entre os mundos para lutar contra ele. Ela está sofrendo para impedir que Harald vença, e mesmo considerando só esse único motivo, não podemos desistir.

— E se ele já venceu?

O olhar de Bjorn estava fixo na árvore que queimava, embora eu não achasse que estivesse olhando de verdade para ela.

— Ainda estamos vivos. Ele nos queria mortos, mas não conseguiu ir até o fim, e precisamos tirar vantagem disso. Escapar e detê-lo. Fazer Nordeland e Skaland inteiras conhecerem quem e o que ele é de verdade.

— Ele é venerado, Freya. Não é tão simples assim.

— Eu sei, mas quanto desse amor foi conquistado através de mentiras? — Quando Bjorn não respondeu, acrescentei: — Tora não o está servindo por vontade própria, isso ficou bem claro. Meu palpite é que ela descobriu o que ele era e Harald a vinculou para manter o segredo. E se ele tiver vinculado outros de forma similar?

— Mesmo que a gente consiga escapar, como vamos fazer para provar isso? Vai ser a nossa palavra contra a dele, e ele tem todo um exército e dezenas de Sem Destino a seu serviço.

Bufei.

— Eu obviamente não pensei em tudo tão bem assim ainda, então pare de fazer perguntas sobre o que vamos fazer quando estivermos livres, já que agora a nossa prioridade é escapar.

— Seus planos sempre começam bem, Nascida do Fogo, mas tendo a experiência de já quase não ter sobrevivido aos meios e aos fins deles antes, fica difícil para mim não fazer perguntas.

— O que você deveria estar se perguntando é por que não está sendo mais útil oferecendo sugestões, em vez de críticas. Eu tenho um plano. Você não tem. Isso já faz do meu melhor que o seu.

O peito dele tremeu debaixo do meu rosto com uma risada silenciosa.

— Está me desafiando?

— Sim. — Sorri. — Me avise quando tiver uma ideia, porque aí vou amar criticá-la do mesmo jeito que você faz com as minhas.

— Então preciso pensar um pouco. — Ele deslizou a mão por minhas costas, pegando-me nos braços. Então se sentou, acomodando-me no chão entre seus joelhos. Recostei em seu peito, aproveitando o calor de seu corpo. Fiquei desejando que não parecesse que um obstáculo ainda existia entre nós, mas não havia como negar que existia. Porque ainda havia uma coisa que eu precisava dele.

O silêncio se estendeu entre nós por um longo tempo, rompido apenas quando Bjorn disse:

— Sinto muito, Freya. Eu devia ter confiado a verdade a você, mas estava com medo. Não só do que você faria com isso, mas de te perder.

Com essa confissão, os últimos vestígios da minha raiva se esfarelaram e aquela parede alta entre nós desmoronou com eles, porque Bjorn finalmente me contara a razão para tantas mentiras. *A verdadeira razão.*

— Está perdoado.

Bjorn ficou quieto.

— Por quê?

— Porque você é lindo demais. — Levando a cabeça até o ombro dele, encarei o fundo de seus olhos no escuro, depois passei a ponta dos dedos pela lateral de seu rosto com a barba por fazer. — Tem certeza de que Baldur não te deu um pouco do sangue dele?

— Isso explicaria muita coisa. — Ele sorriu, depois virou o rosto para beijar minha palma cheia de cicatrizes. Embora minha pele tivesse pouca sensibilidade, a sensação me atingiu em cheio.

— Principalmente sua arrogância — murmurei, virando o corpo de modo a ficar sentada entre as pernas dele, envolvendo a cintura de Bjorn com as minhas. — Eu menti mais cedo. A arrogância só me faz te desejar ainda mais.

— Eu vou me lembrar disso.

Revirei os olhos.

— Já me arrependi de ter aberto a boca.

Ele fechou as mãos ao redor de minha cintura, deslizando-as para cima e para baixo em minhas costas, causando arrepios em mim que não tinham nada a ver com o frio. Ele inclinou o corpo para a frente e abri os lábios, certa de que ele me beijaria, mas Bjorn se limitou a dizer:

— Você ainda não respondeu à minha pergunta.

Era difícil pensar com aquelas mãos em mim. Difícil me concentrar em qualquer coisa além do quanto eu queria ficar perto dele. Me unir a ele novamente, porque sem ele, eu me sentia vazia demais.

— Você prometeu que eu era sua. Que você era meu. Que ficaria ao meu lado até os portões de Valhalla, e embora tenha me ferido de várias outras formas, nunca quebrou essas promessas. — Curvei a mão atrás da cabeça dele, sentindo seus cabelos sedosos em minha pele. — Você me magoou, mas conquistou meu perdão, e negar isso só piora a dor. Perdoar você me deixa livre para sentir outras coisas além de dor. Estou te perdoando por mim mesma.

— Eu te amo, Nascida do Fogo — sussurrou Bjorn, puxando meu corpo para o próprio colo, o vértice de minhas coxas pressionado contra sua barriga rígida. — Desde o momento em que te conheci, lutei por você. E vou fazer isso todos os dias até eu entrar em Valhalla.

— Você me tem. — Ergui a cabeça para beijá-lo. — Não importa para onde o destino me levar, eu serei sua.

Ele reivindicou minha boca com a dele e não havia mais palavras a serem ditas. Só o sabor de Bjorn em minha língua, a sensação da pele dele junto à minha e o calor furioso de seu fogo, que parecia queimar ainda mais com o combustível do desejo entre nós.

Nossas línguas se acariciaram, os dentes colidindo no processo, e não me importei por minha cabeça ter ficado leve pela falta de ar, porque eu só o desejava. Só queria acabar com qualquer distância entre nós, senti-lo me tocando, me beijando, me reivindicando, e ó, deuses, que ele estivesse dentro de mim novamente.

Abri meu cinto, jogando-o de lado, depois peguei a barra da túnica e a levantei sobre a cabeça.

— Vai acabar congelando — murmurou ele em meu pescoço, me beijando e deixando um rastro de fogo até minha clavícula.

— Então me aquece — sussurrei, ficando de joelhos e gemendo quando ele beijou meu seio esquerdo, levando o mamilo à boca num choque que atravessou direto meu corpo até minha parte mais sensível. Deixei a cabeça cair para trás, os olhos fixos nas estrelas do céu noturno, incontáveis manchas de luz prateada, e nada mais importava no mundo além da sensação da boca dele em meus seios. Lambendo, chupando e mordendo até eu me sentir inchada, dolorida e desesperada para ser saciada.

Precisando ser preenchida.

Baixei o corpo sobre o colo dele, sentindo a cabeça dura de seu pau pressionada contra mim, e o desejo que sentia parecia que ia me incendiar por dentro. Com dedos selvagens, arranquei a túnica que ele estava usando, beijei e mordi sua garganta, as mãos pairando sobre suas costas e seus ombros. Todos os membros dele estavam rígidos, sua pele como fogo sob meu toque, e embora eu conseguisse sentir suas mãos sobre meu corpo nu, queria colocar as minhas no corpo inteiro dele. Queria exigir de volta o que sempre tinha sido meu e que para sempre seria, porque eu mataria qualquer um que tentasse ficar entre nós.

Então Bjorn segurou meu rosto com as duas mãos e me beijou, a língua dele perseguindo a minha, antes de se afastar e me encarar fundo nos olhos. O machado projetava sombras dançantes em suas feições selvagens e ferozes, e ele disse:

— Você é linda demais, Nascida do Fogo. Você é mais linda até do que a deusa cujo sangue corre em suas veias.

O chão debaixo de nós tremeu e Bjorn soltou uma gargalhada sombria, deslizando a mão do meu rosto para o meu pescoço, segurando-me no lugar enquanto a outra mão desatava os nós que prendiam minhas tranças. Gemi de leve quando ele as desfez com os dedos, esfregando-me nele. O vento uivava contra minha pele, mas eu mal sentia, meu corpo, calor líquido por inteiro enquanto eu passava os dedos sobre as tatuagens de seus braços musculosos, querendo abaixar as mãos para livrá-lo do restante das roupas, mas sem conseguir me mover por conta da mão firme dele em meu pescoço.

— Eu quero que você me coma — sussurrei, estremecendo quando as mechas soltas do meu cabelo caíram sobre meus seios. — Quero me entregar a você por inteira.

— É o que eu pretendo fazer — murmurou ele, terminando de soltar a última trança. — De todas as formas possíveis.

Então soltou meu pescoço, mas antes que eu tivesse a chance de tocar nele, Bjorn me pegou pelos quadris e me colocou em pé. Olhei para ele, todo pele firme e tatuagens enquanto desamarrava a parte da frente de minhas calças, mordendo o lábio inferior ao abaixar o tecido sobre meus quadris e o deslizar lentamente por minhas pernas.

Chutei os sapatos e Bjorn descartou minhas roupas, deixando-me nua diante dele. Beijou meu umbigo uma vez, depois apoiou-se em um cotovelo, olhando para mim ao libertar seu pau, acariciando-o enquanto me olhava de cima a baixo. Eu só podia imaginar o que ele estava vendo: eu nua, os cabelos soltos e balançando ao vento, o rosto ainda pintado para a guerra e o corpo iluminado pelo fogo de um deus.

— Pensando bem, foi bom ninguém ter aparecido — disse ele, os olhos ficando sombrios de uma forma que fez meus dedos dos pés se encolherem contra o chão frio. — Vale a pena morrer para ver você assim.

Então parou de acariciar seu pau e acenou com o dedo para mim.

— Eu quero você, Freya.

Fiquei de quatro e passei a língua por toda a extensão do membro, desfrutando do gemido de prazer que escapou dos lábios de Bjorn. Mas só até ele me pegar e me levantar, deitando-se de costas até apoiar a cabeça no chão, meus joelhos nas laterais de seu rosto. Suspirei quando ele abriu minhas coxas com os cotovelos, o hálito quente dele contra meu sexo molhado.

Tremi, meu corpo todo num contraste de frio e calor, mas quase morrendo de desejo até Bjorn arregaçar minhas pernas, abaixando ainda mais o meu corpo contra ele. Cada respiração que eu dava era irregular, porque cada suspiro de Bjorn queimava contra a minha parte mais íntima. Ele passou os dedos por minhas pernas descobertas, me levando a um delírio tão pungente que combati o ímpeto de gritar, porque se eu não gozasse, com certeza me desfaria em cinzas.

Então ele acariciou meu sexo com a língua, demorando-se na parte mais sensível antes de sussurrar:

— Goze para mim, Nascida do Fogo. Quero sentir seu gosto enquanto você grita meu nome para as estrelas.

Então abriu meus joelhos até minhas coxas chegarem a doer e me consumiu.

O vento arrastou meu arquejo de prazer até os confins do mar enquanto Bjorn me tomava, a língua dentro de mim antes de armar um cerco contra meu clitóris, cada chupada, cada carícia me levando para mais perto do clímax.

Finquei as unhas em minhas próprias coxas, em meus seios, desesperada para me agarrar a alguma coisa enquanto o cavalgava, a dor entre minhas pernas tão feroz que meu corpo se sacudiu.

A onda de meu desejo chegou ao ápice com tanta violência que gritei, uivei o nome dele, tomada pela sensação como se estivesse entre a vida e a morte. O que talvez eu estivesse mesmo. Repetidas vezes, as ondas tomavam conta de mim até eu quase não conseguir mais respirar.

Deslizei os quadris para trás e desmoronei sobre Bjorn, minha pele gelada onde o vento a havia beijado, o calor de seu corpo quase doloroso. O coração dele martelava contra meu ouvido, os braços quentes me envolvendo, mas a sensação de seu pau pressionando meu calor molhado era combustível para o desejo que ainda se enfurecia dentro de mim.

Erguendo o corpo, abri um sorriso feroz e comecei a beijar seu peitoral e descer com a boca. Passei pelas linhas rígidas de seu abdômen, cada respiração me enchendo mais e mais de um deleite perverso quando finalmente encontrei seu pau com os lábios. Tracei um círculo ali com a língua, sorrindo quando Bjorn gemeu, e o coloquei na boca. Era longo e grosso, mas o enfiei o mais fundo que pude, sentindo o calor salgado enquanto explorava seu corpo com as mãos.

— Freya — gemeu ele. — Que boquinha mais safada.

Eu me limitei a revirar os olhos e encará-lo, depois raspei os dentes gentilmente na cabeça de seu pau e o senti arquear as costas quando sussurrei.

— Vai dizer que não gostou?

— Gostei. — Ele emaranhou os dedos em meu cabelo. — Eu não mudaria nada em você.

Um calor diferente de desejo me preencheu, porque eu sabia que era uma mulher com defeitos. Que tinha uma parte minha que não era boa. Ainda assim, Bjorn me amava do jeito que eu era e queria que eu continuasse sendo eu mesma em vez de me fazer passar por outra pessoa, algo que tantos outros haviam tentado.

Queria que ele soubesse que eu sentia o mesmo. Que, apesar de tudo, bom e ruim, eu o amava como ele era. Eu o desejava como ele era.

Então fiz questão de mostrar.

Enfiei o pau dele profundamente na boca, saboreando-o, meus dedos explorando as linhas rígidas de seu corpo. Passei os dedos por sobre as cicatrizes e tatuagens, reafirmando que ele era meu e que eu nunca me separaria dele de novo. Agora nada nos separaria até que entrássemos em Valhalla, e depois ficaríamos juntos pelo que viesse em seguida.

— Freya — gemeu ele, e eu soube que estava perto do clímax. Conseguia sentir a tensão em seu corpo. Mas em vez de se permitir gozar, Bjorn me puxou nos braços e me beijou profundamente, acariciando a minha língua com a dele. — Você pertence a mim, Nascida do Fogo — resmungou —, e eu quero você de todas as formas.

Ele rolou e eu me vi de quatro, com Bjorn atrás de mim. Todo o meu corpo tremeu quando ele jogou meus cabelos por sobre minhas costas, o vento soprando sobre meus mamilos enrijecidos e meus dedos afundando na terra.

— Perfeita pra caralho — sussurrou ele, as mãos grandes agarrando meus quadris e os polegares pressionando os músculos de minha bunda. Ele me puxou contra si, os joelhos de cada um dos lados dos meus, o pau pressionado contra mim. — Use sua magia, Freya. Quero olhar para você enquanto te faço minha.

— Hlin — sussurrei —, me conceda seu poder.

A magia surgiu em mim e saiu por minhas mãos, espalhando-se pelo chão em um brilho prateado. Meu corpo era fogo líquido, e saber que ele estava contemplando minhas partes mais íntimas fez com que minha respiração viesse em suspiros rápidos, porque eu precisava dele dentro de mim. Precisava me juntar a ele de todas as formas possíveis.

Os dedos de Bjorn apertaram meus quadris, me puxando para trás, e um gemido escapou de meus lábios quando seu pau se pressionou contra mim. Centímetro atrás de centímetro deliciosos até meu corpo não aguentar mais.

— Minha — sussurrou Bjorn, movendo uma das mãos ao redor de meu quadril, e gemi quando ele tracejou meu clitóris com o dedo.

Meu orgasmo já estava próximo, a neve derretendo e escorrendo pelo meu corpo em riachos, justaposta ao calor ardente dele dentro de mim. Minha magia parecia pulsar na mesma batida de meu coração, luz prateada escalando as paredes de nossa prisão e alcançando o céu.

Bjorn saiu de mim e depois empurrou para dentro novamente, e eu gemi quando ele encontrou um ritmo. Meus braços tremiam com o esforço de manter o tronco elevado e indo de encontro ao corpo dele, mas, deuses, eu queria mais. Queria tudo, e me empurrava para trás contra seu corpo, obrigando-o a ir mais fundo.

Ele usava os dedos na mesma intensidade com que investia, acariciando meu clitóris, e a escalada dolorosa do meu orgasmo era um rio que desaguava numa represa prestes a se romper. Meu coração estava acelerado, meus olhos, pura luz prateada, e eu sentia como se estivesse me afogando sem me importar se nunca mais fosse conseguir puxar o fôlego.

Ele intensificou as investidas, e o desejo desesperado estilhaçou meu controle. Um grito escapou de mim quando me rendi ao gozo. Bjorn gritou meu nome e também gozou, envolvendo meus quadris com o braço e entrando tão fundo com o pau em mim que arqueei as costas.

Tentei puxar o fôlego conforme o prazer me dominava, roubando minha força, meu corpo ficando mole.

— Freya. — Bjorn subiu o braço até meu torso, levantando-me de modo que minhas costas ficassem pressionadas contra seu peito, a luz de minha magia piscando antes de cessar. Ele ainda estava dentro de mim, pulsando, e eu tremia contra as sensações esmagadoras enquanto a escuridão nos envolvia feito veludo.

— Eu te amo — disse ele, e virei a cabeça, sentindo minha têmpora roçar na barba por fazer de seu queixo quando sussurrei:

— Meu coração é seu.

Senti como se o tempo parasse. Nada acontecia a nossa volta além da gentil queda da neve, do vento nas árvores distantes e do rugido do mar. Queria que esse momento durasse, pois estávamos finalmente juntos.

Só que o frio aumentou, e o vento não estava mais só acariciando minha pele, mas cortando-a feito faca, e a realidade voltou com tudo.

Estávamos sozinhos.

Presos.

E aquela pequena extensão de terra que juntara nossos corações poderia muito bem ser o lugar onde eles bateriam pela última vez.

34
FREYA

Ao amanhecer, nem mesmo o calor de Bjorn era suficiente para me manter aquecida, ambos ensopados pela neve derretida e sem esperanças de salvação.

Vai ser melhor quando o sol raiar, fiquei repetindo para mim mesma enquanto tremia junto a ele, sem sensibilidade nos dedos dos pés, os dedos das mãos poupados só porque os mantive enfiados debaixo dos braços. Mas quando o sol nasceu, revelou que pouco havia mudado em nossas circunstâncias.

As runas que mantinham nossa prisão no lugar pareciam insuscetíveis aos elementos, e embora eu tivesse tentado fazê-las sumir com a neve derretida pelo machado de Bjorn, a água só correu ao redor delas. Minha magia, por ser vinculada ao meu toque, não era de muita ajuda, e embora o machado de Bjorn conseguisse transpor a barreira se ele o arremessasse, não fazia muito além de borrar as runas arranhadas na terra.

— Nunca conheci uma pessoa que soubesse tanto de magia rúnica quanto Harald — disse Bjorn, apoiando o antebraço na barreira invisível, os olhos fixos nos restos esturricados das árvores ao nosso redor. — Nem uma pessoa que faz planos tão bons.

— Nos deixar vivos não fazia parte do plano dele, e ainda assim, cá estamos. — Coloquei as mãos sobre o machado. — Então ele também erra. Não consegue prever todas as variáveis.

Mas, independentemente do quanto eu me esforçasse para conseguir possíveis soluções, nada funcionava. A frustração crescia em meu peito e, precisando fazer alguma coisa, qualquer coisa, eu me levantei e gritei:

— Socorro! Alguém nos ajude!

— Poupe seu fôlego, Nascida do Fogo — disse Bjorn. — Ninguém vai ouvir.

Ignorando-o, fechei as mãos em punhos e gritei:

— Socorro! Nós estamos aqui! Socorro!

— Ora — falou uma voz feminina atrás de mim. — Olha só que coincidência mais interessante.

Eu me virei, prestes a repreender Bjorn por ter zombado de meus gritos, mas todas as palavras ficaram presas na minha garganta.

Porque a mulher que me encarava com olhos que pareciam cachoeiras congeladas era Ylva.

Vestida em trajes de guerreira, os cabelos castanho-avermelhados presos em tranças de guerra, ela estava com Ragnar e vários outros, todos com flechas apontadas para Bjorn e para mim.

— Quando dizem que alguém sai da frigideira para o fogo quente, é isso que querem dizer, Freya — disse Bjorn ao se abaixar para pegar o machado, depois bateu a lâmina em chamas contra a palma. — Ylva.

— Traidor maldito. — Ela cuspiu no chão.

— Ylva, se ao menos parar para nos escutar…

— Você não é melhor do que ele, sua puta desleal. — Ela levantou a mão. — Matem-nos. Ele não está aqui.

Batendo a mão contra a barreira, cobri nossa prisão com magia, encolhendo-me quando várias flechas ricochetearam nela.

Ylva apenas riu.

— Estão presos, então que morram lentamente. Essas proteções vão aprisioná-los até que deem seus últimos suspiros. Venham, vamos continuar nossa busca.

— Ylva, espere — falei, incapaz de esconder o desespero da voz. — Harald está indo atacar Skaland e se tornar rei.

— Disso nós já sabemos, Freya — respondeu ela. — Por que acha que lutamos tanto contra ele? Se tivesse mantido sua lealdade, poderíamos tê-lo contido, mas estava ocupada demais abrindo as pernas para esse daí.

— Fugi porque achei que era a única solução — falei. — Depois Harald me fez prisioneira.

— Será que algum de vocês dois sabe o que significa a palavra *prisioneiro*? — perguntou Ylva, alternando o olhar entre mim e Bjorn. — Porque eu acho que não. Acho que estão confundindo com a palavra bajulador. Lacaio. Assecla. — O lábio dela se curvou. — Vocês não passam de bichos de estimação de Harald, e não de cativos.

— Harald nos prendeu aqui! — Não consegui expulsar o pânico da voz, porque de todas as pessoas que poderiam ter chegado, Ylva era a pior delas. — Ylva, Harald nos enganou! Ele…

Mas ela já estava se afastando, quase a uma distância em que não poderia mais me escutar.

Desesperada e sabendo quem ela procurava, gritei:

— Snorri está morto!

Ylva parou de repente.

— Ficou maluca, Freya? — sussurrou Bjorn, mas eu o ignorei quando Ylva se aproximou devagar.

— Você tem certeza disso? — A voz dela era instável, a mandíbula tremendo, e embora Ylva nunca tivesse sido minha amiga, senti uma onda de culpa pelo sofrimento que estava vivenciando. Principalmente porque só ficaria pior.

— Tenho. — Engoli em seco, apontando com os olhos para onde estavam as manchas de sangue escuras na neve. — Harald levou o corpo. Ylva, ele é filho de Loki. Um transmorfo. Todos esses anos, fingiu que Saga estava viva e se apropriou do rosto e da voz dela para contar ao mundo que havia sido Snorri quem tentara matá-la, nomeando Harald seu salvador.

Ylva cambaleou.

— Você deveria proteger meu marido a todo custo — sussurrou ela, e não pareceu se importar com a revelação da identidade de Harald. — Você fez um juramento.

— Eu tentei, Ylva. Tentei de verdade. — Apoiei o corpo na barreira, minha magia ainda brilhando forte. — Harald nos enganou, mas não vai parar por aí em suas trapaças, tenho certeza. Precisamos revelar a verdade sobre a natureza dele para voltarmos os guerreiros de Nordeland contra ele mesmo.

Lágrimas se acumularam nos olhos azuis gelados de Ylva.

— Ele teve uma boa morte?

Era como se ela nem tivesse me escutado. Ou não conseguisse se importar com nada além do próprio sofrimento.

— Ylva, é seu povo que Harald pretende fazer jurar lealdade a ele como rei. Você é a senhora de Halsar e jurou protegê-los. Solte-nos e vamos poder te ajudar.

— Não sou mais a senhora deles, pois meu marido está morto. O rei de Skaland está morto. — Ela caiu de joelhos, um lamento terrível saindo dos lábios. Ragnar deu um passo à frente para colocar a mão em seu ombro, mas Ylva empurrou a mão dele e gritou o nome de Snorri.

— Ylva, onde está Leif? — Bjorn tinha parado ao meu lado. — Onde está meu irmão?

— Não fale o nome dele! — Ylva ergueu o rosto, os olhos inchados repletos de uma fúria repentina. — Você traiu sua família e não é irmão dele!

— Essa decisão é dele, não sua — afirmou Bjorn. — Mas como herdeiro de Snorri, é o legado dele que está em jogo se Harald não for detido.

— O legado dele já está perdido — respondeu ela. — Pois as forças de Harald velejaram diretamente para Skaland após a batalha. Os navios passaram por mim enquanto eu saía em busca de nossa esquadra, e achei que ele pudesse ter se esquivado dos navios de Snorri no estreito. Acreditei que teria uma chance melhor de deter Nordeland se conseguisse encontrar Snorri para levá-lo junto com nossos guerreiros de volta para lutar, mas um barco de pesca que tinha testemunhado a batalha nos informou que os guerreiros de Skaland foram perdidos para o mar. Foram arrastados até o fundo das ondas por raízes pretas. — Ela olhou em meus olhos. — Foram perdidos para você, filha de Hel. Não pense em negar, porque a notícia de seu poder se alastrou feito fogo pela língua de todas as embarcações de mercadores que estiveram em Nordeland faz pouco tempo. Eu teria que estar louca para considerar libertar uma criatura como você.

Franzi os lábios, entendendo agora por que Harald não tinha feito nada para esconder minha presença em Nordeland. Não tinha feito nada para esconder minha magia — aliás, muito pelo contrário, na verdade. Fizera questão de que a notícia do que eu era chegasse a Skaland de modo que eles soubessem que a culpa era minha quando Harald me usasse para destruir o exército de Snorri.

— Leif está em Grindill, que é o alvo inevitável de Harald — disse Ylva. — Se já não o tiver matado ou aprisionado, é apenas questão de tempo até fazer isso.

Bjorn praguejou, depois bateu com o punho na barreira, mas minha mente estava acelerada.

— Negocie o retorno de Leif nos usando.

Ylva ficou imóvel.

— Harald nos quer mortos — falei a ela. — Já desempenhamos o nosso papel no plano dele e agora somos seu maior risco, pois sabemos a verdade sobre a natureza dele. O único motivo para ainda estarmos vivos é que ele foi incapaz de nos matar, por isso nos deixou presos para morrer de fome. Então você pode nos soltar e depois nos trocar por Leif. Nós matamos Harald e vingamos Snorri.

— Por que eu deveria confiar em vocês? — perguntou Ylva. — Por que deveria acreditar em uma palavra sequer do que estão dizendo? Como vou saber que isso não é só um truque para me capturar e destruir a última resistência ao domínio de Harald? Sua palavra não significa nada para mim, Freya.

— E minhas memórias?

Ylva não respondeu.

— Eu me lembro das runas que usou para o feitiço de capturar memórias e compartilhá-las com os outros. Posso usá-las para capturar a lembrança do que aconteceu aqui — falei. — Você pode assistir e julgar por si mesma.

— Não confie nela. — Os olhos escuros de Ragnar estavam sérios. — Eles estão do lado de Harald. Isso é um truque, minha…

Ylva levantou a mão, pedindo silêncio, e por um longo tempo o único som era o do mar e o do vento. Então disse:

— Você viu Snorri morrer?

Os músculos de minha mandíbula ficaram tensos, porque eu sabia que isso era um risco.

— Vi.

— Quero ver tudo. E só então vou decidir.

Mantendo o escudo erguido, virei o corpo e olhei nos olhos de Bjorn.

— Deixe que ela veja — disse ele. — Ela vai ver que você tentou.

Mas também veria que tinha sido Bjorn quem matara Snorri, e não achei que fosse sentir muita empatia ao saber que ele havia agido por engano ao matá-lo. Mas que outra escolha tínhamos?

Respirando fundo, liberei minha magia, a camada de luz prateada que cobria a barreira desaparecendo, e caí de joelhos.

— Tenha o primeiro momento da lembrança em mente enquanto desenha a primeira runa e vá repassando os eventos até o final, terminando com a última — instruiu Ylva. — E tenha cuidado, pois só pode capturar uma memória com essa magia uma única vez.

Assentindo, pensei no momento em que pisei naquele pedaço de terra com força e comecei a desenhar as runas. Meus olhos queimavam enquanto eu me forçava a me lembrar de tudo, desenhando a última runa ao ver Harald e Tora desaparecerem de vista.

— Vá para o outro lado de sua prisão — disse Ylva, depois apontou com o queixo para Bjorn. — Você também.

Nós obedecemos enquanto Ylva fazia as próprias marcas na terra do lado de fora de nossa prisão, pressionando uma das mãos contra elas.

— Isso vai impedir que eu seja pega pelas proteções — eu a ouvi dizer a Ragnar, mas também notei que ele segurou o braço dela com força, pronto para puxá-la.

— Ela nunca vai perdoar o que fiz, e nem deveria — disse Bjorn com suavidade, vestindo a cota de malha. — Mas vai ver que a culpa não foi sua. Se ela permitir que só você seja livre, aceite.

— Não vou te deixar aqui.

— Vai sim — respondeu ele. — Faça um plano com Ylva para libertar meu irmão e depois volte para me salvar.

Não havia a menor chance de eu deixar Bjorn para morrer naquela prisão, mas o momento de discutir tinha acabado, porque Ylva alcançou o círculo de runas do outro lado da barreira e colocou a mão sobre elas. Todo o seu corpo ficou rígido quando sua mente foi preenchida por minha memória, e tive que me esforçar para respirar.

— Saga? — sussurrou Ylva, depois balançou a cabeça, murmurando. — Não, por favor, não.

A culpa azedou meu estômago vazio enquanto eu observava a emoção se desenvolvendo no rosto dela, os olhos se movendo de um lado para o outro, o tempo parecendo parar. Então, debaixo de sua palma, as runas se transformaram em cinzas e Ylva retirou a mão, sentando-se com força na neve derretida.

— Minha senhora? — Ragnar segurou seus ombros. — O que quer que façamos?

Ylva não respondeu, o olhar perdido, e senti o coração acelerar porque fiquei pensando que talvez assistir à morte de Snorri a tivesse destruído. E se minha artimanha tivesse falhado?

Então Ylva endireitou o corpo, e foi como ver um muro sendo reconstruído, pedra por pedra, cada vez mais alto até voltar a ser forte. Ela se levantou.

— Aconteceu como eles disseram. Harald é filho de Loki e capaz de assumir a forma e voz de qualquer um que quiser imitar. Um trapaceiro que sente prazer em fazer todos dançarem segundo a própria música, e sua filiação deve ser revelada.

Ela respirou fundo para se acalmar e em seguida encarou Bjorn.

— Sei que suas ações foram motivadas por crenças equivocadas colocadas na sua cabeça por Harald, mas acho que ainda não consigo te perdoar por ter matado seu próprio pai. Ele era o grande amor da minha vida, e parte do meu coração morreu com ele.

Fiquei tensa, tentando bolar um plano para o caso de ela concordar em me soltar, mas não soltar Bjorn, mas então Ylva disse:

— Ainda assim, Snorri morreu tentando proteger você. Ele te perdoou. Não vou desonrá-lo permitindo que Harald acabe vencendo também com sua morte, Bjorn, mas em troca de deixá-lo vivo, quero a sua palavra de que vai dedicá-la a vingar seu pai.

— Você tem a minha palavra.

Ylva acenou firme com a cabeça, depois começou a se mover lentamente pelo perímetro de nossa prisão, fazendo marcas sobre as de Harald, que desapareceram com nuvens de fumaça preta. Então apontou para nós.

— Venham.

Soltei um suspiro de alívio, pois por mais que o que estivesse por vir não fosse fácil, pelo menos não morreríamos de fome e frio em uma ilha deserta no meio do Estreito Norte.

— Preciso puxá-los para fora das proteções. — Ylva estendeu a mão. — A magia de Harald é complexa e não consegui apagá-la completamente.

Comecei a estender a mão para ela, mas hesitei, pois suspeitei que dessa forma Ylva pudesse me tirar, mas manter Bjorn preso como vingança pela morte de Snorri.

— Bjorn, você primeiro. Não confio nela.

O machado dele ganhou vida em sua mão, e com a outra ele segurou em Ylva, que o puxou para fora. Ele a soltou imediatamente.

— Agora Freya.

Ela estendeu a mão para mim. Atrás de Bjorn, no entanto, Ragnar ergueu um pesado porrete.

— Bjorn! — gritei. — Atrás de você!

Mas meu alerta veio tarde demais. A madeira pesada acertou o crânio dele com um baque. Bjorn caiu feito pedra e gritei em disparada, colidindo contra a barreira, que parecia ter permanecido no lugar.

Ragnar e dois dos outros guerreiros se jogaram sobre Bjorn, amarrando os pulsos dele atrás das costas.

— Não acreditou de verdade que eu fosse te soltar daí de dentro, acreditou, filha de Hel? — perguntou Ylva, dando um passo para trás. — Alguém com um poder como o seu não pode continuar viva, amaldiçoando as almas daqueles que merecem se juntar ao Pai de Todos a padecerem com sua mãe divina em Helheim.

Bjorn estava se mexendo, recobrando a consciência, e Ylva lançou um olhar para mim.

— Vou trocá-lo por Leif. Talvez Bjorn consiga manter sua promessa e ponha um fim em Harald. Talvez consiga fazer tudo isso a tempo de vir te resgatar antes que morra de fome. Ou talvez seu destino seja ter uma morte sem honra e se juntar a sua mãe no reino dela.

Gritei e bati os punhos contra a barreira. Os olhos de Bjorn se abriram e ele se debateu de um lado para o outro enquanto os homens o arrastavam para cima, a voz abafada pela mordaça que tinham colocado em sua boca. Mas ainda assim entendi o que ele disse: *Não faça isso. Não invoque o nome dela. Eu vou te libertar.*

— Bjorn! — gritei o nome dele, mas aquele que eu queria gritar era o de Hel. Queria amaldiçoar Ylva e seus guerreiros a Helheim para que pudéssemos sair livres dessa. Mas os olhos verdes dele suplicaram para que eu segurasse minha língua. Suplicaram para que eu confiasse que ele arranjaria outra forma de me soltar. E mesmo na situação em que eu me encontrava, aquele maldito juramento me obrigou a obedecê-lo.

Os ossos dos meus dedos ficaram machucados de tanto bater os punhos contra a magia, e Ylva suspirou.

— Acredito que a previsão de Saga significava que você realizaria grandes feitos. Mas tudo o que fez foi causar destruição. Adeus, Freya.

Gritei enquanto eles arrastavam Bjorn para longe, depois caí de joelhos e chorei. Por ele. Por mim. Por todos que tinham sido vítimas da trapaça de Harald.

Fui vencida pela exaustão, por fim, e me encolhi no lugar mais seco que consegui encontrar, sabendo que não tinha muitas chances de sobreviver àquela noite. Que eu morreria congelada e meu cadáver ficaria confinado até o fim dos dias no círculo de proteções que me prendia.

As nuvens ficaram mais densas, enclausurando o sol até ele não passar de uma esfera levemente brilhante atrás delas enquanto era perseguido pelo céu, o vento cada vez mais cortante.

Eu não queria morrer. Não queria desistir, mas não havia saída.

Lágrimas vazavam de meus olhos fechados, meus tremores violentamente dolorosos, e eu sabia que não tinha muito tempo.

— Eu te amo — sussurrei para o vento, desejando que ele levasse minha voz até Bjorn. — Continue lutando. Não o deixe vencer.

Eu queria dizer a ele que o encontraria em Valhalla, mas Ylva tinha razão: minha morte ali não seria honrosa. E saber que eu nunca mais veria o rosto de Bjorn, sentiria seu toque, ouviria sua voz, estilhaçou meu coração.

Então um leve crepitar encheu o crepúsculo, mais alto do que o vento e o mar, e senti o cheiro de fumaça. Abrindo os olhos, vi uma figura sombria andando em minha direção e deixando brasas e cinzas em seu rastro.

O espectro.

Não... eu sabia quem ela era: Snorri estivera certo o tempo todo.

— Saga?

A mãe de Bjorn atravessou a barreira e depois se ajoelhou diante de mim, o interior dos olhos verdes parecendo brilhar. Contemplá-la continuava sendo um horror, a carne carbonizada revelando tendões e ossos. Harald tinha infligido isso a ela ao deixar que queimasse viva em sua cabana, e Saga ainda sofria aquela agonia, mesmo na morte.

— Sinto muito — sussurrei. — Ele me enganou.

Estendendo o braço, ela pressionou o dedo esquelético em minha bochecha, mas em vez de sentir repulsa por seu toque, eu me aproximei dele. Senti conforto.

— Estou presa — falei. — Ylva vai trocar Bjorn por Leif, e Harald ou vai matá-lo, ou vai vinculá-lo como fez com Tora, e não há nada que eu possa fazer. Não posso ajudá-lo. — Levantei o rosto quando uma ideia repentina me ocorreu. — Você consegue remover as proteções que estão me prendendo?

— Não. — Como sempre, a voz dela era severa e dolorida, forçada através de cordas vocais queimadas, cada palavra uma agonia. — Não posso.

Saga abaixou a mão esquelética de meu rosto para pegar minha mão direita cheia de cicatrizes, abrindo meus dedos para revelar a tatuagem em minha palma. A marca de Hel, embora distorcida até não ser mais reconhecível.

— Você não é totalmente mortal. A maldição dela te libertará.

Então ela foi embora.

Forcei meu corpo entorpecido a se levantar, encarando a tatuagem distorcida em minha mão. Parecia loucura considerar, mas que outras opções eu tinha? Era melhor morrer tentando viver do que morrer sem fazer nada.

Então falei:

— Hel, me conceda seu poder. — Conforme a magia me preenchia, vesti a cota de malha, ajustei o cinto com a espada e prendi o escudo nas costas. Reunindo coragem, sussurrei: — Eu me amaldiçoo a descer pela estrada até Helheim.

O chão começou a tremer.

35
FREYA

O MEDO INUNDOU MINHAS VEIAS quando as raízes irromperam do chão, pretas e aterrorizantes. Enrolaram-se em meus braços e minhas pernas, mas não as combati. Não resisti. Cedi a elas quando me arrastaram para baixo.

A terra se fechou ao meu redor, pressionando meu rosto como se eu estivesse sendo enterrada viva, e foi aí que o pânico me dominou.

Arranhei as raízes, desesperada para respirar, tentando subir de volta, mas elas me arrastaram para baixo com uma força implacável.

Isso não era fuga.

Era morte.

Meu peito agonizava com a necessidade de ar, e tentei levantar a mão para tirar a terra da boca, mas meus braços estavam imobilizados.

Eu tinha cometido um erro, ó deuses, o pior dos erros.

Mas então me senti cair.

Consegui puxar o fôlego pouco antes de minhas costas baterem contra uma raiz, voltando a arrancar o ar de meus pulmões. Abri a boca em um grito de dor, mas não consegui expelir nenhum som enquanto meu corpo balançava e ricocheteava na rede emaranhada de raízes pretas, caindo cada vez mais.

Caí sobre uma pedra com um impacto que me fez ver estrelas, meu escudo desabando ao meu lado.

Com um lamento, virei o corpo. As únicas preocupações em minha cabeça eram respirar e apaziguar a dor em quase todas as partes de meu corpo.

Então ouvi o arrastar de uma pegada na pedra, e meus olhos se abriram para avistar um par de pés ao meu lado. Minha visão, que ainda girava, subiu por tornozelos, depois por uma saia, cada vez mais para cima até parar em um rosto que reconheci, pois já tinha visto Harald usá-lo antes.

— Saga?

A mãe de Bjorn sorriu, depois se sentou ao meu lado.

— Era para você descer, não cair.

— Na próxima eu desço — falei, apoiando-me em um cotovelo e me esforçando mais do que o normal para colocar minhas pernas congeladas e surradas debaixo do corpo. Só então olhei ao redor, descobrindo que estávamos em uma estrada de pedra, tudo à nossa volta escuridão e névoa, e acima…

— Yggdrasil — sussurrei, olhando para cima, para a rede de raízes por meio das quais eu havia caído. — Estou em Helheim.

— Não — corrigiu Saga. — Você está entre mundos, Freya. Na estrada que leva a Helheim, para ser mais específica. Um lugar para almas mortais, mas seu corpo só conseguiu chegar a este lugar por causa do sangue divino em suas veias. Só os mortos podem residir em Helheim, e como tenho certeza de que já sabe, você está bem viva. Então não passe pelos portões dourados.

Secando um corte em uma das minhas mãos que sangrava, tive que admitir com relutância que estava, de fato, viva.

— Como chegou aqui, Saga?

— Meu fio está emaranhado ao seu — respondeu ela. — Eu caminho por entre mundos, e embora possa entrar no mundo mortal, isso me é custoso, pois devo aparecer por lá da forma como estava quando dei meu último suspiro.

Queimada, *queimando*, e meu estômago se retorceu diante da agonia que ela precisava suportar.

— Algum dia estará livre?

— Não posso prever meu próprio futuro — respondeu ela. — Só partes do seu, que está em constante mudança. Sempre se transformando. Agora mesmo, você foi enganada pelas escolhas do trapaceiro, e é ele quem determina o futuro de todos. Para nos libertar, você precisa cortar o fio dele antes do tempo.

Uma coisa tão simples, e ainda assim eu sabia que matar Harald não seria tarefa fácil, porque ele era tão esperto quanto possível a um mortal.

— Sinto muito — falei. — Por não ter enxergado através da máscara que ele usou para imitar você.

Em retrospecto, parecia óbvio demais que o Harald-disfarçado-de-

-Saga tinha sido um disfarce, pois ela era perfeita demais, de beleza sobrenatural. A mulher que estava diante de mim, no entanto, carregava os sinais de uma vida bem vivida. Jovem como era quando foi morta, mas com as mãos marcadas por pequenas cicatrizes, outra cicatriz no queixo e o início de rugas de sorriso marcando suas bochechas e o canto dos olhos. Uma mulher que tinha vivido, rido e amado, e não a estátua de mármore da qual Harald se lembrava. Isso me fez pensar que ele nunca a havia conhecido de verdade nem amado seu coração, apenas desejado possuir o corpo de Saga e o dom da magia que ela tinha no sangue.

— Ele enganou muita gente.

— Ele te enganou?

— Por um tempo — respondeu Saga, depois sussurrou: — Harald não é cruel por natureza... Não almeja o sofrimento dos outros, e é por isso que Nordeland prosperou por tanto tempo. Por isso que o povo o ama como rei. O que o motiva é o desejo de manipular os outros, de controlá-los, de ser mais esperto do que eles, e o sofrimento é uma mera consequência disso. Mas, acima de tudo, ele quer ser amado e adorado, e quase tudo o que faz é com o objetivo de conquistar isso. Tive muitas visões do futuro, mas elas sempre mudavam e sempre eram contraditórias, e ele não tinha revelado de quem era filho a mim. Muitas vezes tentou me incitar a me juntar a ele em Nordeland, mas sempre recusei a oferta, porque mesmo não sabendo o que Harald era, via nele o desejo de manipular os outros. Um traço perigoso em todos os homens, mas ainda pior em um filho dos deuses, pois eles têm o poder de mudar o destino.

— Foi por isso que ele te matou? — Eu só sabia o que Harald havia me dito e não tinha certeza se tudo era mentira.

Os olhos verdes de Saga ficaram distantes.

— Minha morte foi acidental, Freya. Harald acreditava que eu relutava em me juntar à aliança dele por conta de Snorri, então pensou que, se Snorri me ameaçasse, ele conseguiria inverter minha lealdade. O incêndio foi um acidente, e embora alegue o contrário, acho que Harald foi motivado pela culpa quando levou Bjorn consigo para que um filho de Eir o curasse. Uma emoção que foi ficando turva conforme ele se deu conta de que meu filho era uma ferramenta que ele poderia usar, e aí sua natureza assumiu o controle mais uma vez.

— Como faço para detê-lo? — perguntei. — Como vou conseguir

me aproximar de Harald a ponto de matá-lo? A magia de Hel não fere os Sem Destino, nem sequer chega perto dele.

— Loki é pai de Hel — comentou Saga, dando de ombros. — E para saber se esse efeito da magia dela é motivado por medo ou lealdade, teria que perguntar a ela.

Meu sangue gelou, e olhei para a névoa à nossa volta meio convencida de que a deusa da morte apareceria ali. Mas havia apenas escuridão e neblina.

E Saga não havia respondido à minha pergunta.

— Você previu o que vou fazer? — perguntei. — Conseguiu prever uma forma de detê-lo?

— Não — respondeu Saga. — Só vi você falhar. Vi você morrer. Vi Harald com uma coroa, rei tanto de Skaland quanto de Nordeland.

Senti o estômago afundar, minha língua incapaz de pronunciar palavras.

— Mas você é capaz de mudar o próprio destino. — Saga segurou minhas mãos. — Tem o poder de salvar Bjorn. De salvar Skaland. De se salvar. — Ela apontou para as raízes. — Escale por um caminho diferente daquele pelo qual caiu e vai sair longe de onde foi aprisionada naquela ilha. Quanto ao que fará em seguida, aí é você quem decide como vai tecer o destino.

Levantando, agarrei o emaranhado de raízes, sem gostar muito da ideia de escalar, mas quando pensei em como faria, uma rajada de vento soprou sobre mim como um suspiro de um gigante. Virando-me, olhei para a estrada em meio à névoa.

— Esse caminho leva a Helheim, então?

— Sim. Mas só os mortos cruzam o limite que leva ao domínio de Hel, para nunca mais voltar. Ela não gosta de abrir mão do que lhe pertence.

— Eu sei. — Tinha ouvido a voz de Hel em minha cabeça vezes o bastante para ter uma noção da… *cobiça* que a dominava. Um traço da deusa que, para o bem ou para o mal, eu havia herdado.

— Escale, Freya — disse Saga. — Ylva pretende trocar meu filho pelo dela. Tenho medo do destino que o trapaceiro terá planejado para ele. Você é a única salvação de Bjorn.

Eu vou estar com você até cruzar o limite para Valhalla, Nascida do Fogo, a voz de Bjorn ecoou em meus pensamentos, porque embora eu nunca tivesse pronunciado as palavras, meu coração tinha feito o mesmo juramento a ele.

Meu corpo dolorido tremeu porque cada um dos meus instintos exigia que eu encontrasse Bjorn. Que eu o protegesse de qualquer destino terrível que Harald inventasse para ele, porque eu não achava que seria fácil como a morte. Levantando o braço, agarrei uma das raízes. *Salve-o*, sussurrou meu coração. *Você sabe que ele viria te salvar.*

Visões de um futuro com ele assolaram minha mente, de uma vida que ia além daquele lugar onde eu me encontrava, onde poderíamos ser felizes. Deuses, eu desejava aquela vida. Desejava-a tanto que chegava a doer para respirar.

— Vou tecer meu próprio destino — sussurrei, soltando a raiz e pegando meu escudo.

— Freya?

Eu já estava correndo. Avançando pela estrada com a certeza de que Saga tinha medo demais de ser puxada para o além-vida para ir atrás de mim. Corri cada vez mais rápido, as botas batendo contra as pedras escuras no chão e meu escudo balançando nas costas, névoa por todos os lados. Sons emanavam delas, os rugidos de gargantas ferozes e o raspar de garras, e o medo correu por minhas veias.

O ar tinha cheiro de terra e umidade e, lá em cima, as raízes de Yggdrasil se moviam, embora eu não soubesse ao certo se era porque a árvore era senciente ou se o movimento estaria sendo causado por alguma outra coisa.

Ou alguém.

Deslizei até parar ao ver um grande rio se estendendo diante de mim, de águas escuras e sem fundo. Em vez de ouvir o som de água corrente, era como se uma batalha se travasse em suas profundezas, em um tilintar infinito de aço contra aço. Uma ponte de pedra escura que brilhava como ouro passava sobre ele, e do outro lado havia um muro dourado de uma altura impossível de transpor. No muro, havia um portão com duas portas que necessitaria das mãos de um gigante para ser aberto. Diante dele estava um cão de caça preto do tamanho de um urso, os olhos brilhantes fixos em mim.

Garmr.

A criatura soltou um rosnado, sentindo que eu não pertencia àquele lugar, pois estava entre os vivos e aquele era um lugar reservado aos mortos.

Ele caminhou até a ponte, e engoli em seco ao ver as gotas vermelhas pingando de seu pelo escuro.

— Eu sou Freya, filha de Erik — falei à fera, embora não tivesse noção se ele conseguia entender minhas palavras. — Filha de Hlin e de Hel. Gostaria de falar com minha mãe divina.

Com a boca arreganhada para revelar dentes tão longos quanto minha mão, o cachorro soltou outro rosnado.

Tentei alcançar meu escudo, mas então pensei melhor e sussurrei:

— Hel, me conceda seu poder.

A magia ferveu em meu interior, queimando, e o cachorro parou, olhando para mim com um olhar vermelho que eu suspeitava refletir o meu. Ele se aproximou, farejando, e tudo o que pude fazer foi ficar imóvel. O hálito fedia como o de um cadáver morto há uma semana, mas era frio como o vento de inverno.

Então ele abaixou a cabeça e foi até um lado da ponte.

Respirando fundo, eu a atravessei e então parei, os olhos fixos nos portões fechados que dariam no salão de Hel. Só os mortos podiam entrar e, uma vez lá dentro, ninguém mais saía. O que sugeria que era melhor eu ficar onde estava.

— Queria falar com minha mãe divina — gritei, esperando ser ignorada. Mas assim que as palavras deixaram minha boca, os portões se abriram. Além deles, tudo o que dava para ver era um muro de névoa que obscurecia o que havia atrás, e por ali passou uma giganta.

Dei um passo cambaleante para trás, subindo os olhos pela forma da giganta, mas conforme eu a observava, ela começou a encolher. Diminuiu de tamanho a cada passo que dava na minha direção até Hel e eu estarmos do mesmo tamanho quando ela parou em minha frente. A mudança em sua estatura não a tornou mais humana em aparência. Esguia e recurvada, metade do rosto era de uma beleza admirável, os cabelos dourados caindo em cachos lustrosos até a cintura. Mas a outra… tinha o tom azulado de um hematoma ou de carne perdida para uma queimadura de gelo, tão afundada que dava para ver a forma de seu crânio por baixo, e os cabelos tinham fios ralos de um grisalho escuro.

Metade viva. Metade morta. A deusa da morte.

— Filha.

A voz dela era como cobras rastejando por entre folhas mortas, terrível e horripilante, e caí de joelhos.

— Mãe.

— Aqui não é lugar para pessoas vivas.

— Eu sou sangue do seu sangue — retruquei. — É o meu lugar.

Dedos frios como gelo tocaram meu queixo e levantaram meu rosto para sustentar seu olhar. Um olho era azul, o outro, preto leitoso. Não vermelho, como achei que seria, e não soube o que pensar quanto a isso.

— Preciso de sua ajuda.

Ela inclinou a cabeça.

— Preciso derrotar Harald de Nordeland — falei. — Mas quando tento mandar a alma dele para seu mundo, você não a aceita. Por quê? É porque ele é filho de Loki?

— As almas dos Sem Destino não são assim tão fáceis de reivindicar. Se eu fizesse isso, arriscaria a ira de meus parentes, o que não faço sem uma causa digna.

— Entendi, mas as raízes chegaram a aparecer para os outros. Para ele, você nem tenta. Tem medo da retaliação de Loki?

— Medo? — Hel sorriu, achando graça, e me encolhi ao contemplar seus dentes. Metade imaculados e metade podres, mas todos pontudos feito presas.

Todos os meus instintos gritavam para que eu fugisse, mas me mantive imóvel.

— Por quê, então? Prefere favorecer Harald mais do que sua própria filha? Deseja que ele triunfe mais do que seu próprio sangue? Ele já me fez de idiota. Tentou me matar. Me aprisionou. Você poderia ter evitado tudo isso se tivesse me contado sobre a filiação dele.

— Você não me parece aprisionada.

Rangi os dentes, a irritação começando a se sobrepor ao medo porque parecia que ela não me daria respostas diretas.

— Você não quer a alma dele?

Hel chegou mais perto e suspirou, o fedor de um cadáver suspenso sobre mim.

— Sim, Freya. Quero.

— Então por que não me ajuda a matá-lo? — As palavras saíram como um grito, do que imediatamente me arrependi quando ela chegou ainda mais perto. Os cabelos de seu lado morto roçaram minha mão, e a sensação foi de vermes rastejando sobre minha pele.

— Eu te concedi poder sobre a morte — sussurrou ela. — Poder de fazer aqueles destinados a Valhalla tremerem de terror. Teça seu próprio destino, filha.

E, com isso, desapareceu.

Eu me encolhi em posição fetal e envolvi meu corpo com os braços, minha respiração saindo em grandes arfadas. Tremores tomaram conta de mim e minha garganta queimou de náusea. Eu tinha ido até ali para nada, e quem sabia que horrores haviam recaído sobre Bjorn durante o tempo que eu perdera.

Então uma língua quente escorregou por meu braço.

Gritei e caí de lado, meu escudo colidindo com o chão com um barulho. Era Garmr que tinha me lambido, e agora me observava.

— O que você quer? — perguntei a ele. — Você tem uma solução?

Ele se limitou a cheirar meu braço com o enorme focinho, depois virou a cabeça enorme para contemplar formas sombrias saindo do rio e caminhando na direção dos portões abertos de Helheim para chegar ao que ficava obscurecido pela névoa.

— Eu tenho que voltar — falei para o cachorro. — Preciso ajudar Bjorn.

Minha voz falhou ao dizer o nome dele, porque eu não tinha ideia de como o salvaria. Mas tinha que tentar. Levantando, tentei atravessar a ponte de volta. Mas Garmr bloqueou meu caminho.

— Me deixe passar — falei a ele, tentando dar a volta, mas o cachorro ficava entrando na minha frente toda vez. — Bjorn precisa de mim!

Bjorn.

Paralisei, o nome dele resgatando das profundezas de minha mente a história de Baldur. De como ele tinha sido mandado para Helheim por conta das trapaças de Loki. Hel tinha concordado em libertá-lo se o mundo todo chorasse, e embora isso não tivesse acontecido, percebi que a oferta estava lançada.

Hel tinha o poder de libertar as almas de Helheim.

Eu te concedi poder sobre a morte. Poder de fazer aqueles destinados a Valhalla tremerem de terror. Teça seu próprio destino, filha.

Fui virando o corpo devagar para contemplar os portões, que se abriram para outra alma, a qual desapareceu na névoa vertiginosa. Pouco tempo antes eu havia mandado centenas de skalandeses por aqueles portões, embora não merecessem. Guerreiros que mereciam uma chance em Valhalla.

Então os portões começaram a se fechar devagar.

Hel tinha me concedido seu poder. Todo seu poder. Mas eu tinha um que ela não tinha.

Respirando fundo, disparei na direção dos portões e mergulhei pela abertura.

Pouco antes de eles se fecharem com um baque.

36
FREYA

Fazia frio.

Mais frio do que no auge do inverno, minha respiração se transformando em grandes nuvens rajadas e minhas mãos já doendo quando me levantei. Puxei o capuz por sobre a cabeça e enfiei as mãos debaixo das axilas, mas não fez diferença.

Porque o frio ali era o da morte.

Tudo ao meu redor era névoa e escuridão, a primeira serpeando quando levantei a mão esquerda e a cobri com a magia de Hlin, a luz prateada revelando um túnel. Avistando a alma que eu tinha seguido, corri atrás dela com o escudo balançando nas costas. Ela era velha e grisalha, mas quando toquei em seu ombro, não pareceu sentir.

— Olá — falei. — Está me ouvindo?

A alma não esboçou nenhuma reação, limitando-se a continuar andando com uma expressão vazia no rosto.

— Talvez isso tenha sido um erro — murmurei, e saí correndo, atravessando os túneis infinitos. Passei por dezenas de almas, jovens e velhas, e nenhuma delas prestou atenção em mim.

Continuei correndo, o frio mais cortante a cada momento que passava, e me ocorreu que eu talvez estivesse morrendo. Que entrando no salão dos mortos, eu não apenas havia garantido um novo destino, mas um inglório que não conquistava nada do que eu esperava. Que Harald dominaria todo o norte enquanto eu ficaria ali, caminhando pelos salões escuros e enevoados de Helheim até o fim dos dias.

Mais rápido, ordenei a mim mesma. *Corra mais rápido*.

Minhas botas não faziam barulho conforme eu me deslocava pelo túnel de forma a me esquivar das almas, mas então meus olhos se fixaram nos ombros largos de um homem à frente. Ele vestia peles e cota de malha e tinha uma espada na cintura e um escudo nas mãos. Nada nele era como nos outros pelos quais eu havia passado.

Um guerreiro.

E a julgar pela pintura verde e preta em seu escudo, era um skalandês.

Acelerando ainda mais, segurei o braço dele.

— Consegue me ouvir? — perguntei, tentando fazê-lo parar. — Ouça!

Mas ele continuou andando e me arrastando para a frente como se eu não pesasse mais do que uma pena.

Praguejando, corri até o próximo guerreiro, depois o seguinte, tentando fazer algum deles me ver, mas todos continuavam seguindo em frente. Perdidos em um sonho. Ou no mais absoluto nada. Eu não sabia dizer qual das duas coisas.

Lágrimas congelaram em meu rosto, a agonia do frio deixando meu corpo letárgico. Embora meu escudo fosse leve graças à magia de Gyda, ele de repente pesava quase tanto quanto uma bigorna em minhas costas.

Eu tinha apostado e perdido.

Todos tinham perdido.

Desesperada, joguei o corpo sobre um último guerreiro, mas foi justamente esse que a luz de Hlin iluminou, um rosto barbado familiar.

O rosto do meu irmão.

Ele havia estado na batalha no estreito.

Carne da minha carne e sangue do meu sangue.

E eu o havia matado.

De repente senti como se eu fosse cair de joelhos e suplicar por seu perdão, mas em vez disso, falei:

— Geir? Está me ouvindo, irmão?

Ele continuou andando, pisando em meu pé sem se importar enquanto continuava a percorrer o túnel.

A fúria borbulhou em minhas veias, a magia de Hel parecendo subir com ela, e então gritei:

— Geir, olhe para mim!

Meu irmão parou de repente. Devagar, piscou e olhou para mim.

— Freya?

— É, sou eu! — Agarrando os ombros dele, encarei seus olhos familiares cor de âmbar. — Sinto muito.

— Onde nós estamos? — Ele olhou os arredores, o rosto ficando alarmado. — Que lugar é esse?

— Helheim.

A surpresa se transformou em horror.

— Helheim? Então eu… nós estamos…

— Mortos. Quer dizer, você está. E eu logo estarei, se não sair daqui.

— Estávamos lutando — sussurrou ele. — Eu estava com a espada na mão. O que fiz para merecer esse destino?

— Nada. — Meu queixo tremeu. — A culpa é minha. Eu… eu te mandei para cá, junto com todo mundo da esquadra de Snorri. Tenho magia de Hel em minhas veias.

O olhar dele ficou mais severo.

— Por quê? Por que condenaria seu próprio povo a este destino?

Eu estava começando a perder a consciência, minhas mãos e meus pés totalmente dormentes.

— É uma longa história, irmão. A culpa é minha, mas acredito que ainda possa consertar as coisas.

— Trazendo todos nós de volta à vida?

— Dando a vocês outra chance de ir para Valhalla. — Senti o corpo oscilar, minha força começando a falhar. — Acho que posso tirar você de Helheim. Todos vocês. Conceder uma chance de lutarem para salvar Skaland e conquistar um lugar com o Pai de Todos. Mas preciso que me ajude a acordar seus guerreiros do sonho que os aprisionou.

Os olhos de Geir se estreitaram quando ele viu a longa fila de guerreiros. Então segurou minhas mãos. As dele eram duras e frias, mas ainda assim senti a conexão entre nós. Eu tinha mandado a alma dele para cá, o que significava que ela era minha, não de Hel. Assim como as almas de todos os guerreiros skalandeses que eu havia amaldiçoado àquele lugar.

— Parem.

Eles continuaram andando. Segurando a mão de Geir com firmeza, busquei força interior, chegando mais perto do poder em meu sangue ao murmurar o nome de Hel e em seguida gritar:

— Parem!

À nossa volta, os guerreiros pararam. Piscaram como se tivessem sido acordados de um sonho, a confusão rapidamente se transformando em horror.

Minha euforia por tê-los acordado durou pouco. Hel tinha sentido a agitação de poder em seu mundo e, ao longe, ouvi o baque de seu pé gigantesco.

— Precisamos ir embora — sussurrei. — Precisamos voltar aos portões.

— Vocês estão em Helheim — vociferou Geir. — Se quiserem ter uma nova chance de ir para Valhalla, precisam me seguir agora!

Senti os joelhos cederem, mas meu irmão me levantou e começou a correr, meu escudo pendurado sobre o ombro. Ele desviou das almas de olhos vazios que ainda vagavam pelo túnel, a névoa serpeando.

Meu coração estava vacilando. Cada respiração era uma luta. Estávamos num lugar de morte, e mesmo com o sangue de Hel nas veias, meu corpo mortal não podia sobreviver ali.

— Rápido — falei, ofegante. — Você precisa se apressar, Geir!

Lá na frente, os portões dourados brilhavam através da névoa.

Mas estavam fechados.

Abram, desejei, meu coração saltando quando uma fenda apareceu e foi ficando maior.

Íamos conseguir.

Assim que o pensamento cruzou minha mente, meu coração titubeou. Então parou de bater completamente.

— Geir — falei, dando meu último suspiro, e então minha visão começou a girar na penumbra enquanto minha vida escorregava de minhas mãos.

Geir saltou para a abertura…

E quando vi, estava ofegando, desesperada, ao lado das patas de Garmr, meu coração voltando a bater no peito.

Resmunguei, tentando encontrar forças para me levantar. Estava viva, mas tudo doía.

— Freya!

Levantei a cabeça e encontrei Geir olhando para mim detrás dos portões, com o restante dos skalandeses aglomerados atrás dele.

— Não estamos conseguindo passar. — Ele jogou meu escudo na minha direção, o metal fazendo um barulho alto ao colidir contra a pedra. — Os portões estão se fechando!

E minha mãe divina estava vindo.

Cambaleando para me levantar, gritei:

— Eu reivindico o poder de Hel!

O calor rugiu em minhas veias, a magia me inundando. Os passos de Hel aceleraram quando ela sentiu que eu estava invocando seu poder, mas ignorei a sensação crescente de terror e gritei:

— Eu sou Freya Nascida do Fogo, filha de Hel e senhora da morte! Suas almas foram mandadas para Helheim com minha magia e é minha magia que irá libertá-los! Aceitem lutar comigo contra o rei Harald, filho de Loki, que venceu a batalha com trapaça, não com honra. Lutem comigo em nome de Skaland, que foi derrotada pelo orgulho de Snorri. Lutem comigo por suas famílias, que agora estão sozinhas. Lutem por mim e consagrarei a alma de vocês ao Pai de Todos assim que sairmos vitoriosos. Lutem por uma chance de entrar em Valhalla!

Ninguém chegou a hesitar, apenas bradaram "Nascida do Fogo!" de forma ensurdecedora e passaram pelos portões de Helheim como uma maré de músculos e aço.

O grito de ira de Hel diante de minha trapaça foi cruel e terrível. Mas ela tinha me dado uma gota de seu sangue e a magia que vinha com ela, e, fora me matando, não podia pegá-la de volta.

— Corram! — gritei para os guerreiros. Pegando meu escudo, eu me juntei a eles enquanto atravessávamos a ponte e percorríamos o caminho sinuoso escuridão adentro. — Escalem as raízes!

Os skalandeses se penduraram nas raízes pretas de Yggdrasil, e muitos de seus rostos eram familiares, todos mortos por culpa minha. Mas eu havia lhes dado outra chance de glória, e todos eles tinham aceitado.

Pulei o mais alto que pude, agarrando uma das raízes e me levantando na direção da rede emaranhada. Com textura de madeira e duras como aço, as raízes eram inflexíveis, agarrando e puxando meus cabelos e minhas roupas enquanto eu escalava, mas parar significava morrer. Porque lá embaixo, Hel tentava alcançar as raízes.

Gritos cortaram o ar quando ela agarrou guerreiros de onde se prendiam, jogando-os violentamente no rio, onde desapareceram sob a superfície. Eu não tinha ideia do que aconteceria com eles, e não tinha tempo de me questionar, porque os olhos, agora vermelhos, de minha mãe estavam fixos em mim.

— Filha perversa — gritou ela. — Hlin roubou seu coração de mim!

— Meu coração é só meu — gritei. — Assim como meu destino.

Ela tentou me alcançar com a mão enorme, as unhas parecendo garras. Segurando firme em uma raiz, peguei meu escudo e, sem dizer uma palavra, invoquei o poder que Hlin havia me concedido. A luz explodiu no metal prateado ao mesmo tempo que a carne azul como a de um cadáver de Hel o atingiu.

O impacto foi como um trovão, fazendo Yggdrasil tremer, mas Hel caiu para trás. Foi caindo por entre as raízes e aterrissou com um ruído ensurdecedor diante dos portões do próprio salão. No processo, escorreguei e teria me juntado a ela, mas Geir segurou meu braço. Fiquei pendurada, olhando para minha mãe divina lá embaixo, e por entre as raízes nossos olhos se encontraram, os dela repletos de uma fúria fria.

— Nidhogg — gritou ela. — Tome-os de volta!

Um silvo serpeou por entre as raízes, o som fazendo cócegas em meus ouvidos como a língua de uma víbora.

— Traidorazinha — parecia sussurrar. — Quero saborear sua carne.

Olhei para meu irmão.

— Suba, Freya — sussurrou ele, me erguendo. — Suba!

O terror me deu forças. Pendurando a alça do escudo no ombro, eu me arrastei pelo labirinto de raízes, espremendo-me entre vãos e subindo cada vez mais.

Mas eu podia ouvir algo vindo.

Algo grande.

Algo que deslizava pela escuridão.

Alguém gritou, o som sendo interrompido por um tremendo estalo de dentes se fechando sobre ossos. Então outro grito foi interrompido. E mais outro.

Se eu não fizesse algo, todos os guerreiros que havia salvado de um além-vida indigno seriam perdidos para algo pior, e eu não conseguia lutar contra o que não podia ver.

Pressionando a mão contra uma raiz grossa, concentrei minha magia nela, enviando-a em uma teia para destruir a escuridão com sua luz prateada.

Parte de mim desejou não ter feito isso, pois enrolada à nossa volta havia uma serpente gigantesca. As escamas dela eram de um azul tão escuro que pareciam engolir a luz de minha magia, e quando se mexeu, as garras em seus dois membros cortaram pedaços das raízes de Yggdrasil e os derrubaram escuridão abaixo.

— Traidorazinha — sibilou ela, virando a cabeça do tamanho de uma carroça para me encarar com olhos amarelos virulentos, uma boca capaz de me engolir inteira se abrindo para revelar fileiras e mais fileiras de dentes afiados como agulhas. — Vigaristazinha.

— Eu não sou vigarista! — gritei para ela. — Fui eu que reivindiquei essas almas. São minhas, e posso fazer o que quiser com elas.

Nidhogg inclinou a cabeça, parecendo pensar no assunto, mas então sibilou:

— Mentira, pois só há uma senhora da morte. E Hel te acha uma vigarista.

— Ela é a mentirosa. — Fiz sinal para os guerreiros continuarem escalando enquanto chamava a atenção de Nidhogg. — Hel me concedeu o próprio sangue, o que significa que o poder dela é meu também.

— Filha de dois sangues — respondeu a serpente. — Vou saborear sua carne. Mulher sem honra, traidorazinha.

— Você pode até tentar — falei. — Mas a lista daqueles que tentaram me matar é longa e todos fracassaram.

— Eu não disse nada sobre matar — respondeu ela, e pude jurar que sua boca de serpente se curvou em um sorriso.

Quando o instinto me alertou, consegui segurar o escudo pouco antes de Nidhogg cuspir veneno preto. A maior parte dele bateu em minha magia, mas ele fervilhou e queimou as raízes de Yggdrasil onde as atingiu.

A árvore gemeu e eu gritei, pois algumas gotas haviam atingido minha perna e corroído minhas calças, queimando a carne por baixo.

A serpente voltou a cuspir veneno, e quase caí tentando colocar todo o meu corpo atrás do escudo, minha perna em agonia. Os guerreiros acima gritavam dizendo que haviam chegado ao topo, pedindo que eu subisse, mas Nidhogg não me dava trégua, circundando e liberando a substância preta nociva, as raízes se desfazendo à minha volta.

— Podem ir! — gritei. — Libertem-se desse lugar!

A serpente gargalhou, enrolando-se mais, quebrando pedaços de raízes que me atingiam quando caíam.

Pense, Freya, gritei para mim mesma. *Você tem que resistir!*

Mas o que eu faria contra uma criatura como aquela? Ela era mil vezes maior do que eu, uma coisa que não pertencia ao mundo mortal, e eu nem tinha certeza se *podia* ser morta. Nem mesmo o próprio veneno dela parecia feri-la, o fluido preto escorrendo por suas escamas.

— Vou te manter aqui até o fim dos dias — sussurrou a serpente, enrolando-se ao meu redor. — Farei você gritar, gritar e gritar!

Ela voltou a cuspir, e quando abaixei atrás do escudo, notei que os olhos dela estavam fechados.

Uma fraqueza.

Pendurando o escudo no ombro, entrei no meio de um emaranhado de raízes grossas e fingi que não consegui passar, optando por descer.

— Ficou presa em uma rede, traidorazinha — disse Nidhogg.

Deixei escapar suspiros de terror, que não foram fingidos, enquanto a observei deslizar lá embaixo.

— Talvez eu coma você, afinal — sibilou ela. — Consumir sua carne e ficar com sua alma.

Manuseando meu escudo sob mim, invoquei a magia de Hlin e peguei minha espada, as runas de Gyda brilhando na lâmina. Nidhogg cuspiu, seu veneno queimando as raízes da árvore e chovendo de volta sobre ela. Espiando os arredores com meu escudo, vi os olhos fechados dela para se proteger da chuva preta.

O que significava que ela não tinha me visto cair.

Despenquei pelas raízes arruinadas na direção da enorme cabeça da serpente, prendendo a respiração para não gritar.

E com um baque, minha espada, fortalecida pela magia de Gyda, afundou em sua pálpebra até o crânio.

Nidhogg gritou de agonia, balançando a cabeça de um lado para o outro e me jogando pelos ares. Gritei, começando a cair, mas mãos me seguraram sob os braços.

— Te peguei! — gritou Geir. — Suba!

Obedeci em franco desespero, minha magia iluminando o lugar onde as raízes da árvore se juntavam à terra do mundo mortal. Geir abriu caminho pelo chão com as unhas e desapareceu. Mas para mim não foi tão fácil. Afundei os dedos na terra úmida, pedras e escombros caindo sobre mim enquanto escalava, cavando mais alto.

Eu estava sem ar.

Estava enterrada viva, tentando sair de um túmulo, mas minhas forças estavam acabando. Eu arranhava terra, pedra e areia, tentando chegar mais alto. Tentando encontrar a superfície e o mundo mortal.

Meu peito era só agonia, desviando minha atenção da dor em minhas pernas, queimadas com veneno, e se eu tivesse ar em meus pulmões, teria gritado. Gritado sem parar de frustração por ter chegado tão perto e, ainda assim, morrendo em uma cova que eu mesma havia cavado.

Então dedos esqueléticos se fecharam sobre meu pulso e me puxaram.

Minha cabeça explodiu para fora da areia molhada, algas marinhas presas em meus cabelos e rosto, e tive um segundo para olhar o rosto queimado de Saga antes de ela desaparecer, deixando apenas brasas e cinzas ao vento.

Rolando de barriga para cima, cuspi areia e respirei fundo várias vezes, olhando para o sol acima. Percebi com muito custo a água do mar fria batendo em meus dedos, o que significava que estava livre da prisão de Ylva, mas minhas pernas ainda queimavam devido ao veneno.

Quando me apoiei sobre um cotovelo, o desânimo roubou minha alegria por estar viva, porque eu ainda estava na mesma *maldita* ilha.

Ainda presa.

Ainda sozinha.

Entrei no mar para lavar o veneno, encolhendo-me quando a água salgada fez minhas feridas arderem. Peguei punhados de areia e os atirei nas ondas, gritando com uma raiva que quase obscureceu minha dor.

Eu não tinha conseguido nada.

Mudado nada.

Mas então ouvi uma batida de tambor.

Levantei a cabeça com tanta força que meu pescoço estalou e olhei para o estreito, procurando. Barcos navegavam em minha direção, três grandes drácares com remos entrando e saindo das ondas no ritmo da percussão, suas velas verdes e pretas.

Dei um passo para trás, certa de que Ylva estava em um daqueles barcos. Que ela tinha sentido que eu havia escapado de suas proteções e tinha voltado para acabar comigo.

Pegando o escudo, invoquei minha magia e levantei a espada cheia de areia. Eu não cairia sem lutar.

Mas quando os barcos se aproximaram, notei o movimento nas ondas diante deles. Algo na água, embora eu não estivesse conseguindo enxergar o que era através da espuma e da areia agitada.

Então cabeças surgiram do mar. Algumas com capacetes, outras não, algas se prendendo às armaduras, aos escudos e às armas conforme saíam da água em minha direção. Tinham as marcas da morte, todos de um cinza esverdeado lúgubre, muitos com pedaços faltando, fosse pela violência da guerra ou por animais carniceiros do fundo do mar, mas eu ainda os conhecia. Reconheci os rostos como os das almas que havia libertado de Hel, ressuscitados e reivindicando os próprios corpos para uma última tentativa de entrarem em Valhalla.

Caminharam na minha direção, o drácar se aproximando rápido, tripulado por mais mortos, os rostos severos. E os olhos brilhando com o verde virulento dos…

Draugs.

— Merda — sussurrei, sabendo exatamente o que os mortos-vivos consumiam e que eu era a única humana viva em quilômetros.

Os draugs skalandeses me cercaram, os homens saltando dos barcos e amarrando as embarcações antes de se juntarem ao aglomerado de mortos ao meu redor. Centenas de homens, a maioria morta por causa de minha magia, por causa de minha maldição, e o medo fez meu coração disparar.

Eles começaram a bater armas contra escudos, punhos contra peitos, os gritos sobrenaturais preenchendo o ar, nenhuma palavra sendo dita. Então suas fileiras se abriram, um rosto familiar caminhando entre eles e parando diante de mim. Meu irmão, a pele cinzenta e o rosto sem sangue e cortado, olhos não mais cor de âmbar, mas do verde virulento dos mortos-vivos.

— Freya. — A voz de Geir era como unhas arranhando pedra. — Minha irmã.

— Geir. — Um soluço subiu por minha garganta, porque vê-lo daquela forma me atingiu com um choque de realidade. Minha sobrinha ou sobrinho nunca conheceria o próprio pai, Ingrid tendo que se virar sozinha, e não havia magia que mudaria isso. — Eu sinto…

Ele ergueu a mão, para me interromper.

— Todos fomos para a guerra sabendo que a morte poderia ser nosso destino, Freya, e isso aconteceu. Você nos ofereceu outra chance de lutar contra o exército do trapaceiro, para que pudéssemos proteger as famílias que deixamos para trás e conquistar nosso lugar no salão do Pai de Todos. Vai cumprir a promessa que fez em Helheim?

— Eu vou cumpri-la. — Senti o peito apertado. — Vai estar ao meu lado na batalha, meu irmão?

— Não — respondeu ele, e meu coração parou. — Mas vou te seguir.

— Não mereço sua lealdade. — Olhei para todos os homens e mulheres que tinham morrido porque eu fora enganada por Harald. — Não sou digna da honra de liderar vocês.

— Você enganou o trapaceiro. Foi mais esperta do que Hel. Derrotou a serpente Nidhogg! — gritou Geir. — Conquistou nosso respeito, dama do escudo, então escolhemos te seguir, pois você vai tecer nossos destinos com glória e Valhalla!

Os draugs skalandeses bateram as armas contra os escudos, os punhos contra os peitos cobertos por armaduras, as vozes sobrenaturais entoando o mesmo nome.

Freya.

Havia dezenas de guerreiros skalandeses de clãs diferentes mortos diante de mim, mas ainda assim unidos como nunca havia sido visto antes. Este não era o futuro que imaginei quando ouvi a profecia de Saga nem a glória que ela previra, mas era um momento que tinha sido conquistado quando peguei meu destino em minhas próprias mãos. Um momento que eu havia tecido.

Erguendo o escudo, que brilhava ferozmente com minha magia, gritei:

— Por toda Skaland, vamos à guerra!

37

BJORN

— NÃO VAI FUNCIONAR — falei, vendo Ylva ao lado de Ragnar perto do leme. Ela chorara por um tempo quando embarcamos no drácar, mas estava em silêncio naquele momento, os olhos inexpressivos enquanto encarava as ondas do estreito. — Harald vai acabar suspeitando que você sabe do segredo dele e vai matar todos nós. Você é mais esperta do que isso, Ylva.

— Harald provavelmente está com meu filho. — Ela não olhou para mim ao falar. — Não vou arriscar a vida dele com truques e jogos. Harald vai trocá-lo por você, porque você tem mais valor. Se vai te matar ou te vincular com um juramento, pouco me importa. Vou pegar Leif e aí, com esses homens aqui, vamos velejar para construir um novo lar em algum lugar bem longe, que não nos traga preocupações.

— Você abandonaria Skaland e a deixaria para ser governada por Harald? Por um filho de Loki? — perguntei. — Abandonaria todos aqueles em Grindill que juraram lealdade a você em troca de sua proteção?

— Sim. Pela vida do meu filho, faço o que for preciso. — Ela pareceu engolir em seco. — Foi a Snorri que eles juraram lealdade. Acreditavam que Snorri os protegeria. Snorri está morto. — Então piscou uma vez. — Por *sua causa*.

Eu não precisava que ficassem me lembrando de minhas ações, mas compreendia a necessidade dela de trazer isso para a conversa. Ylva tinha visto o que eu havia feito por meio da memória de Freya. Tinha visto meu pai se recusar a lutar contra mim e como eu tirara a vida dele mesmo assim. Eu merecia o ódio que ela estava sentindo e tudo o que vinha junto com ele, mas o sentimento era recíproco, porque ela abandonara minha Freya à morte, condenara-a a congelar sozinha naquela ilha. A única razão para eu não ter invocado meu machado em minhas mãos amarradas e tocado fogo no drácar era que eu não conseguiria nadar de volta para a ilha e muito menos conduzir a embarcação sozinho se matasse a tripulação inteira.

Freya tinha acesso à água e sagacidade, o que significava que sobreviveria enquanto eu tentava dar um jeito de sair daquela situação e voltar para ela. Mas isso não impedia a dúvida de me dominar, pois havia sido um erro obrigá-la a não invocar o poder de Hel para deter Ylva. Eu havia me superestimado e agora Freya pagaria o preço.

Só que eu tinha visto o fardo que usar aquela magia representava para ela. Sabia que Freya estava desesperada para nunca mais amaldiçoar ninguém, pois isso só aumentaria a culpa que ela sentia. Não tinha parecido necessário naquele momento, pois eu tinha certeza de que seria fácil me libertar.

Só se passaram algumas horas, tentei me acalmar. Ainda assim, não conseguia deixar de pensar em Freya sozinha e desprotegida. Ela sempre ficava com muito frio, e uma visão dela tremendo e sofrendo enquanto lutava para sobreviver fez o fogo de Tyr brilhar em minha mão.

Basta, resmunguei em silêncio. *Agir por impulso não vai salvá-la.*

— Ele não vai te deixar sair dessa livre — falei, mexendo o corpo para aliviar a dor em meus braços, meus dedos já dormentes pois Ragnar os havia amarrado com força demais. — Se Harald tomou posse de Grindill e levou Leif como prisioneiro, estará mantendo o garoto vivo por um motivo. Sabe que você virá atrás de seu filho e, ao fazer isso, cairá direto na armadilha dele. Vai destruir o último elo que une os jarls skalandeses e se declarar rei, tudo numa cajadada só. Seja mais esperta.

Uma lágrima escorreu pelo rosto de Ylva.

— Você vai causar a morte do meu irmão! — gritei para ela, o frágil controle que ainda tinha sobre meu temperamento evaporando. — Está permitindo que o sofrimento te domine ao tomar decisões erradas. Snorri já morreu. Eu o matei. Nenhum de nós pode escapar dessa verdade, mas chafurdar nela não vai ajudar em nada.

— Cale a boca! — vociferou Ragnar, e apertei os dentes quando ele me chutou com força nas costelas, adicionando mais um aos inúmeros hematomas que já tinha me causado. Ele fora leal a meu pai, e embora não tivesse visto as cenas que Ylva viu, o luto que vivia ainda era latente.

— Você sabe que eu estou certo — gritei para ele. — Sua função deveria ser dar conselhos e apoiar Ylva em todas as coisas, mas em vez disso está permitindo que ela veleje rumo à morte certa!

— O que quer que eu faça, Bjorn? — Ylva se levantou, quase caindo quando o navio passou por sobre uma onda. — Que outra solução você tem para me dar?

— Lute contra ele! Volte e liberte Freya daquela prisão para podermos derrotá-lo!

— Você quer que eu deixe a morte à solta no mundo? — Ylva fez cara feia, enojada. — É claro que foi nessa solução que você pensou. Freya vem controlando sua mente através do seu pau desde o momento em que colocou os olhos nela. Ela matou centenas de guerreiros. Aliás, fez pior do que matar, pois condenou as almas deles a Helheim quando poderiam ter se juntado às fileiras do Pai de Todos para lutar na gloriosa última batalha. Freya é um *monstro*. Uma maldição sobre o mundo, que não deveria poder viver.

Tinha sido a magia de Freya que os havia matado, mas fora eu quem a havia forçado a isso. Mas não achei que Ylva fosse mudar de opinião se eu mencionasse esse fato.

— Ela não é monstro coisa nenhuma! Harald a enganou, então essas mortes todas estão nas mãos dele. E você mesmo assim não quer puni-lo.

— Freya é filha da deusa da morte! Ela é filha de Hel!

— Mas também é filha de Hlin! — O fogo surgiu novamente na minha mão, mas obriguei o nome de Tyr a sumir aos poucos da minha mente. — Harald tem medo dela, e é por isso que quis matá-la. Se ele achasse que existe uma forma de controlá-la, teria mantido a farsa para tentar vinculá-la de outra maneira. Você condenou a única pessoa que pode derrotá-lo, a única pessoa que sabe que tem mais motivos do que qualquer outra para destruí-lo, porque está com medo.

Ylva dispensou minhas palavras com um aceno.

— Seus argumentos são fracos, Bjorn, pois sei que está discutindo comigo só porque quer salvar a vida de sua amante.

— O fato de eu estar discutindo em prol da vida de Freya não significa que esteja errado!

— Bote uma mordaça nele, Ragnar — ordenou Ylva. — Cansei de ouvir essa criatura sem honra implorar pela vida da morte.

— Você é uma covarde! — retruquei. — Está condenando Skaland por medo, não por sabedoria.

Ragnar enfiou um pedaço de tecido imundo em minha boca, amarrando-o com outra faixa em volta de minha cabeça de modo que eu não conseguisse cuspi-lo. Não que isso fosse fazer qualquer diferença. Eu podia gritar todos os alertas, apelar para todos os argumentos lógicos do mundo e eles não me escutariam. Porque acreditavam que eu só me importava com Freya.

E estavam certos.

Não havia nada que importasse mais do que ela para mim. Nada que eu não fizesse para que ela fosse libertada. Mas eu também sabia que Ylva estava errada porque conhecia o coração de Freya. Durante a minha vida inteira, nunca tinha conhecido uma pessoa que pensasse mais no bem-estar dos outros, normalmente em detrimento do dela próprio, e ouvi-la ser chamada de *monstro* me fazia fervilhar. Me fazia querer mostrar a Ylva o que era monstruosidade de verdade.

Queime as cordas, berrava minha raiva. *Mate todos eles!*

Eu poderia fazer isso. Quando as cordas pegassem fogo, queimariam minha pele, mas eu já tinha sentido dores piores. Havia trinta guerreiros no drácar, mas se eu fosse rápido, conseguiria matar uma quantidade que faria os outros se renderem e virarem o navio para o outro lado. Calculei, em silêncio, quantos eu precisaria deixar vivos para velejarem a embarcação por mim.

— Minha senhora! — falou uma voz. — O Torne está à vista! Dois barcos de Harald estão no cais.

Só dois?

Afastei o pensamento, porque se o vilarejo estava à vista, o barco tinha chegado perto da costa a ponto de eu conseguir nadar. Tudo o que precisava fazer era fugir para a floresta, depois roubar um barco de pesca quando escurecesse. Então voltaria para buscá-la.

Aguente firme, mentalizei em silêncio para Freya. *Eu vou te buscar.*

— Levante uma bandeira branca para que eles saibam que vim para negociar — ordenou Ylva.

Ragnar se afastou para obedecer ao comando dela e, com ele distraído, sussurrei o nome de Tyr. O machado ganhou vida em minhas mãos. Ele, em si, não queimava, mas ao girá-lo para pressioná-lo contra as cordas, o fogo de costume assumiu o controle. A agonia percorreu meus pulsos e antebraços conforme as cordas queimavam, o metal de minha cota de malha esquentando em minhas costas.

Fiquei de olho em Ylva, que contemplava, ao longe, o vilarejo.

Vamos, mentalizei para o fogo ao mesmo tempo que sofria com as cordas em chamas. *Queime.*

As narinas de Ylva se dilataram abruptamente e ela voltou a atenção para mim.

— Ragnar!

Puxei os braços, as cordas escurecidas caindo no convés. Rolei até me levantar e arranquei a cota de malha sobre a cabeça. Ragnar saltou sobre mim com o machado na mão, mas atirei a cota de malha na direção dele. A peça pesada bateu em seu rosto e o jogou para trás, dando-me o espaço de que precisava.

Subindo em um banco, coloquei o pé na beirada do drácar entre dois escudos. O vilarejo estava próximo, guerreiros correndo pelo cais, mas meus olhos estavam fixos na faixa de areia vazia.

Respirei fundo, pronto para mergulhar, mas então uma agonia me perfurou o ombro. Uma flecha verde, familiar e horrível, cravou-se em meu ombro direito. Lentamente, levantei a cabeça e vi Skade parada no fim de um cais. Um sorriso se formou em seu rosto quando ela puxou a flecha que tinha desaparecido de meu ombro e estava de novo em suas mãos.

Ela soltou a corda do arco, os olhos prometendo dor.

—Tyr — sussurrei, sangue escorrendo pelo meu braço quando meu machado apareceu na minha mão. Mas não consegui erguê-lo, meus músculos do ombro arruinados e se recusando a obedecer.

Meu pulso foi atravessado pela dor, depois a coxa. O disparo de Skade havia prendido meu braço em minha perna. Abri a mão, o machado caindo e chiando na água, brilhando ao afundar.

Cambaleei, depois caí para trás.

Minhas costas bateram em um banco, jogando-me de lado. Rolando, levantei a tempo de sentir o peso de Ragnar. Não só dele, mas de todos os guerreiros do navio que haviam abandonado os remos para me imobilizar.

— Não o matem — gritou Ylva. — Ele não serve para nós se estiver morto!

E se Skade me quisesse morto, eu já estaria.

Eu me debati e lutei, ouvindo gritos de dor quando peguei o machado na mão esquerda, a lâmina cortante. O fogo queimando.

Mas havia muitos guerreiros, e com cada jorro de sangue que escorria de meu ombro, minha força diminuía.

Quando eles me imobilizaram, senti um arrependimento me dominar. Eu devia ter tentado escapar antes. Devia ter matado todos e encontrado uma forma de velejar sozinho. Devia ter tentado nadar de volta para ela, porque assim pelo menos teria existido uma *porra* de uma chance.

Pois agora todas as chances estavam perdidas.

Os skalandeses me amarraram com mais corda, as fibras ásperas esfolando meus braços já queimados, e em seguida me seguraram com o rosto voltado para a água acumulada no casco. Ylva enrolou o ferimento em meu ombro com tiras de tecido enquanto gritava para que seus guerreiros se apressassem.

— Não vamos conseguir trocá-lo se estiver morto!

O mundo entrava e saía de foco quando o drácar bateu no cais.

— Viemos para negociar! — gritou Ylva. — Para negociar uma troca com Harald. Bjorn por meu filho, Leif!

— O que te faz pensar que Leif está vivo? — perguntou Skade, e Ylva soluçou de leve.

Skade deu risada.

— Estou brincando. Seu filho está vivo e bem, Ylva.

Um segundo depois, ouvi o barulho forte de alguém pulando no navio ao lado de minha cabeça.

— Uma troca, você disse. Essa conversa vai ser interessante, considerando tudo o que já aconteceu.

Então um hálito quente roçou minha orelha quando Skade sussurrou:

— Fico cada vez mais impressionada com a sua capacidade de sobreviver, Bjorn. Mas acho que vai se arrepender de não ter morrido naquela ilha com a filha de Hel.

A mordaça me impediu de responder, mas virei a cabeça para olhar nos olhos de Skade e, com isso, jurei-a de morte. Ela se limitou a sorrir e endireitar o corpo.

— Leif está seguro na fortaleza. Vou levá-la até ele, Ylva. O rei está bastante ansioso para te ver, disso tenho certeza.

É uma armadilha, gritei, mesmo com a mordaça, mas todos me ignoraram, tirando Ragnar, que me puxou e me colocou de pé.

— Traga sua guarda completa — ordenou Skade. — Somos todos amigos aqui.

O que está acontecendo?

Parei de lutar contra Ragnar para conseguir olhar ao redor por Torne. A brisa salgada do mar carregava o cheiro de peixe e algas marinhas entre as cabanas de madeira com telhados de palha. Pescadores descarregavam o trabalho do dia enquanto gaivotas gritavam lá no alto, o barulho das aves quase abafado por uma mulher robusta que anunciava para todos os passantes suas mercadorias em uma carroça.

Tudo ali parecia profundamente igual a como era antes e, embora fosse possível que as pessoas não se importassem para quem juravam fidelidade ou pagavam impostos, fiquei arrepiado com a sensação de que havia algo de muito errado acontecendo.

Por ordens de Skade, envolveram minhas mãos com correntes para me impedir de invocar meu machado, e então uma carroça foi trazida. Ragnar me jogou dentro dela e subiu ao meu lado, afundando a ponta da espada em minhas bolas.

— Se tentar fazer qualquer coisa, traidor, vou te capar.

Uma dúzia de possíveis formas de indicar minha indiferença pela ameaça que ele havia feito passou por minha cabeça, mas a distância até Grindill era a última chance que eu tinha de convencê-lo de que o que estavam fazendo era insensatez antes de chegarmos aos confins da fortaleza.

A carroça balançou de um lado para o outro quando o cavalo começou a andar, acompanhado pelos passos pesados dos skalandeses que caminhavam dos dois lados do veículo. Pelas ripas consegui ver Ylva, a boca esticada em uma linha severa, enquanto Skade sorria e gesticulava como se não tivesse uma única preocupação no mundo.

Ragnar se mexeu, a ponta de sua espada afundando dolorosamente em minhas bolas, mas quando virei a cabeça, vi que ele estava com o olhar voltado para o Torne, a pele negra enrugada por estar franzindo a testa. Ele também estava sentindo.

Tinha algo errado.

A carroça passou por cima de uma saliência e gemi sob a mordaça. Escorria sangue dos ferimentos que Skade tinha causado, meus pulsos e antebraços já cheios de bolhas pelas queimaduras que eu me autoinfligira. Eu sairia dessa vivo, sim, mas sair vivo não bastava. Eu tinha que conseguir voltar para Freya.

Ou alguém tinha que fazer isso por mim.

Esfreguei o rosto contra a madeira da carroça e abaixei a faixa de tecido que segurava minha mordaça no lugar.

A espada afundou mais, mas cuspi o tecido enquanto encarava os olhos de Ragnar.

— Tem alguma coisa errada — falei baixinho. — Sei que Snorri não deixou Grindill totalmente desprotegida, e ainda assim, de alguma forma, Harald conseguiu tomar tanto o Torne quanto a fortaleza sem luta?

Ragnar mexia a mandíbula para a frente e para trás debaixo da barba prateada, em conflito entre a repulsa que estava sentindo por mim e o reconhecimento de que eu estava certo.

— Talvez tenham se rendido. Leif sabia que não teriam como vencer uma batalha daquelas.

— Os que se rendem acabam demonstrando, Ragnar. Você sabe disso. Homens e mulheres esperando para ver quais serão as consequências da própria rendição. As pessoas no Torne pareciam desse jeito para você?

Skade virou a cabeça para olhar a carroça, franzindo a testa, e fiquei em silêncio.

Nós nos aproximamos de Grindill, a respiração dos homens e mulheres que andavam ao lado da carroça ficando mais pesada conforme subiam a ladeira íngreme.

— As coisas não vão ser negociadas nos termos de Ylva — sussurrei. — Harald não vai deixar que saiam livres sabendo o que sabem, pois isso colocaria todos os planos dele em risco. Alguém que saiba da verdade precisa ficar livre disso. Precisa ficar vivo.

— Suponho que esteja se voluntariando?

Balancei a cabeça.

— Não com esses ferimentos. Tem que ser você.

— Não vou abandonar lady Ylva.

— Não vai poder ajudá-la se estiver morto — sussurrei. — Fuja. Espalhe a verdade e consiga ajuda. É assim que vai conseguir ajudá-la.

— Está falando de Freya? — Ele balançou a cabeça. — Ela provavelmente já morreu congelada. Esquece isso, Bjorn.

Senti o coração apertar de dor, minha alma rejeitando a ideia de que eu tivesse perdido Freya. Eu saberia se tivesse perdido. Teria sentido. E meu coração gritava que minha Nascida do Fogo continuava lutando.

— Ela não está morta.

Soltando um suspiro irritado, Ragnar tirou a espada das minhas bolas e em seguida se levantou, os olhos fixos na fortaleza que logo veríamos. Observando o cenário. O homem era vinte anos mais velho do que eu, nascido e criado para lutar. Sabia que Ylva estava cometendo um erro — só precisava decidir se iria contra ela para salvá-la.

— Skade! — gritou ele abruptamente. — Ele está meio morto, mas preciso que alguém o vigie enquanto vou mijar. Pode subir aqui?

Skade deu de ombros, depois foi até a parte de trás da carroça e pulou para dentro. Ragnar saiu e entrou no meio das árvores.

Uma flecha apareceu em uma de suas mãos, brilhando, verde e maligna, e Skade começou a aparar as unhas com a ponta.

— Falei para ele me deixar voltar para garantir que estivessem mortos — disse ela. — Não é do feitio de Harald deixar pontas soltas. Ylva disse que Freya estava viva quando ela partiu, embora estivesse presa. Depois que ele te matar, espero que me deixe dar fim naquela vadia.

Em vez de morder a isca dela, inclinei a cabeça.

— Você sabe o que ele é, não sabe? Um filho de Loki.

Ela sorriu, os olhos selvagens.

— Eu sempre soube. Harald confia em mim. Sabe que vou fazer o que for preciso e ficar de boca fechada. Todos aqueles anos em que ele fingiu que você era o preferido me irritaram, mas eu sempre soube da verdade. Sou filha dele. Sou herdeira dele. Sou sangue de seu sangue. Você nunca passou de uma coisa que usamos.

— O que ele te prometeu?

— Poder. — Skade bateu com a flecha na palma da mão. — Riqueza. Posição social. E quando ele vir você, espero que me dê o prazer de sua morte.

— E a de Ylva?

Skade balançou a cabeça.

— Ah, ele quer Ylva viva. Precisa dela viva, para falar a verdade.

Estreitei os olhos.

Ela sorriu.

— Se tiver sorte, vai sobrar um segundo para que você aprecie a beleza do plano dele antes de morrer. — Levantando, ela inclinou o corpo sobre mim, forçando a mordaça de volta em minha boca. — Mas acho que já não te resta muito tempo. Chegamos.

A carroça passou pelos portões. As pessoas vibraram quando viram Ylva, pois muitos que viviam em Grindill eram originalmente de Halsar. O cavalo parou e Skade se inclinou para a frente a fim de segurar meus pulsos amarrados.

— Levante-se. O rei está esperando.

Meus joelhos ameaçaram ceder, mas consegui ficar de pé ao ser arrastado para fora. Os skalandeses fizeram cara feia ao me ver, vários gritos de "Traidor!" ecoando enquanto eu era levado até o grande salão. Todos os guerreiros de Ylva estavam ali em volta quando ela entrou, mas notei que Ragnar não estava em lugar nenhum. Empurrando meu corpo para a frente até que eu caísse de joelhos, Skade virou-se para colocar uma viga e trancar a porta.

— O rei logo estará aqui. — Ela segurou o braço de Ylva, levando-a para a plataforma e a sentando em uma das cadeiras cobertas de pele.

O que está acontecendo?

Ylva estava agitada, os olhos encontrando brevemente os meus.

— Skade, onde está meu filho?

— Com o rei. — Skade sorriu, os olhos brilhando de deleite e um quê de loucura. Ela colocou a mão em concha sobre o ouvido. — Acho que os estou ouvindo chegar.

A risada familiar de Leif soou, vinda dos fundos da construção, e então meu irmão apareceu. Ele não estava sozinho. Pois andando com um braço musculoso pendurado sobre o ombro magro de Leif, são e salvo como eu jamais o havia visto, estava Snorri.

38
FREYA

O DRÁCAR ATRAVESSAVA AS ONDAS DE CRISTA BRANCA, o vento conferindo tanta força às velas que tive certeza de que os próprios deuses estavam nos encorajando. As embarcações estavam cheias de um número feroz e aterrorizante de guerreiros mortos-vivos.

Feroz e aterrorizante como, infelizmente, o cheiro deles.

Geir estava ao meu lado no leme, e embora sua mente e seu espírito fossem os mesmos, isso não valia para seu corpo, que parecia mais podre a cada hora que se passava. Depois de ter lutado contra os draugs nos túneis sob Fjalltindr, eu sabia que isso não teria impacto sobre sua força, mas era desagradável.

— Então você não sabia de nada do plano de Harald? — perguntou meu irmão, tirando alguns fios de cabelo loiro do rosto. Eles se soltaram do couro cabeludo, voando com a brisa, e eu me esforcei para não vomitar.

— Estava certa de que estávamos defendendo Nordeland da invasão de Snorri — respondi. — Que nosso objetivo era derrotá-lo e que se fizéssemos isso tudo mais se encerraria. Harald escondeu de mim a parte que consistia em derrotar Snorri e depois forçar toda Skaland a se ajoelhar diante dele como rei.

Essa última parte saiu com mais sarcasmo do que eu pretendia.

Geir deu risada, e não era a primeira vez que eu o via apegado ao comportamento dos vivos. Tipo respirar.

— E supondo que Grindill já tenha caído nas mãos de Harald, Ylva pretende trocar Bjorn por Leif?

Confirmei com a cabeça; não me passou despercebido que Ylva tinha uma vantagem. Bjorn estava longe de ser indefeso, mas Ylva e seus guerreiros conheciam a magia dele e não o subestimariam. E se já tivesse combinado aquela troca? E se Harald já estivesse com Bjorn? Minhas mãos começaram a tremer, porque se ele estivesse…

Não me permiti concluir esse pensamento. Me recusei a imaginar a vida sem Bjorn. Além disso, fazia mais sentido que Harald fosse vinculá-lo da mesma forma que havia feito com Tora. A morte era definitiva, mas uma vida como a de Tora dava a Harald infinitas possibilidades de diversão. E enquanto Bjorn estivesse vivo, havia esperança.

— Freya?

Estremeci, percebendo de repente que tinha ficado em silêncio por muito tempo.

— Acho que Harald vai concordar com a troca, mas isso não vai salvar Leif, no fim das contas. Harald vai presumir que Bjorn contou a Ylva sobre ele ser filho de Loki e não vai permitir que ninguém que ele desconfie saber da verdade saia livre. Vai vinculá-los ou matá-los.

— Trapaceiro sem honra — sussurrou Geir, e o som fez eu me encolher.

— Sim, mas saber que ele é assim nos dá uma ideia de suas próximas ações — falei. — Não acho que ele vá recorrer à força e à violência para fazer as pessoas se ajoelharem. Vai usar de perspicácia. — Franzindo a testa para as ondas, acrescentei: — É tudo um jogo para ele, Geir. Assim como nas histórias do próprio Loki, Harald quer manipular os outros, enganá-los, mexer os pauzinhos para forçá-los a fazer coisas que não chegariam a fazer de outra forma. Não é ter poder que lhe dá prazer, mas o processo de conquistá-lo. A violência só virá se ele estiver encostado contra a parede ou se alguém o irritar. Ou quando ele ficar entediado.

— Nós não vamos lhe dar essa chance — respondeu Geir. — Vamos encontrá-lo e ir pra cima dele feito uma praga, pois não podemos ser feridos pelas armas dos homens mortais.

— Mas ele está cercado de Sem Destino que o servem com lealdade — relembrei, e me arrependi de ter contado a ele sobre sua recente invencibilidade. A soberba do meu irmão não tinha sido reduzida com a morte. Aliás, muito pelo contrário. — Se for atingido pelas flechas de Skade ou pelos raios de Tora, será o seu fim.

Geir não respondeu, mas vi um número considerável de mortos-vivos skalandeses virarem a cabeça para nos olhar, pois minhas palavras tinham chegado a seus ouvidos.

— Temos que ser espertos — falei. — Os nordelandeses não conhecem a natureza do homem a que servem, e eu não quero ter que deixar um rastro de morte para conseguir chegar a Harald. Precisamos encontrar uma forma de revelar a verdade para os Sem Destino que o servem, pois sem o apoio deles, acho que Harald vai fugir em vez de comprar briga por sua posição.

— Você tem alguma ideia de como vamos fazer isso? Eles não têm motivo para acreditar em você, ainda mais se Harald negar suas acusações.

Ylva havia me dito que a magia rúnica para capturar memórias só funcionaria uma vez, e eu a havia usado para ela, então esse método já tinha sido desperdiçado.

— Steinunn. — A ideia estava se formando em minha cabeça fazia algum tempo. — Vou contar o que aconteceu na ilha e ela vai cantar a canção. E quem ouvir vai ver Harald se transformar de Saga nele mesmo. Ouvir as trapaças dele saindo de sua própria boca.

— Mas você já está partindo do princípio de que vão se importar — falou Geir. — Eles têm uma vida boa com as recompensas pilhadas nas invasões graças a Harald. As trapaças dele beneficiaram a todos.

Mastiguei a parte interna das bochechas e balancei a cabeça.

— Conheci muitos membros da aliança dos Sem Destino dele no tempo que passei em Nordeland, e são, em sua maioria, pessoas boas. Não acho que vão escolher servir a um filho de Loki.

— É, sei lá. — Geir deu de ombros. — A questão é: como você vai provar essa especulação? No instante em que Harald souber que está viva e escapou, não vai medir esforços para te silenciar, e nós — ele apontou para todos os guerreiros — estamos vinculados a você. Só existimos neste mundo porque juramos servir a você. Acredito que nossas almas vão deixar nossos corpos se morrer, e Harald sairá vitorioso mais uma vez. Sem dúvida vai recompensar muito bem os Sem Destino pela lealdade que demonstrarem. Na cabeça deles, as únicas pessoas que Harald enganou foram você e Bjorn. Por que deveriam se importar?

O litoral de Skaland se assomava no horizonte, mas em vez de isso me encher de euforia, eu só conseguia sentir um desconforto crescente, porque achei que bastaria mostrar aos Sem Destino de Harald o que havia acontecido. Que eu seria capaz de vencer sem um massacre catastrófico, porque minhas mãos já estavam vermelhas de sangue.

— É melhor lutarmos — disse Geir. — Matarmos Harald e todos aqueles que são leais a ele. Se conseguirmos uma vitória limpa, Skaland ficará em segurança. Você tem um exército de mortos-vivos, e nós temos você para nos proteger dos Sem Destino. Você consegue.

Havia lógica no que meu irmão dissera. Era a forma com que essas guerras sempre tinham sido vencidas no passado, mas não parecia certo, dado que eu sabia que todo o exército de Harald tinha sido enganado. Não seria uma vitória gloriosa, mas uma carnificina cruel. Embora eu soubesse que a profecia de que eu deixaria um rastro de morte tinha sido inventada por Harald, e não uma visão de Saga, aceitar o plano que meu irmão havia sugerido tornaria essa profecia realidade.

Mudando de assunto por nenhuma outra razão além de precisar conter o azedume que surgia em meu estômago, perguntei:

— Onde está Ingrid? Ela está bem?

— Em Selvegr. Está bem, ou pelo menos estava quando zarpei. Tem certeza de que nosso filho é menino.

Acenei firme com a cabeça e fiquei me perguntando se a alma do meu irmão havia se dado conta de que nunca mais voltaria para casa. De que nunca veria sua família de novo.

O silêncio se estendeu, então Geir disse:

— Foi fingimento aquele momento em Grindill em que Ragnar segurou uma lâmina no meu pescoço. Ingrid nunca foi ameaçada. Foi um ardil para tentar fazer com que você continuasse lutando por Snorri. Parte do acordo que fiz com ele para recuperar minha posição. Sinto muito por isso, Freya. E não só por isso, mas por todos os outros momentos em que me aproveitei de você para conquistar algo que eu queria.

Meus olhos arderam com as lágrimas.

— Sinto muito por ter te matado.

Geir riu, e embora o som de sua risada fosse estranho e horrível, meu coração ficou mais forte ao ouvi-lo.

— Então que nós dois sejamos gratos por termos recebido uma última oportunidade de fazer a coisa certa um pelo outro.

Ficamos em um silêncio confortável à medida que o litoral crescia à nossa frente, montanhas e fiordes familiares, embora não víssemos nem sinal da esquadra de Harald nem do navio de Ylva. Com a visão periférica, percebi um lampejo de movimento no céu, e então um falcão pousou na proa do drácar.

— Kaja. — Suspirei, a tristeza se acumulando em meu estômago porque eu não conseguia nem imaginar o golpe que a perda de Guthrum tinha sido para ela.

Geir ficou olhando para mim, e expliquei.

— Ela é... *era* o animal familiar de um dos Sem Destino de Harald. Ele caiu do barco na batalha. Guthrum era um homem bom.

Quer dizer, *no geral.*

Kaja voou direto para cima de mim de repente.

Praguejando, desviei, pulando para o lado. Ela voou para longe do navio e depois deu a volta, me atacando novamente. Geir tentou acertá-la, mas segurei seu braço.

— Não! Olhe!

Ele olhou na direção em que eu apontava até avistar um emaranhado de madeira flutuante ao longe.

— Ela está tentando nos levar até aquela madeira. Mude o curso.

Geir deu a ordem e o timoneiro mudou de direção ao mesmo tempo que os outros trabalhavam para abaixar a vela a fim de diminuir nossa velocidade. Quando chegamos mais perto, distingui a forma de um homem esparramado sobre os galhos de uma árvore morta.

— Guthrum! — gritei. — Guthrum, consegue me ouvir?

O homem não se mexeu. Se era por estar morto ou inconsciente, era impossível dizer. Kaja voou em círculos sobre ele, embora fosse improvável que fizesse isso por alguém que não seu humano familiar.

— Guthrum!

As ondas provocadas pelo drácar reverberaram até a madeira flutuante, e entrei em pânico quando Guthrum escorregou dos galhos e foi submerso pela água. Tirando a espada do cinto, passei a cota de malha por sobre a cabeça e a joguei nas mãos de Geir antes de mergulhar no mar.

A água congelante se fechou sobre minha cabeça, mas ignorei o ardor da queimadura de veneno em minhas pernas e nadei até Guthrum, que boiava, fraco, na superfície. Enganchei meus braços sob os dele e bati as pernas com força. Meu peito doía com a necessidade de ar, mas consegui levá-lo para a superfície, onde Geir o segurou e o ergueu. Outro draug fez o mesmo comigo, e caí sem cerimônia sobre seus pés.

— Ele está vivo?

— Por pouco. — Geir puxou um pedaço de lona sobre o corpo de Guthrum, que estava pálido. — Parece que ele não saiu da água desde que a batalha aconteceu. É bem inacreditável que esteja vivo.

— Ele é forte. — Pegando um cantil de água, eu me sentei ao lado de Guthrum e escorei sua cabeça, derramando um gole em sua boca. Ele engoliu e em seguida tossiu, abrindo os olhos.

— Freya?

— É, sou eu.

Mas antes que eu terminasse de dizer aquelas poucas palavras, Guthrum revirou os olhos e ficou inconsciente mais uma vez. Suspirei e ajeitei a lona ao redor de seu corpo, o meu próprio tremendo quando me levantei.

— Ele faz parte da aliança de Harald? — Geir passou um braço ao redor de meus ombros, mas estava tão frio quanto o mar, então me desvencilhei.

— Sim. Harald o resgatou de circunstâncias ruins quando era criança. Ele é leal.

— Então, se ele sair dessa vivo, será o primeiro teste para ver se a verdade mudará essa lealdade. — Geir apertou minha mão. — Se não der certo, vai ter que fazer uma escolha difícil, minha irmã.

— Eu não vou matar Guthrum. — Eu me desvencilhei dele. — Vou amarrá-lo até que tudo isso esteja terminado, se for preciso, mas não vou matá-lo.

Meu irmão deu de ombros, demonstrando claramente que achava que meus pensamentos mudariam quanto a esse assunto. Mas eu já estava farta de chacinas, e a única morte que buscava era a de Harald. Ficamos em silêncio conforme o litoral se aproximava, embora ainda não houvesse sinal da esquadra de Nordeland.

— Você disse que Harald levou o corpo de Snorri — falou Geir, de repente. — Sabe por quê?

— Para provar que ele está morto, suponho. Para provar que foi Bjorn que o matou, porque seu machado deixa um ferimento bem específico. — A lembrança do ruído que a arma havia feito voltou à minha mente, o fervilhar de sangue e carne, além do cheiro… — Seja qual for o motivo que o levou a fazer isso, não deve ser bom.

Os navios se aproximaram da praia arenosa e observei o litoral de Skaland, notando que as folhas das árvores estavam começando a cair. Tons de vermelho, laranja e amarelo se misturavam ao verde dos pinheiros, e uma sensação repentina de nostalgia me preencheu. As velas foram baixadas em favor dos remos quando entramos em águas mais rasas. O tocador de tambor draug tocava uma batida firme, e meu coração começou a pegar o ritmo até o navio em que eu estava chegar à praia.

Saltando, peguei um punhado de areia úmida, a água escorrendo por entre meus dedos enquanto dava meus primeiros passos de volta a Skaland.

Controle seu destino.

Respirando fundo, girei o corpo para encarar meu exército. Mortos--vivos, sim, mas todos eles skalandeses.

— Este é o nosso lar — proclamei. — Nossa terra. Nossas famílias. E embora possam não saber, estão em perigo. Precisamos descobrir o que pudermos sobre os planos do trapaceiro para que possamos derrotá-lo.

Meu irmão e um dos outros draugs tinham tirado Guthrum, ainda inconsciente, do barco e o estavam carregando pela praia até onde um terceiro acendia uma pequena fogueira. Fui atrás deles, vendo Kaja circundar lá no alto e esperando que o calor e a subsistência o trouxessem de volta à consciência. Mas mais do que isso, rezei aos deuses para que Guthrum me escutasse. Acreditasse em mim. Porque eu precisava muito de alguém entre os vivos do meu lado.

E melhor ainda se essa pessoa fosse um Sem Destino.

Geir começou a organizar os draugs para explorar e ver que informações conseguiam reunir, embora todos soubessem que os vivos dariam uma olhada para eles e correriam na direção contrária. Precisávamos de uma fonte melhor de informação.

Coloquei mais lenha na fogueira e levantei Guthrum de modo que ficasse deitado em meu colo. Com cuidado, dei mais água para ele. Minúsculos goles para que não engasgasse enquanto eu esperava o calor aquecer seu corpo. Ele estava terrivelmente pálido e, com os cabelos e a barba revoltos, parecia tão morto quanto um dos draugs. Ainda assim, seu peito subia e descia em respirações estáveis, e senti a pulsação dele forte com a ponta dos dedos.

Kaja pousou sobre um pedaço de madeira perto de nós, os olhos amarelos fixos em seu humano familiar.

— Consegue despertá-lo? — perguntei a ela. — Ele precisa acordar para beber e comer, senão só vai ficar mais fraco.

A ave inclinou a cabeça, os olhos amarelos me observando, e então voou e pousou sobre o peito de Guthrum, puxando os pelos de sua barba.

— Pare com isso! — Eu a afastei, mas ao fazer isso, Guthrum se mexeu e abriu os olhos. Levou um momento para conseguir focar, mas então disse:

— Freya?

— Sim. Consegue beber?

Ele fez que sim com a cabeça, e eu o levantei mais enquanto ele bebia vários goles de água. Então, com um suspiro, desmaiou em meus braços de novo.

— Porra! — gritei, sabendo que não era justo exigir coisas de um homem que estava à beira da morte, mas Guthrum e Kaja eram um recurso de que eu precisava desesperadamente. Poderiam descobrir o que Harald estava tramando e a localização de Bjorn, cujas chances de ser resgatado com vida pareciam menores a cada momento que Guthrum dormia.

Baixei-o até o chão e ajeitei o tecido da vela ao redor do corpo dele. Kaja subiu em seu peito, olhando para mim com olhos inquietantes que enxergavam mais do que qualquer animal deveria ver. A exaustão pesou em meu coração e fui até Geir.

— Conseguiu?

— Ele acordou por um instante. — Arrastei o sapato na areia da praia, meus olhos sobre os drácares que formavam minha pequena esquadra. — Estou com medo, Geir. E se Ylva já trocou Bjorn por Leif? E se Harald…

— Não pense nisso. — Meu irmão colocou uma mão reconfortante sobre meu ombro. — Harald é esperto. Não vai se precipitar tanto assim em matar Bjorn se achar que você ainda está viva. Ele sabe que Bjorn pode ser usado contra você, então confie nisso, no mínimo. Tenho guerreiros monitorando o litoral que vão tentar obter informações, mas vamos manter a esperança de que, com calor e descanso, esse tal de Guthrum vai acordar a ponto de conseguir ajudar na sua causa.

— Não acho que vá ser assim tão fácil. Ele é leal a Harald, e mesmo quando eu contar a verdade, não tenho certeza de que poderá ser convencido a ir contra ele. Guthrum tem certo… respeito por monstros.

Passando as mãos por meus braços gelados, eu me virei para voltar para perto da fogueira.

Mas fiquei paralisada.

Porque Guthrum não estava mais lá.

39

BJORN

Snorri estava diante de mim. Mas não meu genitor, porque eu o havia visto morrer com ferimentos que eu mesmo lhe infligira.

Harald.

— Mãe! — Leif chegou correndo e jogou os braços ao redor de Ylva, cujo rosto estava pálido e com um tom terrível de cinza ao encarar o homem que fingia ser seu marido. — O que te levou a sair para se aventurar no estreito? Meu pai e eu ficamos em pânico que você tivesse se perdido no mar. Que talvez tivesse sido pega pela maldição da filha de Hel — disse Leif. — O alívio que senti quando chegou a notícia de que seu drácar tinha sido avistado… — Ele soltou uma respiração trêmula. — Estou tão feliz por estar em segurança.

— Eu estou bem — sussurrou ela. — Muito bem.

— Eu te disse que ela estaria bem — falou Harald em uma imitação perfeita da voz de meu pai. — Nem o próprio Njord ousaria atrapalhar sua mãe. Mas vejo que ela nos trouxe um prêmio.

Skade me empurrou para a frente.

Leif virou a cabeça, olhando para mim pela primeira vez.

— Traidor! — Levou a mão à espada que tinha na cintura, mas Harald-disfarçado-de-Snorri segurou o braço dele.

— Seu irmão é problema meu, Leif. Receberá a punição por sua traição no momento certo. — Ele empurrou Leif na direção da porta dos fundos. — Agora vá. Espalhe a notícia de que o traidor foi pego.

— Ragnar, vá com… — A voz trêmula de Ylva falhou quando ela passou os olhos pelos guerreiros aturdidos na sala e viu que o homem não estava ali entre eles.

Praguejei em silêncio enquanto Skade fazia uma careta, finalmente se dando conta de que Ragnar havia escapado. Eu esperava que aquele tempo de vantagem servisse de alguma coisa.

Leif hesitou, depois obedeceu, mas ao passar por mim, cuspiu em minha cara.

— Você não é meu irmão. Você é um traidor. Um escravo das vontades da filha de Hel. A águia de sangue é o que merece.

Eu me encolhi. Não havia dúvida de que merecia a ira dele, mas não deixei de senti-la como uma facada.

— Vá, Leif — disse Harald-disfarçado-de-Snorri, parecendo cansado. — Precisa ficar no meu lugar enquanto lido com essa questão complicada.

Meu irmão saiu pela porta dos fundos, passando por Tora ao partir.

Ela arregalou os olhos em choque ao me ver, mas Harald-disfarçado-de-Snorri disse:

— Tora, vigie a porta dos fundos. Não quero que essa conversa seja escutada.

Tora obedeceu sem hesitar, mas não deixei passar o lampejo de ódio em seus olhos. Isso me fez questionar se eu ignorara, durante anos, aquela tensão entre eles ou se o conflito era novo. Uma questão para a qual eu nunca teria a resposta, mas o que eu sabia era que se conseguisse uma forma de romper o controle que Harald tinha sobre Tora, teria nela uma aliada. E uma aliada perigosa.

Ylva tremia. Erguendo o dedo para apontar para Harald, gritou:

— Você não é meu marido, filho de Loki! Você é um trapaceiro!

Harald-disfarçado-de-Snorri suspirou.

— É isso que eu ganho por deixar pontas soltas.

— Matem-no! — gritou Ylva, e os guerreiros skalandeses desembainharam suas armas. Mas Harald-disfarçado-de-Snorri limitou-se a acenar com a mão, dizendo:

— Skade, cuide disso, por favor.

Amarrado, sangrando e amordaçado, não havia nada que eu pudesse fazer quando o arco de Skade apareceu em suas mãos, a flecha verde voando em curvas e arcos pelo cômodo, perfurando gargantas em uma rápida sucessão, até que todos os guerreiros estivessem no chão, arfando. Morrendo.

Harald-disfarçado-de-Snorri tinha colocado a mão sobre a boca de Ylva para silenciar seus gritos. Quando a flecha de Skade finalizou a tarefa sangrenta, ele colocou a boca perto do ouvido dela e disse:

— Comporte-se ou vou estripar Leif na sua frente. Entendido?

Ela assentiu com firmeza e ele deu um beijo em seu rosto antes de soltá-la. Ylva cambaleou, tossindo de nojo antes de recobrar a compostura. Harald-disfarçado-de-Snorri se afastou dela. Da mesma forma que antes, a pele dele pareceu se mover como cera macia, mudando de forma e cor até que voltasse a ser Harald.

Percebi um movimento que chamou minha atenção. Skoll e Hati se levantaram das sombras onde estavam, postando-se ao lado de Harald. Ele acariciou o pelo dos lobos, passando o dedo sobre as marcas pintadas em suas cabeças, que garantiam lealdade.

— É por isso que matar pessoas raramente é a melhor solução. — Ele apontou para os corpos. — É sempre uma bagunça limpar. Tora, pense em uma solução que faça isso desaparecer.

— Temos dutos para resíduos que desembocam no rio — disse Tora. — Os corpos vão estar irreconhecíveis depois que passarem pelas cachoeiras, e o que restar vai para o mar.

— Faça isso — ordenou Harald. — Depois limpe o sangue. Quero que fique como se eles nunca tivessem estado aqui.

— A maioria deles tem família em Grindill. — Ylva olhou para o rosto dos guerreiros que tinha levado à morte. — Vão começar a fazer perguntas.

— Para as quais você dará respostas que não levantem suspeitas. — Harald acariciou a cabeça de Hati, passando o dedo novamente pelas marcas pintadas sobre o pelo do lobo. Era um tique nervoso dele que desmentia a compostura fingida que assumia. — O fingimento, querida Ylva, é como você vai garantir a vida e a longevidade de Leif. Interpretando o papel da senhora de Grindill, da esposa do rei, da rainha em que toda Skaland confia de olhos fechados. Vai manter o domínio de Snorri vivo.

— O seu domínio, você quer dizer — sussurrou Ylva, acompanhando Tora com o olhar enquanto ela carregava os corpos dos mortos para as tubulações.

Harald soltou aquela mesma gargalhada estranha que tinha usado na ilha, depois colocou a mão sobre a boca.

— Bem, sim. Mas Skaland inteira vai acreditar que Snorri e Harald forjaram uma aliança. Inimigos que voltaram a ser amigos depois de matarem a filha de Hel, que amaldiçoou os guerreiros de Skaland, matou Saga e depois se voltou contra os guerreiros de Nordeland. Se ao menos eles tivessem se unido antes, seus exércitos ainda poderiam estar vivos.

Ele abriu um sorrisinho.

Tensionei a mandíbula, porque não havia forma fácil de provar as mentiras dele, dado que todos que tinham testemunhado o que realmente havia acontecido estavam mortos. Harald voltou o olhar para mim.

— Embora eu entenda que possamos ter um problema com a última parte dessa minha narrativa. Conte para mim, Freya ainda está viva?

— Me disseram que ela permanece aprisionada onde você a deixou — disse Skade quando Ylva não respondeu. — Seria um prazer para mim viajar até lá e dar fim nela, pai. Minha flecha não erra.

— Não, não erra, mesmo — concordou Harald. — Embora o mesmo não possa ser dito de seus olhos. Onde está esse tal de Ragnar?

O rosto de Skade corou.

— Ele disse que precisava mijar. Provavelmente está em algum lugar ainda aqui em Grindill.

— Acha que esse seu "provavelmente" me serve de alguma coisa, dado que Ragnar sabe onde a filha de Hel está aprisionada, isso sem falar nas outras coisas? — A última parte saiu como um rosnado cruel, e mordi a mordaça quando Harald deu um tapa tão forte com o dorso da mão em Skade que ela se estatelou no chão.

— Onde está seu servo Ragnar? — perguntou ele, então, a Ylva. — Que ordens deu a ele?

— Eu não sei de nada — respondeu ela. — Não foi por ordens minhas que ele fugiu.

Vendo a violência crescente no homem, tossi debaixo da mordaça, e Harald voltou a olhar para mim. Diminuindo a distância entre nós, ele arrancou a mordaça da minha boca. Em seguida me deu um tapa no rosto.

— Onde ele está?

— Vai se foder. — Cuspi no chão diante dele.

Abaixando o corpo, Harald desenrolou a bandagem do meu ombro e enfiou os dedos no buraco deixado pela flecha de Skade. Contive um grito, mesmo com a dor fazendo o mundo girar ao meu redor e ver estrelas. Quando elas desapareceram, eu estava caído de lado no chão.

— Você é previsível, Bjorn — disse Harald, agigantando-se sobre mim. — E isso vem da lealdade àqueles que conquistam sua afeição, assim como te torna fácil de manipular. Existe apenas um lugar para onde você poderia ter mandado Ragnar, e é para libertar sua amante.

Ele se virou e comecei a rir, cuspindo sangue.

— Eu disse para ele espalhar a notícia, filho de Loki. Sussurrar no ouvido de todas as pessoas que encontrar que Snorri está morto e que é Harald de Nordeland quem está usando seu rosto. Disse para ele procurar as fofoqueiras do vilarejo, as peixeiras e os órfãos que usam informações como moeda de troca. Recomendei que comprasse um copo de hidromel para cada mercador ou marinheiro estrangeiro no caminho e contasse a história do rei de muitas faces que as troca para causar mentiras e enganação. Harald, rei dos trapaceiros, rei das mentiras, e logo, eu apostaria, rei de nada.

Uma mentira desesperada, mas eu queria que eles procurassem em todos os cantos, exceto na ilha onde eu havia deixado Freya. Ragnar era a única chance dela.

— Ele está inventando histórias — disse Skade. — Não sacrificaria a única chance que tinha de salvar Freya. Me mande atrás dela, pai, e juro que preparo uma armadilha para Ragnar.

— Ragnar não libertaria Freya — rebateu Ylva, e eu não sabia ao certo se ela acreditava nisso ou se estava tentando ganhar tempo para seu guerreiro escapar. — Ele sabe o perigo que ela representa para todos nós.

— A Nascida do Fogo de fato *é* muito perigosa. — Puxei as pernas até estarem debaixo de mim, conseguindo me pôr em pé, embora escorresse sangue pelo meu peito e minhas costas. — E ela ficou muito sagaz. Acha mesmo que a filha da morte é assim tão fácil de ser derrotada, trapaceiro? Devia tê-la matado quando teve a chance.

— Eu vinculei as proteções à vida de Freya — disse Ylva. — Elas vão aguentar até ela dar o último suspiro. Minhas proteções são boas… Aquele monstro nunca ficará livre.

Zombei dela.

— Acha que a morte vai impedir a filha de Hel de se vingar?

Minhas palavras eram petulantes, mas ainda assim o salão todo ficou em silêncio.

— Ó, deuses. — Ylva levou a mão à boca com um horror que eu tinha quase certeza de que era falso, pois não era uma mulher que se abalava com tanta facilidade.

— O que foi? — perguntou Harald. — Diga o que está te preocupando, mulher.

— A magia rúnica só tem poder sobre os vivos. Se Freya morrer, as proteções não vão contê-la.

— Está sugerindo que Freya talvez esteja à solta? — perguntou Harald. — Que ela está morta… mas viva? Uma draug sem destino determinado? Ou alguma outra coisa?

— Eu não sei! — Lágrimas rolavam pelo rosto de Ylva. — Não conheço a extensão dos poderes que Hel concedeu a ela. Você sabe mais sobre a magia dela do que eu. Acha que ela pode ter escapado?

Harald contorceu os dedos, e embora seu rosto fosse uma máscara inexpressiva, eu conseguia sentir a tensão fervilhando nele enquanto pesava qual ameaça era maior: impedir Ragnar de espalhar seu segredo ou garantir que Freya não fosse mais uma ameaça.

— Primeiro cace Ragnar — disse ele finalmente a Skade. — Garanta que ele seja silenciado e depois veleje até a ilha e mate a filha de Hel, e não deixe de queimar o cadáver. Leve Skoll e Hati, vá!

— Sim, pai — sussurrou Skade, limpando sangue do lábio cortado e passando às pressas por Tora, que não escondeu o sorriso ao ver a outra mulher humilhada. Harald também notou, a carranca ficando mais feia, e gritou:

— Fique de tocaia na porta e garanta que ninguém esteja ouvindo, ou vai ter que se livrar de mais corpos.

— Sim, meu rei. — Tora levantou um cadáver sobre o ombro e foi atrás de Skade e dos lobos, deixando um rastro de sangue. Harald fez uma careta para a bagunça, frustrado.

Ragnar, apesar de suas habilidades, era um homem morto, porque Skade sempre rastreava sua presa. Mas tinha ganhado mais tempo para Freya. Mais do que isso, havia revelado que Harald não estava no controle, os planos dele desmoronando aos poucos. O segredo que havia guardado a vida toda, sobre o qual estavam baseados todos os seus esquemas, já não era mais tão secreto para o resto do mundo. Se eu sabia de alguma coisa, era que nada o enfurecia mais do que perder o controle.

— Acho que sua ambição acabou indo além de sua capacidade, *pai* — falei. — Uma coisa é manter a farsa de uma mulher reclusa que ninguém nunca vê, outra bem diferente é manter a farsa sobre a vida de um rei. Estou vendo seu plano se esgarçando feito uma tapeçaria malfeita, e com ele o controle sobre seu próprio destino.

Ele me bateu, mas eu só cuspi o sangue e ri.

— Você passou muito tempo na forma de minha mãe, Harald. Está batendo feito uma mulher velha.

Harald puxou a faca que tinha na cintura.

— Você já não é mais útil. Assim como sua mãe. — O sorriso dele era cruel. — Ainda me lembro dos gritos dela enquanto queimava no fogo que você acendeu. Não foi rápido. Mas aprendi a me deleitar com mortes lentas.

Eu não sabia que era possível odiar alguém tanto quanto eu o odiava, e isso abafou qualquer medo que eu pudesse ter por minha própria vida.

Harald levantou a faca.

— Mande lembranças à sua mãe quando chegar a Helheim.

Ylva segurou o pulso dele.

— Espere. Ele ainda pode ser útil.

Harald virou a cabeça, escutando.

— Se a filha de Hel escapou — disse Ylva —, precisamos capturá-la e matá-la. Use Bjorn como isca, Harald, pois Freya com certeza virá por ele.

— Não confio em sua sabedoria, Ylva. — Harald cruzou os braços. — E na verdade me sinto inclinado a fazer o contrário.

Tora voltou para o salão, abaixando-se para pegar outro corpo. Embora ninguém estivesse prestando atenção nela, eu sabia que estava ouvindo tudo o que era dito.

— Bjorn matou meu marido. — Uma lágrima escorreu pelo rosto de Ylva. — Assassinou Snorri a sangue-frio. Não há ninguém que deseje a morte dele mais do que eu, mas não à custa de meu filho. Todas as coisas que faço são pelo bem-estar de Leif, o que significa que devo deixar de lado assuntos do coração em favor da frieza da lógica. Para governar Skaland, você precisa de mim. Para me manter, Leif precisa estar bem. Sabendo disso, acredito que seu sucesso será o sucesso de meu filho. E — ela engoliu em seco — se Freya escapou por outros meios que não seja a morte, Leif tem a capacidade de controlá-la. Está vinculada a servir ao sangue dele.

Tensionei a mandíbula porque mesmo com Snorri morto, o fardo daqueles juramentos permanecia sobre os ombros de Freya.

Em vez de isso apaziguá-lo, Harald se voltou contra Ylva, pressionando a faca em sua garganta.

— Entenda uma coisa, mulher. Se tentar me enganar, da maneira que for, seu filho vai morrer. E morrer de uma maneira horrível, morrer lentamente, e eu te garanto que não de uma forma honrosa. Está me entendendo?

— Sim, meu senhor. — Ylva inclinou a cabeça. — Sugiro que transforme a morte de Bjorn em um espetáculo. A morte de um traidor, para que todos aqueles que tenham sido prejudicados por ele a testemunhem. Se Freya estiver livre, vai querer resgatá-lo, e então nós a pegaremos. Precisamos de alguns dias para montar uma armadilha, mas também para garantir que Bjorn esteja forte a ponto de enfrentar as piores torturas.

Ylva estava ganhando tempo para mim. Para Freya. Não porque tinha perdoado o que eu fizera com Snorri, mas porque se dera conta de que Freya era nossa melhor chance de salvação. Era uma mulher extremamente pragmática e sabia que tinha tomado decisões equivocadas. Mas não estava assim tão arrependida a ponto de arriscar a vida de Leif, então tempo era a única coisa que ela me concederia.

Harald ficou em silêncio, os olhos distantes enquanto refletia, e finalmente seu rosto começou a derreter feito cera, voltando à forma de Snorri. Abaixando a faca, ele se inclinou e beijou Ylva nos lábios.

— Entendi por que meu antigo rival valorizava tanto você, Ylva. Vai dar uma rainha e tanto.

Foi uma luta não desviar os olhos.

— Sim, meu rei. — Uma leve tensão na mandíbula de Ylva era o único traço de emoção em seu rosto. — Não vou te decepcionar.

— Tora, peça para Volund fazer curativos em Bjorn para que ele não sangre até a morte. Você deve vigiá-lo e fazer de tudo para impedir que ele escape — disse Harald-disfarçado-de-Snorri. — Venha, esposa. Vamos anunciar nossos planos para Skaland. Que forma melhor de celebrar a união entre Skaland e Nordeland do que executar o homem que traiu ambas as nações?

Continue lutando, Nascida do Fogo, sussurrei em silêncio. Então minha força finalmente fraquejou e o mundo se desfez em escuridão.

40

FREYA

— Nem sinal da esquadra de Harald ou dos guerreiros dele, dama do escudo — falou o draug skalandês com a voz estranha dos mortos-vivos, à qual eu ainda não havia me acostumado. — E nem sinal do filho de Jord nem de seu animal familiar.

Não foi choque para mim eles não terem conseguido encontrar Guthrum. Ele era um homem que pertencia muito mais à floresta do que à civilização, e a única forma de conseguirmos achá-lo seria se estivesse morto. Eu ainda estava com raiva de mim mesma por tê-lo deixado escapar tão facilmente, mas na verdade, eu não acreditara apenas que ele estivera num estado debilitado demais para fugir, mas também achara que não teria esse desejo. Um erro de minha parte, porque Kaja obviamente tinha lhe contado o bastante para ele decidir que fugir era o melhor a ser feito. Eu não tinha a menor dúvida de que Guthrum iria correndo procurar Harald, o que significava que meu inimigo logo saberia que eu havia escapado e que tinha reunido um exército.

— Vamos continuar descendo a costa na direção do Torne — disse Geir. — Se Ylva estava correta sobre Grindill ser o alvo dele, os navios estarão atracados no rio.

Concordei com a cabeça, abaixando para pegar meu escudo e pendurando-o sobre o ombro. Estávamos descendo o litoral, a natureza de mortos-vivos do meu exército exigindo que evitássemos o contato com os vilarejos, senão seríamos percebidos como motivo para alarde, e não como salvação, mas até então não havia sinal de que a esquadra de Harald tivesse atacado. Muitos dos draugs acreditavam que isso significava que Ylva havia sido enganada e que Harald retornara para Nordeland, mas eu sabia que não era o caso. Isso só significava que ele não estava tentando concretizar seus planos por meio da força.

— Deuses, você está fedendo — murmurei para o meu irmão quando ele parou ao meu lado. — Esse fedor todo é que vai alertar Harald de que estamos chegando.

— Bom, a culpa disso é só sua — retrucou Geir, coçando a cabeça. A maior parte de seus cabelos, antes densos e loiros, havia caído, deixando partes de seu couro cabeludo visíveis, embora a barba ainda estivesse cheia como sempre, os anéis que a adornavam brilhando no sol. Meu exército todo estava apodrecendo, os corpos se decompondo a cada hora que passava, e embora isso não parecesse prejudicar a mobilidade de ninguém ali, eu sabia que devia impactar a sanidade deles. O que eu estava fazendo não podia continuar para sempre, o que significava que o tempo que eu tinha para derrotar Harald era limitado.

Subindo em um drácar, passei os olhos pelo horizonte enquanto remos entravam nas ondas, empurrando-nos na direção do Torne. Passamos pela entrada do fiorde em que Selvegr, o vilarejo que eu já chamara de lar, ficava localizado.

— Você a viu? — perguntei em voz baixa, sabendo que Geir tinha ido garantir que Ingrid estivesse sã e salva, morando com o pai.

— Sim. — Ele apertou a lateral do barco com os dedos, a pele em um tom terrível de cinza. — Ela está bem.

Mordi o interior das bochechas.

— Você… você falou com ela?

Meu irmão fez que não com a cabeça.

— Não quis assustá-la. — Erguendo as mãos, Geir as examinou com os olhos verdes brilhantes. — É melhor que ela se lembre de mim como eu era antes do que desse jeito.

Em parte, eu concordava. Ver seu amado como um morto-vivo, podre e horripilante, não era a última lembrança que se devia ter dele. Mas em parte eu ficava me perguntando se não valeria a pena ter uma chance de se despedir. Ter um momento para encerrar tudo e a conclusão que isso traria.

Algo que me havia sido roubado com Bjorn.

Meus olhos arderam, e eu os esfreguei, zangada comigo mesma só por imaginar que ele pudesse estar morto. Ainda assim, o sofrimento e o medo ainda arranhavam minhas entranhas, porque parecia uma ironia cruel nós termos unidos nossos corações mais uma vez só para sermos separados para sempre logo depois.

— Não para sempre — sussurrei para mim mesma, depois balancei a cabeça quando Geir olhou com desconfiança. — Você conhece o coração dela, Geir. Qualquer escolha que tenha feito é a correta.

— Pode dizer a ela que eu a amo? — Ele olhou em meus olhos, e embora os dele fossem totalmente sobrenaturais, vi o sofrimento que sentia. — E cuidar dela depois que alcançarmos a vitória?

Fiz que sim com a cabeça e em seguida forcei um sorriso.

— Quando seu filho ficar mais velho, vou contar a ele como você lutou para voltar das garras de Hel a fim de vencer uma grande batalha e conquistar um lugar no salão de Odin. Vai ser uma história que os escaldos vão repetir durante anos, e seu filho vai sentir honra por carregar seu nome.

Geir franziu a testa e eu me encolhi, com medo de ter dito a coisa errada, mas então minha atenção foi atraída para a verdadeira fonte de sua preocupação. Dois cavaleiros galopavam pela praia, um tentando alcançar o outro. Estavam longe demais para eu distinguir seus rostos com clareza, mas quando levantei a mão para proteger os olhos, a pessoa que perseguia se endireitou sobre o cavalo e um arco e flecha brilhantes apareceram em sua mão. E de cada um dos lados dela corriam Skoll e Hati.

— Skade! — gritei. — Vamos para a costa!

Geir deu a ordem e os remadores pegaram velocidade. Enquanto faziam isso, Skade soltou a corda do arco. A flecha verde voou pelo ar, atingindo o cavalo que ela perseguia nas ancas. O animal caiu e o cavaleiro voou pelos ares. Bateu na areia e rolou, levantando-se em um segundo e correndo.

— É Ragnar! — berrou um de meus guerreiros.

Senti o coração parar porque se Skade estava perseguindo Ragnar, isso significava que o plano de Ylva para trocar Bjorn por Leif não tinha saído conforme o planejado.

— Mais rápido! — gritei. — Arqueiros, disparem contra ela!

Os tambores do drácar chamaram a atenção de Skade, que arregalou os olhos ao me reconhecer.

— Manda ver, sua vadia assassina — sussurrei, invocando magia para o meu escudo. Mas em vez de disparar a flecha na minha direção, Skade mirou nas costas de Ragnar, que podia muito bem ser a única pessoa viva que conhecia o destino de Bjorn. — Matem-na!

Meus arqueiros dispararam, mas as flechas não chegaram até ela. Gritei de fúria quando Skade soltou a corda do arco, aquela projeção verde mortal voando pelo ar para perfurar as costas de Ragnar. Ele caiu, rolou e então ficou imóvel na areia.

O drácar chegou à praia, meus guerreiros correndo para encontrar sua oponente. Eu me juntei a eles, espada em mãos, perseguindo-a pela praia. O nome de Hel começou a surgir em meus lábios, mas eu sabia que seriam palavras desperdiçadas. A deusa da morte não reivindicaria um Sem Destino sem uma razão pela qual valesse a pena irritar os outros deuses, e eu duvidava muito que essa situação representasse um bom motivo. Mas, a cavalo, a caçadora rapidamente saiu do nosso campo de visão, adentrando uma estrada a galope. Olhou para trás e gritou o nome de Skoll e Hati, mas os lobos tinham parado na praia, de olho em mim.

— Geir! — gritei. — Peça para alguns homens a seguirem. Ela vai nos levar até Harald!

Ele acenou com a cabeça, dando ordens que eu quase nem ouvi enquanto corria até a forma caída de Ragnar. Dois de meus guerreiros tinham parado perto dele, rolando o homem. A areia grudou em sua pele, e sangue escorria de um buraco logo abaixo de sua clavícula.

Mas ele ainda estava vivo.

Seus olhos castanhos se alternavam entre mim e os mortos-vivos que me cercavam, muitos deles indivíduos que ele conhecia bem.

— Filha de Hel — sussurrou Ragnar. — O que você fez?

— Uni Skaland. Esses guerreiros estão lutando por suas famílias e por uma nova chance de ir para Valhalla. Pode me contar o que aconteceu? — Ajoelhando ao lado dele, perguntei: — Harald te atacou? — E porque não consegui me conter: — Onde está Bjorn? Ele está vivo?

— Em Grindill — afirmou Ragnar entredentes. — Ele está vivo, mas ferido. Escapei por causa dele.

Senti o estômago dar um nó, o medo me fazendo querer vomitar.

— Harald está com ele?

Ragnar balançou a cabeça, a respiração curta e ofegante, prestes a partir deste mundo.

— Snorri.

— Snorri está morto — retruquei. — Eu o vi dar o último suspiro.

— Todos dizem que ele está vivo. Snorri forjou uma aliança com

Harald, unidos por um inimigo comum. — Sangue escorria de seus lábios. — Você.

Praguejei, enxergando o objetivo do plano de Harald, porque não havia dúvida para mim de que ele vinha desempenhando os dois papéis.

— Não se trata de Snorri, mas do trapaceiro usando o rosto dele.

— Talvez, mas todos acreditam que depois que você amaldiçoou os guerreiros de Skaland, tentou fazer o mesmo com a esquadra nordelandesa e só o pensamento rápido permitiu que Harald e Snorri trabalhassem juntos para te matar — sussurrou Ragnar. — A notícia que se espalhou é de que uma celebração de aliança foi planejada. Steinunn vai cantar sobre o que você fez. Bjorn vai ser executado. Seu amante será punido com a águia de sangue.

O mundo girou ao meu redor, o terror me estrangulando, mas consegui dizer:

— Quando?

— Logo. — Mais espuma ensanguentada saiu dos lábios de Ragnar, mas ele conseguiu dizer: — Ylva está viva. Leif também. Salve-os. Redima-se. Salve…

A última palavra nunca veio, o peito de Ragnar ficando imóvel.

— Anseio te ver no salão de Odin quando chegar a hora, irmão — murmurou Geir, e o vi colocar a própria espada na mão de Ragnar. — Me espere com um copo.

Eu me sentei sobre os calcanhares na areia ensanguentada.

— Logo…

Não consegui terminar a frase. Não consegui repetir o que Ragnar havia dito, pois Bjorn seria executado da pior forma possível.

— Tem certeza de que Snorri estava morto, minha irmã? — perguntou Geir. — Porque mesmo sendo filho de Loki, Harald não pode ser dois homens em uma sala ao mesmo tempo.

— Ele não precisa ser. — Eu me levantei. — Ele tem Ylva, que governou com o mesmo poder e influência de Snorri. E, além disso, o povo a ama e confia nela, então não haverá dúvidas na cabeça de ninguém de que Snorri está vivo e bem. E com ameaças à vida de Leif, Ylva fará o que Harald disser. Cacete! — Chutei a areia.

— Mas isso muda pouca coisa — emendou Geir. — Podemos chegar a Grindill rapidamente, e conhecemos a fortaleza. Vai ser fácil tirá-la de Harald.

— Quem você acha que estará defendendo as muralhas de Grindill? — perguntei. — Não vão ser apenas nordelandeses. Vamos ter que lutar contra nosso povo. Amigos. Famílias. E como Harald me transformou no inimigo comum, não vão medir esforços para se defenderem de mim. Deuses. — Enterrei o rosto nas mãos. — Ele é tão esperto. E esperto de uma forma cruel e dolorosa, e qualquer vantagem que podíamos ter já se perdeu. Não sei se Guthrum voltou a se juntar a ele, mas Skade com certeza vai garantir que Harald saiba que estou livre. Que tenho um exército. Que estou chegando.

— E quanto aos outros Sem Destino a serviço dele? — perguntou Geir. — Você disse que Tora sabe da verdadeira natureza de Harald, mas sua lealdade é forçada por magia ou juramentos. Talvez ambos. Guthrum pode ou não saber disso, a depender do quanto sua ave testemunhou. Mas e quanto aos outros?

— Se eu tivesse que adivinhar, diria que Skade sabe de tudo — falei. — Mas acho que mais ninguém sabe, porque o segredo inevitavelmente vazaria. A necessidade exigiria que ele mantivesse a informação o mais sigilosa possível.

— Quem dentro da aliança dele você acredita que teria mais chances de se voltar contra Harald se soubesse que ele é filho de Loki?

— Não sei. — Refleti sobre o que havia presenciado durante o tempo que passei com eles. — Harald não usou de magia para feri-los. É possível que alguns possam enxergar a magia dele como um recurso, dado que permitiu que prosperassem sob seu domínio.

— Então nossa única escolha é voltar nosso próprio povo contra ele, porque todos sofreram com as invasões de Harald durante os anos de seu governo. A aliança de Snorri com ele não muda esse fato — disse Geir. — Precisamos encontrar uma forma de revelar a verdade a todos.

Só que seria a palavra da filha de Hel e de seu exército de draugs contra Harald, Snorri e Ylva. Ninguém acreditaria no que tivéssemos para dizer.

Fechei bem os olhos, tentando pensar em meio ao desespero.

— Freya — murmurou Geir. — Tenha cuidado.

Abri os olhos e fiquei tensa ao ver Skoll e Hati se aproximando.

Os lobos não tinham voltado com Skade.

Skoll chegou perto de mim e lambeu minha mão, enquanto Hati ficou sentado com a língua para fora, arfando pelo esforço.

Passando a mão sobre o pelo de Skoll, notei que as runas pintadas que tipicamente manchavam seu pelo tinham desbotado.

— Ele controla vocês também, não é? — perguntei baixinho. — Não foram feitos para serem animais de estimação.

Não era só uma questão de não poder arriscar tê-los me espionando, mas esses animais mereciam ser livres.

Removi a coleira deles e depois, tirando o facão de Gyda do cinto, aparei com cuidado o pelo manchado da cabeça de Skoll. Assim que acabei, ele se desvencilhou de mim, correndo até parar na faixa de areia. Fiz o mesmo com Hati, que então correu atrás de seu irmão.

— Sejam livres — falei. — Sei como é ter um vínculo.

Pois eu ainda estava vinculada por meus próprios juramentos, dado que Ylva estava viva. A dor que isso ainda poderia me causar era desconhecida.

Os lobos correram para o meio das árvores, e ao contemplá-los, uma ideia me ocorreu.

— Ragnar disse que Steinunn está em Grindill, ou pelo menos estará em breve, já que uma performance foi planejada em conjunto com a execução de Bjorn. Se ela cantar a história do que aconteceu naquela ilha na frente de toda a multidão, todos que ouvirem verão a verdade.

— Então devemos seguir para Grindill e capturar a escalda?

— Mas como vamos chegar até ela passando despercebidos? — Fiquei andando de um lado para o outro na praia. — Harald vai saber que estamos a caminho, então vai estar alerta. Não vamos ter como entrar escondidos pelos portões de Grindill, e não há outras formas de entrar na fortaleza.

— Existe uma forma. — Geir franziu os lábios, pensativo. — Existe uma tubulação na cidade que deságua no rio Torne. Só temos que encontrar a abertura e entrar.

Soltei um suspiro.

— E como vamos encontrá-los sem ninguém notar? O rio é rápido e fundo, e basta um deslize para desabar nas cachoeiras. Acredite em mim, não é uma coisa que você gostaria de vivenciar.

— Cordas amarradas contra a corrente. Podemos fazer isso durante a noite. E quanto a como… — Geir deu de ombros. — Você tem sorte de ter um exército que não precisa respirar.

41
BJORN

Acordei com a cara enfiada em uma pilha de palha mofada, o fedor de mijo e merda preenchendo meu nariz. Abrindo um olho, vi as barras ao alcance de um braço e percebi que estava em uma das celas nas masmorras de Grindill.

— Quer alguma coisa para beber?

Virei a cabeça, encontrando Tora sentada em um banquinho de frente para as barras, cotovelos sobre os joelhos. O rosto dela estava abatido pela tristeza, e os olhos, opacos.

— Quero. — Pelo gosto que sentia na boca, parecia que alguma coisa tinha morrido dentro dela. E meu corpo parecia ainda pior. — Quanto tempo eu dormi?

— Tanto que cheguei a me perguntar se algum dia você acordaria.

Ela mergulhou uma concha em um balde e a segurou entre as barras quando me levantei para sentar. Bebi com anseio, e a água tinha o sabor do néctar dos deuses de tanta sede que eu tinha.

— Volund consertou você. — Tora encheu a concha novamente para mim. — Mais ou menos, por assim dizer. Ele queria te deixar morrer, mas Ylva foi insistente.

Terminei de beber a concha de água e disse:

— Qual foi a história que Harald contou para o povo? Você consegue me dizer?

— Muda toda hora. — Ela sacudiu a cabeça em frustração, balançando as tranças loiras. — Tem várias partes que ficam mudando. Vários fatores que ele não consegue controlar. Mas todos acreditam que você e Freya conspiraram para juntar os exércitos de Nordeland e Skaland para que ela pudesse mandar todos para Helheim, e foi só porque os deuses intervieram que ela se limitou a matar os skalandeses. Harald disse que foi uma união desesperada entre ele e Snorri que fez com que Freya fosse morta, e você, capturado, mas não sei como vai lidar com o retorno dela para o mundo dos vivos se ela escapar antes de Skade encontrá-la.

Ignorei a última parte e me concentrei na anterior, porque pensar em Skade encontrando Freya trancado nessa prisão me deixava enjoado.

— Por que iríamos querer matar os exércitos das duas nações?

— Freya é filha de Hel e quer roubar almas que merecem ir a Valhalla para sua mãe divina. E você não passa de um tolo apaixonado que faz tudo o que ela quer. — Tora deu de ombros. — Steinunn está rouca de tanto cantar mostrando Freya em seus piores momentos. De olhos vermelhos, a própria raiva encarnada, as raízes de Yggdrasil prontas para fazer o que ela manda. É mais fácil se eles a enxergarem como um monstro, e ninguém questiona *por que* um monstro faz coisas más. Quanto a você, todos concordam que agiu com base na cabeça de baixo.

Fiz cara feia, cansado de todos presumirem que minha única motivação na vida era estar entre as pernas de Freya.

— Ele não está tão no controle da situação quanto gostaria, mas quando você e Freya estiverem mortos, as coisas vão ficar mais fáceis. Ele vai reforçar o domínio que tem sobre as duas nações e depois encontrar outra coisa para ambicionar. Faz parte da natureza dele. — Ela cuspiu no chão. — Loki.

— Há quanto tempo você sabe? — perguntei.

— Pouco mais de um ano. — Tora cutucou as unhas, as cutículas sangrando. — Quis fazer algumas perguntas a Saga, então viajei até ela sem pedir permissão. Apesar de Harald ter alegado que a tinha visitado havia menos de uma semana, ficou claro, quando cheguei, que ninguém vivia naquela cabana. Semanas de poeira e merda de rato por todo lado. Nada na despensa. O caminho dominado pelo mato. Na verdade, achei que Saga tivesse morrido e que ele estivesse fingindo que ela estava viva por suas próprias razões.

— O que não estava tão longe assim da verdade — falei, meus olhos se enchendo do horror que tinha visto no rosto de minha mãe quando derreteu e se reconstruiu como o de Harald.

— Cometi o erro de contar a Skade o que havia descoberto — continuou Tora. — Ela fingiu preocupação, mas depois contou minhas suspeitas a Harald. E foi quando ele iniciou o processo de me vincular a seus desejos. — Os lábios dela tremiam. — Eu tinha uma amante em um dos vilarejos. Ela foi me visitar em Hrafnheim e passamos a noite bebendo. Fazendo amor. Quando estávamos bem embriagadas, ela disse que deveríamos nos unir para a vida toda. Fazer algo mais profundo do que jurar fidelidade. Eu a amava tanto que não hesitei em concordar. Ela escreveu runas em sangue e fiz um juramento, me vinculando a ela de todas as formas possíveis. Mas quando chegou a hora dela de fazer o mesmo, começou a gargalhar.

A água que eu tinha tomado começou a me subir pela garganta, a história me provocando ânsia.

— Ela riu e riu, e então seu rosto começou a derreter. — Tora rangeu os dentes, tentando conter as lágrimas. — Comecei a gritar, mas minha amante resmungou "Silêncio!", e então o grito foi roubado de meus pulmões porque eu tinha jurado obedecer. E então ela voltou a ser Harald e eu soube. Soube tudo sobre a natureza dele, e que eu não tinha feito amor com minha doce Tove, mas com *ele*. Que eu não tinha feito juramentos a Tove, mas a Harald. E ele riu e riu, porque nada lhe dá mais prazer do que um de seus esquemas dando certo.

— Sinto muito, Tora. — Minhas palavras pareciam profundamente insuficientes para o pesadelo que ela tinha sofrido. Um horror que eu compreendia bem demais.

— Toda vez que eu dava um jeito de me libertar, ele me obrigava a fazer outro juramento — disse ela. — Estou tão vinculada aos desejos dele que há vezes em que sinto que mal posso respirar sem permissão. E as coisas que ele me forçou a fazer… — Lágrimas escorriam por seu rosto. — Sou como um dos Inomináveis dele. Vinculada a seus desejos e destinada a fazer todas as suas vontades obscuras. Eu o odeio, mas também o amo mais do que a vida, e vou continuar a amá-lo até o fim dos meus dias, porque jurei isso a ele quando usou o rosto de minha doce Tove.

Tora tinha sido uma irmã para mim durante a maior parte de minha vida, e saber que o homem que eu chamava de pai tinha feito isso com ela me encheu de fúria.

— Como você é capaz de falar sobre isso comigo agora?

— Porque eu jurei manter os segredos dele, mas foi Harald quem revelou a verdade sobre a própria linhagem e magia a você. — Ela fechou as mãos em punhos. — Essa é a fraqueza dele, sabe, sempre querer que aqueles que manipula e engana saibam que foi ele. É o momento que mais gosta, e vê-lo… *saborear* o que aconteceu com Snorri, com você e com Freya naquela ilha foi… — Ela interrompeu o que dizia e respirou fundo. — Basta dizer que ele teve um de seus maiores prazeres naquele momento.

Tanta coisa fazia sentido agora que eu sabia de tudo. Sempre fiquei me perguntando por que nós só não matávamos Snorri e acabávamos com isso: as profecias e previsões convenientes de minha *mãe* sobre o porquê isso não era possível agora tinham se revelado mentiras de Harald. Ele não se contentava com a morte, que não representava uma vingança para ele, e ver a facilidade com que me enganou quando se vestiu como minha mãe me fez contrair os músculos.

— A única previsão que Saga fez sobre Freya foi a primeira — continuou Tora em voz baixa. — Que ela uniria Skaland sob o domínio daquele que controlasse seu destino. Todo o resto foram mentiras criadas por Harald para manipular você e, por fim, a própria Freya.

Harald tinha feito Freya acreditar que estava destinada a ser um monstro.

Não. Eu a tinha feito acreditar nisso.

Apoiei a cabeça nos joelhos, sabendo que a tinha feito acreditar que o próprio destino era ser uma praga. Que ela deixaria um rastro de milhares de mortos. Eu tinha feito Freya acreditar que seria odiada e ultrajada, e que estava destinada a coisas escuras e cheias de horror. O fato de eu ter sido manipulado não me absolvia disso. Tudo o que havia acontecido no estreito, todos os skalandeses que haviam morrido, tinha sido por escolhas minhas. Porque não tinha sido só Freya que acreditara estar destinada a se tornar um monstro: eu acreditara também.

— Consegue ajudá-la? — perguntei. — Consegue deter Skade?

— Não. — Tora suspirou. — Mesmo que fosse possível alcançá-la, ele foi muito claro em suas ordens. Eu preciso manter você aprisionado nesta cela, mesmo que isso custe minha própria vida. Mas só para deixar claro, se conseguir me matar e fugir, vou te agradecer até o meu último suspiro, porque isso não é vida, meu irmão.

O som de asas batendo chamou minha atenção, e fui tomado pelo choque quando Kaja pousou nas grades da cela à minha frente. Tora estendeu o braço e o falcão voou até seu pulso.

— O que está fazendo aqui, Kaja?

— Guthrum está vivo? — Senti o peito apertar, porque eu tinha visto meu amigo cair do drácar e ir parar embaixo de outra embarcação. As chances de ele ter sobrevivido não eram boas.

— Eu achava que não. — Tora acariciou gentilmente as penas da ave. — Mas se estiver, não se apresentou a Harald. Pelo menos que eu saiba.

Era possível que Guthrum tivesse conseguido escapar do mar e Harald tivesse pedido para que ele permanecesse escondido enquanto Kaja espionava, mas se fosse o caso, por que a ave teria se mostrado para nós? Guthrum não era de arriscar seus animais familiares, e entrar em um espaço tão confinado conosco colocava Kaja em grande risco. Talvez Guthrum estivesse morto e a ave havia apenas buscado o conforto daqueles que conhecia bem. Mas a inteligência sobrenatural nos olhos dela me dizia outra coisa.

O que me fez pensar em outra opção: talvez Guthrum tivesse enviado Kaja até mim por vontade própria. O que significava que meu amigo poderia ter se tornado um aliado.

— Não vou te matar, Tora — falei. — Mas isso não significa que vou desistir sem lutar.

Ela olhou em meus olhos.

— Não me conte nenhum de seus planos. Estou vinculada a protegê-lo e jurei nunca guardar nenhum segredo dele.

Tora tinha feito esses juramentos acreditando que eram votos para a mulher que amava. A perversão de Harald quanto a isso serviu de combustível para minha raiva, e me levantei, ignorando a dor dos ferimentos que Volund havia curado pela metade.

— Me entregue a ave.

Tora passou Kaja pelas barras e ela voou e pousou em meu joelho. Era impossível ficar confortável com meus pulsos e minhas mãos amarrados com correntes atrás de minhas costas, mas apoiei um ombro contra as paredes frias enquanto olhava nos olhos dourados do falcão, suplicando aos deuses para que Guthrum estivesse vendo por meio deles.

— Olá, velho amigo — murmurei. — Tem uma coisa que eu preciso te contar, e depois preciso da sua ajuda.

42
FREYA

Esperamos o escuro da noite nos envolver para descermos o rio Torne até avistarmos as muralhas de Grindill. Uma corda grossa foi amarrada em uma árvore e a outra ponta, em um de nossos guerreiros mais robustos, que então entrou na água e carregou uma pedra pesada para mantê-lo no leito do rio. Os outros o levaram rio abaixo, esticando a corda até que ele chegasse à base da fortaleza.

Fiquei andando de um lado para o outro por entre as árvores, cada minuto que passava parecendo uma eternidade enquanto o esperávamos encontrar a entrada do túnel que ficava embaixo da construção.

— Esse é o sinal — falou Geir, soltando a corda. — Duas puxadas longas seguidas por três curtas. Ele entrou. — Meu irmão fez um sinal para o grupo de guerreiros que tinha escolhido. — Podem ir!

Eles atravessaram as profundezas e desapareceram sob a superfície, usando a corda para se localizarem rio abaixo.

— Nossa vez. — Geir começou a amarrar outro pedaço de corda na própria cintura antes de entregar a outra ponta a mim. — Tem certeza de que quer fazer isso, Freya? Tanto faz se for eu ou você a falar com Steinunn.

— Ela tem que ouvir a história de mim para a magia funcionar. — Amarrei a corda ao redor da cintura, verificando os nós duas vezes. — Vou ficar bem. Só não me solte.

Meu irmão verificou os próprios nós uma última vez e em seguida segurou a corda principal.

— Vamos.

A água fria cortou minha pele quando o segui pelo rio e peguei um grande pedaço de galho morto que um dos outros guerreiros me entregou.

— Fique abaixada e atrás dos galhos — disse a draug. — Eles estão patrulhando as muralhas e vigiando a água.

Assenti com firmeza, arrepios percorrendo meu corpo:

— Não vou deixar que me vejam.

Geir desapareceu sob a superfície e me mantive no lugar até que ele desse um puxão firme. Então submergi e deixei a corrente me levar. Levou só um momento para eu alcançá-lo, a corda entre nós esticando. Ficando sempre atrás dos galhos em que me segurava, bati as pernas contra a corrente e implorei a todos os deuses para que a patrulha das muralhas não notasse um galho se movendo mais devagar do que todo o resto no rio enquanto nos aproximávamos de Grindill.

Afundei ainda mais na água para que só o meu nariz ficasse na superfície conforme nos aproximávamos. As muralhas estavam bem iluminadas com tochas, e eu contei pelo menos sete guerreiros do lado que dava para o rio, todos atentos em seus postos. Um dos homens fixou os olhos em meu pedaço de madeira e meu coração parou, mas logo ele afastou o olhar de mim. Com sorte, atraído pela luz das fogueiras ao longe que outros draugs tinham acendido como distração.

Deslizei ao longo da muralha, os galhos já não mais suficientes para me esconder de qualquer um que olhasse para baixo.

Senti o coração rugir nos ouvidos porque aquele era o momento decisivo. Respirando fundo, soltei o galho e abaixei sob a superfície.

Tudo ao meu redor estava escuro e frio, e não fosse pela corda ao redor de minha cintura, que me impedia de ser levada embora, eu teria me sentido no mais puro vazio.

Eu me projetei na direção de Geir. Puxada atrás de puxada, o esforço necessário muito maior do que eu imaginava.

A necessidade de respirar crescia a cada segundo que passava, assim como meu pânico de que tivesse calculado mal o tempo do mergulho.

Então colidi com algo sólido.

Geir.

Tateando por seus braços, encontrei a corda que me levaria para a abertura do túnel e me arrastei bem rápido por ela.

Meu peito estava queimando, o instinto gritando para que eu nadasse de volta para a superfície.

Só que se eu fizesse isso, seria vista. E bastaria uma flecha disparada da muralha para meu destino ser ceifado antes do tempo.

As fibras da corda cortavam minhas palmas enquanto eu me puxava, em desespero. A escuridão ficou ainda mais absoluta, a corrente diminuindo.

Eu estava no túnel.

Só que ele ficava completamente submerso e estava cheio de detritos. Eu tinha que ir mais rápido. Tinha que encontrar ar.

Mas quando tentei me apressar por meio da sujeira, fui puxada para trás pela corda esticada entre mim e meu irmão.

Arranhei com desespero os nós que a amarravam à minha cintura.

Ar. *Ar*. Eu precisava de ar!

Os nós se soltaram e eu meio nadei, meio me arrastei túnel adentro. Meu peito se contorcia em espasmos, a necessidade de respirar aterrorizante. Agonizante.

Então senti mãos se fechando em volta dos meus pulsos e fui puxada para cima.

Minha cabeça irrompeu na superfície da água e respirei uma lufada de ar. Nas primeiras respirações, tudo o que senti foi alívio. Então o fedor de merda, mijo e coisa pior me interpelou. Tossindo de nojo, invoquei minha magia e cobri meu punho com ela, iluminando o túnel.

E os mortos ao meu redor.

Não mortos-vivos, embora meus draugs estivessem presentes, mas os guerreiros que tinham acompanhado Ylva. Mordi minha outra mão para conter o grito que ameaçava surgir, porque estavam flutuando ao meu redor, os membros frios batendo contra meu corpo, os olhos inexpressivos, porém me encarando.

Geir surgiu das profundezas. Olhou em volta, segurando meu braço e me levando para mais adiante no túnel, onde eu só precisaria lidar com a água imunda.

— Devem ter pensado que os cadáveres desceriam até o rio, cairiam pelas cachoeiras e desembocariam no mar. Mas ninguém limpa o túnel há tanto tempo que ficaram presos nos detritos — sussurrou ele. — O erro deles, no entanto, vai funcionar como vantagem para nós, pois é mais uma prova de que Snorri não é quem diz ser, afinal por que ele mataria os próprios homens?

Acenei firme com a cabeça e continuei em frente, andando pela escuridão na direção de onde o túnel fazia uma curva e se tornava vertical. A luz vinha lá do alto, junto com risos e vozes.

— O grande salão — sussurrou Geir. — Vamos esperar até eles irem dormir, depois escalar e encontrar Steinunn.

A pessoa que eu estava desesperada para encontrar era Bjorn, mas ele estaria sendo vigiado. Se eu o capturasse, Harald saberia que havia me infiltrado em Grindill e assim meus planos de revelar seu segredo para todos aqueles que estivessem reunidos para a execução seriam arruinados. Eu estava arriscando a vida de Bjorn para derrotar Harald, e esse fato atingiu minhas entranhas como uma faca sendo torcida, mas eu sabia que isso é o que ele teria me pedido para fazer sem hesitar.

Ficamos em silêncio, ouvindo gritos e risadas, e a única quebra na monotonia era quando os criados jogavam lixo pela abertura da tubulação. Fiquei feliz por estar escuro, assim não tinha que ver o que passava flutuando. Mas de repente ouvi uma voz familiar vinda lá de cima.

— Você prometeu que eu teria minha vingança, Harald — disse Steinunn, e parecia estar quase chorando. — Você prometeu que no fim disso tudo, Snorri sofreria por assassinar minha família. Em vez disso, forjou uma aliança com ele, e agora ele está embriagado de hidromel e transando com Ylva no conforto de seus aposentos sem sofrimento algum! Pior ainda, jurou que a dama do escudo que lhe deu poder estava morta, mas Skade revelou que não só Freya está viva, como também está de volta a Skaland com um exército de cadáveres.

Segurei o braço de Geir e senti uma emoção repentina percorrer meu corpo, porque se eles estivessem em desacordo, isso facilitaria ainda mais minha tarefa.

— É um mistério tanto para Snorri quanto para mim como ela sobreviveu — respondeu Harald, e pude ver que ele estava com dificuldade de conciliar todas as mentiras que tinha contado com o que havia acontecido desde então. — Estava aprisionada por magia em uma ilha no meio do estreito, sem abrigo nem comida. Qualquer um que tentasse se aproximar dela corria o risco de ser arrastado para Helheim, e estávamos certos de que, exposta aos elementos, logo acabaria morta. Não tem ninguém mais chocado do que eu em saber que ela sobreviveu.

— E a aliança que forjou com Snorri? Está igualmente chocado com *isso* também? — A voz de Steinunn soou cheia de veneno, e Harald manteve o silêncio.

— Steinunn, querida, sei que isso te causa dor — disse ele, por fim.

— Sei que ver Snorri prosperar é como uma faca em seu coração, mas tenha fé de que ele logo receberá o destino que merece.

— Está dizendo que isso tudo é um esquema?

— É claro que é um esquema. — O tom de Harald era tranquilizador. — Para mim, mas para Snorri também. Freya mandou a maior parte dos guerreiros dele para Helheim, então não tem escolha além de aceitar o fingimento de que agora somos amigos, unidos por nossa inimiga em comum, a filha de Hel. Nada me agradaria mais do que o matar em sua cama pelo mal que fez àqueles que amo, mas isso seria como jogar óleo nas chamas do conflito entre Nordeland e Skaland. Mais guerra, mais violência e ainda mais famílias destruídas. Não desejo isso tanto quanto você, então deixei de lado minhas próprias dores e trabalho para estabelecer uma paz duradoura entre nossas nações antes de dar a Snorri o que ele merece.

— Não sei mais quanto tempo consigo suportar uma coisa dessas. — Steinunn agora chorava. — Cada momento que passo na presença dele me deixa enojada. Quero que isso acabe.

Harald suspirou.

— Sei que quer. Mas também sei que é forte para passar por essa provação a fim de proteger outros que possam ser forçados a passar pela mesma dor que você passou se recorrermos à violência imediata. Skaland e Nordeland precisam se curar depois do horror que Freya infligiu, então precisamos contar com a perspicácia.

Mais vozes se aproximaram, e Harald e Steinunn ficaram em silêncio até as pessoas passarem. Então Harald disse:

— Permita que eu te acompanhe até sua cama, Steinunn. Agora é hora de descansar, afinal preciso de você da mesma forma como sempre precisei. Por favor, não permita que sua fé em mim vacile.

— Vou me manter firme — sussurrou Steinunn. — Você nunca falhou comigo, meu rei. Nunca.

Eles partiram e afrouxei o aperto sobre o braço de meu irmão.

— Ela não sabe — sussurrei. — Não tem ideia de que ele é um filho de Loki e que está interpretando os dois papéis.

Pareceu levar uma eternidade até as pessoas que festejavam lá em cima caírem no sono de tanta bebida, mas finalmente, no que deviam ser as horas pouco antes do amanhecer, o grande salão ficou em silêncio.

Geir segurou minha cintura e me levantou, meus pés encontrando seus ombros quando alcancei a boca da abertura e me projetei para fora. Um suor nervoso se acrescentava à umidade de minhas mãos, e no segundo em que endireitei o corpo, meus dois joelhos estalaram, o barulho ensurdecedor.

Segurei o pulso de Geir quando ele pulou, sentindo ânsia de vômito quando a pele se soltou debaixo de minha palma, de modo que fiquei segurando tendão e osso. Mas isso não pareceu causar sofrimento a ele, e meu irmão subiu, sussurrando para seus guerreiros ficarem em posição a menos que ouvissem algum barulho. Então ambos vestimos os mantos que tínhamos levado, levantando os capuzes. Escondendo nossas identidades, mas não o fedor que tínhamos adquirido em nossa passagem pelas tubulações.

Geir deu o braço para mim, ambos caminhando com o passo cambaleante comum a bêbados que estão procurando por uma cama. O salão estava quieto, tirando os sons distantes de pessoas copulando, e Geir sussurrou:

— Você sabe onde é o quarto dela?

Fiz que sim com a cabeça, conduzindo-o na direção das escadas. Diferentemente de outros grandes salões, Grindill havia sido construído com uma grande quantidade de pedras, e a construção era sólida. Subindo as escadas como se eu pertencesse àquele lugar, comecei a caminhar pelo corredor, passando pela porta que uma vez levou a meu próprio quarto. Mas antes de chegarmos aos aposentos de Steinunn, a porta do fim do corredor se abriu.

Reagindo sem pensar, puxei Geir em minha direção, minhas costas contra a parede. Geir colocou as mãos em minha cintura, o capuz caindo sobre o meu, e se eu não estivesse meio morta de medo de ser descoberta, teria morrido de constrangimento por ter que fingir tais atos com meu irmão. O fato de o rosto dele estar apodrecendo a poucos centímetros do meu não ajudou a situação.

Passos se aproximaram, e ouvi Ylva dizer:

— Mais jarls devem chegar amanhã, meu senhor. Todos culpam o Mão de Fogo e a filha de Hel pela perda de tantos guerreiros, e desejam ter o prazer de ver pelo menos um deles punido de forma exemplar.

Tensionei a mandíbula, a fúria rugindo por meu peito pela rapidez com que Ylva mudara de lado para salvar a própria pele.

Então a voz de Snorri disse:

— Vamos fazer a viagem deles valer a pena. Mantenha uma rédea mais curta sobre Leif. Ele tentou entrar na prisão, mas não o quero perto de Bjorn.

— Ele está zangado e magoado com a traição do irmão, mas quer respostas. As explicações que lhe foram dadas não o deixaram satisfeito. — Ylva hesitou, depois acrescentou: — Vou mantê-los separados.

— Faça isso.

Os passos se aproximaram de nós e pararam, então a voz de Snorri resmungou:

— Encontrem outro lugar para meter, seus tolos!

— Está chovendo, meu senhor — murmurou Geir, e me encolhi, certa de que o tom estranho de sua voz seria notado.

— Então passe o resto da noite na chuva — disse a voz de Snorri. — Talvez isso tire esse seu fedor, já que claramente não lava a própria bunda.

Então os passos continuaram, percorrendo o corredor e descendo as escadas, a conversa baixa demais para que eu conseguisse ouvir.

— Era Snorri — sussurrou Geir para mim. — Aquele era *Snorri*.

Neguei com a cabeça.

— Era Harald. Mas talvez agora você compreenda a maestria dele em enganar.

Segurando no braço de meu irmão, eu o arrastei pelo corredor até o quarto de Steinunn, rezando a todos os deuses para ela ter ocupado o mesmo cômodo ao retornar. Abrindo a porta, entrei no quarto escuro, andando a passos silenciosos. Geir me seguiu, fechando a porta após entrar.

Eu só consegui ver sombras, mas atravessei o quarto na direção da cama. Esperei meus olhos se ajustarem, procurando entre as peles por uma forma, mas não havia nada. Abaixei para tocar a cama a fim de confirmar que meus olhos não estavam me enganando.

Definitivamente vazia. Mas também muito quente.

Percebendo meu erro, girei a tempo de ver a porta se abrir e de distinguir uma forma magra delineada pelas lamparinas no corredor. Avancei, mas Steinunn foi rápida demais para eu conseguir pegá-la.

Mas não rápida demais para Geir.

Fosse por sorte ou por alguma velocidade sobrenatural, ele pegou a escalda pela cintura ao mesmo tempo que colocou a mão sobre sua boca.

Corri para fechar a porta e acendi uma lamparina. Steinunn se debatia e chutava o ar nos braços de Geir, batendo os calcanhares descalços em suas canelas.

— Estou aqui para conversar com você e quero que me ouça — falei a ela. — Acredite em mim, é melhor parar de tentar morder meu irmão senão vai acabar arrancando um pedaço de verdade e não acho que iria querer isso.

Steinunn me encarou, depois virou o rosto para encarar Geir. De imediato, começou a se debater, em pânico, reconhecendo um draug, dado que havia seguido a mim e a Bjorn pelos túneis debaixo de Fjalltindr. Esperei até ela desistir de tentar escapar, a exaustão lhe conferindo certa calma, então falei:

— É verdade o que te contaram. Na batalha no estreito, usei a magia de Hel para puxar as almas da maior parte do exército de Snorri para Helheim. O que você não sabe é que foi Harald quem me manipulou a fazer isso.

Steinunn me encarou, o olhar repleto de um ceticismo raivoso.

Não havia uma forma fácil de explicar tudo, então continuei.

— Harald é filho de Loki. É um trapaceiro e transmorfo. Snorri morreu. Sei disso porque vi quando Bjorn o matou. — O mais rápido que pude, contei a ela o que acontecera na ilha, a verdade sobre Saga e como Ylva tinha capturado Bjorn. Minha garganta foi ficando seca conforme expliquei que tinha descido a Helheim e trazido de volta as almas dos guerreiros que havia amaldiçoado, prometendo-lhes uma nova chance de ir para Valhalla. Quando terminei, falei: — Preciso da sua ajuda para revelar os fatos reais quando todos se reunirem amanhã para a execução de Bjorn. Sua canção vai revelar a verdade. Agora, se Geir tirar a mão da sua boca, você promete não gritar?

Steinunn assentiu com firmeza, permanecendo em silêncio quando meu irmão tirou a mão, embora ela tivesse esfregado a boca. Não a culpei por isso.

— Harald está usando o rosto de Snorri — continuei. — É uma forma inteligente de governar as duas nações. Está manipulando você e todos os outros.

— Isso é impossível. Os dois estão aqui. Eu os vi com meus próprios olhos, e Harald… — Steinunn se interrompeu, provavelmente não querendo revelar para mim que Harald ainda pretendia matar Snorri, sem saber que Geir e eu havíamos escutado a conversa que tiveram.

— Mas você chegou a ver os dois juntos? — perguntou Geir. — Alguém viu?

— Ylva...

— Ylva sabe da verdade. — O suor escorria por minhas costas feito cachoeira, porque eu tinha confiado demais que Steinunn acreditaria em mim. — Imagino que Harald tenha garantido a cooperação dela com ameaças contra a vida de Leif. *Pense*, Steinunn. Alguma vez você já viu os dois juntos desde a batalha? Se isso ainda não tiver te convencido, pergunte-se: alguma vez você viu Harald e *Saga* juntos?

Silêncio.

— Você é uma escalda, Steinunn! Conhece as tradições. Sabe o que os filhos de Loki são capazes de fazer!

Por um momento, achei que precisaria estapeá-la para obter uma reação, mas então Steinunn sussurrou:

— Então Snorri está morto? Foi morto pelas mãos de Bjorn?

— Sim. — Fechei os dedos em punhos frustrados, porque essa não era a reação que eu esperava. — Harald é filho de Loki e usou muitas faces que não eram a dele. Componha uma canção sobre o que aconteceu comigo na ilha e verá a verdade. Esse é o poder da sua magia.

— O homem que matou minha família foi morto — sussurrou ela. — Morto pelo próprio filho. O filho que ele estava tentando recuperar quando atacou meu vilarejo. A justiça foi feita.

Senti o estômago afundar e de repente me dei conta de que havia me enganado. Nenhuma das trapaças de Harald importava para Steinunn, porque ele tinha lhe conferido a coisa que ela mais desejava na vida: vingança.

— Ele está mentindo para você! Ouvimos a conversa de vocês dois... Harald mentiu na sua cara.

— Freya, fale baixo — sussurrou Geir. — Vai acabar chamando atenção.

— Mas será que ele mentiu? — Steinunn chegou mais perto de mim, o hálito quente em meu rosto. — Ele disse que eu obteria minha justiça, só precisava ser paciente. Planejava me contar a verdade.

— Ele não conta a verdade a ninguém! — Precisei me esforçar para não gritar. Por que ela não estava entendendo? — Mas você pode nos ajudar a revelar o que ele é para todos. Pode me ajudar a consertar tudo isso.

— Não — sussurrou Steinunn, abrindo a boca e dando um grito.

Geir colocou a mão sobre a boca dela, mas eu sabia que já era tarde demais. Alguém devia ter ouvido e viria investigar. Pior ainda, Steinunn tinha provado que meu irmão estava certo.

Ninguém se importava com a verdade. Ninguém se importava com as mentiras que tinham sido contadas. Porque convinham com os próprios interesses.

— Solte-a.

Geir parecia pronto para discutir, mas Steinunn se desvencilhou dele.

— Snorri e Skaland tiraram tudo de mim quando mataram minha família — resmungou a escalda. — Jurei vingança e agora eu a tenho.

Balancei a cabeça e me afastei, meu coração repleto não de medo ou raiva, mas de tristeza por ver como o sofrimento a havia consumido por dentro e a tornado cruel. Tornado-a egoísta.

— Então todos os skalandeses têm o direito de saber o motivo pelo qual você os odeia tanto. Componha uma canção, Steinunn. Mostre a eles por que Snorri merece morrer. Mostre a eles por que você merece vingança.

Ela empalideceu.

— Foi o que pensei. — Balancei a cabeça. — Covarde.

— Freya, precisamos nos apressar! — Geir puxou meu braço, arrastando-me porta afora. Ordens soavam vindas do grande salão, vozes exigindo que o grito fosse investigado.

— Precisamos encontrar Bjorn! — sussurrei depois que fechei a porta de Steinunn. — Ela vai contar a Harald que eu estive aqui. Ele pode adiantar a execução de Bjorn.

— Ele não vai fazer isso — retrucou Geir. — Bjorn vai servir de isca para você, Freya. Ele não vai matá-lo até te pegar.

Pela lógica, eu sabia disso. Mas era possível infligir muita dor antes de matar uma pessoa, e permitir que Bjorn sofresse enquanto eu fugia não era um pensamento que estava disposta a considerar. Principalmente com todos os meus planos de resgate dando errado.

Geir agarrou meus ombros.

— Não podemos ajudá-lo se estiver morta. Não trouxemos tantos guerreiros assim para libertá-lo à força, e teremos que lutar contra skalandeses. Foi você quem disse que não queria que inocentes morressem porque tiveram o azar de serem enganados.

Cambaleei, em conflito. Sabendo o que Bjorn desejaria que eu fizesse se tivesse como escolher.

— Vamos fugir. Mas não vou deixá-lo morrer, Geir. Se eu tiver que matar todos para salvá-lo, é o que farei.

Geir desembainhou a espada.

— Vamos pensar em outro plano.

Desembainhei minha própria lâmina, lutando contra as lágrimas, porque tivera certeza demais de que aquele plano funcionaria. Tivera certeza demais de que conseguiria ser mais esperta do que o trapaceiro, mas meu plano fracassara de maneira catastrófica. Mais gritos de terror ecoavam vindos lá de baixo, botas correndo de um lado para o outro, Grindill acordando com a comoção.

Descemos as escadas correndo quando uma escravizada em prantos passou por nós.

— Os mortos estão andando! — Os olhos dela recaíram sobre Geir, e ela gritou, correndo para o salão principal.

Tudo estava mergulhado num caos de pessoas correndo em todas as direções, guerreiros cambaleando para fora das camas, a maioria ainda muito embriagada. Geir fechou a mão em meu pulso, arrastando-me pelo salão até as tubulações. Ele me empurrou pela abertura e caí com tudo na água antes de cambalear bem rápido para sair do caminho dele.

O restante dos draugs veio logo atrás, as gargalhadas arranhando o interior de meus ouvidos e piorando as coisas, porque eu não via graça naquela confusão toda. Nossa única oportunidade de entrar escondidos em Grindill tinha sido desperdiçada a troco de nada.

E Bjorn seria o único a pagar o preço.

43
BJORN

Era difícil calcular a passagem do tempo na escuridão do subsolo de Grindill. Minutos pareciam horas. Horas pareciam dias. Dias, eu não tinha dúvidas, pareceriam anos, apesar de os meus com certeza estarem contados.

Contei tudo o que sabia sobre a duplicidade de Harald a Kaja, e por mais que não tivesse dúvidas de que ela transmitiria tudo a Guthrum, o que ele escolheria fazer com essa revelação, eu não fazia ideia. Tinha suplicado para que libertasse Freya de sua prisão na ilha, mas sabia muito bem quanto tempo havia se passado. Que Freya não apenas teria tido que suportar frio e fome, mas que Skade poderia já ter chegado até ela. Por quanto tempo conseguiria se defender, no estado em que se encontrava, contra a flecha da caçadora?

Dormir era a única forma que eu tinha de me libertar da sensação nauseante de impotência que sentia, embora fosse um sono atormentado por sonhos agitados. Foi de um desses sonhos que fui arrancado por gritos de alarme que vinham da fortaleza acima.

Tora se levantou de onde estava de guarda, ao lado de minha cela, depois deu alguns passos pelo corredor. Meu coração acelerou na expectativa de que estivesse acontecendo algo que fosse nos ajudar. Que os esquemas de Harald tivessem sido descobertos e que naquele exato momento todos estivessem se voltando contra ele. Esperanças que desapareceram junto com a comoção.

— Devem ter sido só os bêbados. — Tora voltou para minha cela e se apoiou nela. — Estavam festejando hoje à noite no grande salão. Eu subiria para verificar, mas não posso tirar você de vista.

Ela voltou a sentar, a cabeça apoiada nas barras, e o pensamento de fuga voltou a ser o plano principal da minha mente. Só que para fazer isso eu precisaria matar Tora. Teria que matar a mulher que era mais minha família do que meu próprio sangue para salvar Freya. Uma coisa seria se Tora fosse igual a Skade e tivesse escolhido apoiar o fingimento de Harald, mas ela era tão prisioneira daquela situação quanto eu.

— Faça isso de uma vez — sussurrou Tora, parecendo sentir meus pensamentos. — Vou lutar para te impedir, mas sei que consegue me matar, Bjorn. Você sempre foi o melhor guerreiro entre nós.

Raiva e ódio azedaram meu estômago, porque havia um motivo para Harald tê-la designado àquele papel em vez de seus Inomináveis. Ele sabia que chegaríamos nesse impasse e que a liberdade exigiria um pedaço da minha alma. Isso tudo era um joguinho para ele — uma diversão para descobrir até onde eu iria para salvar Freya.

Você está ficando sem tempo.

Não há outra escolha.

Minhas mãos estavam envolvidas com correntes que as mantinham comprimidas em punhos, então eu nem sabia ao certo se conseguiria invocar meu machado. Não sabia se ele se forçaria a aparecer em minha mão e esmagaria meus dedos contra as correntes de aço. Se eu conseguiria suportar a dor pelo tempo que levaria para derreter o metal. E mesmo que eu conseguisse suportar a agonia, será que lutaria bem com as mãos quebradas e queimadas?

Vamos, resmunguei comigo mesmo. *Não seja um covarde de merda.*

Respirei fundo para sussurrar o nome de Tyr, mas o ritmo suave de sapatos preencheu o ar e o momento passou.

Steinunn se aproximava, e por mais que Tora tivesse visto a escalda, não disse nada quando ela parou na frente das barras da minha cela.

— Por que veio até aqui, escalda? Não sabe que não tenho interesse em dar combustível para suas cantorias? — Cuspindo no chão entre nós, acrescentei: — Seu dever é criar histórias que divulguem verdades para todas as gerações, mas você só conta aquelas que te beneficiam e, ao fazer isso, gera mentiras. Você é uma traidora de seu direito de nascença.

Steinunn ignorou meus insultos e apoiou as mãos nas barras.

— Freya esteve aqui mais cedo esta noite. A comoção é por conta disso. Ela ressuscitou todos os guerreiros skalandeses que amaldiçoou a Helheim e eles voltaram como mortos-vivos, incluindo o irmão dela.

Endireitei o corpo, o choque me levando à raiva.

— Freya está viva? Está livre?

— Sim. — Steinunn apertou o manto vermelho ao redor do corpo e notei que estava tremendo. — O que já era fato conhecido. Skade viu Freya e seu exército quando foi atrás de Ragnar.

Tensionei a mandíbula, um lampejo de culpa tomando conta de mim por Ragnar ter sucumbido à flecha de Skade.

— Para onde ela foi?

— Embora. — Steinunn se afastou das barras. — Ela veio até mim pensando que a verdade sobre a identidade de Harald e seus fingimentos faria eu me voltar contra ele, mas ao fazer isso, revelou que eu finalmente tive minha vingança contra Snorri. O homem que matou minha família está morto por suas mãos, e embora ele tenha escondido isso de mim, foi Harald quem garantiu que eu recebesse minha justiça. Quando Freya pediu para que eu me voltasse contra ele, revelei sua presença, mas ela e o irmão conseguiram escapar. Ele é um morto-vivo... um draug ressuscitado pela magia dela, pelo menos eu acho.

A raiva queimou em minhas veias e, ignorando a dor que sentia no corpo, eu me levantei. As correntes que me prendiam sacudiram quando me aproximei das barras.

— Sua vadia. A vingança para você vale tanto assim? Snorri está morto! O que mais você espera ganhar favorecendo as enganações de Harald?

— Harald me tirou do pior momento de minha vida — disse Steinunn, baixinho. — Sem ele para me dar uma razão para viver, eu com certeza teria morrido de dor. Trapaceiro ou não, ele me proporcionou tudo o que prometeu.

— E só porque ele te deu tudo o que você queria, está disposta a fazer vista grossa para *tudo* que ele tirou de todas as outras pessoas?

— E você não estava disposto a fazer o mesmo? — Steinunn inclinou a cabeça. — Sabia que Harald não era um homem bom, pelo menos não de verdade, e ainda assim ignorou os sinais porque ele te ofereceu uma chance de vingar o que tinha sido feito com sua mãe. O fato de ter sido tudo mentira não importa, porque você ainda assim não se importou de passar por cima de inocentes sem qualquer misericórdia em busca da sua vingança. Nós somos iguais, Bjorn. E talvez, se você não tivesse traído sua lealdade a Harald pelo bem de Freya, eu e você ainda estivéssemos do mesmo lado dessas barras.

— Ele me traiu. Eu jurei lealdade a uma mentira. — Flexionei os músculos dos braços enquanto lutava contra as correntes. — Ele usou o rosto de Snorri quando atacou Saga, e tudo porque não conseguiu suportar a rejeição dela. Isso custou a vida da minha mãe e depois a do meu pai também.

Ambos mortos por minhas mãos.

— Conheço sua história, Bjorn. Conheço as histórias de todos da aliança dos Sem Destino de Harald. — Ela suspirou. — Mas será que algum de vocês conhece a minha?

— Eu não dou a mínima para a porra da sua história, Steinunn — resmunguei. — Não quero saber o que usa para justificar tudo o que já fez.

O silêncio se estendeu, e foi Steinunn quem o quebrou.

— Sempre tive para mim que ninguém queria saber da minha história, mas na verdade eu sempre tive medo demais de contá-la — sussurrou ela. — Então canto a canção dos outros, mas nunca a minha. Mas a letra sempre esteve composta em meu coração.

A tragédia dela não justificava as ações que tinha tomado, e eu não fazia a menor questão de saber qual era.

— Eu sei, mais ou menos.

Então Tora passou a mão pelas barras e segurou meu ombro. A tensão no rosto dela me dizia que não podia falar o que estava pensando, pois sua língua estava vinculada pela magia de Harald, mas nem toda verdade era contada com palavras.

— Tudo bem. — Sacudi minhas correntes e voltei a me sentar. — Cante. Não é como se eu tivesse muitos lugares para ir.

Steinunn sentou no chão com um pequeno tambor no colo. O ritmo que batucava era suave e ela começou a cantar. Não foram só meus ouvidos que se encheram da história da escalda, mas meus olhos. E, embora não fosse da minha vontade, também meu coração.

A história de uma juventude dura, a liberdade conquistada por meio do amor de um bom homem e, um ano depois, uma criança. Um menino com cachos ruivos e um sorriso largo, os olhos azuis brilhando para mim. Os olhos de um fantasma, porque a morte veio e, embora carregasse as cores de Skaland, a magia revelou o rosto do verdadeiro vilão. Ele destruiu tudo em que tocou, rindo ao fazer isso, e quando as últimas frases da canção saíram dos lábios de Steinunn, os olhos azuis da criança estavam vidrados e imóveis.

Uma lágrima escorreu por meu rosto.

— Harald matou sua família. Não Snorri. Harald e seus Inomináveis. Harald usando o rosto de Snorri.

O rosto de Steinunn estava seco. Como se ela já tivesse chorado todas as lágrimas que tinha para chorar.

— Eu já vinha me recusando há tempos a me pôr a serviço de Harald porque queria ficar com meu marido e meu filho. Ele os matou para que eu pudesse fazer parte da aliança dele. Para que ele pudesse me usar em suas maquinações. Gerou minha tragédia e depois me permitiu chorar em seu ombro e declará-lo meu salvador. E como fui covarde demais para cantar minha própria perda, pois isso significaria vê-los morrendo, nunca soube da verdade até agora.

Tora colocou a mão no bolso e tirou bolas de lã.

— Não posso falar sobre planos que não escutei — disse ela, enfiando lã nos ouvidos e dando as costas para nós. Fazendo tudo o que podia para nos ajudar dentro dos limites de seu juramento.

— Conheço a história de todos que fazem parte da aliança — falou Steinunn, agarrando as barras de minha cela. — E acho que já passou da hora de compor uma canção para honrar nosso rei. Nosso pai. Nosso salvador. Mas existe uma última história que preciso saber para garantir que a música esteja completa. Pode me ajudar, Bjorn Mão de Fogo?

Nós nunca seríamos amigos, aquela mulher e eu. Muita coisa feia, muita traição, acabava ficando entre nós. Mas no que talvez fossem as últimas horas de minha vida, Steinunn e eu seríamos aliados.

44
FREYA

GEIR E OS OUTROS DRAUGS SKALANDESES me tiraram do rio e quase me carregaram, correndo, pelas árvores, enquanto ouvíamos os gritos de perseguição.

— Era Skade quem liderava os que vieram atrás de nós — Geir me disse depois que chegamos a nosso acampamento, que não passava de algumas tendas e uma única fogueira, pois os draugs não precisavam nem de descanso nem de calor. — Mas ela interrompeu a caçada. Provavelmente porque não quer nos enfrentar no escuro.

— Não deixe que a confiança lhe suba à cabeça. — Eu agachei ao lado de uma pequena fogueira, aquecendo minhas mãos trêmulas. Estava congelada até os ossos, a sensação piorada pelo vazio que sentia no peito. — Não consigo acreditar que Steinunn não me escutou. Que a verdade não importa.

— Você presume que todos sejam iguais a você, minha irmã. — Geir murmurou ordens aos outros skalandeses para que ficassem de vigia no caso de Skade ter continuado a perseguição sozinha. — Presume que todos vão lutar pelo que é certo e fazer sacrifícios pelos outros, mas essa não é a natureza da maioria das pessoas. São egoístas, e sempre escolhem o caminho que é melhor para elas e chamam isso de sabedoria. Mas é só covardia. Deixe que chamem você de tola por tentar fazer as coisas da melhor maneira... Os deuses enxergam a verdade da natureza das suas ações e elas serão julgadas de acordo. Odin não guarda lugar para covardes em Valhalla.

Era um conforto frio. Eu tinha gastado minha única chance de salvar Bjorn em uma conversa fracassada com Steinunn, e no dia seguinte ele seria executado a menos que eu encontrasse uma solução. A exaustão tomou conta de mim, mas não tinha a menor chance de eu desperdiçar essas últimas poucas horas em que ainda podia libertar Bjorn fazendo algo tão inútil quanto dormir.

Um assobio agudo cortou a noite, e quando levantei a cabeça, foi para ver que os primeiros indícios do amanhecer brilhavam por entre as densas árvores da floresta. Mas esse não tinha sido o motivo do alerta. Dois de meus draugs vinham em nossa direção com um homem entre eles.

— Guthrum!

Fiquei em pé, e um de meus draugs disse:

— Ele se aproximou e pediu para falar com você.

Fiz sinal para que soltassem Guthrum, depois o chamei para se juntar a mim perto da fogueira.

Ele ficou em silêncio, as mãos sobre as chamas. Estava magro como um graveto e suas roupas largas pareciam ter sido roubadas de um varal. Mas também estava vivo, e embora eu não soubesse ao certo de que lado estivesse, senti certo conforto por ele não estar morto.

— Sinto muito por ter fugido — disse Guthrum finalmente. — Senti como se tivesse sido pego em uma armadilha, então só pensei em escapar.

— Para ser justa, você acordou cercado de cadáveres. — Tentei rir, mas saiu mais parecido com um soluço. Percebendo que meus joelhos talvez me traíssem, eu me sentei e fiz sinal para que ele se sentasse ao meu lado. — Onde esteve?

— Na floresta. — Ele apoiou os cotovelos nos joelhos e encarou o fogo. — Kaja me mostrou um pouco do que aconteceu durante a batalha no estreito, mas quando caí do barco, ela só procurou por mim. Também me contou que foi você quem me tirou da água e me censurou por não ter te escutado, mas não cheguei assim tão longe ignorando meu instinto de fuga. — Ele deu de ombros. — Ficamos de olho em você e nos seus. De olho naqueles que estão em Grindill. Nessa aliança entre Snorri e Harald. Nada fez sentido para mim, então mandei Kaja falar com Bjorn.

Respirei fundo.

— Ela o viu? Ele está bem?

— *Bem* é um pouco demais, mas ele está vivo nas celas das masmorras da fortaleza, com Tora de guarda. Ele contou a Kaja o que aconteceu e ela transmitiu para mim, junto com um pedido para que eu te ajudasse. Foi... uma história e tanto. — Guthrum colocou a mão no bolso e tirou um punhado de frutinhas silvestres, que comeu em silêncio. — Tive dificuldade em acreditar. Ainda estou tendo, pois Harald me acompanhou durante a maior parte da minha vida e nunca tive motivos para desconfiar de que ele pudesse ser um trapaceiro. Desde então, Kaja procurou provas de tal natureza, mas não viu nada.

Fiquei em silêncio, pois se a história vinda da boca de Bjorn e dias de vigilância não tinham fornecido a Guthrum a prova de que ele precisava, nada do que eu dissesse adiantaria.

— Mas o que ela viu, várias e várias vezes, foi Harald e Snorri se referindo a você como um monstro. — Ele comeu as últimas frutinhas. — Você e eu já conversamos sobre o que significa ter um monstro interior, Freya, e falei a você que todos nós o temos. Mas acho que eu estava errado, porque não consigo te ver como vilã sob nenhuma ótica. Eu estava naquele drácar. Sei o quanto lutou para não usar a magia de Hel e sei que foi Bjorn quem te obrigou a usá-la, assim como sei que foi Saga quem o convenceu a isso. Saga, que desapareceu misteriosamente do mundo sem nada além de uma vaga explicação de que Bjorn ou você a mataram em batalha.

Fiquei em silêncio, esperando pelo desenrolar daquele raciocínio.

— Harald salvou minha vida. Tenho uma dívida e não me voltarei contra ele — disse Guthrum. — Mas também não vou lutar a favor dele, porque o respeito que sinto está manchado. Sei que seu objetivo é resgatar Bjorn, mas o custo disso será alto. — Ele hesitou. — Kaja ficou sabendo que Snorri pretende divulgar uma mensagem oferecendo a você a chance de se render. Se fizer isso, ele vai lhe conceder uma morte rápida e misericordiosa e Bjorn será mandado para o exílio. Se recusar, Bjorn sofrerá a águia de sangue ao anoitecer.

Meu desespero aumentou quando me lembrei do destino que Bjorn sofreria se eu não conseguisse resgatá-lo. A mais torturante das mortes, em que as costelas da vítima eram separadas da coluna, pele e ossos puxados para fora a fim de formar asas macabras antes que os pulmões fossem removidos do peito. Uma forma horrível e lenta de morrer, e que certamente negava à vítima Valhalla.

Guthrum se levantou, e eu fiz o mesmo.

— Vou deixar que decidam qual será o plano de ação. Adeus, Freya Nascida do Fogo — disse ele, e em seguida desapareceu na escuridão.

Geir entrou na luz da fogueira.

— Não concorde com essa oferta, minha irmã. Não estará só cedendo a vitória ao inimigo como não há certeza de que Harald vá cumprir o acordo. Já tem multidões se reunindo para assistir ao fim brutal de um dos ditos traidores, então imagine quantos seriam atraídos pela águia de sangue de dois deles.

— Eu sei. — Retomei meu lugar diante do fogo, esfregando a mão cheia de cicatrizes enquanto tentava flutuar sobre o medo que ameaçava me afogar. — As muralhas de Grindill estão sendo vigiadas principalmente por skalandeses. Se tentarmos tomar a fortaleza à força, muitas pessoas de nosso povo vão morrer. Bjorn pode acabar morrendo no caos da batalha, e se parecer que as coisas estão indo mal para ele, Harald vai dar um jeito de mudar de forma e escapar se camuflando em meio ao povo. Vai ter sido tudo em vão.

— E quanto à sua magia?

— Não vai funcionar nos Sem Destino — murmurei. — E não vai funcionar, em especial, num dos filhos de Loki. Acho que Hel sente algum grau de solidariedade por seu pai.

Geir brincou com o cabo da espada.

— Sei que ama Bjorn, mas talvez seja hora de…

— Não. — Fechei minha mão cheia de cicatrizes em punho. — Não vou sacrificá-lo. Eu seria capaz de morrer para salvá-lo.

— Sua morte não o salvaria — murmurou meu irmão. — Mesmo que Harald permitisse que ele saísse livre, só acabaria morto tentando vingar sua morte. Você sabe disso.

Eu de fato sabia, mas não confirmei.

— Podemos tentar escalar as muralhas enquanto ainda estiver escuro — sugeriu um dos outros draugs. — Eles podem não conhecer as capacidades dos mortos-vivos. Talvez possamos libertar Bjorn antes que percebam que entramos.

— Steinunn conhece as capacidades dos mortos-vivos. — Minha voz falhou. — E não é nossa aliada. Aliás, se Skade vir qualquer um de vocês, a flecha dela pode facilmente exterminá-los. Da mesma forma que o raio de Tora, e é ela quem está de guarda na frente da cela de Bjorn.

Embora eu não tivesse dúvidas de que Tora estava agindo sob coerção.

— Nós estamos mortos, Freya Nascida do Fogo — respondeu o draug.

— A vida neste mundo nunca mais será possível, mas o que vem a seguir é desconhecido. Eu, pelo menos, daria esse passo de bom grado para evitar batalhar contra nossos amigos e nossa família, que estão agindo como nossos inimigos nas muralhas de Grindill.

Não me parecia certo pedir aos draugs que assumissem esse risco sabendo que eu já havia tirado tanto deles, mas eu tinha noção de que ele estava certo. Era para isso que tinham voltado. Não para se esconder na floresta, mas para lutar contra Harald e conquistar um lugar em Valhalla. Negar isso a eles me parecia pior do que os matar.

— Está bem. Mas precisamos ser rápidos. Em uma hora já vai estar claro.

Geir mandou seus melhores guerreiros tentarem se infiltrar na fortaleza, mas foi em vão. Depois de nossa tentativa frustrada de influenciar Steinunn, Grindill tinha ficado praticamente impenetrável. Ninguém conseguia entrar ou sair, os portões eram mantidos fechados e as patrulhas sobre as muralhas tinham sido dobradas. Ainda assim, os draugs talvez até tivessem conseguido.

Não fosse por Skade.

Ela era chamada de *a caçadora* por um motivo, e a magia em seu sangue provou seu valor, pois ela acertou todos os quatro draugs que fizeram a tentativa. Eles viraram cinzas, exatamente iguais àqueles embaixo de Fjalltindr quando encontraram o machado de Bjorn, e supliquei ao Pai de Todos que honrasse a coragem deles.

Quando o sol já estava alto no céu, uma única cavaleira se aproximou do novo acampamento que tínhamos armado sobre a cadeia de montanhas que dava para a fortaleza, pois agora parecia inútil esconder nossa presença.

— O rei Snorri quer negociar — gritou a mensageira. — Se a filha de Hel, conhecida como Freya Nascida do Fogo, se aproximar dos portões sozinha e se render, receberá uma morte rápida e honrada, e a seu amante será concedido o exílio. A filha de Hel tem até o anoitecer para se render, ou seu amante receberá a morte de um traidor. Uma águia de sangue diante de todos aqueles que traiu.

Sem esperar por uma resposta, ela voltou aos portões de Grindill a galope.

— Eu tinha esperança de que fosse Skade a trazer a mensagem — resmungou Geir. — Aquela lá merece a morte pelo que fez com nossa mãe.

— Skade é esperta demais para isso. — Fiquei andando de um lado para o outro, deixando marcas na terra. — Sabe que estamos aqui e não vai vir correndo para uma armadilha. Não quando tem tanta certeza de que vou cair na deles.

— Estamos ficando sem tempo. — Geir me observou andar de um lado para o outro, os polegares apodrecidos enganchados no cinto. — O que vai querer fazer, Freya?

O barulho de dentro da fortaleza chegou aos meus ouvidos. Gritos de comemoração e pedidos por sangue, centenas de skalandeses brindando Snorri. Brindando à renovada amizade que ele selara com Harald. Brindando à paz entre Nordeland e Skaland. Brindando à iminente execução de um traidor.

Isso azedou meu estômago.

— Harald virou herói rápido demais. Nosso povo se esqueceu muito rápido dos vários anos em que ele invadiu a costa de Skaland, saqueando e matando.

— Ele se pintou de vítima — respondeu Geir. — Vítima da monstruosa filha de Hel e de seu amante miserável. Não foram visões de Harald ou de guerreiros nordelandeses que a canção de Steinunn mostrou, arrastando os entes queridos deles sob as ondas, Freya. Foi você, com Bjorn ao seu lado.

— Nada é mais poderoso do que a verdade. — Implorei, em desespero, para conseguir enxergar um caminho em meio àquilo tudo. Um caminho para derrotar Harald que não tornasse realidade a visão que ele havia fabricado de mim como uma praga sobre ambas as nações, que deixaria um rastro de inúmeros inocentes mortos. — Mas a verdade se recusa a ser usada como arma. Não há escolha. Vamos precisar transpor essas muralhas e tomar o controle da fortaleza para resgatar Bjorn e matar Harald.

Os draugs balançaram a cabeça em agitação, e Geir os observou, uma forma de comunicação silenciosa ocorrendo entre meu irmão e os skalandeses mortos.

— Não, Freya — disse ele finalmente. — Uma coisa seria fazer isso com a vitória garantida, mas sabemos que Harald vai só mudar de forma e escapar. Talvez até conseguíssemos salvar Bjorn, mas seria à custa da vida daqueles que chamamos de amigos e de família, pois todos acreditam que nós somos o inimigo. Que estamos sendo liderados por uma traidora. Vão querer lutar contra nós, e ninguém aqui quer ferir nosso povo.

Se por conta do juramento que fizera ou só pela frustração que estava sentindo, eu não sabia, só sabia que existia uma emoção crescendo em meu peito, selvagem e furiosa.

— Vocês me prometeram! — As palavras saíram de minha boca como um grito selvagem. — Vocês juraram lutar por mim!

— Lutar por Skaland! — gritou meu irmão em resposta. — Lutar para derrotar o trapaceiro, cujas tramoias nos colocaram em Helheim. Lutar por uma chance de entrar em Valhalla. Mas o que está sugerindo não é honroso… Matar aqueles que amamos para salvarmos aquele que *você* ama.

Deixei escapar um choro áspero, porque ele estava certo. Eu não podia exigir isso deles. Tudo o que podia fazer agora era escolher entre entrar nessa batalha sozinha ou me render na esperança de que Harald cumprisse sua palavra e libertasse Bjorn. Pendurando o escudo no ombro, comecei a andar na direção de Grindill.

— Freya! — gritou Geir depois que eu dera só alguns passos. — Espere! Os lobos voltaram!

Virando a cabeça, encontrei Skoll e Hati sentados entre as árvores, olhando para mim. A presença deles não mudou nada, mas parei de andar e esperei até que começassem a vir na minha direção. Não pude deixar de notar que ambas as criaturas eram maiores do que eu. Bem capazes de rasgar minha garganta. Mas não me senti ameaçada quando se aproximaram, nem mesmo quando cheiraram minhas mãos, os dentes enormes claramente visíveis.

Cheiraram com aqueles focinhos enormes. Aqueles focinhos *ávidos*.

Fiquei imóvel, vendo os lobos lamberem minhas mãos.

— Harald consegue mudar de forma — murmurei. — Mas será que consegue mudar de cheiro?

Geir e os outros trocaram olhares, mas deram de ombros.

Era uma possibilidade remota, mas o desespero me levou a arriscar.

— Me tragam um pedaço de carvão. — Quando me entregaram, caí de joelhos diante dos lobos, um vento frio movendo meus cabelos. — Vocês confiam que vou lavar a magia assim que terminarmos? Não tenho a menor vontade de vincular vocês a mim, só quero lhes dar a chance de se vingarem daquele que os manteve vinculados por tanto tempo. E para isso, preciso que sejam capazes de me entender.

Eles se limitaram a ficar sentados com a língua para fora, sem demonstrar qualquer resistência quando repliquei as runas que Harald tinha usado antes para vinculá-los. De imediato, os olhos deles se aguçaram com inteligência.

— Conseguem sentir o cheiro de Harald, independentemente da forma que ele assuma? — perguntei aos lobos.

Hati soltou um lamento suave.

Geir franziu a testa.

— Isso é um sim?

Confirmei com a cabeça, compreendendo-os com a mesma facilidade que eles me compreendiam.

— Vão nos ajudar?

Ambos os animais deram a volta em mim abanando o rabo e, colocando as mãos na cabeça deles, olhei para Grindill de outro ponto de vista.

— Expulsamos todos da fortaleza com fumaça — falei. — Podemos criar afunilamentos para que sejam obrigados a passar por dois portões. Harald não sabe que estamos com Skoll e Hati, então não vai hesitar em tentar escapar. Mas eles vão saber quem ele é, independentemente do rosto que Harald estiver usando.

— Ele vai saber que é uma emboscada — argumentou Geir.

— A estratégia inteira de Harald até aqui vem dependendo da crença que ele tem de que sabe como vou agir. Na certeza de que não vou atacar meu próprio povo de propósito. Na certeza de que vou me arriscar para salvar Bjorn. De que vou morrer por ele. — Engoli em seco, desejando poder contar a Geir sobre meu juramento, embora, na verdade, mesmo sem ele, eu teria feito as mesmas escolhas. — Harald estava certo na avaliação que fez do meu caráter. Mas eu também conheço *ele*. Enganou a todos, repetidas vezes, mudando de forma, e não vai nem considerar que sua magia talvez acabe deixando-o na mão. Quando parecer que errou no julgamento que fez a meu respeito, que estamos atacando a fortaleza de verdade, vai mudar de forma e tentar fugir. Faz parte da natureza dele.

— E quando o capturarmos? O que vamos fazer?

Eu me sentia fortemente inclinada a forçar Harald a revelar a verdade sobre sua natureza, para que todos soubessem quem e o que ele era. Mas isso talvez fosse um sonho longe demais do meu alcance, então falei:

— Eu vou matá-lo.

Geir coçou a barba.

— Temos que pensar em uma forma de encher a fortaleza de fumaça sem provocar um incêndio tão devastador que ninguém tenha tempo de fugir.

— Precisamos levar a fumaça ao centro de Grindill — concordei. — Os portões pelos quais queremos que eles escapem não podem ser atingidos pelas chamas. E só temos algumas horas para descobrir como fazer isso.

Os draugs começaram a trabalhar enquanto fiquei com Skoll e Hati, ouvindo meu povo em Grindill clamar pelo meu sangue. Pelo sangue de Bjorn. Guerreiros patrulhavam as ameias, com Skade no meio deles, todos de sobreaviso para a minha chegada. Todos de sobreaviso para o fato de que eu havia levantado um exército de mortos que estavam vinculados às minhas vontades.

Não iam esperar muito mais.

— Chegou a hora. — Invoquei magia para meu escudo e desembainhei a espada, as runas brilhando na presença dos draugs que me cercavam. — Para Harald, isso tudo é só um joguinho e não passamos de peças no tabuleiro. Hoje as peças vão se levantar contra ele, e ele vai sentir o sabor da derrota!

Meu exército de mortos-vivos me acompanhou e, como um, nós saímos do meio das árvores.

45
BJORN

FIQUEI ANDANDO DE UM LADO PARA O OUTRO EM MINHA CELA, sentindo que o anoitecer se aproximava, apesar de o sol nunca brilhar nas entranhas da fortaleza.

— Freya está aqui! — A voz de Harald veio pelo corredor escuro em minha direção, monótona e cruel. Então ele apareceu, o sorriso no rosto me fazendo querer quebrar as barras que havia entre nós para que pudesse estrangulá-lo com minhas próprias mãos. — Está espreitando com seu exército apodrecido de mortos, tentando desesperadamente encontrar uma forma de te resgatar que não a obrigue a matar todos os skalandeses que estão nas muralhas de Grindill.

— E o que vai fazer se ela matar? — perguntei. — Lutar contra os draugs não é tarefa fácil, eu sei muito bem.

Harald me dispensou com um aceno.

— Ela não vai matar ninguém. A moral dela não vai permitir que mate. Assim como não vai permitir que ela arraste todos que se opuserem a ela a Helheim, porque os vê como vítimas de minhas trapaças. — Ele esticou os braços por cima da cabeça, suspirando quando conseguiu estralar as costas. — Vai bolar um plano qualquer e depois aceitar minha oferta de rendição em troca do seu exílio. É só uma questão de fazer o joguinho dela até que chegue às profundezas do desespero, e neste ponto ela já vai estar tão perto que Leif vai poder ordenar que recue. E acho que estamos quase chegando nesse momento.

Foi uma luta tirar o desalento de meu rosto, porque o *maldito juramento* de Freya a faria se render. Sacrificar a própria vida pela minha. Embora, na verdade, mesmo sem ele, eu sabia que ela faria a mesma coisa. Com Leif tendo razão para estar zangado comigo — e com Freya —, seria fácil para Harald manipulá-lo e usá-lo como arma contra nós, e Ylva tinha se esforçado só até o ponto em que de fato imaginei que chegaria para nos ajudar. O objetivo dela agora era a sobrevivência. De Leif. Dela mesma. E de todos os skalandeses que tinham confiado na ex-senhora de Halsar para os proteger.

— E o que vai fazer depois que formos derrotados? — perguntei. — Não deve estar acreditando de verdade que vai conseguir manter essa farsa. Uma coisa é ser dois homens, outra completamente diferente é ser dois reis. Cada vez mais pessoas vão começar a fazer perguntas, e as sementes da verdade, que Freya sem dúvidas vem semeando em pequenas cidades e vilarejos, vão acabar ganhando raízes. As pessoas vão perceber que não passam de peças em seu jogo e vão querer seu sangue.

— Não seria tão divertido se não tivesse riscos — disse Harald e inclinou a cabeça. — Eu me lembro de quando conheci o jovem Harald de Hrafnheim, muitos anos atrás. Eu o ouvi chorar e lamentar sobre a própria vida, apesar de ser herdeiro de seu pai em Nordeland.

"Antes de eu dar cabo dele, Harald me disse que eu estava doido se acreditava que poderia tomar seu lugar. Que aqueles que o conheciam suspeitariam e que eu seria rapidamente descoberto. Só que naquela época eu já tinha aprendido bem, e bem cedo, que as pessoas não duvidam do que veem com os próprios olhos, mesmo quando todos os outros instintos lhes dizem que há algo errado. A visão é a medida da verdade, por isso ninguém nunca suspeitou quando voltei a Hrafnheim e desafiei *meu querido pai* e o matei. Ninguém acreditou que eu fosse qualquer outra pessoa além do Harald que havia partido."

Fui acertado em cheio pelo choque.

— Você não é nem Harald, na verdade?

— Venho sendo Harald há tantos anos que já me transformei nele. — Então deu um tapinha no próprio queixo. — Ou ele se transformou em mim. De qualquer modo, somos um de uma forma que nunca consegui com outra pele. Talvez tenha a ver com a quantidade dele que consumi, pois não desperdicei nenhum pedaço. De qualquer modo, o que está vendo neste momento é meu verdadeiro eu.

A bile queimou em meu estômago quando entendi o que ele estava querendo dizer com aquilo. E também entendi o motivo para o cadáver de Snorri ter sido levado. Não quis perguntar. Não quis saber. Mas precisava que ele revelasse a história inteira para que Steinunn pudesse ouvir de onde estava escondida, na cela ao lado.

— Você... come eles? Por quê?

Harald deu de ombros.

— O sangue de Loki me permite assumir a forma de qualquer coisa que eu quiser, qualquer coisa que eu possa imaginar, mas existem outras formas de magia que me permitem assumir mais do que apenas uma forma. As sagas cantadas em Islund me ensinaram que, para eu assumir os atributos de alguém de verdade, é preciso tomá-los para mim.

— Minha mãe... você... — Não consegui pronunciar. Não consegui me permitir dar voz àquele horror.

Um sorrisinho surgiu no rosto de Harald e, dando as costas para ele, caí de joelhos e vomitei. Repetidas vezes, meu corpo tentou se livrar do conhecimento que com toda a certeza ficaria gravado em minha mente pela eternidade.

Quando parei de vomitar, olhei para ele devagar enquanto limpava a boca no ombro.

— Quem é você de verdade?

Harald abriu bem as mãos.

— Sou tudo e todos. — O sorriso dele desapareceu. — E nada e ninguém. Tão Inominável quanto os meus Inomináveis, abandonado no momento em que minha mãe se deu conta de quem era o sangue que fluía em minhas veias. Nunca amado e nunca desejado por causa do que eu era, então decidi me transformar em algo novo. De novo e de novo até eu aprender com meus erros e descobrir pedaços da tradição que me possibilitassem dominar minha arte. Harald é minha obra-prima, sua mãe vem logo em seguida, mas Snorri... — Ele suspirou com alegria. — Skaland inteira vai entoar meu nome ao mesmo tempo que dança no ritmo de meu tambor.

— Você é um monstro — sussurrei. — Sua mãe devia ter te estrangulado e poupado o mundo.

Os olhos de Harald ficaram mais severos por um segundo, mas então ele abriu um sorriso.

— Chegou a hora, Bjorn. Hora de atrair sua Freya.

— Ela vai te matar.

— Não com meus Sem Destino para me proteger. — Ele estalou os dedos e Tora veio do corredor, a cabeça baixa. Quatro dos Inomináveis de Harald a acompanhavam. — Amordace-o e depois o traga até mim. Se resistir, sinta-se à vontade para fazê-lo gritar.

— Pode deixar, meu rei — respondeu Tora em tom monótono. — Ylva está procurando por seu marido.

Harald olhou para cima com irritação.

— Tudo bem.

O rosto dele derreteu, depois se reformulou em Snorri. Tirando a túnica, ele a virou do avesso, revelando um segundo traje costurado por dentro que não era verde, mas cinza. Desamassando-o e soltando o cinto para acomodar a circunferência maior de Snorri, partiu sem dizer uma palavra.

Tora sustentou meu olhar.

— Chegou a hora.

46
FREYA

Eu não tinha dúvidas de que estávamos reproduzindo uma imagem exata de Helheim quando saímos do meio das árvores e seguimos na direção de Grindill. Um exército de mortos apodrecidos empurrando máquinas de guerra construídas no improviso, com vários dos guerreiros carregando tochas.

Isso sem contar a filha de Hel, os olhos chegando a queimar de tão vermelhos e o escudo brilhando de magia sobre a cabeça deles.

Eu tinha invocado o poder de ambas as deusas em minhas veias, embora não estivesse pretendendo usar a magia de Hel contra meu próprio povo. Nunca mais usaria esse poder como uma arma de guerra, mas aqueles que estavam sobre as muralhas não sabiam disso.

E dava quase para sentir o cheiro do medo deles no brilho do sol que se punha.

Skade estava entre os skalandeses, arco e flecha brilhando forte, embora não estivesse disparando. Sem dúvida tinha recebido ordens para não atacar, para que Harald tivesse a satisfação da minha rendição. Só que Skade não era boba: sabia que eu ainda não tinha sido derrotada, e seu arco balançava.

Deixando que meus draugs preparassem as catapultas rudimentares, eu me aproximei a pé e parei no mesmo lugar onde Harald uma vez havia parado. Naquela época eu ocupara o lugar de Skade, defendendo Grindill.

— Veio se render, Freya? — gritou ela lá de cima. — Ou só quer chegar perto para conseguir ouvir os gritos de Bjorn quando ele for fatiado feito um porco?

— Na verdade vim até aqui porque quero mesmo estar perto para ouvir os gritos, Skade — gritei em resposta. — Mas não serão os de Bjorn.

Abri um sorriso feroz para ela.

Dava para ouvir, ao longe, um tambor batendo, audível porque a multidão de centenas dentro da fortaleza tinha ficado em silêncio.

— Ele te julgou mal, não é? — A trança de Skade caiu sobre o ombro quando ela inclinou a cabeça, olhando para mim de cima a baixo. — Você sabe que se render não vai manter Bjorn vivo, porque ele nunca vai aceitar sua morte. Então vai matar seu próprio povo para salvá-lo, não vai? É o juramento que fez que está te forçando a isso ou você o ama tanto assim?

— E isso importa?

— Não. — Ela puxou a corda do arco. — Não importa.

A flecha mágica veio depressa na minha direção com a precisão mortal de um deus, mas não movi meu escudo para bloqueá-la. Em vez disso, passei a magia do escudo para minha mão e peguei a flecha no ar.

Skade ficou boquiaberta, em choque enquanto eu cobria sua flecha com minha magia e a segurava com força. Uma guerra de desejos, uma guerra de deuses. Ela tentava chamar a flecha de volta e eu me recusava a soltar.

— Agora, Geir! — gritei, e os draugs correram. Num movimento rápido, lançaram montes de galhos de pinheiro fumegantes por sobre as muralhas de Grindill. — De novo!

Uma nova leva de combustível incandescente foi projetada pelo ar, mas quando voou por sobre a cabeça dos guerreiros na muralha, enrijeci. Eles não estavam olhando para mim ou para os draugs. Em vez disso, estavam virados para dentro, concentrados no que estava acontecendo em Grindill. Os braços frouxos nas laterais do corpo.

A guerra pelo controle sobre a flecha em minha mão diminuiu, e quando minha atenção se voltou para Skade, foi para descobrir que a caçadora também tinha nos dado as costas.

O arco dela desapareceu e os braços ficaram frouxos. Como se estivesse alheia a tudo o que estava acontecendo ao seu redor e, não menos importante, ao exército de mortos-vivos a suas costas.

— Freya!

O grito de Guthrum chamou minha atenção. Ele irrompeu por entre os draugs, correndo até mim.

— Pare! Steinunn está cantando! Ela os tem sob seu domínio!

O que significava que nenhuma das pessoas dentro da fortaleza, nem mesmo a própria escalda, estava ciente da fumaça sufocante que as cercava.

Guthrum cambaleou até onde eu estava, segurando meus braços.

— Kaja está presa na magia de Steinunn. Está presa na fumaça. — Os olhos dele de repente ficaram do mesmo tom de amarelo dos de seu animal familiar, e seu corpo enrijeceu.

— Estou conseguindo enxergar as visões.

— Esperem! — gritei para Geir. — Todos os que estão lá dentro entraram num transe!

Quando me virei para a fortaleza, soube que minhas ordens tinham sido em vão.

Porque por entre as nuvens de fumaça, vi os primeiros sinais de fogo.

47
BJORN

— Vire-se — ordenou Tora, e obedeci. As dobradiças da cela rangeram quando a porta foi aberta, mas não ofereci resistência quando Tora segurou meus pulsos acorrentados. Um dos Inomináveis me amordaçou e depois os dois me tiraram do meu cativeiro e me levaram para a fortaleza, onde Troels aguardava.

— Eu mesmo poderia te matar pelo que você e a filha de Hel pretendiam fazer com nosso povo — sussurrou meu amigo. — Mas a morte pelas minhas mãos seria rápida demais.

Eu quis gritar que as palavras de Harald eram mentira. Que meu amigo havia sido enganado, mas com a mordaça na boca, não havia nada que eu pudesse fazer além de abaixar a cabeça e rezar para que Troels compreendesse quando soubesse da verdade.

As ruas de Grindill estavam lotadas, em maior parte por skalandeses, e foi preciso uma dúzia de Inomináveis para abrir caminho em direção à praça. As pessoas gritavam e me insultavam, atirando legumes podres e bosta em mim conforme eu passava, mas mantive a cabeça baixa e os ignorei como pude enquanto Tora e Troels me arrastavam para a frente.

Chegamos à praça, onde havia uma plataforma, mais ou menos igual a quando Steinunn havia apresentado a canção sobre a tomada de Grindill. Tochas queimavam por todo o perímetro dela, e a multidão estava tão espremida que eu me perguntava se as pessoas conseguiam respirar. Harald-disfarçado-de-Snorri estava com Ylva e Leif em cima da plataforma, bem como ao lado de sua aliança de Sem Destino. Quase três dúzias de homens e mulheres com sangue divino nas veias e, embora só alguns fossem guerreiros, todos eram leais a Harald. Ele era o rei de todos ali.

O salvador.

O pai.

Fiquei imaginando se algum deles havia questionado por que o homem estava ausente naquele momento.

Troels me arrastou até a plataforma e desamarrou meus pulsos, os Inomináveis enfiando meus punhos em pesadas manoplas de aço fixadas a postes de madeira que haviam sido erguidos ali. Quando olhei para cima, observei a multidão que gritava até avistar o pássaro empoleirado sobre uma das casas. Se Guthrum havia ajudado Freya, eu não sabia, mas estava observando tudo naquele exato momento.

A multidão gritava e me ridicularizava, chamando-me de traidor e coisas piores, até que *Snorri* levantou a mão pedindo silêncio.

— Vamos fazer justiça hoje — proclamou ele. — Este homem traiu Skaland inteira em nome da própria luxúria por um monstro. Nossos irmãos e irmãs morreram no estreito por ordem dele, e agora enfrentam a pior forma de tortura como mortos-vivos escravizados por sua amante. A menos que ela se renda, vamos tirar o coração de seu amante como punição, e amanhã vamos caçá-la e fazer pior com ela!

A multidão rugiu pedindo o sangue de Freya.

Gyda se aproximou e entregou uma faca a *Snorri*.

— Um presente de meu senhor, seu aliado — disse ela. — Conforme corta a carne, queima como ácido, garantindo que o traidor vá implorar por misericórdia e seja recusado nos portões de Valhalla por covardia.

A ferreira lançou um olhar obscuro de ódio na minha direção quando saiu, deixando *Snorri* encarando a faca. Então ele a entregou, com o cabo virado para ela, a Tora.

— Não foi só Skaland que ele traiu. Pretendia colocar os guerreiros nordelandeses em Helheim também. Peço que faça as honras em nome de Harald.

Deuses, ele seria cruel até nos mínimos detalhes.

Tora pegou a faca com relutância, mas quando se posicionou atrás de mim, Ylva interrompeu:

— Meu amor, Steinunn disse que preparou uma canção. Uma história para lembrar a todos os ouvintes do porquê a justiça tem que ser feita hoje.

Os olhos de *Snorri* se estreitaram de uma forma que era própria a Harald, e fiquei me perguntando quantas outras falhas em sua performance eu havia deixado de notar no decorrer dos anos. Ou havia chegado a notar e desconsiderado.

— Ela nos dará essa honra.

Steinunn subiu na plataforma com seu tambor, batendo nele com força. Atraindo todos os olhos para ela ao fazer o ar vibrar num ritmo que induzia seu feitiço, arrastando os presentes para a história que contava. Em vez de não prestar atenção, como eu sempre fazia, permiti que a magia dela tomasse conta de mim ao cantar a história de *Harald, o Salvador.*

Ela começou do início, com a história que tinha escutado enquanto estava escondida perto de minha cela nas masmorras de Grindill, e visões de um jovem Harald apareceram diante de mim, chorando de joelhos, frente à forma de um homem feita de cera branca e olhos brilhantes.

— Eles vão saber — disse o jovem Harald, chorando. — Gyda vai saber que não sou eu!

— As pessoas acreditam no que os olhos delas estão dizendo — sussurrou a criatura de cera. — E eu serei uma versão melhor de você, então ninguém vai ter motivo para questionar se o rosto que veem é falso.

— Pare, Steinunn! — gritou Harald-disfarçado-de-Snorri, mas sua voz foi abafada pelos gritos do jovem Harald quando a criatura de cera arrancou seu rosto, a bocarra escorregadia e vermelha ao engoli-lo. A criatura derreteu e lentamente se reformulou usando o rosto do jovem Harald, os lábios ainda manchados de vermelho.

A multidão gritou horrorizada, muitos berrando:

— Filho de Loki!

Os poderes concedidos aos filhos do trapaceiro eram bem conhecidos por todos.

Tentei me desvencilhar da visão para que pudesse enxergar o que estava acontecendo ao meu redor, mas a magia de Steinunn me dominou como nunca antes, e tudo o que eu conseguia ver era a história que ela cantava.

O filho de Loki usando o rosto do jovem Harald apareceu diante de mim, e ele abraçou uma Gyda muito mais jovem.

— Senti muito a sua falta, minha cara amiga — falou para ela. — Mas, ah, as aventuras que tenho para compartilhar com você. Meu maior arrependimento é que não estivesse lá para vivenciá-las comigo.

A jovem Gyda o abraçou com força ao mesmo tempo que a Gyda que assistia chorava de desalento.

Eu não estava conseguindo me livrar da magia da escalda, embora estivesse ouvindo um tumulto próximo a mim. Ouvindo Harald-disfarçado-

-de-Snorri gritar para que seus Inomináveis fizessem Steinunn parar, mas ninguém podia intervir. Ninguém conseguia se desvencilhar da história que a escalda contava, sua magia mantendo todos nós sob seu domínio.

Um jovem Guthrum apareceu diante de mim, saltitando por um caminho e seguido por um grande cachorro. Rindo e feliz, apenas para voltar para casa e encontrar a mãe de joelhos, chorando.

— Pai, o que está acontecendo aqui? — perguntou ele, porque não foi Harald que viu, mas seu próprio pai aterrorizando sua mãe. Mas a visão de Steinunn mostrou a verdade: era o filho de Loki.

— Você vai entregar Guthrum para que sirva ao jarl — gritou o filho de Loki. — Uma vez a serviço do jarl, nosso filho vai recuperar a própria honra.

— Não — respondeu a mãe de Guthrum. — Não vou. Ele deve ficar aqui comigo, na floresta. Eu não vou mandá-lo para Hrafnheim.

O filho de Loki bateu nela com fortes golpes enquanto o jovem Guthrum chorava e gritava:

— Pai, pare! Por favor, pare!

Ao meu redor, ouvi suspiros de indignação vindos dos Sem Destino, porque a história de Guthrum era bem conhecida. Todos acreditavam que o pai dele havia agredido a mãe e Guthrum o havia matado por vingança.

Mas todos assistimos em silêncio a um Guthrum que vagava por entre as árvores atrás de seu cachorro, seguindo o rastro do filho de Loki, até alcançarem sua presa. O homem no chão estava desorientado e sangrava, e vi que seus pulsos estavam arranhados como se ele tivesse sido mantido amarrado por um tempo.

— Guthrum, me ajude — suplicou o homem. — Me prenderam.

— Você machucou ela! — gritou Guthrum. — Eu te odeio!

— Eu não machuquei ninguém! — suplicou o pai dele. — Me ajude!

Mas o jovem Guthrum limitou-se a se virar para o cachorro.

— Mate ele.

O cachorro hesitou, mas o jovem Guthrum gritou:

— Ele machucou minha mãe! Mate ele!

E o cachorro obedeceu, gritos preenchendo meus ouvidos enquanto o animal fazia um homem inocente, que implorava e suplicava por sua vida, em pedacinhos.

Uma cena orquestrada pelo filho de Loki para conquistar a lealdade dos Sem Destino enquanto Harald entrava para fazer o papel de salvador, o jovem Guthrum chorando de joelhos ao prometer ser leal por uma vida toda.

Uma versão mais jovem de Troels apareceu em seguida na história de Steinunn. Meu amigo ria e gritava o nome do irmão, mas quando virou uma esquina correndo, caiu sem querer em um poço forrado de estacas.

— Me ajude! — gritou, as pernas perfuradas em três lugares. — Aksel, me ajude!

Ele olhou para fora do poço, na direção do filho de Loki, que ria.

— Aksel, meu irmão, por favor, me ajude!

Mas o filho de Loki só disse:

— Por que precisa da minha ajuda, meu irmão? Você não tem destino determinado. Ajude a si mesmo.

E foi embora, deixando Troels gritando e gritando até Harald aparecer, tirando-o do poço e providenciando tudo para que fosse curado.

E o verdadeiro Aksel, jurando inocência, foi enforcado em uma árvore até não conseguir mais suplicar, enquanto Troels jurava lealdade àquele que havia tramado o pior momento de sua vida.

As histórias foram se desenrolando, e visões foram surgindo para cada Sem Destino da aliança de Harald, ficando claro como o dia que o filho de Loki tinha orquestrado todas as tragédias ao assumir o rosto de amigos e familiares e os transformando em vilões dos quais *Harald* podia resgatar a vítima. Só que a única coisa que *Harald* salvou foi a si mesmo.

Lágrimas escorreram por meu rosto quando minha própria história foi contada, Harald fingindo ser Snorri enquanto atacava minha mãe. Eu, quando criança, saindo de meu esconderijo e invocando a chama de Tyr, a cabana se transformando em um inferno conforme minha mãe gritava, então Harald, vestido com as roupas de minha mãe, me carregando para longe da fumaça e das chamas.

Ouvi, bem ao longe, Harald-disfarçado-de-Snorri gritando e se debatendo, tentando escapar da magia de Steinunn para poder caçá-la e silenciá-la, mas então o vilarejo da escalda apareceu à frente. As pessoas corriam, aterrorizadas, de guerreiros com roupas skalandesas que carregavam o estandarte de Snorri, mas quando um deles abriu a boca para gritar, a marca dos Inomináveis de Harald estava claramente visível em sua língua. O filho de Loki os liderava, rindo ao matar o marido de Steinunn e depois apontando a lâmina para seu jovem filho.

Não tinha sido Snorri quem os havia assassinado.

Tinha sido Harald, ou seja lá qual fosse o verdadeiro nome dele. O filho de Loki usando o rosto de Snorri.

O trapaceiro.

Mesmo que Steinunn tivesse me mostrado essas visões em minha cela, o sofrimento pelo qual ela passava naquele momento era denso e sufocante feito fumaça. Me deixou desesperado para me livrar de seu domínio.

Mas a escalda ainda não tinha terminado sua canção.

48
FREYA

Meu plano dependia de que todos que estivessem lá dentro fugissem das chamas, mas minhas intenções tinham ido pelos ares, porque embora as chamas aumentassem, ninguém se mexia sobre a muralha.

Ao meu lado, Guthrum caiu de joelhos. Lágrimas escorriam por seu rosto e seu corpo tremia num choro convulsivo enquanto ele gemia:

— Não, não, não!

— Guthrum, o que está acontecendo? O que você está vendo?

— A verdade — sussurrou ele. — Steinunn está revelando a verdade. Harald não é nosso salvador, ele é nossa maldição.

O desejo pela verdade tinha me motivado durante grande parte da minha jornada. O desejo de conhecê-la. O desejo de revelá-la. Eu conseguira conquistar as duas coisas, mas em vez de sentir que o dia da vitória tinha chegado, a verdade faria todos os skalandeses de Grindill queimarem vivos.

— Vá! — berrei para Geir, a voz quase inaudível sobre os gritos de desalento dos draugs. — Arrombe os portões! Faça o possível para encontrar Harald, mas o mais importante é tirar todos lá de dentro!

Geir não hesitou, o rosto apodrecido demonstrando uma determinação severa enquanto gritava ordens para os guerreiros draugs. Eles passaram por mim com uma rapidez sobrenatural, a velocidade motivada pelo mesmo desespero que abastecia o meu. Eram as famílias e os entes queridos deles que estavam presos no encantamento de Steinunn, e a cada segundo a fumaça ficava mais densa. Corri junto, minhas pernas encontrando dificuldade por conta do chão irregular, mas minha mente fixa em uma única coisa: encontrar Bjorn.

Os draugs, suas mãos esqueléticas agarrando as muralhas de pedra, escalavam a fortaleza com uma eficiência implacável e movimentos lugubremente silenciosos. Os skalandeses enfeitiçados estavam paralisados como estátuas sobre as ameias, alheios à ameaça conforme os mortos-vivos corriam por entre eles.

Abram os portões, eu suplicava. *Tire-os de lá!*

Os portões se abriram com um estrondo e os primeiros gritos de pânico preencheram o ar noturno. Steinunn devia ter terminado de cantar, e as pessoas de Grindill haviam sido libertadas de seu encantamento e descoberto que estavam cercadas por fumaça. O medo tomou conta, espalhando-se como fogo enquanto a multidão corria para escapar das chamas, mas começou a encontrar o caminho bloqueado pelos draugs. Os guerreiros mortos-vivos, no entanto, não os derrubaram. Em vez disso, conduziram a todos na direção dos portões, levando-os para um local seguro. Salvadores, embora poucos compreendessem isso.

— Skoll! Hati! — Caí de joelhos quando eles se aproximaram, tossindo quando a fumaça encheu meus pulmões. Colocando as mãos na cabeça deles, falei: — Fiquem de guarda nos portões. Harald vai tentar escapar e vocês precisam encontrá-lo. Quando conseguirem, sinalizem para os draugs, da forma como planejamos. Ainda podemos sair vitoriosos dessa.

Skoll rosnou, demonstrando que havia entendido, e Hati correu na direção do portão distante, os pelos escuros se misturando à fumaça e às sombras. Ergui meu escudo e corri com Skoll para o meio do caos que se desenrolava à minha frente. A fortaleza era um pesadelo: um lugar onde a celebração tinha se transformado em confusão e medo. Moradores do vilarejo e guerreiros se empurravam e tropeçavam em tentativas frenéticas de escapar, os rostos contorcidos de terror. Abri caminho pelo meio da multidão, o coração acelerado e os olhos ardendo devido à fumaça. Eu precisava chegar ao centro da fortaleza. Precisava encontrar Bjorn.

A fumaça ficou mais densa, transformando o mundo em uma névoa sufocante cinza e preta. Eu quase nem conseguia enxergar, e cada fôlego que eu puxava era uma luta conforme o ar cáustico queimava meus pulmões. Embora apenas alguns telhados tivessem pegado fogo, parecia uma armadilha mortal. Cada segundo contava, mas os caminhos sinuosos de Grindill pareciam intermináveis.

— Bjorn! — gritei, a voz falhando. — Bjorn!

Mas não escutei resposta, só gritos dos que fugiam. Os draugs estavam por todos os lados, as formas apodrecidas deles se movimentando com determinação, conduzindo os moradores do vilarejo na direção dos portões, para longe das chamas.

Por favor, esteja vivo.

O pânico fincou as garras em meu coração, ameaçando me dominar. Abri caminho por entre a multidão aos cotovelos, escudo balançando nas costas, mas era como lutar contra o fluxo de um rio. O cheiro de madeira queimada e palha preenchia o ar, misturado ao fedor do medo.

— Bjorn! — gritei novamente, uma súplica crua e desesperada. *Por favor, que não tenha sido tudo em vão. Por favor, que ele pelo menos esteja vivo.*

A praça estava vazia quando cheguei até ela. Vazia, com exceção de uma única figura pendurada entre dois postes, os pulsos cobertos por aço.

Gritei de horror, a certeza de que era tarde demais tomando conta de mim. Mas então a figura se moveu.

Subi os degraus da plataforma aos tropeços, as tochas projetando sombras na pele de Bjorn. *Por favor, fique vivo*, rezei. *Por favor, não se vá.*

Caí de joelhos na frente dele, curvando a mão ao redor de seu rosto e o erguendo. A pele dele estava quente, e meu coração saltou quando Bjorn abriu os olhos devagar.

— Freya?

— Ah, graças aos deuses — suspirei. Tirando os dispositivos de aço de seus punhos, cortei as cordas que o amarravam e quase caí para trás com o peso de Bjorn quando ele desmoronou sobre mim. Abraçando-o, enterrei o rosto em seu pescoço. — Sinto muito por ter demorado tanto para chegar até você.

— Está tudo bem, meu amor. — Ele me beijou, afundando os dedos no meu cabelo. — Nós vamos sempre encontrar o caminho de volta um para o outro.

Parecia que meu coração ia explodir no peito, porque apesar de todos os obstáculos, estávamos juntos. E eu me recusava a soltá-lo novamente.

Mas nuvens de fumaça preta rolaram sobre nós, e fui sacudida pela tosse.

— Temos que sair — falei. — Grindill está queimando.

Colocando o ombro debaixo do braço dele, ajudei Bjorn a se levantar. À nossa volta, telhados desmoronavam, as labaredas atingindo o céu.

Cada respiração ficava mais difícil do que a anterior, e nós dois tossíamos com violência.

— Por aqui! — Eu o arrastei na direção do portão.

Um rugido soou, e com uma lufada de ar quente e fumaça, uma casa desabou bem na nossa frente, obrigando-nos a recuar. Meus olhos ardiam, pedacinhos de brasas queimando meus cabelos e minha pele, e eu não conseguia enxergar para onde estava indo em meio à fumaça.

Estávamos presos.

— Vamos entrar no grande salão — disse Bjorn, tossindo, e então segurando e puxando minha mão. Cambaleamos em meio à fumaça e entramos na construção de pedra, o ar ali dentro felizmente frio em comparação ao inferno do lado de fora. Mas a fumaça ainda estava densa, o telhado sem dúvidas em chamas, e não demoraria muito para que o fogo nos encontrasse, mesmo ali.

— Tem uma tubulação que leva para o rio — falei entre tossidas. — Podemos nos esconder lá embaixo até o fogo arrefecer.

Bjorn concordou, segurando firme em minha mão quando entramos no buraco. O fedor estava ainda pior do que antes, água imunda e sujeira espirrando ao nosso redor. Bjorn tropeçou na escuridão, então revesti a mão de magia para iluminar o caminho. Fomos mais para o fundo, a fumaça se dissipando. Alguém tinha passado ali embaixo desde meu plano malfadado de falar com Steinunn, e os corpos e detritos tinham sido retirados. O nível mais baixo da água nos permitiu chegar quase até o rio.

— Podemos esperar aqui — falei quando comecei a sentir a corrente puxando, minha magia refletindo na água.

Bjorn assentiu com firmeza entre tossidas, e eu o puxei mais para perto de mim. Pela primeira vez desde que o havia conhecido, sua pele pareceu fria contra minha mão. Meu coração acelerou, porque a extensão de seus ferimentos devia ser pior do que eu imaginava.

— Nossos amigos vão nos encontrar quando o fogo diminuir. Acabou. Nós vencemos.

Apesar de todas as minhas palavras, meu coração batia forte no peito, porque eu não daria as coisas por encerradas até ter certeza de que Skoll e Hati tinham encontrado Harald. Até que ele finalmente estivesse morto. Minha pele estava arrepiada, e eu precisava continuar lutando contra o ímpeto de pegar uma arma.

— Bjorn — sussurrei, olhando para as sombras do túnel. — Tem alguma coisa errada.

Ele não respondeu. Eu me virei e o vi cambalear para trás, e então cair sob a superfície.

Ofegante, tentei alcançá-lo. Mas era tarde demais.

A corrente o havia pegado.

Soltei o escudo e mergulhei atrás dele. O rio parecia gelo ao se fechar sobre minha cabeça. Nadei a favor da corrente, esticando os dedos brilhantes pela escuridão, desesperada para encontrá-lo.

Irrompendo na superfície, gritei:

— Bjorn!

Mas não consegui achá-lo, e havia algo pior do que água à frente. Pois o rugido das cachoeiras já estava audível, e sem mim, não havia esperança de que Bjorn fosse sobreviver à queda.

— Freya!

Passei os olhos pela escuridão e finalmente avistei Bjorn boiando na água.

— Aguente firme — gritei, nadando o mais rápido que podia na direção dele.

Com o rugido chegando cada vez mais perto.

Por favor, rezei. *Eu acabei de recuperá-lo.*

Ainda assim, eu sabia que independentemente de qual fosse nosso destino, seria tecido por mim, bom ou ruim. Seriam ações, e não orações, que o salvariam, e nadei mais rápido, esticando o braço.

Nossos dedos se tocaram no exato momento em que fomos levados pela cachoeira.

Ter feito isso uma vez antes não havia me preparado para fazer de novo. Meu estômago foi parar na garganta conforme despenquei mais e mais, minha magia nos envolvendo. Mesmo protegidos como estávamos, o impacto de nossa colisão com a água me fez bater os dentes.

Mergulhamos sob a superfície e fomos imediatamente pegos pelo fluxo circular na base da cachoeira.

Água preta rugia ao nosso redor, mas cravei as unhas no braço de Bjorn e nadei para baixo. Ele lutou contra mim, mas apertei os dentes e aguentei firme, puxando-o para o fundo do rio, e então fui abrindo caminho a braçadas até estarmos livres da agitação.

Tomando impulso no fundo, bati as pernas e irrompi na superfície.

Bjorn apareceu ao meu lado e respirou em desespero.

— Por aqui — falei para ele. — Vamos para a margem! Nade!

Nadei até a borda do rio. Um vento norte congelante soprava sobre nós, me deixando tão gelada que mal conseguia sentir as mãos.

— Bjorn!

À minha esquerda, uma sombra se moveu, Bjorn subindo para a margem na escuridão, tossindo e praguejando. Cobri a mão com magia e o brilho prateado iluminou o rosto dele.

— Você está bem?

— Estou — respondeu ele, cuspindo água do rio na margem. — Está congelante.

Desde que tinha conhecido Bjorn, nunca o vira reclamar de frio. E nem falar comigo naquele tom.

Senti a pele arrepiar e me sentei sobre os calcanhares quando meu estômago revirou.

— Acenda uma fogueira.

Bjorn se virou para mim e, embora estivesse coberto de sombras, havia uma crueldade em seu olhar que me causou arrepios.

Levei a mão ao cabo da espada, mas vi que ela não estava lá, perdida no rio.

Bjorn abriu a boca em um sorriso que eu nunca tinha visto em seu rosto, e a voz de Harald disse:

— Que garota mais esperta, Freya.

49
BJORN

O final da canção de Steinunn mostrou a confissão de Harald para mim na prisão das masmorras de Grindill, gritos de repulsa e fúria escapando dos lábios da multidão quando entenderam que Snorri não só tinha sido assassinado, mas *consumido* por Harald. Que o homem em cima da plataforma não era o rei deles, mas o próprio filho de Loki.

A visão se projetou na minha frente e vi Harald se apoiar nas barras de minha cela, encarando meu próprio rosto enojado de repulsa.

— Sou tudo e todos — disse Harald com um sorriso. — E nada e ninguém. Tão Inominável quanto os meus Inomináveis, abandonado no momento em que minha mãe se deu conta de quem era o sangue que fluía em minhas veias. Nunca amado e nunca desejado por causa do que eu era, então decidi me transformar em algo novo. De novo e de novo até eu aprender com meus erros e descobrir pedaços da tradição que me possibilitassem dominar minha arte. Harald é minha obra-prima, sua mãe vem logo em seguida, mas Snorri... — Ele suspirou com alegria. — Skaland inteira vai entoar meu nome ao mesmo tempo que dança no ritmo de meu tambor.

A visão focou no rosto alegre dele e foi sumindo junto com a voz de Steinunn conforme a magia dela nos libertava de seu encantamento.

Em uma nuvem de fumaça sufocante.

Grindill estava em chamas.

Por um segundo, ninguém reagiu. Todos os rostos na multidão estavam consternados, ninguém mais do que os Sem Destino, a verdade sobre as próprias tragédias agora reveladas, e todos unidos na expressão de asco. Sofrimento. Dor. Emoções substituídas quase que de imediato por raiva, os olhos se aguçando enquanto procuravam em cima da plataforma pela criatura que havia destruído suas vidas.

Mas Harald já não estava mais lá.

— Fogo! — alguém gritou. — Fogo!

Tudo mergulhou no caos.

— Onde ele está? — vociferou Gyda, sem parecer se importar com a fumaça sufocante quando desembainhou as lâminas que trazia na cintura.

Todos que haviam se reunido para assistir à minha execução gritavam em pânico, aterrorizados pelas nuvens de fumaça e sem saber para qual direção fugir.

Tentei tirar as mãos das manoplas de aço fixadas aos postes, gritando mesmo com a mordaça para alguém me libertar.

Foi Leif quem se aproximou, tirando a mordaça de minha boca.

— Nosso pai morreu, então?

Steinunn havia excluído propositalmente de sua canção o que havia acontecido na ilha para que minhas ações não inspirassem vinganças inoportunas de alguém que estivesse assistindo. Ainda assim, Leif acrescentou:

— Foi você quem o matou, não foi? Porque acreditou que ele tinha atacado sua mãe e causado a morte dela. Mas foi Harald, usando o rosto de nosso pai.

Não era hora nem lugar para essa conversa, mas eu me recusei a contar mais uma mentira que fosse para ele.

— Sim.

— Eu quero te odiar por tê-lo matado. — Lágrimas escorriam pelo rosto de Leif. — Quero te odiar por ter sido enganado por Harald todos esses anos e por ter feito as coisas que fez, mas como posso julgar quando ele também me enganou da mesma forma? Nunca questionei por que ele queria que eu esperasse para dar ordens a Freya usando o juramento quando ela se rendesse... Ele me fez sentir como se isso fosse uma honra.

— Ele é filho de Loki. — Cuspi o gosto ruim da mordaça sobre a plataforma. — Enganou a todos nós e vamos derramar seu sangue por isso.

Leif balançou a cabeça com firmeza e soltou as faixas que prendiam meus punhos às manoplas de metal.

— Agora ficou claro para mim de quem é a culpa.

Libertei meus punhos.

— Vou caçá-lo. Mas precisa tirar todo mundo de Grindill. Freya não é a inimiga aqui, nem o exército que ela juntou. São seus aliados.

— Segurei o ombro dele e, ao fundo, vi Ylva observando. — Deixe Snorri orgulhoso.

Afastando-me de meu irmão, gritei para os Sem Destino na plataforma.

— Harald manipulou a todos nós e precisa ser detido, mas não será uma caçada fácil. Ele pode assumir o rosto de qualquer pessoa, qualquer forma, e vinculou Tora a ele contra a vontade dela por meio de juramentos. Ela vai lutar até a morte para protegê-lo, mas não por escolha própria.

Os olhos de todos se acenderam de fúria, mas a ira que sentiam não estava mais direcionada a mim.

— Os que não puderem lutar devem levar as pessoas para fora de Grindill antes que a fortaleza seja consumida pelas chamas — gritei, e um guerreiro skalandês se aproximou, os olhos brilhando, verdes como os dos draugs.

— Este ataque tem Harald como objetivo, e não o povo de Grindill. — A voz dele era como uma faca perfurando meu ouvido. — Vamos ajudar vocês a fugirem enquanto o perseguimos!

Ylva foi a primeira a reagir. Ela projetou a voz acima do tumulto, fazendo todos a ouvirem.

— O inimigo está dentro da muralha de Grindill, não fora! Podem sair pelos portões! Nenhum mal será cometido contra vocês por Freya Nascida do Fogo ou o exército que ela reuniu!

A multidão, em tom solene, a obedeceu, seguindo os draugs rumo à segurança.

— Para aqueles que podem lutar, precisamos caçar o filho de Loki! — gritei, e os Sem Destino se colocaram à minha volta.

— Como o encontraremos se ele pode assumir a forma de qualquer pessoa? — perguntou Gyda. — Pode ter se disfarçado de velha e estar fugindo com o resto do povo neste exato momento. Uma vez fora dos portões, nunca mais o encontraremos.

— Procurem por Tora. — Passei os olhos pela multidão em busca de uma pessoa alta. — Ele é um covarde. Vai mantê-la por perto para protegê-lo. Vão!

Nós nos dispersamos em todas as direções, todos com olhares mortais.

E armas concedidas pelos deuses em mãos.

— Tyr — invoquei num grito, e meu machado brilhou forte. A fumaça tinha ficado tão densa que estava difícil enxergar, mas abri caminho pela multidão. Era possível que Harald estivesse se escondendo em uma das casas, mas o instinto me dizia que ele tentaria escapar enquanto ainda fosse possível.

Em meio à fumaça, as pessoas seguiam devagar. Sequei as lágrimas dos olhos que ardiam e vi que os draugs de Freya estavam segurando os moradores e permitindo que apenas alguns passassem por vez. Entendi de imediato quando vi Skoll entre eles. O lobo cheirava todos que passavam, e embora Harald pudesse mentir através da forma que assumia, eu podia apostar que não conseguia alterar o próprio cheiro.

— Que esperta, Freya. — Procurei por ela entre os draugs, mas não consegui avistá-la em lugar algum. Uma parte de mim queria ir atrás dela, garantir que estivesse em segurança, mas Harald tinha que ser minha prioridade. Cortando caminho pela viela, passei os olhos pela multidão perto do outro portão, que estava sendo controlado por Hati e pelos draugs.

Mas não havia sinal de Tora ou de Harald.

Praguejei, depois tossi devido à fumaça enquanto caminhava pela fortaleza. Procurando.

Foi quando avistei uma figura alta e familiar curvada em um caminho estreito entre construções.

Senti o peito apertar porque a última coisa que eu queria fazer era machucar Tora, mas podia não haver outro jeito.

Saí correndo, as grandes nuvens de fumaça preta me fazendo tossir a cada poucos passos. Virando uma esquina, parei de repente ao ver Tora e um homem desconhecido vestindo uma túnica cinza encurralados em um beco.

Não hesitei.

Meu machado voou pelo ar, girando de ponta a ponta, cravando-se na parte de trás da cabeça do homem. Ele caiu feito pedra, mas ao mesmo tempo um golpe me atingiu e eu cambaleei para trás.

Senti uma dor lancinante no braço e meu olhar foi parar sobre a flecha de Skade, fincada em meu ombro direito.

Uma armadilha.

A flecha desapareceu, e o sangue começou a escorrer pelo meu braço. Tora me encarou com olhos tristes enquanto Skade descia do telhado e aterrissava com a graça de um gato ao lado do homem morto.

— Não se sinta tão mal, Bjorn — disse ela, cutucando o cadáver com o pé. — Todos os Inomináveis fizeram coisas para merecer uma morte inglória. Servem a um propósito, mas eu sempre os detestei.

— Onde ele está? — Chamei meu machado de volta, segurando-o na mão esquerda.

Tinha bastante ciência de que estava em grande desvantagem contra ela. Principalmente se Harald tivesse ordenado que Tora a ajudasse.

— Você não vai pegá-lo. — O sorrisinho de Skade cresceu. — Ele é esperto demais para isso.

— Freya vai pegá-lo. — Fui na direção dela, mas Skade ergueu o arco, a flecha brilhante apontada para o meu peito. — Ele pode usar o rosto que quiser, mas Skoll e Hati ainda reconhecem o fedor de cu quando chega aos focinhos deles.

Skade deu de ombros.

— Sua mulher pensa melhor quando você não está por perto, isso eu preciso reconhecer. Mas Freya não é páreo para ele em esperteza.

Em meio à fumaça, avistei uma sombra descendo a lateral de um prédio. Sobrenatural e estranha, mas familiar para mim. Levantando o machado, dei mais um passo à frente, mantendo a atenção de Skade em mim. Tora percebeu a sombra, mas não falou nada.

— Por que você continua sendo leal a ele, Skade? — perguntei. — Tora foi forçada, e o restante de nós foi enganado, mas você o apoia por livre e espontânea vontade.

— Porque eu sou filha legítima dele. — Ela arreganhou os dentes. — Sou filha e herdeira de tudo o que Harald construiu. Suportei o favoritismo dele por você porque sabia da verdade. Sabia que não passava de um plano para controlar Skaland, para que ele pudesse ser rei de todo o norte.

— Você não é filha dele. Não pode ser.

Ouvi a voz de Gyda e virei para olhar a ferreira que se colocara atrás de mim.

— Eu me lembro de quando você nasceu, Skade — disse ela. — Talvez Harald de Hrafnheim até fosse seu pai, mas ele fugiu dos punhos do próprio genitor quando você ainda estava na barriga da sua mãe. O que significa que a criatura a que você serve não compartilha nenhum sangue com você. Ela matou o Harald que era seu pai, garota. Assumiu o rosto e a vida dele e depois te enganou da mesma forma que enganou a todos nós.

— Que mentira! — gritou Skade. — Foi minha própria mãe que me disse que Harald era meu pai antes de me abandonar, e ele confirmou que ela falou a verdade e me reivindicou como herdeira legítima!

— A magia de Steinunn só pode mostrar a verdade, e tenho certeza de que sua mãe estava grávida quando meu amigo fugiu de Hrafnheim e que a criatura que voltou não era ele — respondeu Gyda. — O homem que você diz que é seu pai está morto e você está servindo a um impostor. Foi enganada.

— Não! — Skade levantou o arco com a flecha apontada para o coração de Gyda.

Mas Geir foi mais rápido.

Com a velocidade sobrenatural de um draug, ele se atirou da lateral do prédio para cima de Skade, torcendo o pescoço dela ao cair.

O estalo foi alto como um trovão.

— Isso foi por minha mãe — sussurrou Geir, olhando nos olhos dela conforme a luz neles esvanecia. — Faço votos de que Nidhogg consuma sua alma.

Então mergulhamos no silêncio, quebrado apenas pelo crepitar das chamas enquanto Grindill ardia ao nosso redor.

— Tora, onde está Harald? — perguntei. — Pode me dizer?

Ela fez que não com a cabeça.

— Eu não sei, Bjorn. De verdade.

Soltei uma série de xingamentos.

— Geir, onde está Freya?

— Eu estava procurando por ela quando encontrei vocês. — Geir se levantou. — Ela correu para dentro para te resgatar.

— Os lobos conseguiram encontrar Harald?

Geir negou com a cabeça.

— Continue procurando. Peça para que os draugs encontrem todos os Inomináveis que conseguirem e os matem. É possível reconhecê-los pela marca na língua. Estão vinculados a Harald. Vou procurar por Freya. — Saí correndo, abrindo caminho até os portões, mas trombei com Guthrum.

— Sinto muito. — O rosto de meu amigo estava molhado de lágrimas. — Sinto muito por não ter acreditado em você.

Como se isso importasse agora.

Segurando os ombros dele, eu o forcei a olhar em meus olhos.

— Freya desapareceu. Preciso da ajuda de Kaja para encontrá-la.

50
FREYA

— Onde ele está? — perguntei, sentindo ânsia de vômito quando o rosto de Bjorn derreteu e se reconstruiu como o de Harald.

— Queimado vivo em Grindill, espero eu. — Harald pegou uma pedra grande em uma das mãos.

Não. Não, não, não.

— Obrigado por me resgatar, Freya. Ouso dizer que eu não teria escapado se não fosse por sua coragem. Não importa que tenha arruinado uma vida inteira de trabalho, sua vadiazinha. — A última parte saiu como um resmungo, e ele deu um passo na minha direção, balançando a pedra na mão.

— Você teceu seu próprio destino, Harald. — Ódio e pesar queimavam em meu peito, mas desembainhei o facão que Gyda tinha me dado. A faca era a única arma que me restava. — Manipulando todos ao seu redor sem se preocupar com a dor que causou, apenas com o controle que conquistou. Você destruiu vidas só por diversão, e se sua aliança se voltou contra você, foi por culpa sua.

— Fui eu quem os empoderou.

— Você os tornou escravos da vingança. — Dei a volta nele, desejando desesperadamente estar com minha espada e meu escudo. — Depois os usou para executar seus próprios planos. Você poderia ter obtido sucesso por muito mais anos, mas sua ambição ultrapassou a habilidade.

— O único erro que cometi foi não ter te matado quando tive a chance — sussurrou ele. — Você estragou tudo!

— É um talento. — Eu me preparei para o ataque. — E ainda não terminei.

Os lábios de Harald se curvaram e ele rangeu os dentes, atirando a pedra em seguida. Ela bateu em minha mão coberta de magia e saiu voando, indo parar no rio.

— Bela tentativa... — E parei de falar, porque Harald não estava tentando me atingir. Estava tentando me distrair.

Enquanto se transformava em uma versão monstruosa de Hati.

Fui tomada pelo medo e dei um passo para trás. Depois outro. O lobo preto se aproximava mais e mais, arreganhando os lábios e revelando presas cruéis.

Levantei a mão, a magia de Hlin brilhando. Lobo ou não, se ele saltasse sobre mim, seria repelido com o dobro da força.

Então torci o tornozelo nas pedras do rio, a dor subindo por minha perna. Quando caí, levei os braços para trás para me apoiar e só vi um lampejo de pelos escuros e presas assassinas.

Soltei um grito quando tentei levantar minha magia contra a morte. Mas fui lenta demais.

Então fogo brilhou sobre mim. Bateu no lobo e o fez cair de lado com um urro de dor. Consegui me levantar e peguei uma pedra, pronta para me jogar sobre o lobo-Harald e bater nele até virar uma polpa, mas a criatura desapareceu no meio das árvores e foi embora.

— Freya!

Eu me virei.

— Bjorn?

Ele estava do outro lado do rio, o machado de volta nas mãos. Nossos olhos se cruzaram e então ele saiu correndo. Caminhou pela água corrente e eu logo estava em seus braços. Envolvida em seu calor, seu cheiro familiar preenchendo meu nariz quando enterrei o rosto em seu pescoço e chorei.

— Você está vivo — falei, chorando. — Você está vivo, você está vivo.

— Eu te disse que ficaria ao seu lado até passarmos pelos portões de Valhalla. — Bjorn pressionou o rosto em meus cabelos. — A morte nunca foi uma opção.

Eu me agarrei a ele, sem querer soltá-lo, enquanto parte de mim pensava que devia ser um sonho ele estar ali.

— Como? — A palavra saiu abafada. — Como você soube que precisava chegar aqui?

— Kaja. — Sobre nós, o falcão deu um grito feroz, depois voou de volta para a fortaleza. Bjorn me abaixou até que meus pés voltassem a tocar o chão, embora tenha mantido os braços ao meu redor de maneira possessiva.

Iluminei minha mão, fazendo uma careta para o ferimento em seu ombro.

— Você se machucou.

— Foi a flecha de Skade, então a ferida não está contaminada. — Ele me soltou com uma relutância óbvia e notei que foi em sua mão esquerda que o machado apareceu.

— Eu vou matá-la. Vou arrancar o coração dela por ter feito isso com você.

— Então vai ter que trazê-la de volta à vida. — Bjorn abaixou a cabeça para me beijar. — Ela já morreu. Geir a matou.

Eu teria gostado de matá-la, mas pareceu justo que meu irmão tivesse sido quem se vingara daquela que matou nossa mãe. E nós tínhamos preocupações mais urgentes. Voltei o olhar para a floresta na qual o lobo-Harald havia desaparecido.

— Você o acertou.

— Não foi um bom golpe. — Bjorn levantou o machado e se afastou vários passos, revelando uma mancha de sangue nas pedras. — Ele ficou ferido, mas não foi forte o bastante para matá-lo. Só para deixá-lo ainda mais perigoso.

Olhei para o alto do penhasco.

— Alguém sabe que você está aqui?

— Guthrum. Vai trazer os outros, mas se esperarmos o reforço, vamos perder o rastro de Harald e nunca mais o pegaremos. Ele pode se transformar em qualquer um, mas independentemente da forma que assumir, nunca vai deixar o que aconteceu hoje para trás. Precisamos dar um fim nele agora.

A única arma que eu tinha era meu facão. Não carregava escudo além da magia que tinha na mão. Meu poder de Hel não o machucaria, e na forma em que se encontrava, Harald era letal.

Mas nós também éramos.

— Então vamos caçá-lo. — Segurei minha lâmina curta com mais força. — Você quer ir primeiro, ou eu devo ir?

— Você, acho. É mais corajosa. — Bjorn sorriu e começou a entrar na floresta, seguindo o rastro de sangue. Revirei os olhos e fui atrás dele, observando as sombras para qualquer sinal de movimento.

A floresta estava estranhamente silenciosa, todos os animais que costumavam preencher a noite com seus gritos parecendo prender a respiração. Eu não os culpava. A forma de lobo de Harald tinha ficado gravada na minha lembrança, maior do que qualquer um que eu já tivesse visto. Ainda assim, era a mente por trás das presas que eu temia, pois Harald era esperto.

— Onde você o atingiu? — perguntei, notando a irregularidade do rastro do lobo. — Ele está correndo sobre apenas três patas, mas há pouco sangue.

— No ombro. — Bjorn se abaixou para examinar uma gota vermelha. — Mas o fogo deve ter cauterizado parte do ferimento, o que pode explicar a falta de sangue.

Ele sustentou meu olhar, sugerindo uma alternativa: a de que Harald não estivesse tão ferido quanto o rastro indicava.

Minha pulsação acelerou, minha mão gelada, apesar de úmida de suor, ao redor do cabo do facão. Porque havia a possibilidade de não sermos os caçadores.

Mas as presas.

— Acha que ele consegue enxergar no escuro? — Todas as sombras pareciam estar se movendo. — E ouvir com as habilidades de um lobo de verdade?

— É provável — respondeu Bjorn. — Mas considerando que você está brilhando e não para de fazer perguntas, tenho quase certeza de que ele sabe onde estamos, Nascida do Fogo.

Meu rosto ficou quente, mas a provocação dele diminuiu meu medo.

— Devemos apagar a magia, então? Para nos camuflarmos melhor?

— Vamos começar fazendo silêncio.

Respirei fundo para me acalmar e tomei cuidado com cada passo que dava floresta adentro, olhando para os lados e para trás, mas mesmo com a magia que encobria minha mão, não dava para ver nada além de escuridão depois da poça de luz.

Ouvi um galho quebrar à esquerda e virei naquela direção com o coração na boca. Certa de que tinha ouvido uma respiração ofegante, prendi a minha, mas o silêncio mais uma vez reinou sobre a floresta e Bjorn continuou.

Mas logo parou, uma dúzia de passos depois.

— O rastro termina aqui.

Parei ao lado dele, notando que o rastro de pegadas e sangue tinha desaparecido quase como se ele tivesse levantado voo. Sustentando o olhar de Bjorn, bati os braços como um pássaro, mas ele balançou a cabeça e apontou para o ombro. Acho que ele não conseguiria voar, então.

Mas como faríamos para caçar um homem capaz de se tornar qualquer criatura, assumir qualquer forma viva? Nas canções, o próprio Loki assumia a forma de uma mosca, e como alguém caçava algo tão pequeno na escuridão? Eu não conhecia os limites das habilidades dele, e a frustração começou a tomar conta.

Então uma gota de algo quente caiu em meu rosto.

Levantei o braço, a magia iluminando uma sombra grande que caía, toda caninos e dentes. Não mais um lobo, mas um felino gigante. Deixei escapar um grito, a morte parecendo certa, mas a sombra atingiu minha magia e voou pelos ares. Colidiu com Bjorn com um grito felino de raiva.

Ouvi um suspiro de dor.

O chiado de pelo queimado.

Então a criatura desapareceu na noite.

— Ó, deuses — sussurrei, vendo marcas de garras formarem linhas carmesim no peito de Bjorn, o sangue já ensopando o cós de sua calça. — Isso é loucura. Precisamos chamar Geir e os outros para nos ajudarem a caçar.

— Até os encontrarmos e voltarmos, Harald já vai ter sumido há muito tempo. — Bjorn levantou o machado, movendo-se na direção que o felino tinha ido. — Temos que matá-lo agora.

Ele saiu correndo, passando por entre as árvores. Não consegui ver o rastro que seguia ou como sabia para que lado Harald tinha ido, mas não me restava outra escolha além de ir atrás dele.

Tropecei sobre galhos e raízes, quase me esborrachando mais vezes do que pude contar.

— Bjorn!

— Estou vendo ele. Estou vendo ele correndo e vou matá-lo, porra!

— Bjorn!

Assim que pronunciei o nome dele, Bjorn desapareceu de vista, e mal consegui parar, cambaleando na beira de um poço.

Uma antiga armadilha de caça, rapidamente coberta por Harald. Do fundo, Bjorn olhou para mim.

— Você está bem? — perguntei. — Se machucou?

— Atrás de você!

Girei o corpo, levantando o facão, mas garras arranharam minhas costas. Gritei e ataquei a forma escura, mas Harald já estava fugindo de volta para as sombras.

Nem felino, nem lobo.

Nem qualquer criatura desse mundo, mas um monstro criado por Harald.

Eu nunca o tinha visto lutar, o que significava que subestimava muito o quanto ele realmente era perigoso.

— Freyaaaaa — sussurrou a criatura com a voz distorcida por meio de cordas vocais sobrenaturais. — Freyaaaaa!

— É melhor você só se defender — gritou Bjorn. — Estou saindo daqui!

— Rápido — sussurrei, vendo a criatura dar a volta.

Ela brilhava com espinhos e escamas escuras, mostrando a língua vermelha por entre fileiras de presas. Membros musculosos acabavam em garras tão longas quanto minha mão, e embora um ferimento profundo no ombro sangrasse, isso não parecia perturbá-la nem um pouco.

E minha única arma era uma lâmina que tinha só o comprimento do meu antebraço.

— Finalmente decidiu assumir sua verdadeira forma, pelo que estou vendo. — Continuei circundando, um olho no buraco no chão, o outro na fera. — Combina muito mais com o seu caráter.

A criatura emitiu um barulho que poderia simular uma risada.

— Faz tempo que venho querendo cortar essa sua maldita língua fora — sibilou ela. — Silenciar as idiotices infinitas que saem dessa sua boca.

— Então agora vamos ver quem consegue insultar o outro até a morte? — perguntei, desejando que Bjorn subisse mais rápido, embora soubesse que ele estava lento por conta do ombro ferido. — Se for isso, você devia ter pedido a Ylva para te ajudar aqui também. Ela é bem mais afiada do que você.

Harald resmungou, depois cuspiu, e me afastei da substância preta. Ela chiou ao atingir o chão, e senti o coração acelerar um pouco. Deuses, o que eu não daria por meu escudo. Por minha espada. Para não ter entrado de cabeça numa luta em que eu parecia já ter sido lamentavelmente derrotada.

Ele me atacou com uma pata cheia de garras e eu rebati o golpe, mas Harald já estava chegando perto de novo para atacar da mesma forma mais uma vez. Tentando me deixar cansada.

Mas não era eu quem estava ferida. Eu conseguiria continuar desviando de ataques até Bjorn sair do buraco e…

Esse pensamento morreu antes de chegar aos meus lábios, pois Harald recuou, considerando a situação com os olhos de serpente. Então mudou de forma, derretendo e reconstruindo o corpo. Tinha voltado a ser Harald, mas dessa vez com múltiplos tentáculos saindo do corpo, cada um com uma garra na ponta.

— Bjorn! — gritei. — Suba logo!

Um tentáculo veio na minha direção e eu o bloqueei, mas outro já voava do meu lado, a garra brilhando. Desviei, rolando até ficar em pé e mal conseguindo bloquear outro ataque.

Mas então um dos tentáculos atingiu minhas pernas.

Caí de costas, e o impacto quase me fez derrubar o facão. Praguejando, rolei, uma garra raspando em minha cota de malha. Outro tentáculo cheio de escamas tentou me acertar na cabeça, mas levantei o facão e cortei a ponta.

Um segundo depois, a dor subiu por minha coxa e me dei conta do meu erro. Harald riu com a boca cheia de presas ao recuar.

Minha coxa pulsava sangue à luz de minha magia, mas era a ardência terrível que fazia o terror correr por minhas veias. As garras eram venenosas.

— Garota idiota — disse Harald, sentando, claramente feliz por me ver morrendo devagar. — Sua magia de uma deusa menor é inútil, e a outra que é valiosa não é eficiente. Hel não vai me machucar por… *lealdade familiar*.

Eu me apoiei nas mãos e nos joelhos.

Harald só riu.

— Mas preciso admitir que sua determinação é admirável. No entanto, sou eu que vou tecer seu destino, Freya, e não você. Meu fio é o mais forte.

— É esse o destino que você queria, Harald? — Eu me levantei, minha perna na mais completa agonia, tão fraca que mal sustentava meu peso. — Sua aliança, perdida. Seu reino, perdido. Seu poder, perdido.

Os tentáculos dele tremiam, revelando a raiva que sentia, e mantive uma distância cautelosa, circundando. Não tirava os olhos do brilho incandescente no buraco.

Manquei até a lateral.

— Eu conquistei meu destino, Harald. Uni Skaland ao assumir o controle do meu próprio futuro, o que significa que tudo isso é feito meu, não seu. A visão de Saga se realizou, e eu me pergunto como é saber que, apesar de tudo o que fez, de todos os truques e manipulações, você não conseguiu mudar o futuro que ela viu. O *meu* fio é o mais forte.

— Então pode deixar que vou cortá-lo antes do tempo! — Ele avançou sobre mim, os tentáculos brilhando no ar e derrubando o facão que eu segurava, a arma perdida nas sombras.

Mas quando fez isso, o machado de Bjorn cortou a terra ao lado do buraco e ele saiu. Enlameado e ensanguentado, levantou o machado e o atirou.

As chamas giraram no ar e Harald gritou quando um de seus tentáculos foi decepado, e outro quase.

— Espero que essa parte não seja muito importante para sua forma humana — comentou Bjorn, e o machado reapareceu em sua mão esquerda, o braço direito pendurado na lateral do corpo. — Não sei bem o que fica onde.

Harald resmungou e mais tentáculos explodiram de suas laterais, atacando loucamente. Bjorn cortava e decepava, mas eram muitos. Era só questão de tempo até um acertá-lo e o destino de Bjorn ser determinado por aquele terrível veneno preto na ponta das garras.

O meu já tinha sido.

Só havia uma forma de acabar com tudo aquilo.

Perspicácia. Não força.

Sentindo meu vigor desaparecer, lancei o corpo sobre as costas da criatura e envolvi o pescoço dela com os braços.

— Eu me amaldiçoo — sussurrei, a magia surgindo. — Hel, leve meu corpo deste mundo mortal.

Raízes irromperam da terra, envolvendo meu corpo e me puxando para trás. Harald tentou se desvencilhar de mim, mas coloquei minha perna boa em volta dele e segurei firme. As raízes me arrastaram para o chão, e como o sangue dele era tão divino quanto o meu, levei Harald comigo.

A terra nos envolveu e me tirou a respiração, mas logo estávamos caindo.

Soltei Harald e me segurei nas raízes de Yggdrasil, interrompendo minha queda enquanto ele continuava caindo. Minha perna ardia, e eu conseguia sentir o veneno roubando minha força. Me matando aos poucos.

— Freya!

A voz de Bjorn estava distante. Distante demais, mas mesmo assim olhei para cima, imaginando conseguir vê-lo cavando. Tentando ir atrás de mim, embora sua magia não lhe concedesse o poder de atravessar mundos.

Eu poderia escalar as raízes e voltar para ele, e talvez até conseguíssemos ajuda. Talvez Volund chegasse a tempo. Talvez eu pudesse ter o futuro que sonhei para mim, uma vida com o homem que amava e que não fosse tocada por terror e violência.

Eu poderia tecer aquele destino.

Comecei a subir, arrastando-me mais alto. Mas ouvi um movimento lá embaixo.

Espiando por entre as raízes, vi que Harald estava vivo e de volta à sua forma humana, embora estivesse sangrando bastante por vários ferimentos, uma das mãos quase decepada por completo. Ainda assim, ele levantou e o ouvi sussurrar:

— Irmã, preciso da sua ajuda.

E de trás dos portões de Helheim, escutei o barulho suave de pés gigantes se aproximando.

Não.

Não, eu não podia deixar que isso acontecesse. Não podia deixar Hel ajudar seu meio-irmão mortal e soltar Harald no mundo novamente. Eu me recusava.

— Freya!

O desespero no grito distante de Bjorn partiu meu coração, e lancei um último olhar para a escuridão acima, sussurrando em silêncio: *por favor, me perdoe.*

Então comecei a descer pelas poderosas raízes da árvore, mãos e pés tremendo conforme o veneno de Harald continuava a agir sobre mim.

A respiração pesada dele deixava transparecer a angústia que sentia, mas Harald já andava na direção dos portões do reino de Hel, atrás dos quais o som da aproximação da deusa aumentava.

Eu tinha que dar um fim nele, e o tempo estava se esgotando.

Escorregando pelas raízes, soltei o corpo no ar e caí com um baque na estrada. Minhas pernas cederam e caí de joelhos. Quando levantei o rosto, Harald me encarava com uma mistura estranha de medo e raiva.

Por um instante, achei que ele ia atacar, mas em vez disso cambaleou pela estrada na direção da ponte, os portões para Helheim na outra extremidade. Meu corpo estava fraco, cada respiração, uma luta, mas Harald deixava um rastro pesado de sangue.

O barulho do rio ficou mais alto, águas escuras ondulando sob a ponte, e o cachorro que guardava os portões se levantou e se aproximou com os olhos cheios de interesse.

E reconhecimento.

Garmr arreganhou a boca ao me ver, mas ignorei a criatura e me joguei sobre as costas de Harald. Caímos, embolados, brigando e rolando, os punhos voando. Mas ambos estávamos fracos demais para causar qualquer dano ao outro.

A pele dele ondulou sob minha mão quando tentou mudar de forma, mas era como se não conseguisse mais compreender outros corpos, transformando-se em feras meio formadas e sem muito sentido.

Minha respiração estava irregular, o mundo entrando e saindo de foco, e meu coração titubeava.

Estávamos ambos morrendo — era apenas uma questão de saber quem iria primeiro.

Você consegue, entoei em silêncio. *Você consegue detê-lo para sempre.*

Harald ficou imóvel.

Ele está morto. Você conseguiu, ele está morto.

Minha força me abandonou naquele momento e fui soltando o corpo dele. Tinha derrotado Harald, e no último instante, porque meu próprio fim parecia próximo.

O cadáver dele estremeceu.

Fiquei rígida, implorando aos deuses para que não fosse nada além de um espasmo muscular pós-morte.

Mas então o corpo de Harald começou a se alongar.

Esticando-se em uma mistura terrível de homem e serpente, ele deslizou pela ponte. Reconstruindo o próprio corpo, Harald cuspiu sangue.

— Você não vai conseguir vencer.

E o tempo que eu tinha para tentar derrotá-lo terminou, pois os portões de Helheim haviam se aberto e Hel apareceu. Como antes, a forma enorme dela começou a encolher conforme se afastava de seu reino, e quando chegou até Harald estava do tamanho de um humano.

— Ajude-me, minha irmã — suplicou ele. — Por favor.

Hel inclinou a cabeça, o lado vivo parecendo confuso enquanto o lado morto de seu rosto estava impassível como sempre. Em vez de responder, ela resmungou:

— Eu não me esqueci do que você roubou de mim, filha. Tem uma dívida comigo. Me deve sua alma.

Engoli em seco, pois sabia que estava correndo aquele risco. Não só ser separada de Bjorn em vida, como também na morte.

— Se você concordar em não ajudá-lo, pode ficar comigo.

— Não está em posição de negociar. Sua vida mortal está acabando e vou pegar o que me pertence.

— Freya não pertence a você — disse uma voz feminina atrás de mim. — Eu garanti isso vinte e um anos atrás, quando misturei o seu sangue com o meu.

A diversão de Hel desapareceu ao mesmo tempo que o choque me deixou em silêncio.

Pois na nossa direção, vinha uma deusa da guerra. As tranças loiras caíam até a cintura, um escudo dependurado nas costas e uma espada embainhada no cinto.

Era como olhar para um rosto que me era muito familiar. Como olhar nos olhos de minha mãe.

— Hlin — consegui pronunciar. — Você está aqui.

A boca da deusa se curvou para cima em um meio-sorriso.

— Uma vez eu disse a sua mãe que se você fosse dotada de apenas avareza, suas palavras seriam maldições. Mas se fosse dotada de altruísmo, o poder divino que escolheria tomar como seu era um destino ainda não determinado. Só que você não recebeu de presente apenas o meu sangue, mas também o de Hel, não foi?

Hlin se ajoelhou sobre apenas um joelho diante de mim e colocou a mão em meu rosto.

— Cuidar dos outros é um fardo, mas você o carregou melhor do que eu imaginava. Destruiu as tramas sombrias que as Nornas haviam tecido para esta terra e o povo que nela vivia sob o governo do filho de Loki, e os dedos delas tiveram que trabalhar bem rápido em seus teares para reconstruir as tapeçarias de destinos ao redor do seu fio, que brilha prateado. Tenho orgulho de te chamar de filha, Freya Nascida do Fogo, pois você honrou meu sangue.

A expressão dela ficou séria quando voltou o olhar para Hel.

— Você ter caído no truque de Freya não a deixa em dívida com você. Se quiser a alma dela, vai ter que conquistá-la numa luta.

— Contra quem? — Hel contorceu a boca de desdém. — Não tem mais ninguém para reivindicá-la e você não tem salão para os mortos. Freya é minha.

Hlin não respondeu, limitando-se a sorrir.

O chão tremeu e figuras enormes apareceram à nossa volta, o ar parecendo se comprimir com o peso de tantas divindades. Era como se todos os deuses tivessem chegado para testemunhar essa luta, da mesma forma que todos tinham aparecido naquela noite em Fjalltindr.

Hel franziu os lábios de irritação e, abaixando-se, tocou em Harald. Em menos de um segundo, ele já estava inteiro.

Abafando o riso, Harald parou com as mãos na cintura.

— Ainda assim você sai perdendo, Freya.

Virando-se, ele começou a atravessar a ponte, gargalhando enquanto caminhava.

Conseguindo me levantar, cobri minha mão com a magia de Hlin e então olhei nos olhos de um dos deuses que estava assistindo, com fogo dançando nas palmas das mãos.

— Tyr — sussurrei. — Pode me emprestar a chama dele?

O canto da boca do deus se curvou para cima, então ele alcançou as raízes de Yggdrasil e puxou.

O machado de Bjorn apareceu em minha mão, queimando com uma intensidade fatal, mas o fogo não chegou a encostar em mim por conta de minha magia protetiva. Erguendo-o sobre a cabeça, eu o arremessei, vendo-o girar de ponta a ponta, minha mira tão certa quanto tinha sido da primeira vez que atirei a arma.

O silêncio se estendeu, rompido apenas quando Harald disse:

— Foi uma boa tentativa, *Nascida do Fogo*.

Ele deu dois passos rápidos para trás, parecendo pronto para correr, mas então seu olhar recaiu sobre o cadáver a seus pés.

Sobre seu próprio crânio, partido em dois pelo machado de Bjorn.

— Não — sussurrou ele. — Não é possível.

— Você não passa de uma alma agora. — Soltei o machado de Bjorn, que desapareceu. — Você perdeu.

Os olhos de Harald procuraram desesperadamente pela escuridão como se ele pudesse encontrar um jeito de se salvar.

— Pai? Pai?

— Loki não está aqui — respondeu Tyr. — Ele não gosta quando os esquemas dele terminam mal.

— Isso não acabou! — gritou Harald. — Esse não é o fim!

Virou-se, então, para disparar em meio à névoa, mas foi interrompido por Saga, que bloqueava seu caminho.

— Você! — Ele recuou. — Não é possível!

— Venho esperando por este momento há muito tempo, Harald. — Ela empurrou o peito dele com as duas mãos, fazendo-o recuar. — Você me privou da minha vida.

Empurrão.

— Você matou meu povo.

Empurrão.

— Você machucou meu filho!

Saga empurrou uma última vez, fazendo Harald tropeçar e quase cair. Ela olhou nos meus olhos e disse:

— Diga a Bjorn que eu o amo.

Abri a boca, querendo muito que ela mesma dissesse isso ao filho, mas Saga foi para cima de Harald, derrubando-o para trás.

— Obrigada, Freya — sussurrou ela quando passaram pelos portões de Helheim, almas agora vinculadas ao reino da deusa da morte. Os portões se fecharam lentamente atrás deles.

Caí de joelhos.

— Seu fim está próximo, filha — murmurou Hlin. — Não tenho o poder de mudar isso, e acho que Hel não ajudará você como ajudou o próprio irmão.

Pela forma como Hel me olhava, os olhos gananciosos, faria de tudo para reivindicar a oportunidade de tomar minha alma sob sua guarda.

— Você é minha, Freya. — Hel sorriu. — Vai vagar pelos meus salões até o fim dos dias.

Então o chão tremeu sob meus pés e todos os deuses à minha volta abaixaram a cabeça quando mais um deles apareceu.

Um guerreiro com apenas um olho estendeu a mão para mim.

— Eu te reivindico, Freya Nascida do Fogo. Vai ser uma boa guerreira para se ter na última batalha.

Encarei a palma do Pai de Todos.

A oferta de Valhalla.

Hel gritou de fúria, mas Odin limitou-se a lançar um olhar obscuro na direção dela, que cambaleou para trás, acovardando-se.

Olhando no olho de Odin, balancei a cabeça.

— Ainda não. Ainda não terminei. Tenho que tentar voltar para ele.

Virando-se na direção de Hlin, a deusa que tinha formado a parte de luz da minha alma, mas também quem me havia causado mais dor, perguntei:

— Pode me ajudar a subir, mãe?

Hlin fez que sim com a cabeça.

— Posso te levar até a base de Yggdrasil, Freya. Mas você deve se libertar sozinha deste lugar.

Colocando o ombro debaixo do meu, Hlin me levantou e foi como se eu estivesse voando. Ela saltou de uma raiz para a outra, escalando a uma velocidade que quase não me era compreensível, tudo à sua volta iluminado por luz prateada. O cheiro de terra úmida preencheu meu nariz, e Hlin interrompeu seu impulso antes de me firmar em uma raiz grossa.

— Não consigo prever seu futuro — disse ela. — Não sei o que vai acontecer a partir de agora, Freya. Mostre para mim.

E então se foi.

Alcancei a terra acima, mas minha força vacilou. De repente, tive a mais plena certeza de que Hlin não estava conseguindo ver meu futuro porque eu não tinha um. Que Harald havia dado seu golpe final e o veneno dele seria minha morte.

— Se não vou ficar com a sua alma hoje, então também não quero que Odin fique com ela. — A voz de Hel chegou a mim por meio das raízes da árvore. — Você tem o poder sobre a morte, filha. Poder sobre os mortos. E os Sem Destino nunca perdem a magia, assim como nunca perdem o poder de escolher de que maneira o próprio destino será tecido. Use esse conhecimento para se salvar.

— Como? — Tentei gritar, mas saiu como um sussurro. E Hel não respondeu, o único som sendo a batida dos portões de Helheim se fechando atrás dela.

Poder sobre os mortos.

Fechei bem os olhos. *Pense.*

E a resposta me atingiu.

— Hel — sussurrei. — Conceda-me seu poder.

O calor agitou meu corpo e, embora eu não soubesse o nome dele, conhecia seu rosto. Conhecia a sensação de cada alma que havia enviado para ela, e invoquei-as. As raízes da árvore sacudiram e o líder dos islundeses que eu tinha amaldiçoado escalou ao meu lado, ainda usando seu elmo de urso.

— Nós subestimamos você, dama do escudo — disse ele. — E pagamos um preço alto. No entanto, a julgar pelo cadáver ali embaixo, não tão alto quanto Harald de Nordeland.

— Preciso que me ajude com uma coisa — sussurrei.

— E por que eu deveria te ajudar? — perguntou ele. — Você me amaldiçoou a Helheim. Me negou Valhalla.

Era tentador lembrar a ele que aqueles que escravizavam crianças não mereciam glória, mas segurei minha língua. Ele olhou em meus olhos por um longo momento, depois soltou um suspiro resignado.

— Meu irmão era um daqueles cujo nome Harald roubou, depois vinculou e forçou a lhe servir. Um dos Inomináveis dele — disse o islundês. — Ao matar Harald, você matou a volva cuja magia o aprisionava. Ao matar Harald, você libertou meu irmão, e se ele ainda estiver vivo, está livre. Por isso, vou lhe conceder um favor, dama do escudo.

— Preciso que encontre uma pessoa para mim. — E com o que eu sentia estar próximo de ser minhas últimas forças, sussurrei um nome.

Segundos se passaram. Ou uma vida toda. Eu não sabia. Só sei que quando voltei a abrir os olhos, Liv estava ao meu lado em uma raiz, e o sorriso familiar da curandeira tirou um choro de alívio de minha garganta.

— É isso que você ganha por se deixar conquistar pela beleza e um sorriso encantador, Freya — disse Liv. — Espero que tenha aprendido sua lição.

— Era para eu ter aprendido ... — sussurrei. — Mas sabedoria nunca foi o meu forte.

Liv riu e segurou minhas mãos.

— Eir, conceda-me a força para ajudar minha amiga.

As mãos dela brilharam, o calor tomando conta de mim, e a curandeira sorriu.

— Se conseguir se libertar deste lugar, vai deixar para trás o veneno dele. — Ela soltou minhas mãos. — Suba!

Afundei o punho na terra sobre mim e subi. Deixei escapar um gemido de pânico, porque o veneno que Harald tinha posto em minhas veias era como uma coleira me segurando. Mas quando me ergui ainda mais para cima, um olhar para baixo revelou filamentos pretos se esticando entre meu corpo e as mãos de Liv.

Contraindo os músculos, afundei o outro punho na terra e puxei. A dor era diferente de tudo o que eu já havia sentido antes, e gritei.

Eu não conseguiria fazer aquilo.

Eu não conseguiria.

— Freya!

— Bjorn. — O nome dele saiu como um sussurro e, respirando fundo, gritei: — Bjorn!

Afundando as mãos no chão úmido, comecei a me arrastar de volta para ele. Arranhando terra e pedras, arrastei meu corpo moribundo até o reino mortal, lutando para ir na direção do som da voz dele mesmo que minha força vacilasse e meu coração titubeasse no peito. Não era apenas terra ao redor que me impedia de respirar.

Se eu ao menos conseguisse chegar até ele, ficaria viva.

Se estivéssemos juntos, talvez tivéssemos um futuro.

Eu controlava meu destino.

Eu controlava meu destino.

Eu controlava meu...

51
BJORN

Quando as raízes explodiram da terra e se enrolaram em Freya, disparei. Cortei-as e retalhei-as, mas apareceram mais para ocupar o lugar delas. Tentei alcançá-la, tocando a lateral de seu rosto com os dedos quando as raízes a arrastaram, junto com Harald em sua forma de fera, para o chão.

Deixando nada mais do que terra intacta em seu rastro.

— Freya! — gritei, me jogando no chão e arranhando a terra. — Freya!

Eu não podia perdê-la. Não daquela forma, sabendo que tinha se sacrificado. Não por um motivo besta, porque ela era minha vida. Meu coração. Aonde quer que fosse, eu iria com ela, mas ela havia ido para um lugar ao qual eu não podia chegar.

— Freya! — uivei, cavando cada vez mais fundo, mas não tinha nada além de terra, pedras e raízes ao meu redor. — Freya!

— Bjorn! — Virei a cabeça e avistei Tora correndo na minha direção, com Guthrum e Volund em seu encalço. — O que aconteceu?

— Ela se foi. — Minhas unhas eram arrancadas de meus dedos conforme eu cavava, jogando de lado pedras e terra. — Hel a levou junto com Harald.

Então mãos frias seguraram meus pulsos, tendões e ossos visíveis onde a pele havia caído, e subi o olhar para o que antes havia sido o rosto de Geir, agora quase irreconhecível.

— Ela foi para o lugar entre mundos. — A voz dele era horrível e estranha. A voz de um draug. — Não importa o quão fundo você consiga cavar, não vai encontrá-la.

Eu me desvencilhei das mãos dele e continuei cavando.

— Vou encontrá-la. Preciso encontrá-la. Não pode estar…

— Ela não está morta — falou Geir. — Ou nossas almas teriam sido libertadas das cascas a que ela nos vinculou e teríamos ido para Valhalla.

Um conforto frio, porque eu tinha visto o ferimento na perna dela causado pelo golpe de Harald. Como ela havia cambaleado sob o peso do veneno. Como a pele dela estivera fatalmente pálida. Freya precisava de um curandeiro. Precisava de um filho de Eir para salvar sua vida, mas para isso eu precisava encontrá-la primeiro.

— Freya!

— Ela não consegue te ouvir. Está embaixo de Yggdrasil.

As palavras dele não passavam de ruído em meus ouvidos, porque eu precisava encontrá-la.

— Ela está machucada.

— Você também está — falou Volund e se aproximou. — Não vai adiantar nada se ela voltar e te encontrar morto.

Eles não entendiam. Se Freya não voltasse, a vida não teria qualquer significado para mim. Meu caminho era ao lado dela. Esse era o meu destino. O único futuro que eu desejava.

— Freya!

Ao meu lado, meu machado brilhante desapareceu, deixando-nos na escuridão; mas eu não me importei. Continuei cavando. Ninguém me impediu, e o silêncio deles não me interessava. Nem a pena que sentiam de mim. Porque enquanto Geir e os outros mortos-vivos estivessem em pé, ela estava viva. E eu nunca deixaria de lutar para encontrá-la.

— Freya!

— Bjorn!

Fiquei paralisado, sem saber ao certo se tinha escutado meu nome ou imaginado, mas sabia que tinha ouvido a voz de Freya.

— Escutaram isso?

Geir fez que não com a cabeça.

— Eu a escutei — sussurrei, depois gritei: — Estou te escutando, Freya!

Meus dedos estavam ensanguentados, mas não me importei conforme continuava a arranhar a terra. Geir começou a cavar também. Todos ao meu redor cavaram para encontrar a mulher que tinha lutado para salvar a todos nós.

Arranquei uma pedra, então respirei fundo ao ver dedos pálidos e cheios de cicatrizes sujos de terra. Dedos imóveis.

Não.

O mundo desabou. Nada mais importava além de tirá-la do chão. Tê-la em meus braços. Mas, acima de tudo, que ainda estivesse respirando.

— Freya! — gritei. — Estou aqui.

Os braços dela estavam livres, frouxos, e meus dedos se entrelaçaram aos cabelos emaranhados enquanto lutava para expor seu rosto.

Ela estava imóvel demais.

Então conseguimos expor o rosto dela, os olhos fechados. Alguém gritava. Eu gritava. Lutando para libertá-la, Geir e os outros cavavam ao redor do corpo.

Então ela estava em meus braços.

A pele dela estava fria.

Eu a havia perdido. Perdido meu coração como se o tivesse arrancado do peito.

— Por favor, Freya — supliquei, segurando-a mais perto. — Não me faça caminhar sozinho.

Então ela se mexeu e puxou o ar de forma irregular, piscando para mim com os cílios cheios de terra.

— Bjorn?

52
FREYA

A TODA MINHA VOLTA HAVIA PESSOAS, vivos e mortos-vivos, mas eu não enxergava nada além de Bjorn. Nada além do rosto enlameado e molhado de lágrimas dele e das mãos totalmente ensanguentadas.

— Achei que tinha perdido você — sussurrou ele, pressionando a testa à minha. — Nunca mais faça isso comigo.

Se dependesse de mim, eu nunca voltaria àquele lugar. Nem morta.

— Harald está morto. Eu o matei com seu machado.

Bjorn hesitou.

— Como...

— É uma longa história, e vou poder contá-la melhor com um copo de hidromel em mãos.

Geir estava atrás de nós, e embora fosse difícil dizer, dado o quanto de seu rosto estava faltando, eu podia jurar que ele estava sorrindo.

— Você conseguiu, minha irmã — disse ele. — Uniu não apenas Skaland, mas Nordeland também, e derrotou o trapaceiro que quis deturpar todos os nossos destinos. Todos os escaldos vão cantar sobre sua história, pois será repassada de geração em geração durante várias delas.

Aquele já tinha sido meu sonho. Mas agora eu sonhava com coisas diferentes.

— Você lutou com honra ao meu lado. — Minha voz estava áspera, e minha boca tinha gosto de terra. — Conquistou um lugar em Valhalla, meu irmão. Posso libertá-lo para que se junte ao Pai de Todos, a menos que haja mais alguma coisa que queira fazer antes de partir do mundo mortal.

Geir negou com a cabeça.

— Cuide da minha família por mim. Conte a eles minhas histórias.

— Farei isso — prometi. — Vou protegê-los até me juntar a você em Valhalla. Me espere com um copo.

Geir assentiu, puxando a própria espada e a levantando no ar, todos os outros draugs skalandeses fazendo o mesmo com suas armas ao se aproximarem, saindo das sombras. Homens e mulheres que eu tinha matado como inimigos, trazido de volta como aliados, mas agora seriam libertados como amigos. Meu irmão gritou:

— Honra a Skaland! Honra à dama do escudo! Honra a Freya Nascida do Fogo!

Meu exército repetiu as palavras que ele havia pronunciado aos gritos, as vozes horríveis, e meu coração inchou de orgulho por ter lutado ao lado deles.

— Eu os liberto.

Corpos desmoronaram no chão ao meu redor, névoa serpeando ao vento, uma presença pesada no ar. Então eles se foram.

Meu irmão se foi.

Meu peito se encheu de tristeza, pois embora Geir estivesse morto havia muitos dias, ainda estava ali comigo. Tinha sido uma presença forte ao meu lado. Nós havíamos nos reconciliado em nossas diferenças, e eu estava sofrendo o luto pela vida como uma família sem conflitos que nunca teríamos. Por nunca vê-lo se tornar pai. Duas lágrimas rolaram pelo meu rosto, marrons devido à lama, e caíram no ombro de Bjorn.

— Você vai vê-lo de novo — disse Bjorn. — Ele conquistou um lugar e vai estar esperando por você.

Eu acreditei naquilo. Acreditei que seria da vontade do Pai de Todos ter Geir em seu exército na última batalha e que, um dia, eu teria a chance de lutar ao lado de meu irmão uma vez mais.

Mas o além-vida não nos reuniria a todos os que havíamos perdido.

— Sua mãe foi para Helheim. Ela levou a alma de Harald consigo para impedir que ele cometesse mais alguma trapaça, mas as últimas palavras dela para mim foram para que eu dissesse a você que ela te ama.

Bjorn tensionou a mandíbula, os olhos líquidos por um momento antes de ele piscar. Quando voltou a falar, sua voz estava firme:

— Ela vai encontrar a paz lá. Não foi feita para a violência e para a guerra, e acho que já sofreu o suficiente por duas vidas. — Ele deu um sorrisinho. — E vai manter Harald na linha, disso eu sei.

Paz.

Ah, como essa palavra era música para minha alma, e quando olhei em volta, para os Sem Destino que tinham sido meus aliados e inimigos em igual medida, ansiei por ela. Ansiei por deixar de lado magia, armas e violência e me concentrar apenas em viver. Ansiei por ser feliz.

Passos se aproximaram, e levantei a cabeça para contemplar Steinunn. O rosto da escalda estava pálido e sujo de sangue, uma atadura enrolada em um braço, mas ela também estava com meu escudo pendurado no ombro. Devia tê-lo encontrado perto do rio. Os outros a deixaram passar, e ela caiu de joelhos ao nosso lado.

— Sinto muito. — Steinunn me entregou o escudo, o metal prateado amassado por ter despencado pelas cachoeiras. — Sinto muito por ter ajudado Harald. Sinto muito por tudo.

— Você foi enganada — Tora a lembrou. — Assim como tantos outros.

— Sim, mas também fui egoísta. Não me importei com as trapaças de Harald, porque acreditei que tivesse me concedido vingança pela família que perdi. Não agi até saber que quem merecia minha vingança era ele. — O queixo de Steinunn tremeu. — Não mereço seu perdão, Freya. E não estou pedindo por ele. Mas, por favor, saiba que sinto muito e que vou aceitar a punição que determinar.

O que ela tinha dito era verdade, mas mesmo assim, não sentia que havia culpa em meu coração para atribuir a ela. Não porque a última canção que Steinunn havia cantado tinha revelado a verdade a todos, mas porque a fraqueza dela era a mesma que eu também carregava. Era uma fraqueza que todos nós carregávamos, pois havíamos deixado nossos corações fazerem escolhas por nós. Eu só não seria capaz de perdoar aqueles que não sabiam reconhecer as próprias fraquezas.

— Decidi qual será sua punição.

Pude sentir o medo dela, o cheiro no suor que ensopava suas roupas, mas Steinunn assentiu.

— Quero que componha uma balada sobre tudo o que aconteceu. Uma balada que vai cantar por toda Skaland e por toda Nordeland para que todos saibam da verdade. — Inclinei a cabeça. — E deve incluir seu papel nessa história também.

Steinunn levantou o rosto.

— Uma vez você me disse que ninguém se importava em ouvir sua história — falei. — Mas era porque você estava com medo demais para contá-la. Sua punição é confrontar esse medo, Steinunn, e, ao fazê-lo, perdoar a si mesma. Seu destino pertence só a você, minha amiga.

Lágrimas escorreram pelo rosto da escalda, e ela acenou com a cabeça.

— Uma balada que seja cantada de geração em geração. A Saga dos Sem Destino.

— Credo, mais cantoria — resmungou Bjorn. — Mas é um bom título.

O riso se espalhou pelo grupo, dissipando a tensão, e com isso senti a exaustão tomar conta de todos. Parecendo sentir isso também, Bjorn me abraçou com mais força e me levantou nos braços.

— Você precisa de calor, descanso e cura.

— Consigo andar e você está ferido demais para me carregar. — Eu não tinha muita certeza se isso era verdade, porque estava completamente exausta. — Me põe no chão.

— Eu estou bem. E depois do que você me fez passar, não tenho a menor intenção de te soltar.

Passei o braço ao redor do pescoço dele, tomando cuidado para não encostar em seus ferimentos.

— Então entende que isso não é nada prático.

— Eu não sou um homem prático — retrucou Bjorn. — Na verdade, eu diria que sou um dos homens menos práticos que você vai conhecer na vida. — Ele olhou de soslaio para Steinunn. — Pode colocar isso na parte que fala de mim nessa sua canção.

— Se tiver espaço. — Steinunn ajeitou sua atadura. — Preciso dedicar um lugar para os personagens secundários, ou os ouvintes podem se entediar.

Bjorn caiu na gargalhada.

— Talvez eu repense minha opinião sobre você, escalda. Tem mais senso de humor do que eu pensava.

Sorri, relaxando nos braços dele enquanto o grupo ria e trocava provocações. O silêncio nunca teve chance de se estabelecer, e eu sabia que era porque todos os Sem Destino ali presentes estavam começando a lidar com as dolorosas revelações que a canção de Steinunn tinha lhes fornecido. Muitos haviam passado a maior parte da vida enredados nas mentiras de Harald e agora enfrentavam futuros incertos. Fiquei me perguntando quantos deles retornariam a Hrafnheim e quantos iriam para outros lugares e encontrariam outros jarls para servir.

Tora caminhava com uma determinação que eu nunca tinha visto nela antes. Enfim livre da magia rúnica de Harald, parecia uma pessoa completamente diferente. Pronta para assumir o controle do próprio destino com a mesma força que o pai divino dela, e eu esperava que inspirasse os outros a fazer o mesmo.

Porque eu não queria nenhum deles se inspirando em mim para tecer o restante do futuro que havia pela frente. Eu tinha o meu próprio para tecer.

Com Grindill destruída por completo pelo incêndio, todos se reuniram no vilarejo de Torne, e nosso grupo abriu caminho para a taverna onde alguns dos jarls que tinham jurado fidelidade a Snorri haviam se reunido.

— Me coloque no chão, Bjorn — pedi calmamente quando chegamos à porta. — Esse é um momento que devo enfrentar de pé.

Ele me colocou no chão com cuidado, embora continuasse com o braço em minha cintura quando entrei. Todos ficaram em silêncio quando nos viram, e meus olhos voaram de imediato para Ylva, que estava ao lado de Leif. Nunca tínhamos sido amigas, ela e eu, mas não éramos mais inimigas. Ela acenou com a cabeça para mim em sinal de respeito, e repeti o gesto para ela porque, embora tivesse me causado muitos problemas, Ylva também era uma mulher que lutava pelo bem-estar do próprio povo. Acima de tudo, no entanto, lutava por aqueles que amava.

— Harald está morto — comuniquei. — A alma dele reside em Helheim, sob a vigília da vidente Saga, que vai manter as trapaças dele sob controle para que não perturbe aqueles que vivem naquele mundo.

Conversas e exclamações levaram o salão a uma cacofonia de sons, e esperei até que se aquietassem para continuar.

— A história inteira será contada a vocês com a magia de uma filha de Bragi, para que saibam que é verdadeira.

Steinunn acenou com a cabeça.

— Uma história que vai imortalizar o heroísmo de todos até o fim dos dias.

— E agora? — perguntou um jarl. — Vai reivindicar ambos os tronos, dama do escudo? Devemos nos ajoelhar perante a rainha de Nordeland e Skaland?

Fiz que não com a cabeça.

— Nosso povo não foi feito para ser governado por um homem nem por uma mulher. Fomos feitos para sermos liderados por indivíduos que saibam o nome de todas as almas do próprio território. Por homens e mulheres que conhecem as necessidades de cada vilarejo e fazenda, pois somos clãs. Famílias. Os que querem mudar isso não estão sendo movidos pelo bem das pessoas, mas porque anseiam por poder e influência, o que os transforma automaticamente no pior tipo de gente para liderar.

Aceitando um copo trazido por Tora, tomei um gole, enfim tirando da boca o gosto de lama.

— Nós nos unimos para derrotar um inimigo em comum. Agora ele está morto, então devemos voltar para os nossos clãs. Devemos trabalhar juntos para nos curarmos depois da perda de tantos que foram para os salões de Valhalla a fim de se juntarem ao Pai de Todos para que possam lutar por nós novamente no fim dos dias.

— E quanto a você, Freya? — perguntou Ylva. — A profecia era de que uniria Skaland.

— Mas não que eu a manteria unida. — Respirei fundo para me acalmar. — Unificamos nossa força por um propósito. Por um momento em que apenas a de um clã não era o bastante e que precisávamos da de todos. Esse momento terminou, e o que virá em seguida ainda não sabemos.

Tomando outro gole, ergui meu corpo.

— Jarls, levem seu povo para casa e cuidem de seus próprios clãs e lares, mas nunca se esqueçam do momento em que ficamos lado a lado como aliados. *Skol!*

— *Skol!* — Todos gritaram, levantando os copos, e recuei para que eles entendessem que o momento em que eu estava acima deles tinha terminado e que agora éramos iguais mais uma vez.

Ou quase.

Puxando o braço de Bjorn, eu o levei até Ylva e Leif. Inclinando a cabeça, falei:

— Jarl Leif.

O rapaz hesitou.

— Eu…

— Você é o herdeiro de Snorri — lembrei a ele. — Mas, mais do que isso, é o herdeiro de Ylva, e tenho fé de que ela vai auxiliar você até que esteja pronto para governar sozinho.

Ylva respirou fundo.

— Obrigada, Freya. Não mereço sua generosidade.

— Você é uma das mulheres mais desagradáveis que já conheci — comentei. — Mas por mais que eu tenha desejado, com frequência, te afogar em uma poça de bosta de porco, nunca duvidei do comprometimento que assumia com aqueles com quem se importa.

— Eu ficaria honrado em ter vocês dois como membros de meu bando de guerra. — Leif alternou o olhar entre mim e Bjorn. — Nada do que você falou é mentira, mas haverá jarls que verão isso como uma oportunidade. Vão acabar acontecendo invasões. E com Grindill reduzida a cinzas, somos um alvo fácil.

Fiquei imóvel ao me lembrar de quando uma oferta como aquela fora o meu maior sonho, fosse dormindo ou acordada. Mas agora, conhecendo o sabor da guerra, o cheiro dela, a dor que ela trazia, percebi que não desejava mais fazer parte disso. Olhei para Bjorn e pude ver, em seu olhar, que ele compartilhava do meu sentimento.

Pigarreando, Bjorn respondeu:

— Com todo o respeito, irmão, recusamos sua oferta.

— Mas não podem recusar! — Os olhos de Leif estavam cheios de pânico. — Preciso de vocês. Precisam ficar.

O desespero tomou conta de mim por causa da certeza repentina de que, embora Snorri estivesse morto, eu permanecia presa. Sujeita, para sempre, a ser usada por aqueles que desejavam ter minha magia como arma. Ainda assim, quando me obriguei a respirar, descobri que a compulsão não estava mais presente. Olhei para Ylva.

— O juramento de sangue… como isso é possível? Ele só poderia ser rompido com a sua morte.

— Ou a sua — respondeu Ylva. — A magia rúnica é um poder do mundo mortal. A morte a rompe.

— Você estava fria quando nós te puxamos de dentro da terra, Freya — falou Bjorn. — Talvez…

— Foi antes, então. — Minha mente voltou para quando Geir me carregou para fora de Helheim. Para quando meu coração e minha respiração pararam, minha vida escorregando por minhas mãos. Eu tinha morrido por um instante. — Já estive livre por todo esse tempo e nem sabia.

A revelação tirou um peso de meus ombros e, endireitando-os, olhei feio para Leif.

— Nem pense em me dar ordens, jarl. Se quiser algo de nós, aprenda a pedir com educação.

Leif hesitou, acenando com a cabeça em sinal de respeito logo em seguida.

— Não vou me esquecer disso. Mas... para onde vocês vão?

— O tempo vai dizer.

Sem falar mais nada, nós nos viramos e saímos da taverna. Volund foi atrás de nós e cuidou dos ferimentos de Bjorn, depois se despediu. Torne não tinha hospedagens sobrando, as famílias agora sem teto de Grindill tendo que dividir a mesma cama com várias pessoas nos quartos de hóspedes da pequena cidade. Em vez de se acomodar no celeiro, Bjorn conseguiu um cavalo.

— Consegue cavalgar, Nascida do Fogo?

Curiosa, confirmei com a cabeça.

— Para onde vamos?

— Para um lugar que possamos chamar de nosso.

Cavalgamos devagar, o machado de Bjorn iluminando a escuridão até o amanhecer acender o céu noturno, e quando isso aconteceu, um sorriso despontou em meu rosto, pois percebi onde estávamos.

— Fiquei pensando por um bom tempo sobre onde você gostaria de viver, Nascida do Fogo.

— Ah, é mesmo? — Examinei os restos queimados da cabana de Saga, agora já quase tomados pela vegetação. — E em qual momento exato, enquanto você lutava pela própria vida, chegou a pensar nesse assunto?

— Eu consigo fazer duas coisas ao mesmo tempo.

Soltei uma risadinha pelo nariz e ele deu de ombros.

— Quando fiquei preso em Grindill, tive bastante tempo para pensar enquanto esperava você me resgatar. Pude refletir sobre o que aconteceria depois que você derrotasse todos os seus inimigos.

Senti um calor no peito com a confissão de que Bjorn pensava em nosso futuro como eu. Fantasias sobre como seria nossa vida se perseverássemos. Que, nos momentos mais obscuros, ele imaginava um futuro comigo, e vice-versa.

— Não precisa ser aqui. Se quiser ficar mais perto de Selvegr, podemos reconstruir a casa dos seus pais.

Virei a cabeça para esconder meu sorriso diante do leve nervosismo que percebi na voz dele, algo incomum porque Bjorn era totalmente confiante. Mas tudo aquilo era novo. Para ele. E para mim.

— Aqui está perfeito — falei. — Gosto da ideia de tomar um banho quente sempre que quiser.

— E é isso que quer fazer agora? — As mãos dele se fecharam sobre minha cintura, os lábios roçando meu pescoço. — Por favor, diga que sim, pois você está com gosto de terra.

— Você deveria se olhar no espelho antes de me jogar pedras. — Virei o corpo nos braços dele, beijando-o profundamente e enterrando os dedos em seus cabelos, sem me importar nem um pouco que ambos estivéssemos imundos de lama, sangue e coisas piores. — Aliás, retiro o que disse. Você já é vaidoso demais sem o hábito de admirar o próprio reflexo.

Ele riu, permitindo que eu o levasse de costas na direção da caverna com fontes quentes e deixando um rastro de roupas.

— Case-se comigo, Nascida do Fogo — sussurrou ele ao me colocar na corrente de água morna, que lavou a sujeira de nossas provações, já que não podia lavar as lembranças. — Seja minha esposa. Construa uma vida comigo neste lugar.

— Tem certeza? — Curvei a mão sobre o rosto dele. — Tem certeza de que vai ficar satisfeito com uma vida calma?

Porque eu precisava de paz. Precisava deixar de lado as armas e a cota de malha. Precisava pendurar meu escudo. Precisava curar meu corpo e minha alma, e não via, no futuro próximo, um momento em que eu fosse querer voltar para a vida com a qual um dia sonhara.

— A vida com que eu sonho é com você, Freya — respondeu Bjorn. — Não importa onde estivermos ou o que façamos. Contanto que esteja em meus braços, vou estar inteiro. Quer se casar comigo?

Sorri quando a água morna nos envolveu, a escuridão nos mantendo próximos, porque eu tinha lutado por esse destino e vencido.

— Sim.

EPÍLOGO
FREYA

UMA GOTA D'ÁGUA BATEU EM MINHA TESTA e franzi o cenho para o teto da casa que Bjorn e eu tínhamos construído juntos.

— O telhado está com goteira de novo.

Bjorn resmungou alguma coisa que soava como *nós deveríamos queimar esta casa e começar do zero*, mas cutuquei as costelas dele com o cotovelo.

— Não vamos fazer nada disso.

— Seria mais fácil do que consertar a goteira. — Ele rolou para cima de mim, os cabelos soltos caindo sobre meu rosto quando me beijou. — Poderíamos voltar a morar numa barraca.

— A barraca era gelada — eu o lembrei.

— Não me lembro de ouvir você reclamar.

Ele beijou meu queixo, depois meu pescoço, e senti um calor arder entre minhas coxas, embora os deuses fossem testemunhas de que o motivo para termos ido dormir tão tarde foi termos ficado acordados até depois da meia-noite fazendo exatamente isso. Passei os dedos pelos músculos das costas de Bjorn, tão firmes como eram um ano antes, apesar de nenhum de nós ter empunhado uma arma desde que juramos lealdade a Leif como nosso jarl.

A vida que estávamos vivendo era, de certo modo, mais difícil, trabalhando para sobreviver em vez de lutar, mas eu desfrutava de cada momento dela. Adormecer nos braços de meu marido, ir dormir sentindo a respiração quente dele junto ao meu rosto em noites de inverno e acordar com a sensação de seu toque. Um toque que me fazia desejá-lo do mesmo jeito que sempre fizera, o amor que eu sentia por ele me dando mais vida do que o ar que preenchia meus pulmões.

Uma gota de água respingou nas costas nuas de Bjorn, mas ele a ignorou, descendo por meu corpo até meus seios. Do lado de fora, as cabras baliam de desejo de serem ordenhadas, o galo nos lembrava de que já tinha amanhecido e que ele desejava ser alimentado e os cavalos contribuíam para a cacofonia de ruídos.

— Precisamos trabalhar — murmurei, meu sorriso crescendo quando Bjorn resmungou.

— Isso pode esperar.

— Você é um péssimo fazendeiro.

— Só finjo ser um péssimo fazendeiro para não provocar inveja em nossos vizinhos. — Ele pressionou o pau em mim, um leve suspiro escapando de meus lábios quando abracei a circunferência dele com o corpo. — É melhor para mantermos a paz, senão eles talvez queiram se vingar de mim por não terem do que... *se gabar* quando as esposas fizerem comparações. É uma gentileza.

— Ah, sim, os deuses são testemunhas de que me casei com você por causa do seu altruísmo. — Envolvi a cintura dele com as pernas e o puxei mais para o fundo, meu corpo inteiro clamando por mais.

— Mentirosa. Você se casou comigo por causa da minha beleza.

— Bem, pela sua modéstia é que não foi.

Bjorn soltou uma gargalhada baixa, depois mudou de posição, o ângulo de sua investida me fazendo suspirar, meu clímax já próximo, a dor de ficar à beira do prazer roubando sagacidade e palavras da minha língua enquanto meu marido, meu amor, minha vida, me reivindicava. Deixei que o ápice me dominasse, levando Bjorn comigo, meu coração doendo de tanto prazer quanto meu corpo quando ele murmurou:

— Não quero mais nada da vida porque já tenho você.

Envolvida em peles e nos braços dele, fechei os olhos, sem querer me mexer por nada nesse mundo. Mas então ouvi um leve estalo de juncos se movendo, e Bjorn gritou quando uma bola derretida de neve entrou pelo telhado e caiu bem em cima da cabeça dele.

Cobrindo a boca para não rir, eu o vi tirar neve dos cabelos, olhando feio para o raio de luz que passava pelo telhado.

— Acho, de verdade, que seria melhor queimar a casa inteira — resmungou ele, depois sustentou meu olhar com os olhos verdes. — Chega de risadinha, Nascida do Fogo. Vou consertar isso hoje.

— Cuide dos animais primeiro. — Alcancei meu vestido, sem mais conter o riso. — Ou eles vão entrar pela porta procurando por você.

Bjorn suspirou e em seguida fez uso da água em nossa bacia de banho antes de abrir a cortina que escondia a cama do cômodo principal. Eu o observei enquanto me lavava, notando que ele evitava olhar para o baú de armas que ficava encostado em uma parede, meu escudo, envolvido num tecido, pendurado na parede sobre ele.

Tanto o baú quanto o escudo serviam de lembrete constante da nossa vida de antes. O terror, a dor e o sofrimento que tinham vindo com aqueles objetos. Seguíamos dançando em volta deles, mas nunca os reconhecíamos. A vida de que havíamos aberto mão porque tinha nos custado demais, e temíamos que, com o tempo, fosse nos custar um ao outro.

Do lado de fora, ouvi o grito de uma criança e as repreensões de uma mulher, e então Bjorn falou:

— Ingrid está aqui. É melhor eu fugir antes que ela me veja.

Pegando a ponta do pão que eu tinha feito no dia anterior, ele se abaixou para me beijar, mas antes que pudesse escapar pela porta da frente, ela se abriu. Ingrid o olhou de cima a baixo.

— Suas cabras estão maltratadas, Bjorn.

— As cabras entendem que minha prioridade é servir bem minha esposa.

Ingrid soltou uma risadinha de desdém, mas Bjorn não respondeu; apenas bagunçou os cabelos do meu sobrinho quando o bebê passou engatinhando e escapou logo em seguida, antes que Ingrid pudesse retorquir.

Minha amiga revirou os olhos.

— É incrível que vocês dois não morram de fome, pois passam mais tempo na cama do que qualquer outra pessoa que já conheci.

— Não é sempre na cama. — Peguei meu sobrinho no colo e beijei seus cabelos loiros. O filho amável de meu irmão passou os braços ao redor do meu pescoço enquanto eu ia até a janela para observar Bjorn.

Ingrid levantou as mãos.

— Pode me poupar dos detalhes — disse ela e olhou para o teto. — Vocês precisam consertar isso aí.

Soltei um leve ruído de concordância, abraçando o bebê ao contemplar Bjorn alimentando os cavalos. Havia uma energia inquieta nele que eu conseguia sentir de onde estava. Porque eu também estava inquieta enquanto ouvia, sem prestar atenção, Ingrid tagarelar sobre as fofocas de Selvegr.

— Freya?

Eu me virei e encontrei Ingrid me observando.

— Hum?

— Você está bem?

Fazendo uma careta, coloquei Erik no chão e o menino engatinhou imediatamente até o baú de armas, que tentou, em vão, abrir.

— É claro que estou bem.

— Na verdade minha pergunta foi mais no sentido de... você está satisfeita?

— Estou. — Foi estranhamente difícil pronunciar aquela palavra, e me afastei do escrutínio de Ingrid porque não queria parar para pensar no motivo.

Ela não respondeu, mas de canto de olho a vi tirar meu escudo do gancho na parede e remover o tecido que o encobria. O metal prateado estava brilhante como sempre, reluzindo sob a luz da manhã.

— Você vive uma vida calma agora — observou ela. — Não foi feita para uma vida calma, Freya. Nem Bjorn.

— Nós lutamos para conquistar essa vida. — Fechei as mãos em punho. — Lutamos para viver em paz. É claro que estamos satisfeitos.

Ingrid passou o dedo de leve pela beirada do meu escudo, vendo o filho tentando abrir o baú cheio de armas, cota de malha e couros de batalha, tudo embalado com cuidado.

— Então por que não se livram dessas coisas? Vendam para comprar itens de que precisam aqui nesta casa.

— Mas podemos precisar dessas coisas. A violência vem procurar mesmo aqueles que se escondem dela. — Sem querer alongar a discussão, perguntei: — Como está Taric?

A resposta era sempre a mesma, porque Taric era constante como o sol nascendo no leste. Nascido em uma das nações do sul, ele tinha se apaixonado pelas montanhas e pelos fiordes de Skaland. Fazendeiro por ofício, não tinha um pingo de violência no corpo e ocupara o vazio deixado pela morte de meu irmão, proporcionando a Ingrid e a meu sobrinho a segurança de que necessitavam. Eu não poderia ter escolhido um homem melhor para eles. Geir teria aprovado.

— Ele está bem. Quando eu contar desse seu telhado para ele, tenho certeza de que vai querer vir ajudar Bjorn com o conserto.

Voltei a olhar meu marido, que estava no jardim, observando ao longe enquanto as galinhas ciscavam à sua volta.

Você está satisfeito?, perguntei a ele em silêncio.

Será que estou?

Bjorn levantou a cabeça e, um segundo depois, ouvi o barulho de cascos galopando. Um cavaleiro cavalgou pelo jardim e parou diante de Bjorn. Curiosa, saí de casa. Ingrid veio logo atrás, com Erik nos braços. Quando me aproximei, ouvi o cavaleiro, que era apenas um garoto, gritar:

— O jarl convocou todos os guerreiros para lutar!

— O que aconteceu? — perguntei.

— Invasores do sul. Estão atacando vilarejos ao longo de todo o litoral — disse ele. Meu coração parou e em seguida começou a galopar.

— Leif pretende lutar contra eles, então?

Embora eu soubesse que o juramento de sangue que me vinculava tinha sido rompido, ainda senti o ímpeto repentino de pegar em armas.

— Sim. — O garoto pegou o facão que levava na cintura. — Está convocando todos que estejam em condições de lutar.

Bjorn olhou para mim e deu de ombros.

— Meu irmão já sabe a resposta que vou dar. A menos que o conflito esteja chegando em minha terra, não vou mais lutar.

Mesmo ele pronunciando aquelas palavras, vi um fogo se acender em sua mão, depois desaparecer. Minha respiração acelerou quando perguntei:

— A situação está muito ruim?

— Muitos já morreram. O jarl implora para que venham.

— Não — murmurou Bjorn ao mesmo tempo que falei:

— Poderíamos pelo menos ir até Grindill e descobrir o que aconteceu.

O silêncio se estendeu e Bjorn suspirou.

— Talvez você tenha razão. Deveríamos pelo menos dar uma olhada no que eles estão enfrentando.

— E levar provisões — acrescentei. — Os invasores queimam o que não roubam.

Ele concordou.

— Vamos ouvir o que meu irmão tem a dizer e depois voltar para casa.

— Não vai levar mais do que um ou dois dias. — Eu me virei para Ingrid. — Será que você e Taric cuidariam dos animais?

— É claro. — Havia um leve sorriso nos lábios dela. — E vamos consertar o telhado para quando vocês voltarem.

— Não devemos demorar mais do que uma semana — falei, no que Bjorn acrescentou:

— No máximo quinze dias, se meu irmão precisar que alguém cuide de Grindill enquanto ele dá fim aos invasores.

— Podem ficar tranquilos. — Ingrid apontou para o garoto com o queixo. — Diga ao jarl que eles vão, sim.

O rapaz acenou positivamente com a cabeça e virou o cavalo, galopando de volta pelo caminho que tinha vindo.

— Vocês não devem demorar para partir — concluiu Ingrid. — Eu cuido dos animais.

Olhei nos olhos de Bjorn, uma empolgação familiar correndo por minhas veias quando começamos a caminhar até nossa casa. Lá dentro, fomos até o baú, parando juntos diante dele.

— É melhor irmos preparados, nunca se sabe. — Um sorriso surgiu em meus lábios porque Bjorn já abria a tampa, o cheiro de couro e aço escapando lá de dentro. Vesti os trajes de couro com rapidez, trançando os cabelos antes de colocar o colete de cota de malha, lembrando-me de que havia jurado nunca usá-lo novamente. A espada de meu pai, recuperada do rio graças a Bjorn, era um peso familiar quando a embainhei no cinto ao lado do facão de Gyda, meu escudo, ainda leve como uma pena, pendurado em meu ombro. Como velhos amigos de quem eu tinha me separado havia tempo demais.

Nenhum de nós dois disse nada quando saímos de novo e encontramos Ingrid segurando as rédeas de nossos cavalos, que ela tinha selado enquanto meu sobrinho aterrorizava as galinhas.

— É melhor se apressarem — disse ela. — Muita coisa pode acontecer em pouco tempo.

Lancei um olhar irônico a ela.

— Estamos indo só por lealdade a Leif. Mas vamos voltar.

— As cabras vão estar esperando ansiosas pelo cuidado dedicado de Bjorn, tenho certeza — disse ela e nos entregou as rédeas.

Montei em minha égua. Caminhando com ela pela estrada, ajustei meu corpo ao peso familiar dos trajes que pensei que nunca mais usaria. Bjorn cavalgava ao meu lado, quieto a princípio, dizendo logo depois:

— Não trouxemos provisões extras.

— Não, não trouxemos.

— Não vamos cuidar de Grindill na ausência de Leif, vamos?

— Não. — Olhei nos olhos dele. — Acho que não quero uma vida calma, Bjorn. Quero mais, mesmo sabendo que esse mais virá com adversidades. — Foi difícil manter a voz estável, porque sentia medo de admitir o que estava dizendo. Medo de pedir a ele o que queimava em meu coração, porque tinha sido eu quem havia dado as costas para a batalha. — Mas se não for isso o que você quer, podemos dar meia-volta agora mesmo.

Um sorrisinho lento foi se espalhando pelo rosto de meu marido e o machado dele se materializou em sua mão, o calor chegando até mim.

— Aonde você for, eu vou, Nascida do Fogo. Mesmo que seja para os portões de Valhalla.

O sangue correu mais forte em minhas veias, a expectativa fervendo em meu coração. Porque era isso que eu tinha nascido para fazer. Arriscar minha vida, minha integridade física e meu amor para defender Skaland. Se estava acontecendo uma convocação para guerra, nós a atenderíamos.

Era o destino que queríamos. O destino que teceríamos juntos.

Afundando os calcanhares no cavalo, comecei a galopar.

— Aposto que chego lá antes de você!

AGRADECIMENTOS

Quero agradecer demais à minha família pelo apoio enquanto escrevia a Saga dos Sem Destino. Sei que as madrugadas que passei escrevendo e os longos dias viajando são um desafio para todos nós, e sou muito grata por vocês terem se esforçado para nos manter unidos enquanto eu estava imersa em reinos de fantasia.

Um agradecimento imenso também a Emily pela paixão e pelo apoio que demonstrou por este romance. Sei que nós duas trabalhamos de madrugada mais de uma vez para cruzarmos a linha de chegada desta corrida, e agradeço pela diligência e tenacidade que teve. Da mesma forma, obrigada a todos que fazem parte da equipe da editora Del Rey e da equipe da editora Del Rey no Reino Unido. A jornada que tivemos juntos nesses dois livros foi um sonho, e muito disso se deve ao esforço e entusiasmo incríveis de todos os envolvidos.

Tamar, não existem palavras que transmitam o quanto sou grata por ter você tanto como minha agente, quanto como minha amiga, e obrigada por ter se dedicado tanto a este livro! Celsie, obrigada pela ajuda, de última hora, em caçar aqueles últimos errinhos de digitação e me manter no cronograma no decorrer do que foi um ano *muito* atarefado. Amy, o amor que você tem por Freya e Bjorn me impediu de jogar meu notebook pela janela mais de uma vez: obrigada por tudo o que faz por mim.

Elise, sou eternamente grata por ter você sempre ao meu lado, e mal posso esperar para participar de todos os eventos literários que teremos juntas nos próximos anos. Às minhas amigas do NOFFA: vocês são o melhor e mais solidário grupo de escritoras que eu poderia pedir, então nunca mudem!

Por último, mas não menos importante, sinto que ter os leitores mais gentis e solidários que existem no mundo é uma bênção. Ter tido a oportunidade de conhecer tantos de vocês ao vivo foi, sem tirar nem pôr, um sonho, e desfrutei de cada momento. Mal posso esperar para conhecer ainda mais leitores quando *Uma maldição cravada em osso* chegar às prateleiras.

ESTA OBRA FOI COMPOSTA POR VANESSA LIMA EM BEMBO
E IMPRESSA EM OFSETE PELA GRÁFICA HROSA SOBRE PAPEL PÓLEN NATURAL
DA SUZANO S.A. PARA A EDITORA SCHWARCZ EM AGOSTO DE 2025